无雪之冬

王跃文 著

湖南文艺出版社

图书在版编目（CIP）数据

无雪之冬 / 王跃文著 . -- 长沙 ：湖南文艺出版社，
2023.7（2024.8重印）
ISBN 978-7-5726-1051-6

Ⅰ. ①无… Ⅱ. ①王… Ⅲ. ①中篇小说-小说集-中
国-当代②短篇小说-小说集-中国-当代 Ⅳ.
①I247.7

中国国家版本馆CIP数据核字（2023）第047124号

无雪之冬
WU XUE ZHI DONG

作　　者：王跃文
出 版 人：陈新文
责任编辑：谢迪南　张潇格　王　琦
装帧设计：Mitaliaume
内文排版：刘晓霞
出版发行：湖南文艺出版社
　　　　　（长沙市雨花区东二环一段508号　邮编：410014）
印　　刷：长沙超峰印刷有限公司
开　　本：880 mm×1230 mm　1/32
印　　张：13.5
字　　数：339千字
版　　次：2023年7月第1版
印　　次：2024年8月第2次印刷
书　　号：ISBN 978-7-5726-1051-6
定　　价：59.80元
　　　　　（如有印装质量问题，请直接与本社出版科联系调换）

目 录

无雪之冬

隆冬了，仍不见下雪，却很寒冷。张青染午休照样不回家，在机关食堂吃了午饭，便靠在办公室沙发上看报纸。翻了一会儿报，觉得没有意思，心里就懒懒的，有了倦意。又不可以打瞌睡，天太冷了，这机关的暖气永远没精打采。

无事可做，顺手拿过一本杂志，随意浏览。一篇有关婚外恋的文章让他睡意顿消。这篇文章介绍，有关专家在美国作了调查，发现百分之四十的女职员承认自己爱恋过男同事，并且认为中午休息时间完全可以用来恋爱。

张青染爱人刘仪的公司离家也远，她中午也不回家。他莫名其妙地烦躁起来，想打电话过去，又怕她同事们开玩笑。犹豫了好一阵子，还是打了电话。却没有人接。怎么会一个人没有呢？她那里平时中午都有人玩麻将的。

心想刘仪是否有事回去了呢？便打了家里的电话。半天才听见表妹麦娜接了电话，说姐姐没有回来。麦娜声音黏黏的，一定还在睡觉。他说没什么事，叫麦娜不要睡得太久了，自己弄些吃的。

放下电话，张青染更加不安了。他觉得自己的不安很可笑。明知如此，仍是不安，他下楼推了自行车，想去刘仪公司看看。外面风大，又飞着细雨，冷得他发抖。

可是半路上，他又折回来了。什么事都没有，跑去干什么？别人真的要笑话了。时间也不早了，来回一趟至少一个小时，下午上班会迟到的。

下午上班时间一到，他就马上拨了刘仪的电话。还是没人接。后来又打过几次，都只听见长长的嘟嘟声。张青染有些紧张了，满脑子稀奇古怪的想法。

坐在对面的李处长看出些什么了，嘿嘿笑道，老婆被人拐了吧？我说老婆不要找太漂亮的。

张青染故作坦荡说，哪里哪里，巴不得谁拐走她，我也乐得解放。她说中午去看看洗衣机，看中了再打电话给我。怎么总不打电话来呢？

哦，是这样？你家洗衣机要换代了？

张青染敷衍着，是的，国产的还是不行。

两人就着这个话题，议论国产货的质量问题，很快就下班了。

回到家里，见麦娜带着他的儿子琪琪在搭积木。琪琪喊声爸爸，又顾自己玩去了。妈妈呢？张青染问道。琪琪已全神贯注，不再抬头。麦娜说，姐还没有回来。

张青染到厨房看看，见麦娜已做好了饭菜。

六点半过了，仍不见刘仪回来。张青染说，麦娜你来得及吗？你先吃饭算了。

麦娜才说没事的，就有人打她的传呼了。麦娜回电话。来电话的是麦娜她们时装模特队的伙伴狐狸。狐狸要她找一找猫儿。

麦娜把自己裹进皮大衣里，说下楼去打个传呼。张青染叫她在家里打算了，这么冷的天。麦娜说声没事的，就出去了。她从来不在家里打传呼，说不想让任何外人知道家里的电话号码。

好一阵子麦娜才回来。张青染见她神色不对，问怎么了？麦娜说，猫儿不见了。狐狸今天打她一天传呼，都不见她回机。我刚才打了几次，她也不回。

不会有事吧。张青染抬头望着麦娜。

麦娜背靠门站着，心神不宁，说，不会有事就好。麦娜身高一米七八，比张青染还要高出一头。麦娜她们模特队共六位姑娘，除了麦娜、狐狸、猫儿，还有老鹰、水蛇、相思豆。张青染不曾见过她们，只偶尔听麦娜讲起，一色的美人。麦娜本名叫麦菊英，一定也有一个外号，只是张青染不知道。

麦娜说，我不吃饭了。猫儿不见了，我们必须早点儿会面，节目组合要更改。说着就进卧室化妆去了。不一会儿，出来的是一位冷艳而孤傲的美人儿。

张青染几乎要倒抽一口凉气。麦娜你怎么一化妆就冷若冰霜了？

是吗？麦娜微笑着轻声应道。可这笑容竟凄婉如残照。

小心一点，早点回来。张青染嘱咐着。

麦娜应了声，提着行头出门了。

过了一会儿，刘仪回来了。她一进门就抬头看看墙壁上的石英钟，说，回来晚了。

张青染默不作声，进厨房热饭菜。

刘仪抱一下儿子，说，青染你热饭菜要一会儿的，我干脆冲个澡。

张青染也不理，只顾自己。

饭菜热好了，刘仪还在洗澡。这么冷的天，怎么进屋就想起要洗澡了？刘仪洗完澡，又慢条斯理地把脏衣服往洗衣机里放。

张青染很不快，沉沉地嚷了一句，饭菜再热一次就成猪食了。

好了好了，来啦。晚一点回来你就这么恼火？

张青染指一指石英钟，说，是晚一点点吗？

刘仪不再搭话，盛了饭埋头吃了起来。琪琪望一望爸妈，也不敢讲话了。一顿饭就沉闷地吃着。只有洗衣机在哐当哐当响。张青染想起下午同李处长即兴扯谎，讲到买洗衣机，真是好笑。穷得打酸屁了，还说要买进口洗衣机。

吃完饭，刘仪收拾碗筷。还没忙完，琪琪已在沙发上打瞌睡了。张青染心里有气，懒得去管。刘仪见了，擦净手上油腻，倒水给琪琪洗了脸，抱他上床睡了。

刘仪忙完厨房的事，给男人倒了热水。张青染却不领情，坐在那里纹丝不动。刘仪便做起温柔来。怎么了嘛，你又发什么神经？

这样下去，我不神经也要神经了。张青染起了高腔。

怎么啦，我怎样了嘛。刘仪还是温柔着。

从中午起就不见任何人，干什么去了？

刘仪愣了一下，霍地站了起来。好啊好啊，你一发神经就把我往坏处想。我干什么去了？我班也不上，陪人家睡觉去了！这下你舒服了吗？

张青染气鼓鼓地拍着沙发，叫道，舒服！很舒服，今冬不是流行墨绿色吗，人家穿墨绿色皮衣，墨绿色西装，我正好没钱，只要一顶绿帽子就满足了。

刘仪冷冷笑道，好，可以，你这么喜欢绿帽子，我让人给你批发一打！

张青染脸也不洗，就回房上床了。刘仪自己洗漱完，又过意不去，仍旧拧了毛巾去卧室给男人擦脸。却故意说气话，别弄脏了我的被子。张青染死人一样，任刘仪摆弄，心却软了下来。

刘仪先是背靠着男人睡，挨了一会儿，还是反过身来搂着男人。你呀，过不了几天又会发一回神经，也不问个青红皂白。把我往坏处想，你就舒服些？人家吴科长要我陪她去买衣服，我怎么好不去？她又是个挑三拣四的人，全城所有商场逛完才看中一件。

刘仪便把过程细说一遍。说完又委屈起来，说，不信你现在就打电话给她，人家不笑你小家子气才怪哩！

张青染也不说相信不相信，只道，你们公司难怪连年亏损。财会科长跟会计可以成天不上班去逛商场。不亏才怪！

刘仪不以为然，说，这不是我一个小小会计管的事。

张青染不再理会这个话题，只说，你有事去了也要打一个电话。

你别偷换概念了。你生气又不是怪我不打电话，你是怀疑我怎么怎么了。刘仪说。

张青染熟悉刘仪的这种伶俐，却仍说，你不打电话本来就不对。你迟迟不回来，我不担心？现在外面这么安全？

刘仪说，你别假惺惺了。你真的担心我让车子撞了，让坏人劫了？你只是担心我红杏出墙了。你的肠子有几道弯弯我还不清楚？

我说担心你出事，你偏不信。你不知道我心疼你？张青染说着这些，胸口的确痛了一阵。

刘仪就柔柔地抱了男人。她明知男人是疑心自己，却不想再去争辩了，也不再感到委屈。男人很爱自己，她深信不疑。刘仪脸贴着男人，说些夫妻间很家常的绵绵情话，渐渐入睡。

张青染却睡不着，自己同妻子的爱日久弥坚，可现在什么都在变呀，刘仪单位效益不好，每月就四百多块钱工资，他自己每月收入也只有这么多，家里日子过得不宽裕。刘仪说过几次，让他想想办法，给她另外找个单位。他只是说不要急，慢慢来。其实他另有一番隐忧，不便说出口。他不想让刘仪到效益好的公司去。那些腰包鼓起来的大小老板，个个花花肠子，谁都养情妇。听说宏基集团总裁洪宇换情妇比换衣服还勤。这洪宇快五十岁的人了，人称洪少爷，背景谁也说不清。张青染想起这些就憋气。刘仪公司穷是穷些，几个经理人却老实。也许正因为老实，生意也就做不好。管他哩，钱少就少用一些吧，图个安全。如今男人有钱就变坏，女人变坏就有钱。

张青染刚有些睡意，听见有人开门。可能是麦娜回来了。门半天打不开，一定是谁不注意将门反锁了。他不便起床，就推醒了刘仪。

刘仪迷迷糊糊下了床，披了毛巾被去开门。半天也不回来，同麦娜在客厅低声说些什么。

刘仪爬上床，浑身已冻得冰凉，颤抖个不停。

张青染抱紧女人，说，这么冷，有话不可以明天讲？

刘仪牙齿敲得梆梆响，说，麦娜说猫儿不见了，肯定是出事了，好可怕。

张青染说，会有什么事？一定是跟哪位大老板享福去了。这些女人本来就是在男人股掌之上跳来跳去的。

刘仪压着嗓子责怪道，你太缺乏同情心了。你怎么总把女人往坏处想？越是漂亮女人你越往坏处想。自古红颜多薄命，女人可总是弱者啊。

弱者？我们往常都说，妓女是剥削制度的产物，现在谁剥削谁？我说有些女人就是天生贱！

刘仪真的动气了。好啊，你平时老对我疑神疑鬼，现在对我表妹也这样。好好，张青染，我哪天贱给你看看！

张青染自知讲错了话，忙赔不是。你别听偏了，我又不是讲麦娜怎样。麦娜是个好姑娘，会把握好自己。

刘仪也不理他，闭着眼睛，气一时消不了。

第二天，张青染回家时，刘仪早已回来了。他揩一下脸就吃晚饭，突然想起猫儿的事，就问麦娜。麦娜低了头，说，还没有消息。

到底是怎么回事呢？刘仪忧心忡忡，端着碗呆了一会儿。

大家冷冷清清吃完饭，麦娜争着去洗了碗筷。忙完，马上进屋化妆去了。化了妆出来，挨着刘仪坐下，没有想马上走的意思。麦娜的样子叫张青染感到寒气森森，这真是一种令人窒息的美。

麦娜，你可不可以不做模特了？找点别的事做吧。张青染说。

刘仪拉着麦娜的手，也有这个意思。是呀，多让人担心！

麦娜鼻翼微微颤抖了一下，分明强忍着一腔愁绪。不干这个，我又干什么去？这个世界也只有你们疼我了，就为这个，我也会好好保护自己的。

张青染同女人一时不知说什么话。外面寒风呼啸，窗户发出怪异的叫声。

麦娜一走，刘仪就泪眼涟涟。麦娜也太命苦了，孤苦伶仃的，十二三岁就跟着我了。好不容易让她招了工，厂子又不行了。他们厂停产有一年多了吧。

张青染想了想，说，只怕快两年了吧。还算她有点福气，不是你这样一个好表姐，她不要流落街头？

闲话一会儿，刘仪突然想起给男人买了一个金利来的皮带扣儿，就拿了出来。她昨天发现男人的皮带扣儿生锈了。

张青染感激女人的细心，又叹自己的可怜。如今有的人阔了起来，穿戴尽是名牌。国家干部阔起来的不多，却也一个个贵族气了，不穿名牌变得矮人一等。他便纳闷起来，心想这些人工资并不比自己高多少，哪来那么多钱消费名牌，灰色收入也并不是所有干部都能捞着的呀。

直到刘仪有回花一百五十元钱给他买了一双老人头皮鞋，他才大开眼界。一模一样的皮鞋，大商场的标价却是六百多元。他的确不想这么去充阔佬，可如今就是狗眼看人低。当他穿着假老人头去办公室时，同事们开他玩笑，说张老夫子终于也上些档次了，这鞋不错。不过你这皮带真的要换了，像个电工师傅。他道，工人阶级可是领导阶级啊。口上这么说，心里却想这些人在背后不知怎么议论他的土气。一天，他偶然发现地摊上满是各色名牌皮带的假扣儿，两块五角钱一个。他当下买了一个金利来的。随后又花三十元钱在商场买了一条普通真皮皮带。这么一组合，他腰间也有一条金利来皮带了。同事见了，不免又评论一番，说不错不错。但毕竟是假的，皮带扣儿过不了几个月就会生锈，他就不断地更换，反正便宜。

张青染就这么一年四季被假名牌包装着。他想同事们多数也同自己一样，有时他见这官场上人们装腔作势的样子，就觉得他们身上的假名牌有着妙不可言的象征意义。

一个个自命不凡的赝品！

刘仪叫男人换上新皮带扣儿试试。张青染想顺女人的意，就显出很高兴的样子，马上解下皮带。

刘仪大概习惯了男人身上的冒牌货，感觉不出其中的幽默和无奈，只说很好很好。

张青染也只得说，是很好，确实很好。

刘仪很得意地望着男人系上皮带，说，男人穿牌子，女人穿样子。

张青染听女人那意思，好像她真的把自己男人身上的行头看作名牌了。心里却想，现在女人的穿戴其实更加名牌了，而且价格往往贵得离谱。那些商人们知道每一个漂亮女人身后都有一位或一群愚蠢男人。张青染自己也不想说破这一层，免得自己难堪。

琪琪打了一个喷嚏，刘仪马上抱起儿子，说，琪琪是不是着凉了？怎么越坐越冷？

张青染也感到背脊发凉了。他起身摸电暖器，冰凉冰凉的。便让刘仪先带上儿子去睡觉，他来修理一下这破玩意儿。这电暖器用过三年了，他每年都要修理几次，快成专家了。

可这次张青染弄了半天，怎么也修不好。空忙了一阵，很烦躁，三脚两脚将拆下来的元件扒到角落里。刘仪听见这边稀里哗啦，就问你干什么？张青染也不搭腔。上床后，样子很不高兴。刘仪说，你又发什么神经？

张青染说，电暖器修不好了，又要买新的。

刘仪半天不作声，好久才说，电暖器也是一年一个价，这一种今年要五百多了。

张青染激愤起来，说，我们为什么这么穷？我兢兢业业工作，对得起社会，我的贫穷不是我自己的责任！

刘仪见男人真的动气了，就温存起来。好了好了，别讲疯话了，这哪像你讲的话？她也知道男人讲的只是气话。

张青染仍不平静。户外路灯将光溜溜的梧桐树枝投映到窗帘上，张牙舞爪的样子。

刘仪打开床头灯，张青染眼睛眯了一下，就见粉红色的灯光下，女人面如桃花。女人一脸妩媚，想让男人心情好起来。别想那么多了，高兴一点吧。一边劝慰，一边柔柔地抚摸男人。张青染长舒一口气，合上了眼睛。世界立即缩小了，小得只有这一架温暖的床。

张青染撑起身子望着女人。女人眼波迷迷茫茫的，身子微微蠕动着，似乎在慢慢融化、融化，马上就会变成一汪温柔的水了。这是他十分熟悉的一种感觉，他知道这一汪水会将他整个儿漂走，漂到云天外。

刘仪这时半张着嘴巴，轻声哼哼着。

张青染顿时惊梦般，一下子清醒了。女人从来没有过这个动作，怎么回事？

刘仪似乎感觉到了什么，目光清晰起来，问，怎么了？

张青染停下来，问，你怎么做起这个动作来了？

刘仪睁大眼睛，松开了手，全身松软下来。张青染也兴趣索然了，只得半途而废。两人背靠背躺着，一声不响。老半天，刘仪嘤嘤哭道，你总是这样，谁受得了？也不想想，我都快三十岁的人了，谁还要我？

张青染说，是吗？如果有人要你呢？

哪有那么多如果？刘仪更加气恼了。

张青染也不管女人受不受得了，又说，现在有顺口溜说，三十风，四十浪，五十正在浪尖上，六十还要浪打浪。你正当年啊！

那是讲你们男人！只有男人才喜欢三妻四妾，喜欢老牛吃嫩草！

女人不一样？女人一旦像男人一样失去制约，同样会享乐，你看看武则天、西太后！

刘仪光着身子坐了起来，说，武则天、西太后关我什么事？我只知道我刘仪不偷人养汉！

不一会儿，刘仪就冻得直哆嗦。张青染可怜起来，抱着女人要她躺下。女人偏不肯躺下，说冻死算了。张青染只得认错讨饶，好不容易让刘仪躺下，两人不知怎么又争了起来，也没有争出个什么名堂。两人最后都精疲力竭了，就昏昏沉沉地睡去了。

次日上午，麦娜打电话给张青染，说她已买了一台电暖器，叫他不要买重了。张青染有些过意不去，怪麦娜不该自己掏钱。要她自己积点钱才是。麦娜只说没事没事。

张青染马上打电话告诉刘仪。刘仪说麦娜也真是的，怎么事先也不说一声？其实他俩早上出门上班时，都想到了这事，只是两人都憋着气，谁也不愿先提出来商量。

张青染回家一推开门，琪琪就飞了过来。抱了儿子，感觉家里很暖和。他看看电暖器，发现是进口货，就说太花钱了。

麦娜说，意大利的，也只要一千多块。

刘仪笑笑，说我们麦娜成富婆了，讲到钱口气都不同了。

麦娜说，姐你别笑话我了，我是挣一个用一个，不留后路。

张青染听了，心里不是味道，看看女人，女人眉尖也皱了一下。

晚饭后，麦娜匆匆忙忙收拾一会儿，又出去了。张青染三口洗漱完，坐下看电视。

刘仪望了一眼电暖器，说，比我们原来那个暖和些。

张青染应道，是暖和些。

过了一会儿，刘仪又说，要不要关一下再开？

张青染这下明白了女人的心思。她是怕这玩意儿暖是暖和些，只怕就是太耗电了。见女人这样子，他就说，电暖器经常开呀关的，不经用。可以先开高挡，等室内暖和了，再调中低挡。说着就起身调低了电暖器，怕女人还不放心，又无话找话，说进口电暖器热量大，却省电。

这时，电视上播着一条无名女尸招认启事，说今天下午在城南河边发现一具女尸，死者身高约一米七五，年龄大约二十岁。因面部破坏严重，已无法辨认。

刘仪吓坏了，忙挨紧男人。她立即想起了猫儿，却不敢说出口。张青染看出了她的心思，安慰道，不会的，不可能的。刘仪手都有些发抖，说不会就好，真为麦娜担心。她顿时感到特别冷，说睡了算了。

张青染刚准备脱衫，电话铃响了。张青染过去接了，原来是他在深圳做生意的同学周豪回来了，邀他现在出去玩，在蓝月亮夜总会，都是几个同学。张青染说，你有没有时间概念？现在都什么时候了？又不早联系。好吧好吧，马上来。

刘仪见是他们同学邀请，也不好说什么，只说早点回来，说不定过会儿就要下雪了。

张青染就加了件衫，缩着脖子出去了。

第二天并没有下雪，只是干冷。一家人睡了懒觉，早饭就吃得迟。琪琪吵着要出去玩。刘仪不依他，说你一个人去，冻死算了。张青染也哄了一会儿，琪琪就安静了。

麦娜也不出门，大家就坐着说话儿。刘仪问麦娜昨晚什么时候回来的，麦娜说回来时没看表。

张青染说，你昨晚回来很晚，我到家是十二点半，当时你还没有回来。

麦娜觉得奇怪，问，哥你昨天怎么也那么晚？

我昨晚第一次看了你们的时装表演。什么蓝蓝的天，蓝蓝的海，白色的沙滩上，美丽的少女向您款步走来。这是近年来风靡本市的时装表演队，梦幻般的白狐狸组合。

真的？你是在哪里看的？麦娜问。

刘仪不等张青染回答，先疑惑道，在哪里看的你也不知道？

麦娜马上笑了，说，姐你真外行。我们每晚串五个场子，怎么知道他在哪里看的？

张青染说，我是在蓝月亮看的。

蓝月亮？那是我们最后一个场子。早知道你在那里，昨晚跟你回来就好了。

张青染听麦娜这话，好像昨晚她碰上了什么事了，就问，昨晚是否有麻烦？刘仪也不安了。是呀，什么事？你昨晚回来太晚了。真的有事，你就说说。你哥有同学在公安，让他们关照一下。

麦娜鼻子一哼，说，别说公安了。我们姐妹要是说谁坏，就说你他妈的比公安还坏。张青染不赞成麦娜这种态度，说她看事情就是偏激。麦娜却说出一套理论来。她说好警察也许有，比如你的同学。但我从未碰上过好警察。

刘仪听得不耐烦了，皱着眉头说，你们争这个干什么？张青染也不想争下去。他知道自己说服不了麦娜的。岔开话题，说到昨晚看她们时装表演的事。麦娜你们怎么叫白狐狸组合？怪兮兮的！狐狸的形象可不佳哩！

麦娜说，现在哪里还说什么好和坏？这么说吧，我们要把从小接受的是非观念全部颠倒过来就对头了。要不然就想不通，不疯了才怪。我们有个姐妹叫胡丽，外号狐狸，我们就这么命名了。叫什么表演队又落俗套，所以就叫白狐狸组合，新鲜。现在啊，男人流行丑的，女人流行妖的。狐狸正好天生妖气。不见我们几个人的名号？个个牛鬼蛇神。

张青染想不到麦娜年纪轻轻竟这么复杂。刘仪也担心起来，说，麦娜，是这个世道了，但你自己要注意点，要有分寸啊。麦娜半真半假地说道，妖嘛，又迷人，又害人。我们可都是好妖，从不伤害好人。

张青染同女人对视一下，觉得麦娜不对头了。刘仪问，麦娜你好像不正常哩，有什么事吗？麦娜说，没有，你们放心。

张青染琢磨着麦娜的表情，说，有什么事不要一个人闷在心里，要同我们商量才是。看得出，你情绪有些不对。

麦娜眼睛闭了一会儿，才说道，他们可别在我们面前装人样儿。狐狸现在只怕还躺在他的床上！

张青染两口子吓了一跳，面面相觑。谁都不作声了。好一会儿，张青染才说，这种事不要乱说，没好处的。麦娜无所谓的样子，说，我才没心思说这种事，今天是你们问急了。

刘仪说，哥让你莫乱讲，是免得你引火烧身，你只要好自为之就行了。嗯，你们猫儿有消息了吗？刘仪不敢提昨晚的认尸启事。麦娜应道，哪有消息？活不见人，死不见尸的。张青染忍不住长叹一声，心想这世界怎么了？见女人有意回避认尸启事，他也不说了。

麦娜传呼机响了。一拨过去，是个骚扰电话。麦娜气得一脸通红，骂道，你回去给你自己妹妹开苞吧，肥水不要落了外人田！狗东西！刚准备放下电话，麦娜僵住不动了，脸色一下子白了。

刘仪见这样吓得要死，忙问出什么事了！张青染也紧张起来。是呀，你说呀，是不是猫儿。

麦娜什么也不肯说，只说没事，你们放心。

传呼机又响了。麦娜身子微微跳了一下，慌忙看了传呼号码，见是狐狸的，才缓了一口气。麦娜拨通电话，也没好气。你叫呀叫呀叫个死！哦，不是猫儿？我问你，你把我的传呼机号码告诉了谁？不是你是谁？告诉你，从今天起我不用传呼机了，有什么事就先天约定。挂了电话，麦娜马上从手包里取出传呼机关死了。还不解恨似的，又稀里哗啦拆下电池。

刘仪见麦娜这个样子，不知怎么安慰她，便问，刚才听你说到猫儿，猫儿怎么了？麦娜说道，那天在城南河滩上发现了一具女尸，原来我们猜……今天狐狸她们一打听，是一家酒店的礼仪小姐。

当晚，麦娜一出门，张青染夫妇就陷入不可名状的恐惧之中。刘仪说，我今天很怕，是不祥之兆吧？你要想想办法，给麦娜另外找个事做吧。她的处境危险了。张青染一筹莫展。我能有什么办法？手中无权，兜里无钱，谁肯帮忙？刘仪斜他一眼，说，你这么多年就没有一个好朋友？张青染苦笑道，朋友？如今除了故旧，还能交什么新朋友？朋友只有越来越少的，这是生活给我的基本经验。刘仪神色凄然，说，那只有眼巴巴看着麦娜毁灭。

　　两人谁也不讲去睡觉，就这么干坐。凌晨一点了，仍不见麦娜的影子。刘仪更加害怕了，硬要张青染出去找找。张青染为难了，说，这深更半夜的，叫我到哪里去找？刘仪也不顾这么多，只是嚷，那好，你让麦娜死在外面好了。

　　夜深了，电压很足，灯光亮得怪异。张青染低着头，感觉这满世界无边的黑暗都在朝这小屋子挤压过来，门窗似乎都要爆裂了。

　　坐了半晌，张青染见女人那样子怪可怜的，便说，我到街上转转去，你安心睡了，急也是空急。

　　张青染骑自行车在街上瞎转，凡是他知道的夜总会都去了。但所有夜总会都关了门，只有霓虹灯还在懒散地眨着眼睛，就像刚接过客的妓女歪在门口打哈欠。

　　他不知转了好长时间，疲惫不堪地回到家。刚准备掏钥匙开门，刘仪将门拉开了，问，找到麦娜了？原来刘仪还没有睡。张青染摇摇头，不声不响进了屋。刘仪张大嘴巴，圆睁眼睛望着男人，像是见了鬼。

　　两人只得上床睡觉，可谁也睡不着，望着窗帘上摇头晃脑的怪影，挨到天明。

　　直到下午四点多钟，麦娜终于回来了。像是从阴间打了个转，人瘦得脱了层壳。这会儿见了麦娜，刘仪反而来气，责怪说，急死人了，也不兴打个电话。你哥在街上转了通晚。

麦娜往沙发上一躺，忍禁不住，呜呜地哭了起来。

张青染夫妇知道一定是出事了。麦娜好不容易才平静下来，说出了事情的原委。

原来遭遇从前天晚上就开始了。昨天她流露过，但怕表姐两口子担心，什么也没说。

前天晚上，麦娜她们从蓝月亮出来以后，各自打的回家，可是一位警察缠住了她，要带她到一个地方过夜。她摆脱不了，又不肯就范，就趁那警察不备用麻醉手枪打昏了他。那天晚上她就回来晚了。

昨天白天那个骚扰电话就是这个警察打的。他威胁她，叫她晚上节目完了以后，到九号包厢去，不然后果自负。她吓坏了，知道这些人是惹不起的。但听他们的也不会有什么好处。她就置之不理，听天由命。当她们表演完了，刚准备离开，几个人将她们全部扣下了。他们说怀疑她们私藏警械。果然从她们身上搜出了五支麻醉手枪，这是她们在黑市上买的，用来防身。

她们被带到派出所。麦娜想认出那个色狼，但那家伙没有露面。狐狸是天不怕地不怕的，大肆放泼。她说我告诉你们，你们没看见我们五个姑奶奶个个如花似玉？是谁都可以怎么着的？要是弄得我们不高兴，不论红对红黑对黑，都要整得你们拉稀！

一个人吼道，别虚张声势了，你们落到了我们手里，就别想轻易过去！

麦娜发现，这些人样子虽然照样凶狠，但狐狸讲的话他们还是真的听进去了。他们出去商量了一会儿，回来就将她们分开，草草问了话，给每人开了张五千元的罚款单。

临走，狐狸说，罚款我不会来交，你们硬要的话打我的传呼。我可以给你们留个号码。

见狐狸这么放肆，麦娜胆子也大了，就说，从明天起，我们姐妹们每人带把水果刀，这个总不是警械吧。若是碰上色狼，我们就把他的鸟鸡儿割下来喂狗！

从派出所出来，她们径直打的到狐狸住所。这是一套三室两厅的豪华住宅，所有家具一应俱全，很够档次。

麦娜一见这境况，心里明白了一大半。

姐妹们洗漱了一下，狐狸说，我今天是万不得已才带你们来的。已经太晚了，免得大家再碰上什么鬼。今后你们谁也不要来这儿找我，也不要对别人讲我有这么一个地方。我想好了，我不想再干了，我原来是舍不得大家，偏要干，他也只有依我。今天受了这种罪，我没有兴趣了。

麦娜说，人各有志，随你了，但我们几个不干吃什么？水蛇、老鹰、相思豆她们也说要干。

狐狸说，那就祝姐妹们好运吧。你们今后要是有什么麻烦可以找我。今天罚款的事你们不要管，自然有人会给他们传话过去的。

狐狸又将麦娜拉到一边说，只有你知道我跟的人是谁，看在我们姐妹一场的分儿上，千万不要讲出去，那样等于把我往死里推。

麦娜答应保密，不过要她为猫儿的事多留些神。活活一个人，就这么无影无踪了。

麦娜哭泣着说完这些，天已完全黑了下来。刘仪望着男人，说，张青染，你就没有一点儿办法？张青染沉默不语，满腔愤懑。他从来没有像今天这样体会到自己的无能。自己家人的安全都不能维护，还像个什么男子汉？

刘仪让麦娜上床休息，她自己去做饭。没有买菜，将就着煎了几个鸡蛋。

吃过晚饭，刘仪劝麦娜今晚就不去算了。麦娜却摇摇头，说，不去不行，毁了合同不好办的。刘仪还是放心不下，说，那就让你哥陪你去，再同你一道回来。麦娜说不用，又不是一天两天，哥哪有那么多时间？再说哥也不是三头六臂，就是碰上歹徒他也没办法的。

刘仪望着麦娜出了门，禁不住潸然泪下。

一连几天，麦娜也不见有什么事。罚款的事也真的不了了之。张青染夫妇悬着的心渐渐放了下来。麦娜看上去也平静了，在家也有说有笑的，只是有时会突然冷下来。她本来就是一个很情绪化的人，张青染夫妇见怪不怪，也不太放在心上。

这天，麦娜给张青染夫妇每人买了件雪豹牌皮衣，张青染心里喜欢，却嫌太贵了。刘仪也说太贵了，哪是我们穿的？

麦娜只是笑。张青染知道她的收入很可观，比自己两口子的还多，但也不好多问。两人穿上试试，都很合身，款式也好。刘仪心里歉歉的，说，你要自己积点钱，今后好有个靠啊。哪知这么一说，麦娜脸色又阴了下来。我哪有什么今后？我是过一天算一天。刘仪责怪起来，说麦娜你老是这个样子不行啊。你才二十出头的人，怎么就这么灰心？麦娜强扮笑脸，说，不讲这个了，我会很好的。

晚上，刘仪无意间说到男人有好几件衣服的确不能再穿了，早过时了，下次全部捐给灾区吧。张青染说，可以捐几件，但不能全捐了。人怕倒霉呀！天知道我们今后会怎样？居安思危啊。刘仪不相信自己真的会落到连衣服都没得穿的地步，最多比别人穿得差一点。她便怪男人没志气，太不中用。

张青染却认真起来，说，居安思危，这是千年古训。你就开始嫌我不中用了？我们有个同事的老婆，年纪同你差不多，在涉外宾馆工作，收入本来也不错，可是不知足啊。她上个月到香港出了一趟差，见了大世面，马上就觉得自己男人不中用了。回来不到半个月，就搭上了一个六十多岁的台胞。我那同事气死了，但为了孩子，还是想破镜重圆，去劝那女人。那女人说，我不怕别人讲我贱骨头。现在从地下挖出一块人骨来，你知道这骨头是贱是贵？不知道！我们今后死了，都要挫骨扬灰，连骨头都还找不到哩！

刘仪骂道，才清静几天，你又发神经了。

张青染说，我才不发神经哩！你是说我不中用，我才讲的。我真的到了衣服都没得穿了，你怎么办？

刘仪哭笑不得，说，你又是这个逻辑了。硬要我回答？那要看你是怎么穷的。若是天灾人祸，我认了，跟着你受穷。若是你四体不勤，我就带着琪琪离开你。

张青染马上追问，到哪里去？

刘仪说，你无聊不无聊？幸好"文化大革命"轮不到你来发动，要不然会更加灾难深重！

张青染不顾女人气恼，还陷在他自己的情绪中。他长叹一声，说，男人哪，就怕戴绿帽子。我那同事，自从老婆跟了别人，他人像矮了一截，说话底气都不足了。

刘仪听这话，冷冷笑了一声，说，我也学你的逻辑，来问问你。你到底是把我看得重，还是把你的面子看得重？你顾的只是面子，那么假如我对你不忠没有伤你的面子，你就不在意了？

张青染一下子变了脸，说，怎么，你想过这事？

刘仪马上固守防线，说，你别倒打一耙，我是依你的逻辑说话。你别想混，你说是我重要，还是你的面子重要？

刘仪这么一追问，张青染内心尴尬起来。他不敢否认女人不重要，但他想得更多的是自己的面子。

见张青染一时不语，刘仪生气了。是啊！我早看出来了，我在你心目中是越来越没有地位了，你考虑的只是你男子汉的面子。不是我说你，你这种男人，自我膨胀起来了，就自以为很伟大了，好像可以主宰一切。自暴自弃起来了，又觉得自己一文不值，老婆都守不住了。你只看重自己面子，我如果不伤你的面子，又能为你挣很多钱，难道你就由我怎么样了是不是？

刚才张青染本来已开始反省自己，可刘仪越讲越刺耳了，他又愤怒起来，说，你敢，你敢。我告诉你，我张青染只可能在两种情况下杀人，一是自己和家人受到侵害而法律又不能为我讨回公道的时候，一是老婆对我不忠的时候。

刘仪愤然道，我知道你这么狠，你杀我好了，你杀我好了，你现在就杀了我！

张青染气得眼睛充血，说，那你是说你真的要那样？

刘仪说，我才不会偷人养汉哩！你看好你自己！

张青染回道，我凭什么？一无权，二无钱，谁会爱我？

刘仪抓住男人的话，紧逼过来，说，那么你今后发达了，有钱有势了，就要三妻四妾？

刘仪嚷完，两人都不讲话了。

夜已深沉，也不知麦娜是不是该回来了。琪琪突然咯咯笑出了声，想必正在做一个很美丽的梦。窗帘上的树影魑魅般狂舞着。外面一定寒风刺骨。

张青染懵懵懂懂，想不清刚才同女人到底争了些什么，更想不起是从什么事上开始争吵的。多没意思。

男人不理不睬，刘仪暗自饮泣。她弄不明白，自己同男人本来可以平平静静过日子的，可怎么稍不小心又硝烟四起，好像他们生活的角角落落布满了地雷。这样的日子有个尽头吗？

张青染感觉女人肩头在微微抖动，知道女人在哭。心里不

20

忍，搂过女人安慰。女人却哭出了声。

麦娜今天心情好，在家也化了妆，柔美如水。

刘仪很高兴，说，麦娜你要是天天能这样，我们就放心了。

张青染感觉这是化妆的效果，就正经问起这事来。

麦娜眉间就凝上一丝愁云，说，我在化妆上确实很讲究。在家要么不化妆，化妆就化得温柔可爱一些。晚上出去，面对的是人欲横流，我化妆就化得让人感到可望而不可即，美丽之中带点冷气、傲气、煞气。你们不知道我的外号，我的外号叫青面鬼。

刘仪听着又唏嘘不已。

张青染后悔自己不该提这事，好好的又弄得大家心里不快。

麦娜总是这个样子，太可怕了。他知道自己没法同麦娜讲什么道理，任何道理在现实面前都是苍白无力的。麦娜在外碰到的事情也许太多了。解脱麦娜，只有改变她的环境。

张青染突然想起前些天在一本杂志上看到的一篇报道，介绍一位名模，也像麦娜这样，先是同几位伙伴自己搞起服装表演队，后来慢慢就出人头地了。

他忽发奇想：麦娜也完全可以造就成名模！

来不及细想，他就把自己的念头讲了出来。

刘仪疑惑道，你头脑发热了？

麦娜却只道，名模了又怎样？

张青染思路慢慢清晰起来，说，麦娜你这就不懂了。真的成了名模，你就出头了。我没有传统偏见，你也别小看了自己从事的工作。你这份工作，也完全可以看作一份正儿八经的事业，只要操作得好，是可以有所成就的。这在你也是有可能的，你有这份天资，又有爱好。人的天资、爱好同事业结合在一起，就是成功的一半！

刘仪问，你讲的好像也有道理，只是这事谈何容易？

麦娜仍然没有多大兴趣，只说，成了名模也不见得怎样。

那就不一样了。张青染说，成了名模，你就天宽地阔了。事业也成功了，那些流氓地痞也不敢对你怎么样了，你可以离开那些纳污藏垢的场所。真的那样，你就可以获得你所希望的一切。

刘仪问，这事这么容易？

张青染说，不容易，但也并不是没希望。现在很多什么星呀、家呀，怎么成的？靠电视、靠报纸、靠杂志！我在这方面也有几个同学，可以试试。

麦娜沉吟片刻，说，那就听哥的，试试吧。

张青染想了一会儿，说，我有个同学，叫王达飞，在电视台工作，承包了电视台的广告公司，也就是现在的达飞广告公司。看他能不能帮帮忙。我这就打个电话给他，看你的运气了。

一打电话过去，王达飞也正好在家休息。张青染也不绕弯子，开门见山地说了。王达飞说他那里需要兼职广告演员，可以让麦娜去试试。

张青染把王达飞的意思告诉麦娜，说，明天你去就叫他王总就是了。若能先拍拍广告片，就尽力发挥好。这是第一着棋，到时候见机行事。

次日张青染下班一回家，就问麦娜去找了王总没有。

麦娜似乎很少有这么高兴，说，哥你那位同学很讲义气，说是张青染的妹妹，没说的。他让我试了镜头，很满意，让我明天就去拍一个化妆品广告。他说报酬方面也不会亏待我的。

麦娜晚上还得去夜总会串场子。刘仪争着去收拾厨房，说麦娜在外跑了一天也挺辛苦的。

张青染今天感觉极佳。自己在创造奇迹。终有一天，麦娜会成为光彩夺目的人物，她将拥有自己的小洋楼、小汽车，有自己的律师。从自己的设计中，张青染看到了自己的才能，颇为得意。

刘仪仍有些将信将疑，问，真的会成功吗？

张青染似乎很有把握，说，事在人为。

刘仪有心无心地询问，唉，对麦娜，我们也是尽心尽力了。她今后真的有出息了，还记得我们吗？俗话说，人一阔，脸就变。到时候，她只怕是个成天搂着巴儿狗的冷血动物了。

不等张青染说什么，刘仪猛然记起一件事来，说，提起巴儿狗，我正要告诉你一桩怪事。这事若不是发生在我们单位，谁说我也不敢相信。我单位有个女的，快四十岁了，平时看上去也文文静静，正正经经的。她男人是跑采购的，常年在外。她家养了一条狗，打扮得再漂亮不过了，天天不离身。昨天你猜怎么了！她同狗做那事，拔不出来了，痛得她做鬼叫。也不知在家折腾了多久，深更半夜弄到医院才拔出来。啧啧，这不要羞死人？

张青染却说，这不，你常讲要喂狗喂猫的，幸好我不同意。不然，只怕要引狼入室了。

刘仪气呼呼地站了起来，指着男人鼻子叫道，张青染你别太过分了。你别老是这样，我告诉你，什么事情都往我身上摊。你为什么就不可以把我往好里想？

刘仪叫骂着。张青染渐渐脑子木了，闭着眼睛躺在沙发一角，一副死牛任人剥的样子。

一个多月下来，麦娜居然拍了四个广告。想不到麦娜在电视里还真漂亮。

麦娜比原来忙了许多，白天不敢再睡懒觉，早早就得出门，有时拍广告，有时也要应酬。晚上去夜总会串场子也不能放弃。接琪琪和做家务就顾不过来了。张青染夫妇商量一下，只得请了个保姆。

张青染见麦娜忙忙碌碌，心里就踏实了许多。麦娜真的像一位创业者了。

但下一步怎么走，张青染还没有想好。前些年三天两头选这小姐那小姐的，现在怎么总不见人来组织？若是有机会让麦娜参加个什么大赛，促成她获得个好名次就行了。只要有个由头，就可以策划一些人物专访之类的文章，找有关系的报刊发一发。这样要不了多久，麦娜就会大红大紫的。

正愁着这事，在晚报社当新闻部主任的舒然之跑到他办公室来闲侃。这位仁兄有侃瘾，隔一段时间就跑到张青染办公室磨上半天。

李处长见舒然之来了，就敷衍几句，说声你们老同学聊吧，我办个事去。

两位老同学东扯西扯，不知怎么扯到麦娜的事上来了。舒然之摇头晃脑了半天，轻轻敲了几下桌子，说，老同学呀，你天天坐在政府机关办公室，怎么还不开窍？

张青染听了摸不着头脑，问，怎么了？

舒然之诡谲道，麦娜虽没有参加过任何大赛，但我可以让她获得大赛名次。

张青染越发不明白了，直问这是怎么回事。

舒然之却不急，慢慢抿了一口茶，目光幽幽地望着张青染，说，老同学了，也不瞒你。现在有些热闹场，就是我们这些人制造出来的。既然是你的妹妹，又有这么好的条件，我们不妨创造一个奇迹。这样吧，你今天就算请我的客，我到你家吃晚饭，同麦娜见一面，随便扯扯。我保证一个星期之内我们晚报发个像模像样的报道。看时机，我再联系几家报刊也发一下。对了，让她找几张漂亮些的照片给我，有艺术照最好。

张青染虽然急于求成，但还不敢相信可以按舒然之的办法现一手。他有些犹豫。

怎么了？是怕我吃你家的饭，还是怕我打你家表妹的主意？

舒然之玩笑道。

张青染只好说，好，试试吧。不然你要说我小气了。

舒然之同刘仪熟识，见面不多客套。张青染把舒然之介绍给麦娜，说明了意图，弄得麦娜很不好意思。

舒然之说，没关系的，也不叫什么采访，我也不做笔记，随便聊聊。

大家就这么在茶饭之间随便聊了一通。

晚饭后，麦娜清了几张照片给舒然之，稍坐一会儿，道了歉意，就去夜总会了。

舒然之仍闲话了一会儿。张青染深感纳闷，问，你这么聊了一通，就可以炮制文章？不瞒你说，我同麦娜朝夕相处，现在要我来写她都不知从哪里起笔哩。

舒然之哈哈大笑，说，写这样的文章，就是要同写作对象有一种疏离感，看得太真切了反而写不好。

张青染怎么也理解不了。

三天之后，张青染接到舒然之电话，青染你注意明天的晚报，我写麦娜的文章明天见报。

次日晚报一到，张青染马上翻到副刊。只见麦娜的压题照片高贵、飘逸、神秘。舒然之大作的标题是"与梦同在——名模麦娜从昨天走向未来"。

这个舒然之，麦娜怎么就成了名模了？

…………

麦娜有许多的梦。她说，小时候，常梦见自己在飞，在飞，四周是漫无边际的彩云。多年之后，当她荣膺"南国小姐"桂冠的时候，面对掌声、鲜花和辉煌，她记起了儿时的梦。面对麦娜，你常常会产生一种时空错觉，不知她来自何方，又将隐踪何处。麦娜是神秘的，她从线装本《诗经》中走出，一路轻歌曼舞，路旁长满蓬蓬森森的湘妃竹。麦娜有许多的梦，有许多关于飞天的梦。

…………

才两千字的文章，张青染看了一个多小时。他几乎不相信自己的眼睛，往往读完一句又要重读一次。通篇文字扑朔迷离，麦娜几乎成了一位云中君。

他马上打电话，想找找舒然之。那边接电话的说舒然之不在，外出采访了。

刚放下电话，舒然之推门进来了。

舒然之很得意，笑得有点像在恶作剧。张青染说，然之，你也太胆大了，尽搞些子虚乌有的东西。你写的麦娜，我都认不得了。还有什么"南国小姐"！

舒然之仍是笑，说，青染，你也许是本世纪最后一个诚实孩子了。前几年各种选美活动眼花缭乱，现在谁也弄不清了。我也没有说她是哪一年在哪里获的奖，由他们猜去吧。你只要告诉麦娜，让她学会应付，搪塞就行了。

事情哪有这么简单？麦娜又不是突然从天上掉下来的，她有那么多熟人，谁不知道她？张青染说。

舒然之却大摇其头。张青染哪，你还不懂什么叫名人。我跟你讲，别说我在给你上课。麦娜有多少熟人？一百？二百？三百？我敢断定，依她的年纪和阅历，完全了解她的人不可能超过三百。但她一旦是名人了，知道她的人就是百万、千万，甚至亿万！相比之下，区区三百人算什么！要知道，名人是生活在成千上万的陌生人当中的，无数的陌生人会让名人拥有一切。对了，我记得你说过，麦娜这个名字也还不是你表妹的本名，这对她也是有利的。

舒然之一席高论似乎也可信，但张青染心里总不踏实。说白了，这其实就是在搞阴谋诡计，弄虚作假。

张青染说，这事哄得了别人，只怕哄不了王达飞吧。麦娜这会儿正在他那里做事，他要是看了你的文章，会怎么样？

他能怎么样？舒然之很自负的样子，说，今天晚上我就去找他，他要感谢我才是！

这话怎么说？张青染问。

舒然之说，王达飞你还不清楚？精得很！麦娜的广告我看了，的确不错。这么说吧，我敢这么放着胆子写麦娜是看见王达飞肯用麦娜。王达飞讲同学情分，这我也清楚。但他也不会在自己赚钱的大事上勉强迁就。麦娜会是他王达飞的一棵摇钱树的。这他不感谢我？

下班回家，张青染让麦娜看看舒然之的大作。麦娜边看边摇头。这哪里是我？这哪是我？让熟人看见了，我怎么好意思？

张青染便开导麦娜，他将舒然之的那一套逻辑又完善充实了一下，细细教给了麦娜。最后，反复嘱咐道，一定要学会遮掩、搪塞，做到左右逢源，滴水不漏。

刘仪看了那篇文章，说，难怪人们讲报纸只有日期和讣告是真的。

刘仪还想着那篇文章，说，不过舒然之的文章还可以，我看了都爱上麦娜了。

第二天上午，张青染接到王达飞电话。王达飞说，舒然之真是个冒失鬼，比我们电视记者胆子大多了。但都是老同学了，我就赌一回，认了这个名模了。不过麦娜真还可以。我初步考虑，把麦娜作为我们公司的牌子，打出去。现在广告公司太多了，竞争激烈，我这碗饭也不好吃，也需要为自己广告广告。

张青染这下放心了。

果然，几天之后，电视上打出了宣传达飞广告公司的广告。

先是咔嚓咔嚓推出一幅幅商品照片，然后打出字幕：优秀的品牌。紧接着咔嚓咔嚓推出楚楚动人的麦娜，又打出字幕：美丽的麦娜。马上就是雄浑的男中音：麦娜创意，达飞广告！

麦娜创意是什么意思？刘仪问男人。

张青染笑笑，说，我相信王达飞也不清楚。

张青染没想到，舒然之这么玩一手，麦娜就喜剧地成名了。这同他最初的设计在思路上差不多，只是舒然之节奏快了一些。张青染是想循序渐进，水到渠成。想来自己是不合潮流了。

王达飞的生意越来越红火。主要街道两旁的路灯杆上清一色的达飞文字广告。现在他们不论做什么商品的广告，都要打出"麦娜创意，达飞广告"的旗号。王达飞够朋友，给麦娜的报酬，除了按片计酬外，每月还给她一千五百元固定工资。

麦娜好像一股富有魔力的风，在大街小巷没日没夜地刮着。不多久，麦娜家喻户晓了。有些人甚至说不清麦娜是人还是物，只是盲目感觉着一种潮流、一种时尚、一种信赖。

王达飞鬼精鬼精，让他们电视台《每日焦点》栏目策划了一次关于麦娜现象的专题报道。记者在街头采访，群众回答提问时五花八门。有位大学生很有学问的样子，说，麦娜创意嘛，好像是目前国际上流行的一种广告业经营方式，它是用一位名叫麦娜的女创始人的名字命名的。

主持人最后发表述评说，很多观众都知道，麦娜是近年来逐步成熟起来的广告演员。其实，麦娜是谁这并不重要，重要的是麦娜创意所体现的一种广告经营思想，这就是把广告宣传的优秀品牌同广告公司本身的良好信誉紧紧联系在一起，对企业负责，对用户负责，也对自己负责。

过了几天，舒然之专门跑来告诉张青染，说，王达飞搞的《每日焦点》报道获得了极大成功，电视有电视的优势。但要注意，名气大了，麻烦也来了，麦娜就在聚光灯下生活了。一定要告诉麦娜，除了我和王达飞安排的，她不要自行接受任何记者的采访。不怕你说我寒碜自己，有人说世界上有两种人得罪不起，记者和小人。麦娜这样的人同记者打交道太危险了。炒名人最忌热一阵，冷一阵，这个我最清楚不过了。但不要指望别人来炒，我会适时写点文章为她捧场的。我多用几个笔名，多发几家刊物，就可造成热闹场面。

张青染表示感谢。舒然之说，客气什么？老同学嘛！再说自己也爱好。

张青染回家，见麦娜坐在阳台上吸烟，目光忧郁地望着天。可他不怎么好去讲她。

一会儿刘仪回家了，大家就开始吃晚饭。席间，张青染把舒然之的意思说了。麦娜点头说，知道。

麦娜走后，刘仪到阳台上晾衣服，见窗台上放着烟灰缸，里面有几个烟蒂，就问青染来了客人？张青染说没有，是麦娜吸烟。我回来时，她一个人在阳台上吸烟，我也不好说她。

刘仪皱起了眉头，说，她不要变坏才好哩。

张青染说，依我看，麦娜人是蠢些，但也是有主见有脑子的人，不可能轻易变坏的。她一定是心里又有事了。女孩子有些事我是不便多问的，明天你问她一下吧。

刘仪晾好衣服，回到客厅坐下。半天才说，眼巴巴地看着她有出息了，心里刚踏实了些，又有什么事呢？

刘仪心里急得慌，等不到明天。她让男人先带儿子睡了，她要等麦娜回来。

麦娜十二点一过就回来了。说姐你怎么还不睡？

刘仪说，姐想等你回来说说话。大家一天到晚忙进忙出，住在一个屋里，却说不上几句话。

刘仪拉麦娜坐下。麦娜的手凉得像冰，刘仪就握着揉搓。麦娜胸口就荡起些什么，撒娇似的靠着刘仪。

刘仪问，你这么日里夜里忙着，吃得消吗？

麦娜说，还行。刘仪又问，感觉怎么样？打交道的人都还好吗？

麦娜说，王达飞很狡猾，不过对我真还可以，他讲义气。

刘仪见半天引不到她要问的话题上来，就故作惊讶，说，麦娜你嘴里怎么有烟味？你吸烟了？

麦娜低了头，说，有时无聊，吸着玩玩。

刘仪说，姐是疼你的，你自己知道。姐可是生怕你有什么闪失的，要是有什么事，一定要告诉姐。

麦娜把头歪在刘仪肩头，说，姐放心，没有事。

可是这以后麦娜连续四个晚上没有回家，电话也不打一个回来。张青染问王达飞，王说这几天没有麦娜的事，她没去电视台。麦娜怎么了？张青染只得含混着掩饰了。

这几天夜里，刘仪总想起猫儿失踪的事，怕得要死，硬要男人马上赶到蓝月亮去，看麦娜是不是还在那里。

张青染说，是呀，早就该想到这一着了。

张青染打的径直赶到蓝月亮。可是不凑巧，张青染刚赶到，就见麦娜同伙伴们扬手打过招呼，自己钻进一辆黑色轿车。她的伙伴们也各自打的走了。

张青染回到家里，刘仪早已急得不行了，忙问见到麦娜了吗？张青染说，见到了，坐着高级轿车走了。好像还是辆林肯牌轿车哩。便把情形细述了一遍。

刘仪哀叹一声，说，麦娜又步狐狸的后尘了。

张青染沉默不语。

过了一会儿，刘仪由哀而愤，说，她当小秘可能还挺自在，信都不给我们带一个。

张青染说，女人到最后怎么都是这样？钱对女人真的有这么大的魔力？

刘仪瞟了男人一眼，说，你别一篙打了一船人，不是所有女人都愿意做小的。

如果给你花不完的票子呢？张青染心里也不舒服。

刘仪恶恶地望了男人一会儿，说，张青染我早就知道你一辈子都富不了的，若是爱钱，我早不是现在的刘仪了。你老是这样，今天我就把话说明白了。你也不是一个什么了不起的男人，但我也不会这么对你不起的。你别先急了，等我讲完。我不是想说自己如何崇高，如何忠贞。我是想，女人反正要跟一个男人过一世的，我怕麻烦，脸皮薄，心也软，又有琪琪，我不想那么多了，只想平平静静过日子。你不要再疑神疑鬼了，你就是一堆屎我也吃了。

刘仪从来没有讲过这么刺耳的话。但今天张青染出奇地冷静，他没有发火，也发不出火。女人的话字字真切，句句在理，却是极其残酷的。

张青染整个晚上都独自沉浸在怎么也理不清的冥想中。

睡下好久，张青染对女人说，好吧，我们再也不要争这争那，都现实一点儿吧。确实，我总想表现得像个男子汉，总想让你坚信我是优秀的。我想这其实都是徒劳的。我们就像所有凡人那样安贫乐道吧。

刘仪说，这样想就对头了。我们好好过吧，三天两头争吵，人都磨老了。

第二天是休息日，上午九点多，麦娜提着一个密码箱回来了。刘仪心里有气，但见了麦娜又拉不下脸，仍是满面春风。麦娜逗一下琪琪，就让保姆带他出去玩。琪琪他俩一出门，麦娜就埋下了头，却不说话。

刘仪问，到底怎么了？好让人担心！

麦娜仍不作声，提过密码箱，咔地打开。里面是一箱子美钞。

刘仪惊呆了，问，什么？这是什么？

美元，二十万美元。麦娜说罢，闭上眼睛，长长的睫毛顿时滚下泪珠。

天哪，哪来这么多美钞？张青染说，这可不是个小数目啊，合人民币一百六七十万！

麦娜饮泣着，说，我跟了洪少爷了。

张青染目瞪口呆。刘仪本是端坐着的，这会儿像是支持不住了，靠在了沙发上。

麦娜说，我可能本来就不该来到这个世界。到这个地步，也是命中注定的。你们疼我，希望我体面些，可我，一直被大大小小流氓包围着，很少有清静的日子。我不想让你们担心，就尽量不把外面的事告诉你们。但这日子没有个尽头。原先我只在夜总会串场子，围着我的是些下三烂，现在成名了，我天天要应付有头有脸的衣冠禽兽。我知道自己是灾星，正经男人，谁找了我都是灾难，因为正经男人无法保护我。我明白自己是流氓的猎物。既然这样，与其跟小流氓，不如跟大流氓。当我不得不屈服洪少爷时，我想我就算是死了。现在想来，我原来为自己的清白所做的一切抗争，都只是垂死挣扎。

刘仪绝望地说，洪少爷，真的就是人魔？

麦娜说，他不是一般来头，我为了摆脱他的纠缠，找过狐狸，要她求她那位帮忙。狐狸也答应了，可后来狐狸回电话，说她那位也没办法，洪少爷不是一般人物。我想我只有走这条路了。

张青染说，那么，外界对他的传闻都是真的？可他怎么姓洪？

麦娜说，随他娘姓。这种人很多都这样，掩人耳目，欺瞒天下。

那么这钱是怎么回事，刘仪望着那满箱的美钞，紧张得像见了即将爆炸的炸弹。

麦娜冷笑道，这种人，钱的多少对他们没有意义，他们只追求花钱本身的快感。说真的，最初我是宁死不屈的。可是，日子太难过了，没有一天清静。一次，他的一个手下，提着这个箱子对我说，这是十五万美金。只要你听洪总的，你要什么有什么。我想这钱对我有什么用？我一辈子花不了这么多。唉，可是，临死前的挣扎还难受些，不如一死了之吧。我答应了他，去到他的别墅。过后他发现我还是处女，这是他意想不到的，他欣喜若狂，又加了五万美金，他说他有许多女人，不是一流的女人他是不要的，但他从来没有拥有过处女。这事说起来很恶心。

张青染夫妇都不作声。他们不知道说什么好。

麦娜长舒一口气，说，唉，我是过一天算一天，这钱我留着没有用，你们拿着吧。

刘仪马上摆手，不行不行，我们决不能要。

麦娜一听，呜呜哭了起来，很伤心，说，你们是嫌我这钱脏是吗？我在这世上没有别的亲人了，一直跟着你们。如今我这样，也是身不由己，你们都看扁我，我……

刘仪忙说，姐不是这个意思。也不怪你了，只怨你命苦。这钱，你自己留着，这是条后路。跟这种人是不可能长久的啊。

麦娜说，钱我反正是不要了。你们硬是不要，我只有丢了它，天下还有千千万万的人吃了上顿没下顿，正等钱用。

麦娜顿了下，又说，今后你们不要老拴着我了，我有空就回来看你们。我也不会让别人怎么欺负我的。同他约定好了，我不想改变现在的生活，广告要干，王达飞对我有恩；夜总会要去，那几个姐妹现在还离不开我。现在夜总会也打我的牌子。也好，自从跟了洪少爷，别的王八蛋再也不敢靠近我了。

麦娜苦笑了一下，进了房间。她在里面补了一下妆，出来告辞。

刘仪倚在门口，轻声嘱咐，要照顾好自己，麦娜。

麦娜回来说，以后我回家，你们仍叫我菊英吧。

刘仪关了门，眼里噙着泪。

张青染叹道，麦娜真可怜。她讨厌麦娜这个名字，可能是把它看作青楼花名了。是啊，真的可怜。她原来是嫌菊英这个名字太俗，在场面上吃不开，才改叫麦娜的。可如今，反倒厌恶这个洋名了。她只想回到家里，听家人喊声菊英，才感到一丝温暖。她也许还留恋从前那个菊英吧，可是菊英再也走不回来了。

说罢，两人相对无言。听见保姆带着琪琪回来了，刘仪马上关了密码箱。

刘仪轻声问道，这个怎么办？

用她自己的名字存起来吧。你记得她的生日吗？用她的生日作密码吧。张青染说。

好吧，刘仪交代保姆带好琪琪，就同男人出去了。

存了钱回来，两人心情极好，像做了一件很高尚的事。

蜗牛

整个冬天总像快要下雪的样子，却不见有一丝雪花。只是一天天冷下去，间或又飞它几天淫雨。这样的日子，张青染走在外面总是缩着脖子，人像矮去一半。麦娜走那天，也是这样的天气。送走麦娜，老婆刘仪就仰头靠在门背后，像是天要塌下来了。他便想象这会儿麦娜正走在寒雨纷飞的街上，皮外套鼓满了凛冽的风，忧伤地飘扬着。她会不会流泪呢？他想象不出她流泪的样子。麦娜跟着他们这么多年，他几乎没见她哭过。麦娜走了好一会儿，刘仪才回过神来，同他一块去银行存了那一箱子美金。他知道这其实是麦娜的卖身钱，只是他不忍心同刘仪这么讲。事后他俩谁也不提起那美金的事。刘仪是很心疼这位表妹的。

麦娜不回来住了。他们只能每天晚上在电视广告里看见她。只要电视里所谓"麦娜创意，达飞广告"一出来，张青染两口子就死死望着荧屏，谁也不说话，只有儿子琪琪总会嚷着娜姨娜姨。

这天晚饭后一家人看电视，一会儿就是"麦娜创意，达飞广告"了。只见冷艳而高贵的麦娜款步走来，身着挺括的西装。这是一个名牌西装的广告。

刘仪问男人，麦娜现在拍广告像是很忙，你说她们的时装表演还搞吗？

张青染说，你我都不上夜总会，谁知道？按麦娜的个性，只怕还在搞。她是不愁吃不愁穿了，但她们白狐狸组合还有几个姐妹要吃饭，哪有不搞的？

刘仪说，我也是这么猜想的。麦娜就是人太仗义了。狐狸这姑娘跟了大人物，吃喝都是现成的，就不参加她们白狐狸组合了。我想麦娜反正也到这一步了，硬是要出来吃苦干什么？既然洪少爷这么猖狂，美金十几万地甩给她，她还怕吃穷了他？

张青染奇怪刘仪今天怎么说了这种话，就说，你这是怎么了？你一直可怜麦娜不幸落到了洪少爷手里，今天听你这话，就好像麦娜得了便宜似的。

刘仪说，我是说，她反正到这一步了。我要是像她这样了，就烂船当作烂船划，成天挥金如土，不让他倾家荡产不放手！

张青染不想说这个话题了，就不接老婆的腔。麦娜走了差不多一个月了，连个电话也不打回来，一定过得并不开心。她走的时候说过，让姐姐和姐夫不要挂念她，只当她不在人世了。麦娜说这话时眼圈红红的，就是不流下一滴眼泪。

电视一会儿就是《南国风》栏目。却发现女主持人换了新面孔。张青染两口子注意看了看新的女主持人，就你望着我，我望着你。半天刘仪才说，这不是麦娜吗？琪琪早认出来了，喜得跳了起来，叫着娜姨，娜姨。张青染点点头说，啊，是麦娜呀？不像平时那么冷冰冰的，一眼还认不出了。刘仪就说，是呀，做主持的，要是冷若冰霜，有谁看你？

《南国风》是市电视台的一个综艺栏目，每逢周三晚上黄金时间播出，收视率很高。主持这个栏目的原是著名的高媛小姐，很受公众关注，有关她的传闻也五花八门。张青染看了一会儿，发现麦娜做主持人还真不错，便对刘仪说，你这表妹还多才多艺哩。刘仪淡然一笑，说，是不错的。不想老婆说着就忍不住又叹了一声，说，麦娜要不是父母早逝，多受些教育，也不会这么可怜见儿了。张青染见老婆伤心起来了，忙说，好了好了，麦娜到底还算幸运的。我说过多次，不是你这表姐带她这么多年，她不早流落街头了？

其实张青染自己心里也不是滋味，他总觉得麦娜的笑容后面掩藏着难以言说的落寞。很难想象那位洪少爷对她会怎样。

节目一结束，刘仪就打了电话给麦娜。张青染听不出麦娜在说什么，却见老婆一脸愉悦，就猜想麦娜也许真的很高兴。可刘仪打完电话，却低着眉坐在那里，看不出她是高兴还是不高兴。张青染想问问麦娜说了些什么，又想知道麦娜是怎么做了主持人的，但怕惹出不愉快的话来，就忍住了。

刘仪手按着电话机好一会儿才说，高媛出国了，电视台另聘主持人。麦娜去报了名，被选中了。刘仪说着便欣慰地笑笑。

好啊，好啊，麦娜能凭自己的本事竞争到这个职位，好啊。张青染嘴上这么说，心里却想事情也许不这简单。他相信麦娜做一位电视主持人也许会是优秀的，但仅凭她的素质这个职位轮不到她。他再看看老婆，见她好像也在出神，就猜想她可能也在想这事情。两人嘴上都不说出来。

自从麦娜走了以后，张青染总觉得他们家发生了一件大事情。一天到晚都有这种感觉缠绕在他的脑子里。细想好像又不是麦娜出走这件事本身。也许就是那一箱子美金。二十万美金哪！合人民币差不多一百六七十万啊！他同老婆都说不能要这钱，只为麦娜存下，替她保管。但这事情的确太重大了，便总有一种说不准是兴奋还是别的什么感觉，成天在张青染胸口里直撞，闹得他心脏时不时地狂跳起来。

清早，张青染出门下楼，望了望天。天空像乱七八糟塞了些破棉絮，看了叫人很不舒服。天气照样很冷，他缩头缩脑去了办公室。坐他对面的李处长也来了，两人便扫地，抹桌子，打开水。洒扫完了，两人坐下来看报纸。这是昨天的报纸，早翻过一天了，可一时想不起有什么事要做，干坐着又不像话，就只好再翻翻。

李处长放下报纸说，你昨天看了《南国风》吗？新换了一位主持，很漂亮哩。

张青染回道，看了一下，那女孩人真还不错。

还是女孩？李处长笑笑说，只怕早不是女孩了吧。那么漂亮，还有剩下的？

张青染心里就不快了，却又不好怎么说。他本想忍忍算了，可是李处长笑得那么让人不舒服，他不说说这人就对不起麦娜了。但也不能认真说，只得玩笑道，李处长你总爱把漂亮女人往坏处想。

李处长却仍鬼里鬼气望着他说，你护着她干什么？那女人又不是你什么人。我也不是说现在女人怎么的，只是如今女人一漂亮，安全就成问题。再说女人都现实了，只要有好处，还管那么多？

张青染心里越发可怜麦娜了。他不想再同李处长多说这事。李处长本是个严肃的人，但只要一说女人，他就开笑脸了。有时他本来很忙，可是谁若说起有关女人的玩笑，他便会在百忙之中马上抬起头来，笑得胖胖的腮帮子鼓鼓囊囊，额头发着奇怪的光亮。

一会儿，小宁取来了今天的报纸，送到李处长办公桌上。李处长看报的习惯是先浏览一遍标题，再从头看起。张青染本是个急性子，也只得等李处长看过了，他再一张一张接着看。官场有些规矩，并不是什么文件定死了的，道理上也不一定说得过去，但你就是乱不得。

你看你看，《南国风》的女主持一露脸，报纸上的评介文章就出来了。如今新闻操作也真是快。

张青染猜想一定是舒然之在吹麦娜。麦娜成为名模，全搭帮舒然之和王达飞两人。张青染原先请这两位老同学帮忙成全麦娜，总以为自己做了一件好事，不想麦娜一出名就被洪少爷盯上了。他便后悔自己不该这么做了。

嘀！想不到这麦娜小姐还是位硕士哩。想不到，真想不到。看这脸蛋儿，总以为她只是一个花瓶。李处长一边看，一边感叹着。

张青染也感到奇怪了。他知道麦娜连高中都没上完，怎么就是硕士了？他很想马上就看个究竟，可李处长还在那里细细琢磨。

啊呀！这女人还真不错哩，琴棋书画无一不精，裁剪、烹饪也都不在话下。啊啊，难怪难怪，麦小姐原来是大家闺秀。奇女子，奇女子呀！看来我真的要转变观念了。李处长无尽感慨。

张青染接过话头说，现在对女人真的不能以貌取人了，色艺俱佳的女人太多了。李处长说是的是的，社会在向前发展啊。其实张青染只是有意说一说李处长，他心里却想，敢这么瞎吹的只有舒然之。过了好半天，李处长才放下这张报纸。张青染拿过来一看，果然是舒然之的手笔。题目是"麦娜，来自南国的风"。他先草草溜了一眼，再仔细看了看。心想这个舒然之，他笔下的麦娜风华绝代，才情不凡，满怀爱心，别人看了不心旌飘摇才怪。

这时电话响了，张青染一接，正是舒然之打来的。舒然之得意地问他看了没有。他说，我真佩服你的胆量，可以把没影的事说得有鼻子有眼。张青染正说着，李处长出去了，他便说，你们报社记者都是你这德行吧？难怪有人说如今报纸只有日期是真实的。舒然之笑道，你是得便宜讲便宜。当初不是你叫我吹麦娜的？我不是看你老同学面子，才不会费这个神哩！张青染说，我只是叫你宣传宣传，可你也吹得太他妈的离谱了。

两人说笑一回，就挂了电话。

一会儿小宁进来了。李处长一出去，同事们就会串串岗，说些白话。小宁调侃他说，李处长出去了，张处长值班？张青染回敬道，宁处长看望我来了？两人都知道这类玩笑当适可而止，就相视一笑，各自翻报纸去了。

小宁翻着报纸，突然叹了一声。张青染抬眼望望小宁，说，怎么一下子深沉起来了？叹什么气？忧国忧民？

小宁道，国还用得着我来忧吗？我是想这人有什么意思？

张青染不知小宁为何无缘无故发起这种感慨来，就玩笑道，阳光如此灿烂，前程如此锦绣，你怎么消沉起来了？

小宁又叹了一声，抖抖手中的报纸说，这里介绍，日本有位天文学家研究发现，地球每过若干万年都会被行星撞击一次，届时地球表面尘土遮天蔽日，经年不散。地球上便只有黑暗和严寒，一切生物都会灭绝。此后又要经历若干岁月，地球才重见天日，重新拥有阳光。可是这时的地球没有生命，只是新一轮生命进化的开始。于是经过漫长的演进，地球上才慢慢恢复生机。看了这个我就忽发奇想，我们怎么去知道，我们偏巧碰上的这一轮生命进化中产生了人类，而上一轮进化中有过人类吗？下一轮进化还会有人类吗？所以，人类的产生说不定纯粹是个偶然事件。人类既然是这么偶然产生的，还有什么值得自我膨胀的？还成天在这里争斗呀，倾轧呀，追求呀，还什么正义呀，理想呀，伟大呀，可悲可悲！

张青染听了想笑却又笑不出，只说，我说你忧国忧民还是小看你了。你这忧患意识比忧国忧民还要高级得多哩，这可是人类终极关怀啊。

小宁却笑了起来，说，什么终极关怀？关怀又有什么用？大宇茫茫，人为何物？况且人生在世，一切都是注定了的。有人打了个比方，我觉得很有意思。说人就好比爬行在苹果树上的一只蜗牛，它爬的那个枝丫上是不是最后有个苹果在那里等着它，其实早就定了的，只是它无法知道。我们就像一只蜗牛，在不遗余力地爬呀爬，总以为前面有一个大苹果在等着我们，可说不定等着我们的是一个空枝丫。最令人无奈的是这枝丫上有没有苹果，不在于我们爬行得快还是慢，也不在于我们爬行的步态是不是好看，而是早就注定了。

小宁一番话几乎把张青染感动了，他只觉得身上阵阵发凉。小宁比他小几岁，常发些怪异之论。他其实很佩服小宁的聪明和敏感，尽管小伙子有股疯劲，但他从来不流露自己的感动。不知从什么时候开始，容易感动成了不成熟的表现了。记得有回跟何市长去农村看望困难户，见那些群众面黄肌瘦，形同饿殍，他不小心流下了眼泪。但见何市长背着手笑容可掬地嘘寒问暖，他马上偷偷擦干了泪水，心里还萌生了隐隐的羞愧。他明知道悲天悯人说到底还是一种美好的情怀，可如今人们不这么看了。似乎成熟即是无情。小宁还在感叹唏嘘地说着，张青染便有意掩饰自己，玩笑道，小宁你总算知道自己爬在一棵苹果树上，不管怎样还存有希望。我想自己只怕是爬在一棵梧桐树上，怎么爬也是一场空啊。

什么一场空？原来是李处长回来了。张青染说，没有什么，在开玩笑。小宁便同李处长赔笑一句，回自己办公室去了。

李处长坐下，打开一个文件夹，看也不看，就神秘兮兮地同张青染说，你知道原来主持《南国风》的高媛是怎么出国的吗？

张青染望望李处长的眼神，就知道他又掌握什么新消息了，就说不知道。果然李处长说，刚才在楼下，听他们在说这事。高媛是跟康尼尔公司的外国老板走了。我原先早说过，这女人同那老外有两手，你不相信，还说我是长外国人志气，灭中国人威风。唉，这也是没有办法的事啊！说来这也是按市场经济规律办事，漂亮的女人配有钱的男人，优化配置资源啊！

康尼尔公司是本市一家最大的中外合资企业。关于高媛同那位外方老板的绯闻，早就传得沸沸扬扬了。有人还说出许多细节，像是亲眼所见，说什么开苞费是十万美金，以后每晚一万人民币。张青染倒不是相信不相信，只是觉得关心这些事很无聊，就总是有意说不可能有这事。可这回李处长像是终于抓到什么证据似的，脸上简直有几分得意。张青染心想这人如果不是处长，他非臭他一顿不可。可人家毕竟又是处长。他只好借题发挥，泄泄心头的闷气，说，什么外国老板？他算个鸟老板！我们中国人把许多事情都弄颠倒了。要说老板，股东才是老板。大股东就是大老板，小股东就是小老板。他只是一个经理，也是老板雇佣的打工仔，这次回国了，说不定就是被老板解雇了。

李处长说，那当然，这个当然。但是就是有女人愿意跟人家跑呀！

晚上刘仪下班回来，很不高兴的样子。张青染问她怎么了。刘仪说，还不是那个姓马的泼妇？专门在那里说高媛的事。说什么电视台的漂亮女人没有一个不当婊子的。我知道她是有意说给我听的，这就是在说麦娜。我气得不行了，就接了腔，说这世上偷人也是一门本事，有人想偷人还没有人要哩。我俩就互骂了。后来大家把我拉走了，不然我非把她那二两肉撕下来不可！

张青染知道那姓马的女人是刘仪的一位同事，最喜欢多事，与刘仪有意见。他劝道，你既然知道她是个泼妇，何必同她一般见识呢？为这些事在单位同人家相骂，多没意思！

　　刘仪一听这话却多心了，说，没有意思？我就知道你瞧不起麦娜，总觉得她丢了你的脸。麦娜你又不是不了解，要不是她父母早亡，要不是她好好儿一个单位失业了，她也不至于去夜总会做时装模特。还算她有本事，从一个夜总会模特做到专业广告演员，做到电视节目主持。不是我说你，要是落到你失业了，说不定还捞不到饭碗哩！

　　张青染拱手作揖，说，好了好了。你在外面同人家相骂还不过瘾是不是？回来还要同我一分高低？我也没说什么，你的毛病就是喜欢上纲上线。对麦娜我从来有过二心？

　　刘仪听男人这么一说，也不多言了，进厨房做晚饭去了，心里还是不太畅快。张青染知道女人的脾气，她生气了你不当一回事，只让她一个人闷一阵子就好了。这时保姆小英上幼儿园接了琪琪回来。琪琪一进屋就爸爸妈妈地叫得欢。刘仪忙从厨房出来，爱怜不尽的样子，说我们儿子回来了。她双手没空，低头凑过脸，琪琪便踮起脚亲了亲妈妈。张青染便喊道，还有爸爸呢？琪琪又蹦蹦跳跳地跑到爸爸面前，亲了亲爸爸。小英去厨房帮忙，张青染拉着儿子说话。

　　刚才刘仪说他要是没了工作，只怕连饭碗都捞不着。这本来让他不怎么高兴，可见了儿子，心里什么事也没有了。反过来却想老婆的话其实也并不夸张。不少干部除了当干部的确再没有别的任何本事。自己虽不是那么无能的人，可平时不太注意罗织关系，又放不下架子，说不定到了那个地步还真是麻烦。麦娜就不同，她本来就在社会最底层，要么争做人上人，要么就是下地狱。再说她人长得漂亮，余地也大。麦娜迫不得已跟了洪少爷，她是那么痛苦。她总以为自己做了有辱家门的事，对不起表姐和表姐夫。她把洪少爷给她的二十万美金全部送给了表姐，要表姐不必记得她，只当她不在人世了。她走了就再没回过家，也不打电话回来。他为麦娜的刚烈性子感动过，叹她是个清逸脱俗的奇女子。后来慢慢想这事，觉得麦娜其实大可不必像面对死亡一样面对洪少爷。也不是说麦娜就该这样，他只是想她既然到了这个地步，还想那么多干什么？但这只是他一个人背地里的心思，不忍心讲出来。刘仪讲起这意思他反而会怪她不该讲，只说麦娜好好儿一个女子，就被那姓洪的那个了。刘仪总怪他鄙视麦娜，他怎么也不承认。他内心待麦娜的确也如亲妹妹一样，只是这事说起来的确不怎么体面，所以他从来不在同事面前提起老婆有这么一位表妹。

吃过晚饭，张青染对老婆说，你给麦娜打个电话，问她最近怎么样。她现在又是主持，又是广告，也不知还上不上夜总会串场子。让她不要太霸蛮了。要她凡事想开些，有空还是回来看看。她在这个世上只有你这个表姐，没别的亲人了。

不想张青染这么一说，刘仪竟泪眼涟涟了。这时，电视里又是广告节目。麦娜无尽忧伤地坐在秋林里，落叶遍地。这时柔腻润滑的高级化妆品汩汩倾注。麦娜双手在脸上爱不自禁地轻轻抚摸。萧瑟的秋林一下子绿荫如盖，繁花似锦。麦娜便柔情如水。抒情的男中音旁白：美丽的麦娜，优秀的品牌！同时打出字幕：麦娜创意，达飞广告！琪琪拍手叫娜姨娜姨！张青染望着老婆说，你别这样。刘仪揩了下眼泪，重重地出了一口气。好一会儿，她说，什么麦娜创意，达飞广告。这话我听了总觉得牛头不对马嘴，好别扭。张青染笑笑说，我不是同你说过吗？这是舒然之给王达飞出的主意，搞这么个莫名其妙的东西。他们把麦娜作为达飞广告公司的形象，或者一种象征。凡是达飞广告公司做的广告都叫麦娜创意，达飞广告。外界不懂，就觉得高深莫测。刘仪接腔说，你还别说，舒然之出这些莫名其妙的点子还真不错。现在凡是打着麦娜创意的商品销路就好。大家懵里懵懂跟风头，好像麦娜代表一种潮流，一种时尚。张青染觉得好笑，说，这实际上是在愚弄消费者。也难怪，都是大家甘愿受愚弄。

这些天，满城都在传说洪少爷被抓的事。大家说这回洪少爷只怕跑不脱了，因为是贩毒。有人说他说不定还会脑瓜子开花。人们说起这事大多显得神秘，似乎这话题为寒冷的冬日增添了几分兴奋。张青染想这世道谣言多，不敢轻信。本可以打电话问一问麦娜到底是怎么回事，又怕触着她的伤心处。

传言一出，洪少爷手下的宏基集团股票马上下跌，跌幅总是下居当日跌幅最大的前三只股票以内。张青染就同老婆说，这回他只怕是真的要垮了。刘仪说，他垮不垮我不管，我只担心麦娜。不知麦娜同他这事有关系吗？

在办公室，李处长也说，洪少爷的确该杀。他来我们市这么些年，玩过多少女人？凡是漂亮女人，只要他看上了就不会让她逃脱的！

张青染一听李处长讲话的口气就觉得不对劲。这人总关心谁同女人怎么怎么的，说起来又总愤愤然。自从前年他自己的老婆跟一位台湾老板跑了，他就特别恨那些乱搞女人的人。张青染想李处长的愤怒就像寓言里说的那只吃不着葡萄的狐狸。他便玩笑道，人家洪少爷是何等人物？人们私下议论，都只说他是在上面有背景的少爷，市里领导都怕他三分。还说他玩女人呀，说他的公司无非是发的权力财呀。这些问题在他们这些人身上算什么？小菜一碟！这些议论充其量只算是小道消息。要是早些年，追究起来还是政治谣言哩。这些议论再多，也影响不了他一根毫毛，相反倒让人觉得他是个人物。他们这种人重要的不是作为一个普通人的细枝末节，重要的是社会形象。他的社会形象是什么？宏基集团总裁，著名企业家！

李处长这回竟激动起来，说，你好像还很赞赏这种人，起码的是非观念都没有了。我就不相信人民的天下就听凭这种人胡搞！

张青染怕李处长真的这么看他，就说，我何尝不是你李处长这么想的？一切善良的人们都是这么想的，可人家洪少爷的父亲和他父亲的下级就是掌管人民天下的人，还有他父亲的朋友，朋友的朋友，下级的下级。人家洪少爷说不定还要问问我们这到底是谁的天下哩！

李处长脸色更加不好了，质问张青染，你这是站在谁的立场上说话？

见李处长真的发火了，张青染笑道，处长息怒。我这只是同你探讨这个问题，没别的意思。我反正是普通一兵，关于谁的天下这么大的问题，轮不到我来考虑。

李处长不说什么了，低头看文件。张青染觉得脸上不好过，找来一张报纸胡乱翻着。他刚才本是听不惯李处长说别人女人什么的，就有意同他对着说，可一说起来竟离题万里了，弄得李处长不高兴。李处长尽管严肃，但平时也同大家开些有关女人的玩笑。不过有些领导即使在开玩笑的时候也并没有忘记自己是领导。你开玩笑时得罪了领导，要是程度不严重，他脸上还可以勉强保持笑容，尽量不打破与民同乐的气氛，但心里只怕给你记上了一笔小账；要是你严重得罪了领导，马上就会招来严厉的斥责。当然斥责在官方叫批评。张青染今天忘记了这一点，弄得自己这会儿几乎有些诚惶诚恐了。他的毛病就是常常忘记了领导就是领导。

办公室的气氛很沉闷。张青染想找些话来说，却一时想不到说什么好。李处长在看文件，样子很认真。即使在平时，李处长看文件入迷的时候，你同他说什么他都不太搭理你。今天本来就已经不对劲了，你无话找话，说不定就会讨个没趣。

最后还是李处长表现了高姿态，抬起头指着手中的文件说，你看，国泰公司这位经理吴之友，贪污一千九百四十万元，还养了情妇，为情妇买了套房子就花了六十多万元。这是新中国成立以来我市最大的经济案件。不得了啊，不得了啊。

张青染笑道，真是有意思，如今的经济案件不发则已，一发就是新中国成立以来最大的，这就像郊县的水灾，每次都说是百年不遇。

李处长并不在乎张青染的幽默，还在感慨这个案子，说，到底是我们这些人可怜，离领导近，离权力远，什么也捞不着。正像你说的，一发案就是新中国成立以来最大的案子。这就意味着还有许多案子没有发，意味着还有更大的案子。

张青染经常听到李处长发类似的感慨。比如说，他妈的我这个处级干部在市政府里什么也不算，下到基层去是要管一个县的。一个县几十万上百万人啊！可我们的工资不足五百块！在一些公司里，一个小小科长都有权签单哩。今天李处长触景生情，又感慨起来了。张青染当然也有这种感觉。现在他家有那二十万美金作背景，这一点工资就越发显得可怜了。尽管他同老婆说过不要这钱，但这钱作为一个参照系数摆在他的脑子里，刺激太强烈了。他说，干部工资的确也低了些。现在收入悬殊，少数人富得钱没地方花。当干部的说起来是人上人，收入却少得可怜，让人小瞧。这么搞下去，手中有权的不贪怎么可能？但话又说回来，所谓高薪养廉谈何容易？现在干部这么多，涨工资的话国家负担得了吗？干部太多了，闲着没事做，拿古人的话说，是太仓之鼠啊。依我说，干部减少三分之二，地球照样转！

李处长睁大眼睛，冷冷笑道，好大的口气！依你说，减少这么多干部，那么多工作谁去做？

李处长的冷笑让张青染背上立时麻了一阵。但他不想让自己太狼狈，便故作镇定，笑了起来，说，我是有自知之明的。依我们干部对社会的贡献，也只配拿这么些工资。不是我偏激，我们有许多工作莫说对社会有贡献，只怕还是阻碍社会进步的。

李处长一下子严肃起来，说，老张你这就不对了，你说说哪些工作是阻碍社会进步的？都是党的工作啊！你还说不是你偏激，我说你最大的毛病就是看问题偏激。这机构的设置，编制的确定，都是有关职能部门和专家认真研究定下的，加上我们国家已有这么多年的经验。你倒好，叫你一句话就说得一无是处了，有些工作干脆不要做了，有些工作还阻碍社会发展了。

张青染发现问题严重了，忙说，感谢处长批评。我只是泛泛而论，即兴而发，不一定代表我的观点。李处长再说了几句，埋头继续看文件去了。张青染便翻着报纸，在心里反省自己的傻气。他想李处长一定疑心他是说他们这个处的工作不重要了，这等于是说李处长不重要。不论哪位领导都会强调自己的工作如何重要，有些单位的人明明没事可做，成天坐在那里喝茶扯淡，领导却总在外面说忙得不得了，人手不够，还得调人进去。逻辑很简单：你这个单位工作繁忙，很重要，领导就很勤勉，很有位置，就会更加得到重用。

回到家里，张青染越想越觉得自己今天真是大大地昏了头。他知道李处长有时说话也随便，开起玩笑来也很联系群众。但你以为他同你说了几句笑话，或者同你笑了几声，就是对你印象很好，那你就大错特错了。刘仪见他窝在沙发里一动不动，以为他哪里不舒服了，就问他怎么了。他说没什么。

儿子回来了，他揉揉儿子的脸蛋蛋，便开了电视让儿子看卡通片。自己却坐在那里发些匪夷所思。他想现在是中国人收入大分化的关键时期。这会儿捞了大钱的，就是大老板，就会搞出些个家族式的企业王国出来。他们的子子孙孙就是人上人，就是社会名流、贤达、政要，今后的天下就是他们的天下，他们世世代代锦衣玉食。而捞不着钱的，他们的子孙只有替别人去打工，流血流汗捞口饭吃。可现在赚钱的法则是赚钱不受累，受累不赚钱。真正捞大钱的差不多都有些说不得的事情。真有些像马克思揭示的所谓资本主义原始积累。

电视新闻节目之后，张青染留意看了下宏基集团股票，仍是下跌。他想这回洪少爷只怕真的难逃法网了。他只把这话闷在心里，怕老婆听了不舒服。可刘仪突然问，都只说洪少爷洪少爷，不知这家伙叫什么？他就想老婆可能也在想宏基集团的事。他们俩似乎都觉得宏基集团同他们家有某种关系了。张青染说，这个我记得同你说过。他姓洪是随母姓，这是掩人耳目的办法。他大名洪宇清，年纪也老大不小了，只怕五十多岁了。人称少爷，是有来历的。早几年他在外省犯了事，他老爷子托秘书打电话给省委书记。秘书说，老首长发脾气了，说这孩子不太懂事，尽给你添麻烦，要你一定严加管教。其实那案子落在一般老百姓身上，可杀可关，可在他就是严加管教了。想他按年纪都该做爷爷了，还这孩子，真是好笑。这事后来不知怎么传到外面来了，大家背地里就叫他少爷。他刚来我们市那会儿，大家还不知道这个外号，是后来慢慢从外省传过来的。可见这人在外省民愤之大。

他两口子说这些话，小英和儿子听不懂，只在傻傻儿看电视。张青染说，不知这回真的会不会牵涉到麦娜。我想，我们干脆把那个转到我们户头上。刘仪会意，说，怎么可以？到时候她还说我们想占她的哩。我们说了不要她的，只为她保管。张青染说，这没有矛盾嘛。真的有了事，不一声喊封了？到了我们头上，查也查不到了。再说，我们就算暂时借用一下也没事嘛。我想好久了，你们公司效益不好，我在官场上只怕也难有出息，不如我们自己做个什么生意算了。借这个作本金总可以吧？刘仪还是不依，说，我早说了，她跟他跟不了多久的，得有后路，这就是她的后路。她哪天真的回来了，我就把折子交给她，怎么处理都由她了。

见老婆怎么也说不通，张青染就不说了。他想慢慢再去开导她，反正要把她说通。这世道别人捞钱再黑的手段都使上了，自己这本来就是用自己的钱，没什么可说的。麦娜那天一脸死色提着皮箱子回来，说这钱是送给你们的。他们见这么满满一皮箱美金，吓得几乎发抖。刘仪说，说什么也不能要这钱。他说是呀！麦娜马上就要哭的样子，说，我早知道你会嫌这钱脏。我知道我做的事丢了你们的脸，但我能怎样？我在夜总会，成天被一些小流氓包围着，你们不是不知道。我们白狐狸组合那个外号猫儿的姑娘就那么失踪了，你们也是知道的。猫儿你们没见过，她长得不比我差。她至今活不见人，死不见尸。姐夫说只要我成了名，小流氓就不敢对我怎样了。可是我成了名模了，都说我芳倾南国。这一来，成天纠缠我的是些衣冠楚楚的大流氓了。与其说落到小流氓手里，不如跟了大流氓去。我现在是他的人，反倒安全些了。你们只当我死了。死人是最安全的。

当初张青染两口子的确不想要这个钱，只想把它存下来作为麦娜的后路。张青染说，是该这样，是自己的就是自己的，不是自己的就不是自己的。刘仪说，是的，我想做人就该这样。

这天下午，张青染一到办公室，李处长就愤然地对他说，你知道吗？有人说主持《南国风》的麦娜就是洪少爷新搞上的姘妇。这人他妈的就像在搞一场消灭少女运动！难怪麦娜能做上这个栏目的主持人。

张青染听了这话心里很不是味道，就故作轻松，说，只要他有本事，把天下女人挨个儿搞遍我都没意见，只要不来搞我的老婆。

李处长的脸马上拉了下来。张青染的脸便刷地红了。他不小心讲着李处长的痛处了。李处长的老婆可是叫人家搞了的啊！张青染只感到自己的脸火辣辣地发烧。他知道自己越是脸红，人家就越是以为你心里有鬼，说明是有意刺人家的。但他的确是无意之中说这话的。可这脸就是不争气，还在火烧火燎。

整个下午，李处长都不说话。张青染觉得一分钟都难得挨下去。他想怎么来调节一下这气氛，就是找不到合适的法子。搞不好又怕弄巧成拙。他手不是手脚不是脚坐在那里，电话铃的响声都会惊得他跳起来。万难坐了一会儿，才想起可以出去理个发，就说，我理发去李处长。李处长也不搭理。他把这理解为默许，就出来了。

走在外面，又在想这回是不是特别让李处长不高兴了？理发的时候都有些神不守舍，老在想李处长的态度。

理完发，一看时间，已快下班了，就不打算再上办公室，径直往家里走。新理了发自我感觉很精神，便挺了挺腰板，一副器宇轩昂的样子，就觉得自己像个真正的男子汉了。一个下午心惊胆战，多没用！不就是说了那么一句话吗？

张青染回到家里，见刘仪已到家了。刘仪望望他，笑道，理了发？年轻多了。他鬼里鬼气一笑，说，难道我老了吗？行得很哩！刘仪知道他在说什么鬼话，娇娇地白了他一眼。他便嬉皮笑脸地跟去厨房，帮老婆做饭。刘仪多次说他好坏，晚上想来了，才会帮她的手。要不然，她一个人忙死了他都不问一声。其实老婆并不真的怪他。

他在厨房帮老婆洗菜，却时不时又撩一下老婆。刘仪就躲他，说，你是越帮越忙哩。他想今天晚上要好好同老婆温存一回，完了之后再同她说那钱的事。他想一定要说通刘仪，为自己创一番事业出来。在机关里仰人鼻息真不是个味。他想起同事小宁说的那个比方，自己也许真的是苹果树上的一只蜗牛，爬在一棵光溜溜的枝丫上却浑然不觉，还总以为前面有一个大苹果哩。说不定自己爬的这棵树连苹果树都不是哩，只是一棵梧桐树！

张青染凑在老婆耳边说，看了新闻就睡觉好吗？刘仪笑道，看什么新闻？饭都不要吃，就去睡好了。张青染涎着脸皮，说，这会儿，还真的来事了，不信你摸摸嘛。刘仪举着锅铲说，摸什么摸？谁稀罕你的？张青染就抱着老婆，在她屁股上顶了一下。刘仪哎哟一声，骂你这坏家伙！两人正闹着，就听见琪琪喊妈妈了。原来儿子从幼儿园回来了。

今天两人心情都好。吃饭时两人就隔着一层说戏，不时抿起嘴笑。小英人小听不懂，也蒙头蒙脑地跟着傻笑。刘仪却以为小英听懂了，不好意思起来，怕影响了人家黄花闺女，就示意男人不要说了。

中央电视台《新闻联播》之后，紧接着插一会儿广告。四个广告有两个是麦娜做的。广告一完就是本市新闻。听得播音员介绍新闻提要时说，市长何存德同志在宏基集团视察工作，张青染便望望老婆，却见老婆也在望他。两人都不说话，马上就是详细报道了。只见何市长在一个矮个子、大肚皮男人的陪同下，视察新建成的商品住宅。何市长说，房地产是我们市重要的新的经济增长点，要大力发展。宏基集团在我市房地产开发中发挥了龙头作用，做出了很大的贡献。我代表市委、市政府向宏基的全体员工表示感谢，并祝宏基再创辉煌！

刘仪问，那个矮个子就是姓洪的吧？

不是他还会是谁？张青染说，他这人很有架子，很少这么露脸的。平时市里领导去了，都只是那位姓邓的副老总出来陪。所以这人名气虽大，认得他的人却并不多。这回他有意露面，意味深长。

刘仪又说，这么一个人不像人，鬼不像鬼的家伙。

张青染见老婆说到这里就不说下去了，便明白她的意思，是说麦娜同这样一个人在一起，真是冤枉了。他也不想点破这一层，便想说些别的。但见电视新闻里多是市里领导这里开会，那里剪彩。今天何市长的镜头特别多，真是很忙。何市长的嘴巴皮上像是起了水泡，黑黑的一小块。张青染就开玩笑说，市长大人的嘴皮居然也起水泡了，照顾他生活的人该挨处分。

刘仪说，没这么夸张吧？他的嘴皮就不兴起水泡？

张青染说，这个你就不清楚了。他的生活是有专人照顾的，怎么能让他嘴皮起了水泡呢？这是事故！就像小英照顾琪琪，弄得琪琪屎尿都撒在身上，你说她是不是失职？你会不会生气？

刘仪笑了起来，说，你这比方打得有些幽默。不过何市长这个级别的干部还够不上配专职工作人员侍候他吧？

张青染说，你真是的，说起规定来了。按规定，还不准任何领导养情妇哩。这些领导家的服务员，下面争着送哩！她们的工资由当地政府发，名义还很好听哩，当地政府叫她们联络员。

刘仪抿嘴道，哼！还联络员。这时刘仪望了一眼小英，就欲言又止。这时琪琪打瞌睡了，小英就带他进屋去了。

张青染又说，现在领导干部犯错误，没有政治错误让他们犯，犯的错误都是千篇一律的：金钱和女人。单犯女人问题还不成问题，没有人去管你。总是经济问题闹大了，才带出女人问题。而且一查出有经济问题的就有女人问题。

刘仪就说，这事我就不懂了。你说没有政治问题让他们犯，就是说领导干部的政治觉悟都很高了。既然政治觉悟高了，就不该犯经济和女人问题呀！

张青染大声笑了起来，说，你提这个问题才是真正的幽默。什么叫政治？早不是本来的意义了。上面讲的政治是政治立场，下面讲的政治是官场权术。下面的干部只要跟对了人，哪会出什么政治问题？

这时新闻完了，播报股市行情。宏基股票神奇地上涨了。张青染说了声他妈的。

刘仪看看时间，起身说，算了算了，睡觉吧。天塌下来也不关我们的事了，睡觉第一。正说着，又听得电视节目预告说，八点三十分《今日风流》栏目请您收看《企业家的情怀》，为您介绍洪宇清和他的宏基集团。张青染就对刘仪说，是不是看看？刘仪不说话，仍坐了下来。

过了一会儿，就到《今日风流》时间了。先是咔嚓咔嚓打出了一行字：

企业家的成就，单用醒目的阿拉伯数字去衡量是不够的，必须看他对社会的贡献。

洪宇清手记

接着便推出片名，用的是狂野的草书：

企业家情怀
——记洪宇清和他的宏基集团

片子介绍宏基集团近几年开发房产若干，为本市解决住房紧张局面做出了很大贡献。洪宇清头戴工帽，在机声隆隆的建筑工地上一派指点江山的气度。这是一位很有头脑的经营者，他和他的创业伙伴们善于管理，在保证建筑质量的同时，尽可能降低成本，取得了良好的经济效益和社会效益。片子重笔渲染的是他们拿出一批商品房按成本价出售给教师。洪宇清亲手把一枚住房钥匙送到一位老教师手中，老教师双手颤抖，老泪纵横。最后，洪宇清健步走在高高的立交桥上，背景是森林般高耸入云的楼宇，他那伟岸的背影渐渐远去。雄浑的男中音极富感染力地解说道：洪宇清知道自己是一个跋涉者，一辈子注定要走很远的路！

看完之后，两人半天不说话，好一会儿，刘仪才说，不是说党管舆论吗？

张青染黑着脸说，现在魔鬼可以扮演上帝！

两人一声不响地进了卧室，宽衣上床。张青染平躺在床上，两眼望着天花板发呆。刘仪是容易入睡的，上床一会儿眼睛就沉下来了。刚要合眼，想起男人回家时说起的事，就侧过身子抱了男人。张青染没有反应，仍在那里出神。刘仪又支着手趴到男人身上，说，你不是早就兴冲冲的了吗？张青染这才想起那事来，心里歉歉的，忙抱了老婆，说，在酝酿情绪哩。他闭上眼睛，深深地亲吻老婆。可脑子里却满是洪少爷，下面就半天起不来。他只得越发动情地亲着老婆，在心里夸张着老婆的美丽，夸张着自己对老婆的爱。那钱的事是怎么也不好提及了。刘仪见今天男人特别春意，早激动起来了，在他身上哼哼哈哈着。他万难才能让自己挺了起来，照样是夸张地把老婆掀了下来，故作勇武地动作开了。心里却仍是说不清的味道。老婆越是在身下欢欢地腾跃，他内心就越发尴尬，样子却更加雄赳赳的。

次日上班，李处长叫小宁到这边办公室，向他交代工作。小宁听完交代，仍站在那里闲扯几句。他说，昨天看了电视上介绍洪宇清的专题片，真是扯鸡巴蛋！洪宇清是个什么人物谁不知道？

李处长皱起了眉头，说，小宁你不要乱说。我们时刻都不要忘记自己的身份。既然在政府部门工作，就要同政府保持一致。你说洪宇清如何如何，那么何市长成了什么了？昨天何市长还视察了宏基集团哩。再说，看问题要有一个基本的立场和标准。实践是检验真理的唯一标准。这个实践是什么？就看是不是推动了生产力的发展。宏基开发了那么多的房产，经济效益和社会效益都是好的，这就是推动了生产力的发展嘛。当然不能一手硬，一手软，单有物质文明是不够的。宏基的精神文明也是做得不错的，他们形成了自己独特的企业文明，也出过不少人才。我听说，现在主持《南国风》节目的麦娜就是从宏基集团出来的。这个，这个……我们一定要同政府保持一致。

张青染几乎不相信自己的耳朵了。李处长讲官话的水平很高，他是知道的。可今天这么为洪少爷说话，却是出乎他的意料。昨天李处长说起这人还咬牙切齿哩！不知这位处长是真的相信了电视里的宣传，还是因为见何市长亲切接见了洪宇清？不过官场中有一种人他看得明白：这种人只要见了大领导，就立即交出自己的灵魂。有的人甚至平时对那领导非常看不起，但只要领导同他握一回手，或者拍他一下肩膀，他会立即感激涕零。权力的威慑力也许是难以想象的。

小宁站在李处长的办公桌边，面红耳赤，走也不是，不走也不是。小宁在处里年纪最小，平时李处长不舒服了，也常找他发火。李处长同张青染年纪差不多，又是同年进这机关的，他平时想对张青染发火也多半忌着些。但张青染总觉得李处长有时对小宁发火，有些杀鸡儆猴的意思。他今天就觉得李处长这火只怕还有昨天的余怒。他很为小宁难堪，又一时找不到解围之法。李处

56

长却越说越起劲，一套一套的政治理论都出笼了。张青染趁李处长说话的空隙，插了进去，说，小宁，李处长的意见很对。我也有这个毛病，有时说起来只图自己痛快，忘了自己的身份。我们在政府工作，时间长了，也就油了，自己不觉得怎么的。可在外人面前，我们是政府形象，说个什么，人家就以为是官方言论，有来头的。这个我以后一定注意。

小宁就着这个话头马上检讨说，是的是的，我今后一定注意。谢谢处长和老张帮助。

张青染故意制造轻松气氛，玩笑道，你这马屁又拍歪了。要谢就谢李处长，是李处长及时指出了你的不对。我只是火上加油，莫恨我落井下石就是了。

小宁这就轻松些了，也笑了起来，说，这是哪里的话？你比我还是觉悟高些嘛。你天天坐在处长对面，经常可以接受教育。所以我也要你多批评哩。

小宁这么一说，李处长可能意识到自己刚才粗暴了些，就道，小宁，我这不是批评你哩，只是心平气和地指出你应该注意的地方。

张青染忽然想起自己平时就"批评"一词的思考，就笑话一般说了起来。李处长，关于批评，我有个看法不知你同意不同意。我是认真翻了词典的。批评有两个意思，一是找出优点和缺点，二是专指对缺点和错误提出改正意见。平时说到批评多是指第二个意思。但依我理解，不论哪个意思，都没有情绪色彩。可是大家平时多半把批评的意思理解错了。一方面，有些做领导的，动不动就是训人，也说这是批评。其实骂人不是批评，可有的领导会说这是严肃的批评。我说也不对。严肃是指态度认真，不是说骂人就是严肃。另一方面，有些做下级的，把批评理解为骂人，或者说是把骂人理解为批评，所以领导一批评就接受不了，以为领导又骂他了，专门给他穿小鞋。所以我说，该为批评正本清源才是。

李处长听着听着就笑了起来，说，老张你还肯想些问题嘛！你分析的的确有道理。我看批评和自我批评的良好作风坚持得不好，这恐怕是个原因哩。

几个人便就这个话题探讨了一会儿。张青染却暗自好笑起来。心想，还为批评搞什么正本清源？当领导当到一定分儿上了，还听你讲什么道理？他们骂起人来了还顾你的面子？自古礼不下庶人啊！哪天你挨领导骂了，你抗议说，你要批评就批评，不要骂人。别人不说你神经有问题才怪。

下班后，小宁有意跟上张青染，感谢说，全搭帮你老兄为我解围，不然我退都退不出来。不知李处长今天哪根筋被我触着了，值得他那么发火？

张青染知道不该同小宁多说什么，但仍克制不住心中的刻薄，含蓄道，你只要想着他是领导，一切都想通了。

小宁愣着眼睛望着他，似乎什么也没想通。站在外面太冷了，张青染扬扬手，就同小宁分手了。

李处长下了几天基层，今天回到办公室，少不了同在家的同事握手一番，互道辛苦。这是惯例。同张青染握手时，李处长说，我不知道麦娜原来是你的表妹哩！对不起对不起。

张青染的脸刷地红了，忙说，是我小刘的表妹。

李处长同别人握手去了，还回头说声对不起。张青染脸还热热的，一时冷不下来。口上牛头不对马嘴地说着哪里哪里。他想自己其实没有必要这么尴尬，麦娜怎么样并没有丢他的脸。可他一听李处长说起麦娜，忙说是老婆的表妹。这么一想，心里对麦娜就有了愧意。

大家同李处长客气完了，又说了一会儿话，就出去了。李处长又说，这次跟何市长到下面，何市长闲扯时扯到麦娜，就说到你了。何市长对麦娜的印象不错哩。

啊啊，是吗？张青染不知说什么才好。

何市长很关注你，问了你的情况。我向他作了介绍。他说，这个同志不错！李处长就像给别人带来了喜讯的人，自己脸上也洋溢着喜气。

张青染忙说，谢谢你李处长，谢谢，谢谢！

其实张青染也跟何市长下过几次基层，好像都没有给何市长留下什么印象。每次何市长下去，都会带上有关部门的负责人，为的是便于就地解决问题。不了解情况的以为这是当领导的耍威风，有意弄得这么前呼后拥的。不过那场面看上去也的确有前呼后拥的意思。一行人走在工厂的车间或者农村的养殖场，各部门的负责人都把目光投向何市长，胁肩而笑，张青染偶尔随了去，只是一般工作人员，根本就轮不上他同何市长搭话。别说搭话，张青染的目光无论如何都没有机会同何市长的目光碰在一起。他每次随何市长下去，都希望给何市长留下一些印象。可每次回来之后，他都很难再见到一次何市长。到市政府工作快十年了，他几乎没有在机关大院里见哪位市长现过身。同他没进机关一样，只是天天在电视里看见领导同志神采奕奕的。他同老婆开玩笑说，领导同志好像是从地道里出入办公室的。万难在办公楼的走廊里碰上何市长，张青染十分恭敬地叫声何市长好，但他得到的回报最多是一张陌生的笑脸，那笑脸显得很有涵养。

李处长情绪极好，说，何市长要是来兴趣了，也同大家说笑话。他讲笑话的水平还很高哩。

张青染知道李处长一定是听何市长讲了一个什么笑话了，就说是吗？这时小宁进来了，站在一边恭听李处长说笑。

何市长说他从前有位同事，做起报告来尽是粗话。譬如批评有的干部胆大胡为，就说是老鼠子日猫，好大的胆子！要求大家工作要干脆利落，就说门槛上斩狗卵，一刀两断！李处长说罢哈哈大笑起来。张青染和小宁也一起笑了。

电话响了，张青染接了，见是刘主任。刘主任说，小张吗？这几天忙什么？张青染说，没忙什么。刘主任又说，好好，好好。你叫老李接个电话。张青染便把电话递给李处长，说刘主任找你。

李处长接过电话，忙说刘主任你好。哦哦……哦哦……好的，好的，我上来一下行吗？说罢放下电话，微笑着上楼去了。

李处长一出门，小宁就说，现在好像领导不讲痞话就不联系群众似的。是不是世道越来越庸俗了？我昨天看电视，见电视里推出一位新歌手，主持人做潇洒状，说，想不到这位连汉字都认得不多的漂亮小生，唱起歌来原来还那么像模像样。我们不能不惊奇音乐包装的神妙。我听了这位主持的解说只觉全身发麻，不知他这是在捧人呢还是在损人。可看他那得意样儿，分明又是在捧人。我就联想到现在似乎有一种趋势，人们争着把自己打扮得庸俗，甚至下流。

张青染笑道，小宁你别成天活得像个哲学家，这样很痛苦的。我总觉得这世上最痛苦的人就是哲学家。

小宁冷冷一笑，说，还哲学家？现在这世道还能出哲学家？哲学家的思想应该是独立的、深邃的。现在人们好像在进行一场浅薄比赛，你想同人说些深刻的东西，人家笑你玩深沉。大家只好争着把自己头脑中的一切思想都洗掉，像洗磁带一样。人们没有思想，只有动物本能。饥饿了想吃饭，发情了想上床。我说干脆还彻底一点，大家把自己姓甚名谁，是男是女，哪方人氏全都忘掉。

这怎么说？张青染觉得小宁蛮有意思的，就有意问道。

小宁说，真的这样了，当官的省事，好管啊。

张青染说，人人都这样了，谁来管谁？

小宁说，只留一个人有思想就行了，大家都听他一个人的，多省事！

张青染笑笑，说，让你来做这个人好了。喂，我俩怎么说着说着说到这里来了？越说越没边了。刚才是说什么？对了，是说领导同志讲痞话。其实我说，光说说没关系。俗话说，爱叫的狗不咬人。

小宁便说，这个也是。何市长这人生活上还是很检点的。

对对，对对。不过这个问题不是你我可以随便议论的事情。张青染说着便望望小宁，琢磨着这小伙子的心思。他觉得小宁虽说嘴上无遮拦，但毕竟人在官场，起码的禁忌还是懂的。说到市长，他也只得恭而敬之。

不想小宁又出奇语，道，什么随便议论不随便议论？神秘政治！我感觉才参加工作那几年，气氛还好些，这几年越来越森严壁垒了。有鬼事说都不让人说，哪有这个道理？未必你做得，大家说都说不得了？

张青染感到这种议论太危险了，就摆摆手说，小宁，你我兄弟都是小人物，莫谈国事，莫谈国事。

小宁便不说了，站在桌边翻报纸。张青染也不说别的，看着一本文件，其实是装模作样。他想小宁这个性，按民间的说法是直率，按官场的说法是幼稚。不过自己有时也这么幼稚，不然也许早捞了个正处副处的了。自己同李处长年纪差不多，只因不当官，在刘主任眼里还是小张，而李处长则是老李。

李处长回来了，今天他的心情真的很好，进屋就拍拍小宁的肩膀，笑容可掬，说，小宁呀！他只是这么叫了一声，没有下文。小宁便面作笑容，像是受宠若惊，又像是不知所措，总之姿态有些拘谨起来。小宁便搔搔头，抓抓脸，笑着回自己办公室去了。

小宁一走，李处长神秘地望望门，再把头往前探了一下，说，刚才刘主任找我扯了扯工作。后来专门问到你的情况，刘主任很关心你的。这次刘主任也跟何市长到下面，我把你的情况向刘主任做了详细汇报，刘主任听了很满意。

李处长只说到这里，不再说了，意味深长地望着张青染。张青染意识到了什么，连说谢谢李处长，谢谢李处长。李处长就笑笑，端起杯子优雅地抿了一口茶。

下班路上，张青染便细想这事：是不是自己要熬出头了？办公厅的人事问题是刘主任说了算的。刘主任平时打电话过来，从来不同张青染多说一句话的，总是径直叫李处长听电话。今天还问他这几天忙什么，还连说了几声好好，语气也很亲切。只是自己当时情急之中，不知说什么好，只说没忙什么。没忙什么不是等于说是在家玩吗？真是说傻话。也不知说声刘主任这几天下去辛苦了。这么一想，心里便有些梗。

回到家里，刘仪见男人面露喜色，就问，有什么好事是不是？张青染说，没什么呀！我非得成天愁眉苦脸才好？他不想这么快就同老婆讲。这只是他自己的猜测。万一到时候什么影儿都没有，倒让老婆小看了自己。再说这事同麦娜似乎有关系，说来自己心里也接受不了。倒想说说李处长和刘主任其实人倒不错，但也没说出口。平时总在家里发这些人的牢骚，今天突然说起他们好来，老婆会说自己阴一阵阳一阵。而且说到底，如今有些人，总看着领导的眼色行事。领导说这人不错，他们就说这人真的不错，还会补充些材料来证明领导独具慧眼。要是领导对谁有看法，他们也会对这人不客气，甚至做些落井下石的事。这正是俗话说的，屙屎跟卵转。

张青染感觉今天好像暖和些，晚饭后看了一会儿电视，他就说，今天不蛮冷了，很好睡觉，早些休息吗？刘仪会意，望他一眼，说好吧，早点休息吧。

这天清早一上班，李处长就说，青染，请你帮个忙。我老婆想去《南国风》现场玩玩，你可以帮忙弄几张票吗？

张青染第一次听李处长叫他青染而不是老张，觉得特别亲切，便说，这个应该好说。我从未向麦娜要过票，我想不会有问题吧。

张青染应承下来，心里却有些作难，他不好向麦娜开口，表妹的个性他太了解了。但李处长开了口，他也只有答应下来。心想先问问麦娜，大不了花钱买几张送给他。下期《南国风》要在下个星期三才播，时间还早，想办法也来得及。

回去便同刘仪讲了，要她给麦娜打个电话。刘仪却说，懒得理这种闲事！你那姓李的待你也只有这个样子。张青染也不说最近也许会发生一些事情，只说，莫说他是处长，就算一般同事，人家开了口，也不好推托的。麦娜是你表妹，你说弄不到票，人家信你吗？再说李处长后来讨的这个老婆你知道的，比他小十来岁，他最上心了，事事都依她。这事不办好，李处长一定对我不舒服的。刘仪还是不肯打电话，只说，你打电话不是一回事？见刘仪这么犟，张青染便把李处长同他说的话一五一十同她说了，说何市长同刘主任对他怎么怎么的。但他没有说明这事也许同麦娜有关。刘仪听了，歪着头一想，说，你就知道那姓李的在何市长和刘主任面前会为你说好话？若是说了你的坏话，反过头来又在你面前装好人怎么办呢？刘仪这么一说，他像猛然梦醒一样。心想是呀，真的说不准啊！官场上这种人他也不是没见过。越想心里越没有底，就在心里细细琢磨这一段李处长对他说过的每一句话，甚至每一个表情。

刘仪见男人神色凝重，就宽慰说，你也别太想复杂了，就相信他说的是真的吧。不过防人之心不可无，你也要多长个心眼才是。票的事，也不要非得我打电话，还是你打吧。麦娜走这么长时间了，你还从未同她通过话哩。

张青染便硬着头皮打了麦娜的手机。一挂就通了。麦娜语气淡淡的，问是哪一位，见是表姐夫，她的声音一下不同了，忙说，啊啊，是哥呀？你好吗？姐好吗？

好的好的，大家都好。只是都很想你的。你好吗？

好好，我很好，你和姐放心。

你好就好。喂，有个事给你说。你《南国风》的票好弄吗？

这有什么看头？无聊死了。

果然不出所料，麦娜就是这个脾气。张青染便说，不是我和你姐要，是我的一位同事要，求我帮忙。

你的同事怎么知道我是你的表妹？

他们说是何市长说的。

麦娜低声骂道，市长！市长那么多大事不管好，管这种闲事！一定是狐狸那家伙做的好事。肯定是她告诉他的。他们做他们的鸳鸯梦得了，没事儿说我干什么？

张青染便劝道，麦娜你别生气。你不是说狐狸她们都是好姐妹吗？人家可能也是无意中说的。

什么无意？她早同我说过，要帮我表哥的忙，让她的市长大人重用你。我跟她说，不是所有人都稀罕当个什么芝麻官。我知道你很清高，这样让你上去会伤你的自尊，就叫她别瞎操心。可她就是不听！

原来是这样？这个狐狸！不过你也别在意。事情不会这么简单，不是她说一句谁就能飞黄腾达。嗬，这倒好了，我这辈子原不指望有什么出息的，可她这一来，今后万一老天开眼了，给我个一官半职，倒是沾了她的光了。

对不起，哥，是我连累你了。麦娜的语气沉了下来。

你这是说到哪里去了。你有本事做好这么多的事，我和你姐都高兴哩。不说这些了，你只说这票怎么办？一定要帮忙，不然我在同事面前不好交代。

麦娜想了想，说，好吧。不过我抽不出时间送回来，你是不是叫小英明天上午来取一下？

张青染放了电话，刘仪就问，麦娜为什么事情生气？

他搪塞道，她说又有一个姑娘不想干模特了，她们白狐狸组合快要弄不下去了。

你又说沾谁的光？说谁？

张青染支吾一下，才半遮半掩地说，她是说狐狸有意办好事，要在她的何市长面前为我讲好话，麦娜嚷了她，不让她说，她才不说。刚才麦娜说起这事，就有些气愤，麦娜个性你知道的，疾恶如仇。

是吗？幸好她不说，要不然你就是捞了顶乌纱帽戴上，也只有那么大的意思。不过狐狸这姑娘还是好心。

是啊，靠什么上都比靠女人上好听些。幸好她不说，要不然，我这辈子都不敢有什么出息了。张青染说道。

过了几天，就是《南国风》节目了。张青染两口子看了电视，见李处长夫妇坐在观众席上，兴高采烈的样子。居然有几个李处长的特写镜头，可每次他不是抠鼻子就是抓痒痒，很不自然。刘仪就说，这人还是当处长的，怎么显得这么没见识。张青染说，市政府一个处长算什么？没有机会上镜头，难免出这种洋相。这个也正常。我就有体会，有时开会，摄像的来了，我明知道人家不会把镜头对准我，哪怕拍摄会场特写也轮不到我亮相，可就是感到头皮也痒，脸皮也痒，背上也痒，忍不住拿手去抠。

还觉得两只手忙不过来哩！刘仪笑了起来，说，你也是个没出息的。张青染也笑了，说，你别说我，不信你今后有机会试试。

次日上班，李处长一进门就面带喜气。张青染知道应聊聊他昨天晚上去《南国风》的事，就玩笑说，昨天看见你的光辉形象了，你还蛮上镜哩。特别是你夫人，电视里一看，更加如花似玉了。

李处长谦虚道，哪里哪里！你那位表妹真的是国色天香。原来在电视里还看不出她的个头，昨天现场一看，啊呀，只怕一米八！

张青染证实说，一米八倒没有，一米七六。这在南方已是很高的了。

李处长诡谲一笑，说，不是我开玩笑，女人这么高的个头，找对象不要从外国进口？

张青染今天听这话好像不怎么刺耳了，只玩笑道，你这处长关心群众生活也太具体了。

最近这段日子，张青染总觉得有些不同。每天清早醒来，不再有往日的恋床感觉，一睁眼就爬起床，在阳台上做几下运动，就洗脸吃早饭。早上胃口也特别好，能吃三个馒头、一碗稀饭。出门就挺腰，天气好像也不那么冷了。平常一年半载见不到何市长的影子，最近在三天之内居然两次碰上何市长。一次是在走廊，一次是在厕所。在走廊碰上那次，张青染情不自禁地伸了手过去。他才伸出手，猛然觉得自己太冒昧了，市长是不随便同一般干部握手的。他背上轰的一热，几乎要缩回手来。还算好，何市长只略作迟疑，手也迎了过来，还说了句小张吗？不错不错。何市长竟然能一口叫出他小张，真令人感动。那天他晚上回到家里，几次想同老婆说说这事，到底还是忍住了。他想要当官就得先学沉着，再学沉默。就先从这件事做起吧，此事万万不可同老婆讲，免得她小看了自己。他很幽默地在心里同自己打了赌：如果始终不同老婆说这事，说明自己还是可塑之才，否则就是朽木不可雕了。在厕所碰上何市长那次，没有什么值得记述的。他本也想道声何市长好的，可想起了那个关于领导亲自解手的笑话，就忍住了，只朝何市长点了下头。何市长一脸平淡。事后他想过，是不是自己点点头不够礼貌？想必何市长应该知道厕所是特殊场合吧！

张青染想自己也许真的不会有出息。那天晚上，他同刘仪亲热的时候，实在忍不住了，就同她讲，前几天何市长在走廊碰上我，同我握了手，问我小张吗？还连说了几声好。我原来还一直以为何市长不认识我哩。话一出口，他立即就后悔了，怕刘仪小觑了他。他以往在老婆面前，只要提起官场，都是傲骨铮铮的样子，说他如何不愿在权贵面前摧眉折腰。

不想刘仪听他眉飞色舞地讲起何市长，并不说他什么。她倒是很认真地想了一会儿，谈起了自己的看法。她说，何市长对你有印象，这对你有好处。但是依我看，这也不见得就是要提拔你的信号。这么容易就被提拔了，你那官场也就同儿戏差不多了。我说，你还要让他进一步加深印象，让他对你有好感。

张青染说，按李处长说的，何市长对我的印象还是不错的。

刘仪说，他对你怎么谈得上印象？你同他一年到头面都见不上几次。他能叫出你的名字，还算他有记性了。

刘仪这话叫张青染内心尴尬。他心里明白，要不是狐狸在何市长面前为他吹了枕头风，他就是再跟随何市长下一百次基层，再在走廊或厕所里同何市长碰一百次面，何市长也不会知道他姓甚名谁。他不想让刘仪看破什么，就说，你说得当然有道理。但何市长这么大的领导，对干部的印象也不一定在于你同他接触多少，他有多种渠道了解干部。而且越到上面，领导了解干部越不一定要直接了解。

刘仪枕了手腕，说道，这么说来，你们刘主任、李处长他们对你其实很不错的了。依你说的，何市长对你的印象多半只能来自他们二位的汇报。那你平时老说他们如何如何，是错怪他们了。

张青染没想到老婆反应这么快，一时不知怎么回答她了。其实情况正好同老婆分析的相反。只是因为何市长表示了对他的兴趣，刘主任、李处长他们才在何市长面前说了他的好话。他不让老婆明白这一层，就说，也许我原先的确错怪了他们。他这么一说，又觉得自己似乎真的对不起人家了，就说了些为自己辩解的话。人真的难以一下子了解啊，人是复杂的啊，人是一句话说不清的啊。越说越显得学究起来。

刘仪便笑了，说，你是个容易讲大道理的人，真当了领导不得了哩。

张青染心头轻松些了，深深舒了一口气，道了声，是吗？见刘仪没有任何疑心了，他不禁得意起来。想老婆精明过人，在他面前却常常像个小孩，让他一哄就哄过了。他刚啰啰唆唆那么多，其实只是为了掩饰内心的秘密。

凭刘仪的心计，真是当得军师。她虽不在官场，只是平时零零碎碎听男人说说，就悟得了许多道理。见男人那得意样儿，像马上就要当官似的，她就冷静地分析了这事，说，我说你光坐在家里欢喜，到头来只怕是空喜一场。就算领导对你有好印象了，马上就提拔你？仅凭这个就提拔你，别的人在领导眼里未必个个都仇人似的？

张青染听得云里雾里，不明白老婆的意思，就问，你这说的是什么，转弯抹角的。

刘仪侧过身子，抬手敲了下男人的头，说，你真是个木鱼脑壳。何市长心目中印象好的干部不多得很？谁不想在他心目中有个好印象？只要印象好就封官委职，哪有这么多的官帽子让他做人情？

张青染像是恍然大悟，说，这么说来，我高兴来高兴去，都是在自作多情？真是好笑。

刘仪说，也不完全是这样。想你在政府工作这么多年，终于让这么高层次的领导认得你了，怎么说也是个进步。下一步是如何巩固成绩，不断开拓前进。

张青染哈哈大笑起来，说，你倒真像个领导了。要是真有领导在场，一定以为你这是在讽刺他们哩。

我这是说真话。刘仪说，你应同他们多接触一下，让他们进一步了解你，真正把你当成他们的人，当成他们的心腹。到这一步，你提拔才有希望。将心比心，你是领导，你愿意用与你同心同德的人，还是愿意用你了都不了解的人呢？

张青染听老婆居然能说出这些话来，大为惊奇，就说，想不到哩，真是想不到。要是我俩能换一下，让你去从政，几年就能发达起来。只是何市长这个层次的领导，不是谁想同他近乎就可以近乎的。轮不到你见他，连他的影子你都见不到。

刘仪说，依我看，也不一定要天天同何市长去套近乎。李处长这里，你也只要同他友善相处，不让他在关键时候说坏话就得了。要紧的是刘主任那里，我就从来不见你同刘主任接触。

张青染望着老婆说，我怎么去同他接触？工作上他平常只是向李处长交代，轮不到我直接听他的指示。说得可怜点，那天他在电话里同我多说一句话，算是格外开恩了。再说，人家到了这个层次，你就不能像老百姓一样，有事没事到他家去坐坐。

这么说，官一当大了，就不兴有个人情往来了？

也不是没有人情往来。张青染说，你要是上人家家里去呢，总得带个什么进门吧？太普通的礼物是拿不出手的。也不能老在人家家里坐着，礼节性地坐坐就告辞。一来人家没耐心同你无话找话，二来过会儿说不定还有人要来。你不上门也行，就请人家出去吃饭呀、打保龄球呀、洗桑拿浴呀。这就需要你了解他的兴趣。

刘仪瞪大眼睛，说，有你讲得这么复杂？

张青染笑道，你以为我哄你？不论哪种接触方式，我们都花费不起。其实我也想过怎么处理这开支，就是找不到更好的办法。有些人有一些做生意的朋友，就拉他们来做东请客，这叫羊毛出在猪身上。那些生意人也正想攀附当官的，也乐得当冤大头。有些人自己家里本来就有钱，家里人也愿意资助他，让他在官场上出头，这叫政治投资。我们一无做生意的朋友，二无有钱的亲戚，这事就难办了。麦娜的钱只能躺在银行睡大觉。

你不要一说钱就打麦娜的主意。她的钱要留着她有一天回来自己用的。说到这事刘仪就有些不耐烦，抬手关了床头的灯。

可两人没有一丝睡意，都陷入一种无奈之中。张青染曾为自己总是得不到领导的赏识苦恼过，他甚至希望这世道一下子大乱了，某位领导倒霉了，所有曾投靠他的人都背叛了他，只有张青染一人成了他的患难知己。后来风水一转，这位领导又得势了，想起他落难时的穷朋友张青染。于是张青染就发达了。但这种传奇故事看样子不会发生。这城市日日吉祥，夜夜笙歌，好一派国泰民安的气象。

户外惨白的路灯把光溜溜的梧桐树投影到窗帘上。北风正烈，树影便张牙舞爪如同鬼怪。张青染望了一会儿，眼前就有了幻觉，很是怕人，他便转过身子，朝里面睡。刘仪见他动了，也转过身来，对面抱着他，说，你还没睡？睡了吧。他不作声，刘仪又说，我刚才也想了想，舍不得孩子套不着狼。我们就破费一点吧。先不急用麦娜那些钱，只取我们自己的。到时候实在太紧了，就只当借用一下她的钱吧。

好吧。张青染说着长长地叹了一声，抽手去抱了老婆。

第二天，刘仪就从银行取了五千元钱出来，递给张青染，说，你先拿着这些，用了再说。

张青染不好意思起来，红着脸接了钱。刘仪问他准备如何动作，他说还得好好想想。于是他怀揣着五千元钱，成天想着这事该怎么办。他的钱包里很少有这么多钱的，就总感到放钱包的左胸沉甸甸的。又总忍不住拿手去摸摸，就像鲁迅笔下的华老栓。

好几天过去了，他还没有想好怎么用这钱。心想总得有个由头，不能冒冒失失就到人家刘主任家里去傻坐，或者请人家出去玩。最近没有什么节日，春节早过了。既不知道刘主任的生日，又不知他家有什么好事。刘主任大儿子前年就去美国留学了，要不然冲着贺喜他儿子留洋这事儿也可上门。想来想去都想不到好的借口。哪怕是这会儿刘主任生一场大病，他上医院看看也好。可刘主任成天红光满面，精神抖擞。

这天正吃着晚饭，刘仪问他怎么样了。见他还没有动静，就说，你是秀才造反，十年不成。你们官场就是有意思，这种事一定要做得遮遮掩掩。既然这么怕丑大家干脆就做君子呀！我们公司就不同，业务员去拉业务，直来直去，摔一把票子给人家，明说了，这事请你关照。哪来这么多曲曲折折！

张青染摇头晃脑说，你哪里知道，官场也早如此了。有些人请客送礼就没有这么多顾虑，包一把票子往人家办公桌上一摆，说都不说一句，掉头就走。可我就是做不来。一则总觉得人家当领导的觉悟高，万一批评你一顿怎么办？二则这么一点艺术都不讲，直奔主题，把自己人都弄得很小人了。

大人背后也是小人。你做不得小人，就成不了大人。我就不信那些大人们在更大的大人面前也是趾高气扬的。刘仪说。

张青染说，依你所说，我也小人一回？好吧，就依你的，哪天厚着脸皮请他吃饭去，把李也请上。吃完了再请他去打保龄球，听说你那位家门最喜欢打保龄球了。

你终于准备行动了？刘仪笑道。她尽量把话说得含蓄些，免得小英听懂。

是啊！怎么说这也不是胯下之辱，管他呢。张青染说是说得轻松，胃口却早没了，便放了碗。

这几天张青染见李处长表情有些莫名其妙。参加工作这么多年，他惯于观察领导脸上的涛走云飞，阴晴圆缺，因为领导的情绪决定着下级的命运。张青染总把最近看成自己的关键时刻，所以李处长的一笑一颦对他似乎都有着十分重大的意义。他决定不了是否现在就请刘主任和李处长二位领导赏脸。心想还是等一段，至少等李处长的脸色正常了再说。

一天下午，李处长凑近张青染说，你知道吗？刘主任的小儿子被抓了。

是吗？真的？就是国际贸易公司当副老总的那位？张青染把眼睛瞪得老大。其实他不是不相信，只是猛然听到，感到有些突然。

李处长低声道，还有假的？刘主任这几天很痛苦。你不见他的眼睛，成天是红的。

张青染见李处长整个人说私房话的表情，就想这人还是信任他的。这几天李处长情绪复杂，也许同刘主任的儿子出事有关？他知道李处长与刘主任私交不错。

李处长有事出去了。张青染独自想这事，心里很不是味道。他不想别的，只是感到刘主任自己家里有了事，哪里还会管你张青染？这样他提拔的事就得搁下来了。

是不是要去刘主任家里坐坐呢？人家家里出了这么大的事，似乎应去看一下。好像又不太方便去。平时都没去过，现在去人家会不会以为你是去看笑话的呢？因为出的事并不体面。他总觉得人万一要犯事就在政治上犯点事，这比在经济和女人方面犯事要好看些。当年搞政治运动，你今天越是反动透顶，明天越是正确无比。

张青染反复权衡，想还是不上他家里去算了，自己在刘主任面前一如既往就得了。人一辈子只要脸色不变来变去就问心无愧了。

唉，一直希望有一个上门的理由，可这机会来了，却又利用不上。真是好笑，张青染想自己真是倒霉。

这时小宁进来了，站在李处长桌边翻报纸。张青染心想刘主任公子的事小宁他们也许不会知道，他不准备把这事同小宁说，这也是不背叛刘主任的意思。

小宁翻翻报纸，问，你听说最近的新闻了吗？

什么新闻？张青染问。但他看看小宁的眼神，心里也明白几分了。

小宁迟疑片刻，说，你真的不知道？刘主任的公子被抓了。贪污两千六百多万！超过了上次抓了的国泰公司老总吴之友！他妈的这些搞贪污的就像在比赛似的，一个超过一个！

张青染佯装不知，问，真的？可是我见刘主任天天上班，看不出一点不正常呀？

小宁鼻子哼了一下，说，我说中国的官员只怕是世界上脸皮最厚的人了。外国有些政要，哪怕是女婿犯了法，他们都会引咎辞职。可我们这些头头脑脑，他们就连老婆、子女犯了法，照样人模人样地在这里做指示，那里题词。

张青染说，小宁，你这个说法我不同意。一人犯法一人当，我们不兴搞株连呀！

小宁放下报纸，逼视着张青染说，老张，我们都不诚实。这个世界都不诚实，大家都在说谎！

张青染感到莫名其妙，问，小宁你怎么一下讲到这个问题了？怎么个不诚实？

大家明明知道，这些人之所以能大把大把捞钱，不在于他们有多大本事，而在于他们在官场有后台。可我们就是不敢说！小宁说罢就展开一张报纸，封了自己的脸。

张青染看不见小宁的脸，不知小伙子是怎样一副表情。小宁讲的当然是真话。可真话比假话难说。说真话需要胆量，说假话只需要出卖良心。而现在良心是越来越不值钱了，所以人们轻易地就交出自己的良心，毫不脸红地说假话。张青染判定自己也是一个说假话的人。他说，小宁，不是做老兄的说你。你总这么激愤地发表议论，于事何补？如果你这会儿有权惩治这种现象，你就拿出你的手段来，不然你就装聋作哑。否则除了让你在领导心目中增添不好印象，不会有任何好处。

小宁个性很犟，放下报纸，露出一张红脸，说，我又不想在官场上有什么出息，怕谁对我怎么样了？

张青染笑道，我一直佩服你有什么说什么，可你说这话就是假话了。不想当官你天天坐在这里干什么？为人民服务？想赚钱的话，我相信凭你小宁的本事，只要出这政府大院，怎么弄也不止这几个钱。所以既然在这里干，还是收敛些好。

小宁奇怪地望着张青染说，我发现张老兄最近变了些了。是不是要提拔了？你不要笑，我是说真的哩。我发现很多人都是这样，快要当官了，人就不同了。有人问我这些年发现变化最快的是什么？我说是人的脸。

小宁的话让张青染警觉起来。这说明他近段的表现也许是有些不同了，只是自己没有注意。既然小宁都看出来了，其他同事说不定也看得出。这不太好，有人看出你有发达的迹象就会在背后做你的文章。弄不好就让你真的空喜一场。要注意，千万要注意！张青染把脸色弄得平和一点，说，小宁，你别多心。我是依然故我。我老记起你说的那个关于蜗牛的寓言。我总想自己就是这样一只蜗牛，可是并不是爬在苹果树上，而是爬在梧桐树上，怎么爬都是一场空。我是没有办法了，只好在这地方混混算了。不管怎么说，工资有保障，今后老了报医药费也方便些。你就不同，比我年轻，各方面基础都好。要珍惜呀，小宁。

小宁摇头一笑，一字不出。

刘仪回家的时候，舒然之和王达飞刚准备出门要走。刘仪说二位吃晚饭再走吧，两人说不麻烦了。

刘仪问男人，他俩好久没上我家来了，今天怎么了？

张青染叹了一口气，说，他俩今天专门打电话约我到家里来的。我还专门请了假。

什么事，这么重要？

还不是麦娜的事！

刘仪马上变了脸色，问，怎么？她又出什么事了？

张青染说，麦娜真是命苦啊！洪宇清厌倦她了，却又限制了她的一切自由。她偷偷地同宏基集团那位姓邓的副老总好了。洪少爷本来是个草包，什么都不懂。这位姓邓的是学土木建筑的，又会管理，宏基的里里外外其实都是靠他。洪少爷知道了这事，大发雷霆。麦娜不在乎洪少爷对她怎样，对那姓邓的却很在意。她想跟那姓邓的远走高飞，可这家伙竟是个软壳蛋，吓得连夜跑掉了。麦娜为此痛苦不堪。可以想象她现在过的日子。她一直在王达飞那里拍广告，对达飞很信任，把这些都同他说了。达飞感到问题严重，可又束手无策，就和舒然之跑来同我讲了。

刘仪早泪眼汪汪了，说，这怎么办？唉！难道麦娜就该这个命？我说干脆叫她回家来算了，不用做什么事了，就坐在家里过过清静日子。

刘仪说完就打麦娜的电话，却见麦娜手机关了，又不好打她屋里电话，不知她是不是还同洪少爷住在一起。

张青染便打了王达飞的电话，问他是否知道麦娜在哪里。王达飞说他刚才也打了麦娜的电话，没有打通。

刘仪越发哭出了声，哽噎着说，叫人担心死了。她们的伙伴猫儿就那么失踪了，至今没有任何消息。

张青染便劝道，不要太着急，事情不会这么严重的，慢慢再找找。

直到小英接了琪琪回来，刘仪才背过身子擦干了眼泪，去厨房做饭。张青染就守着电话，过一会儿又打一次，还是没有开机。

一连几天，都没有麦娜的消息。今天是星期三，应是《南国风》时间。张青染说看看《南国风》就知道麦娜是不是有事了。可电视节目预告说本期《南国风》因故延期，改在星期六播出，两人便只好等星期六。

到了星期六，一看《南国风》节目，两人傻了眼。女主持不是麦娜了，另换了一位叫周眉的小姐。

第二天张青染去办公室，李处长见面就问，你家麦娜怎么不主持《南国风》了？

张青染说，她没同我们联系，不知道是不是她另有发展。

哦……是吗？李处长说。

张青染望了望李处长，想猜猜他是否掌握了什么消息。李处长这方面的消息总是很灵的。可今天李处长没有像平常那么显得有兴趣。是不是他知道麦娜是自己的表妹了，碍着面子不好说了呢？

76

以后的日子，张青染一天到晚只关心两件事：一是麦娜的下落，二是刘主任公子的案情。

转眼就过去了一年，又是一个冬天来临，天气很冷，张青染走在外面总是缩着脖子，人像矮去一半。麦娜还没有任何消息。传闻各种各样，而且越传越恐怖，常弄得张青染夫妇六神无主。刘主任公子的案子也没有下文。听说是情况复杂，一时结不了案。张青染提拔的事也没有一丝影儿。

有回李处长在办公室同张青染闲扯，说起这世道人情来。李处长感叹说，世态炎凉，人情如纸啊！就拿刘主任来说，他儿子出了那点儿事，就像人家马上要败下来似的，有些人在刘主任面前就变了脸。如今案子也还没有结，说不定到时候他儿子又没有问题呢？到那时候我看那些势利人怎么做人。

张青染背上渗出汗来，好像人家是在说他。就故作平淡，说，是啊，现在就是这样。我这人做人的原则是，你红的时候我不巴，你黑的时候我不踩。

李处长应声对对，却不正眼望他。他便猜不透李处长到底是怎么看他的了。

管他哩，就是现在再到刘主任家里去赔不是也徒劳了。张青染这会儿想自己真的是一只爬在梧桐树上的蜗牛了，爬来爬去都是一场空。

一天深夜，电话铃突然响起来。张青染一接，竟是麦娜，他一下坐了起来，叫道，麦娜？你真是麦娜吗？刘仪也赶快爬了起来，一把抢过电话，对着电话又是喊又是哭。

原来麦娜独自去了大西北。她说她对金钱、繁华、虚荣等等一切都厌倦了，现在只想躲在一个偏僻的地方打发日子。麦娜没有告诉她的确切地方，也没有留下电话，只说今后会常打电话来。

放下电话，刘仪才想起没有问麦娜需不需要钱，得把她的钱寄给她。张青染说，没事的，等下次她打电话来再说吧。

　　两口子一时都睡不着。他俩猜测不出麦娜会在大西北的哪个城市，或是乡村，也想象不出她靠什么谋生。那地方他俩都没去过，想必一定是戈壁千里，朔风迷天，黄沙漫漫。张青染安慰老婆，别太担心，凭麦娜的本事，饿不着也冻不着的。好歹她还有了消息。只要她没事就可以放心了。刘仪默然不语。张青染也在想自己的心事。他早知道自己命运的一线转机原本就是麦娜带来的。如今麦娜远走了，他也只好听天由命了。

旧约之失

厅里人太多了，厅长们不一定认得全。朱厅长倒是不管工作怎么忙，每隔一段，总要抽时间到各处看看同志们。今天朱厅长来到舒云飞办公室的时候，他正在接电话。处里的同志个个笑吟吟的，紧紧随在朱厅长的身后。向处长介绍说，这是舒云飞同志。舒云飞电话没接完，就笑着摇摇手，算是打招呼。朱厅长便嗯嗯，点点头。向处长马上又介绍坐在舒云飞对面的小刘。小刘便双手握着朱厅长的手，用力摇着，说朱厅长好。朱厅长道，好好，好好。小刘不错，小刘不错。这时，舒云飞接完电话了，也站起来，望着朱厅长笑。朱厅长却将身子背过去，兴致勃勃地同大家说话。同事们就在门口围成一个半圆，望着朱厅长。大家一直都愉快地微笑着。朱厅长个子不高，大家便都弓着腰。办公室本来就小，多了几个人，就显得特别拥挤了。但小刘还是侧着身子挤到了半圆的一端，就只剩舒云飞一个人站在朱厅长的身后，望着这位领导光光的秃头。舒云飞笑了一会儿也就不笑了。一个人傻笑什么呢？朱厅长根本就不看你笑得怎么样。这时，朱厅长扬扬手，说同志们忙吧。半圆的中间马上开了一个缺口，往两边闪成一条夹道。朱厅长挥着手，从夹道中间昂首而去。大家跟走了几步，便站在走廊目送朱厅长上二楼。舒云飞望着那光光的后脑，心头有些发虚，似乎那里长着一双眼睛，正意味深长地望着他。朱厅长在楼梯口一消失，同事们马上低头往各自办公室走。舒云飞刚才只是站在自己办公室门口，这会儿一转身就回到办公桌前坐下了。小刘很快也回来了，坐下来埋头写着什么。两人都不说话。过了好一会儿，小刘说，朱厅长这人很关心干部哩。舒云飞马上说，是的是的。说了两声是的好像还觉得不够，又说，朱厅长平易近人，同干部打成一片。他不能让小刘觉得他对朱厅长的敬佩有一丝勉强。小刘这会儿情绪极佳，想必是刚才受到朱厅长表扬的缘故。

　　尽管现在领导表扬人很随意，但舒云飞连这种表扬也从来没有得到过。前任厅长对他的看法就不怎么样，所以同他一块儿进机关的老向已从科长、副处长当到处长了，他还是一般干部。当他终于明白这一道理的时候，就开始注意处理同领导的关系，却总是找不到感觉。厅长们同下面干部的接触并不多，可他们似乎是一个个幽灵，总是弥漫在你的头顶。他们的一个脸色、一个眼神，都会叫你费劲琢磨。你值不值得再在这里干下去，就看你理解厅长们表情的能力了。前年朱厅长新来时，他想彻底改变自己在领导心目中的看法，可是他的努力都没有什么效果。朱厅长隔一段就来处里同大家握一回手，可每次还是得由向处长陪同着一一介绍。朱厅长对别人好像都有印象，只是同他舒云飞总像是初次见面。今天他的表现就不佳。朱厅长一来，你就是忙着天大的事，也得停下来，可他却继续打电话。当时他也想到不放电话不太好，但就是没有放下来。其实他只要说声对不起，请你过会儿打来好吗？问题就没了。可他当时就是转不过弯来。

　　临下班了，向处长也没事，到各办公室走一圈。舒云飞见向处长在门口，就招呼一声。可向处长不作声，面无表情地扫了里面一眼。小刘说，向处长还不回去？向处长说回去回去，就掉头走了。

晚饭后，舒云飞一抹嘴巴，就靠在沙发上抽烟。他想向处长对他一直不太在乎，这多半是因为朱厅长对他不以为然。香烟档次不高，散发着一股刺鼻的臭味儿。老婆晓晴一边收拾碗筷，一边嚷着烟鬼，不抽就要死人？他心里正有气，又听晓晴在嚷，情绪越发坏了。你老嚷什么？我这烟还是你引向邪路的呀！不抽你说不像男子汉，抽了你又天天嚷！晓晴也不管男人高兴不高兴，又说，光叼支烟就是男子汉了？有几个像样的男子汉抽这种烟？

晓晴这话太伤人了。舒云飞刚要发作，儿子源源在卫生间洗漱完走出来。他便忍住了，叫源源做功课去。源源应了声，就进了自己房间。晓晴也早进厨房去了。

舒云飞想想，发火也没意思，就多吸了一支烟。他知道晓晴是个好女人。最初他是不抽烟的，但晓晴见别人敬烟他老是推让，那样子很难看，就说，今后别人敬烟，你就接了做做样子吧。这样他就开始逢场作戏地抽烟。后来日子久了，就上瘾了。不过像他这个级别的干部，晚上除了收水电费的，一般没人上门，他抽的烟就只能是两三块钱一包的大众牌香烟。在这种大机关，这是很没面子的事。所以他从来不给别人敬烟，也从来不拿出烟盒，总是将手伸进衣兜里慢慢掏出烟来。要是有人在场，就尽量若无其事地将掏烟的动作做得从容一点。

男人抽烟，女人嚷嚷，也是人之常情。得忍且忍吧。一支烟过后，心头也平静多了。

晓晴忙完，又没事儿似的坐下来看电视了。最近正播一部室内连续剧，一家老小成天坐在那里插科打诨傻笑。晓晴最喜欢看了。舒云飞对看电视没什么偏好，看也罢不看也罢，反正是陪晓晴坐着。要么脑子里杂乱无章地想着一些事儿，要么翻翻书。他想现在中国的老百姓真幸福。没有战争，没有革命，也没有上帝，没有真主。经常可以看看这样一些挺好玩的电视剧，乐得哈哈直笑，然后安安稳稳睡一觉，明天该干什么还干什么。

他看不下这个电视剧，就拿本书来翻，是本《论语》。这本书他读过多次了，就是读不厌。每有感悟，就叹息不止。这会儿读到一句"邦有道危言危行，邦无道危行言孙"，不禁拍了一下大腿。晓晴见男人这样子，就说，你怎么一读《论语》就中了邪似的？不等他开腔，听见有人敲门了。

门一开，嘻嘻哈哈就进来两个男人。原来是舒云飞的老同学马明高和龙子云。龙子云在一中当老师，教语文的，业余写点东西，朋友们都当他是作家。马明高在五金公司当会计。舒云飞最要好的同学就算是龙、马二人了，他俩隔一段就来这里吹一回牛。

源源听见家里来了客人，就出来喊了叔叔，马上又回房做作业去了。龙、马二人直夸这孩子好教养，学习又刻苦。晓晴说，不刻苦行吗？到时候上不了你们一中，我们无钱无势，不是他自己吃苦？舒云飞明白晓晴话里的意思，但不想当着客人的面同她争。不过现在小孩的学习也的确放松不得。去年小学毕业升一中的，离录取线差一分要缴九千元，今年只怕还要涨价。舒云飞的儿子同他们向处长的女儿同班，平时考试，他们源源总要高几分。向处长说过老舒的小鬼成绩不错。只说过一次。舒云飞却谦虚说，我们源源是读死书，没出息的。不像你那小家伙，那么聪明，那么活泼。

龙子云接过舒云飞递上的烟，点上吸了一口，就眯起眼睛看了牌子，说，舒云飞你什么时候当处长？还是抽这种烟？

马明高含蓄些，只是笑笑。

舒云飞望着龙子云说，你是槛外人，怎么也总是关心官场上的事？我真的当了处长，说不定架子也大了，你也不好随便找我玩了。龙子云忍不住喷嘴一笑，呛得满脸通红，咳了半天，才说，你敢，我谅你不敢。我哪是关心官场？官场关我屁事！我是看你怎么总是发达不了。

　　马明高摆摆手说，我们三个人，虽说没有正式拜把子，但也算得上桃园三结义了。当不当官，那是另一回事。

　　晓晴这会儿端过茶来，风凉道，我家舒云飞一定会大器晚成的，姜太公八十岁还遇文王哩。

　　两位老同学知道晓晴开朗，又是在开玩笑，就一齐笑了。只有舒云飞心里明白是怎么回事。大家都在玩笑，舒云飞不好冷场，便索性自嘲起来。他说，从马王堆出土的《道德经》上看，大器晚成应该是大器免成。这样更符合老子的思想，所谓大象无形，大道不显嘛。这同孔子的学说好像也相通，子曰君子不器。那么我舒某人这一辈子无所作为就是功成名就了。无为即有为嘛。

　　龙子云笑道，你是越来越夫子气了。

　　他们同学三人在一起是很随便的。可是不管起初聊什么话题，聊着聊着就聊到各人的境况来了。口气当然是玩笑似的。舒云飞要当处长了吧？龙子云下个学期该当校长了吧？马明高什么时候当经理？晓晴本来也是很想得开的一个人，并不太在乎男人当个什么官。今天只是一时兴起，心里有了气。平时，不管他们三个老同学聊什么，晓晴只悠然坐在一边，温柔地笑着。

　　今天舒云飞见晓晴这样子，以为她还在心里嘲笑自己。龙子云见舒云飞望一眼晓晴就不作声了，似乎感觉到了什么。偏偏他又是个不太顾忌的人，有意粗着嗓子说，晓晴是笑我们几个男人俗是不是？晓晴忙过来替客人续水，说，我再怎么笑别人俗，也不敢笑你呀！我是认识了你才知道作家也只有一个脑袋哩。

马明高立时笑着表示有意见了。那么就是我真的俗了。

不是这意思，不是这意思。晓晴笑道，我嘴笨，玩笑，玩笑。舒云飞瞅了老婆一眼，说，两位别在意。真正俗的人是我，知夫莫如妻嘛。

哪敢讲你俗？你是仙风道骨啊！晓晴似嗔非嗔地白了男人一眼。

龙子云这会儿像是感触到了什么，叹道，别争这些空话了。就如今这世道，要俗也只有我们俗了。有钱有势的吃高档玩高档，样子做得很风雅。他们见了我们这种人，丢下一句话来，哼！俗不可耐！我们到哪里申冤去？

马明高见龙子云真的这么激愤，就说，你当作家的就是当作家的，什么事一到你脑子里就复杂了。

龙子云仍是激愤，说，我说的难道不对？不过这也是自古如此啊！庄子早就说过，诸侯之门而仁义存焉。我们凡夫俗子哪配有高贵的东西？

舒云飞听罢却很有感慨。前些年，一些有学问的人动辄说层次，并自恃层次很高，俨然精神贵族。可是过不了几年，什么高层次低层次掉了个头。发了大财的喝着洋酒感觉自己的层次很高，做了大官的瞟着平头百姓，以为这些人层次很低。

人啊，凡事都要想得通才是。舒云飞像是在开导别人，其实也是在自宽自解。

龙子云摇摇头说，也只有这么想了。孟子是怎么为知识分子定义的？他说，士，有恒志而无恒产者之谓也。他老夫子真是金口玉牙，这句话就像一个咒语，中国知识分子从此万劫不复了。这也许是历史宿命论吧。

马明高听得不耐烦了，骂道，你怎么这么多的之乎者也？

舒云飞只是笑，不讲什么。心里却在想，孟子这句话算个真理。但细细一想，现在这句话也只有一半正确了。什么恒志？如今还奢谈什么大志？有道是问舍求田，原无大志。就说自己，也算是一个知识分子吧，心里想的是什么？房子和位子！生命的意义就这么彻底被简化了，直观而明了。向处长做思想工作也讲得明白，看一个干部看什么？就看你对待房子和位子的态度。这等于说，现在人们的大志就是一个好位子、一套好房子。可是只能心里想，不可嘴上说。按这个逻辑，如今人们不仅没有大志，而且还要虚伪地活着。

龙子云见舒云飞半天不说话，只是抽烟，就说，现在是越有本事越倒霉。像你舒云飞这水平，我谅你们单位也少有，可你就是上不了。

舒云飞忙摆手。别说这个，别说这个。我水平不行。

龙子云接着说，不是吗？天下乌鸦一般黑。不是我吹嘘自己，我在一中也是呱呱叫的语文教师，可就因为发表了一些散文、诗歌，别人嫉妒，说我不务正业。当语文教师的写文章是不务正业，那些务正业的连个人总结都写不好。

说到这事，马明高也有同感了。我公司那财务科长，做错了账连自己都查不出，得劳驾我们，可他还天天教训我们业务水平低，要我们加强学习。

舒云飞不便说自己的领导如何，毕竟是在政府部门工作，还是忌忌口好。这两位老同学的牢骚他也听得很多了，反正听了就听了。其实他们凑到一起，除了相互调侃，就是发发牢骚，没有什么新鲜的话题。参加工作十四五年，大家也就这么发着牢骚过来了。

马明高突然提到一个新话题，说，你们有没有想过发财的事？

发财？哪里发财去？舒云飞一副如梦方醒的样子。他怎么没有想过发财的事？只是感到很茫然。

龙子云说，明高你在公司干的都没有找到发财的门路，还来问我们？

马明高却只说，我看，你们都不要一脑子玄乎又玄的东西了，有门路就发发财吧。

这时，晓晴忍不住打了哈欠。龙子云抬腕看看表，说不早了不早了，我们该回去了。

舒云飞夫妇客气一会儿，也不强留了。

马明高临走又说道，是真的哩，我们可以一起想想办法，有钱大家赚。那么多马大哈都发财了，我们三位的智商谁也不低啊！

源源考初中的分数很快出来了。不料他考场失利，离一中录取线差三分。今年毕业生考一中还真的涨了价，差一分一万元，就算是交钱也还得走后门。舒云飞夫妇急得不行。晓晴忍不住在家骂这社会风气，什么都讲钱，分明是乱收费，还得年年涨价。舒云飞安慰晓晴别生气，生气有什么用？人家一中说，去年是九千，今年加到一万，还赶不上物价涨幅。你气坏了自己，钱还得交。要说，源源还算不错了，向处长他女儿差五分，得交五万。

其实舒云飞心里怎么没有气？他只是要宽晓晴的心。要凑齐三万元钱也的确不容易。家里掏空了老底也只拿得出二万一，还差九千。舒云飞有些打退堂鼓了。我们源源何必非上一中不可呢？上个二三流中学算了。我们上学那会儿哪有什么重点不重点？晓晴这几天本来就满肚子火，听了男人这话很不高兴。二三流中学你以为就不要交钱了？你没有填他们的志愿，同样要交钱，只是交得少一些。你光说你那会儿，你爷爷那会儿还没有书念哩！这是孩子一辈子的事，我就是砸锅卖铁也得让他上一中。

别人有钱的二话没说交了钱，有权的一张条子免了费。越是这样我越要争这口气，不然的话，你有面子我是没有面子。

舒云飞想这事其实也可以依靠组织做做工作，能少交一点就少交一点。但向处长自己要交五万，找他显然不合适，又不能越级找朱厅长，这是向处长最忌讳的事，再说自己也难保有这个面子。没办法，舒云飞找到龙子云。龙子云很为难，说我在一中算老几？校长肯给我这个面子？这样吧，我借你九千块钱算了。还有，今年上一中的特别挤，还要找校长说情，这个我可以包了。

全仗龙子云帮忙，好不容易才让校长松了口，答应收了源源。

舒云飞总不见向处长在单位提起女儿上学的事，心想他一定为那五万块钱犯难，也就不便问他，免得讨个没趣。

交过钱之后，手头就特别紧了。舒云飞两口子晚上连觉都睡不好了。晓晴说，马明高建议你们一起想办法发财，是可以考虑的，不然这亏空怎么填得上？舒云飞反问，发财是容易事？小富由勤，大富由命！

这天晚上，龙子云同马明高又来串门了。大家先为小孩上学的事感叹了一回，都说现在越来越不像话了。龙子云说着就激动起来：长此以往，中国的教育不垮了才怪！

马明高笑话龙子云，你动不动就深层次了。你忧国忧民，别人还不要你忧哩，说你不配！什么匹夫有责？这都是匹夫们自己讲的疯话。如今太平盛世，要你们匹夫忧什么？等到国难当头才用得着你们匹夫！好吧，我们都现实一点，想办法发财吧。

晓晴插话道，我看你们三位老同学合得来，要是一起创个什么业，一定能成功的。

这也是真的，我们三人还有什么说的？龙子云说罢，大家都望着舒云飞。

舒云飞沉吟一会儿说，要说我们一起干个什么事，我也是有信心的，只是现在没个头绪，无从着手。

马明高见大家都动了心，更加来劲了。他欠了欠身子，说，生意嘛，一口吃不成胖子。我们公司门口有个卖田螺的摊子，很不起眼。可知情的人说，他们家干了七八年，赚了百把万了。俗话说，小小生意赚大钱。

龙子云笑道，那么我们兄弟三人也摆田螺摊去？

马明高说，谁要你这么屈尊？大作家！真的搞了个什么事儿，你们不便露面的话，我来出头，你们还在岸上，我反正在水里了。

问题是搞什么项目好？舒云飞说。

马明高扳着指头说，一要好赚钱，二要我们熟悉，三要考虑投资。

龙子云笑道，要说我熟悉的，只有吃饭了。

晓晴马上接了腔，你还别说吃饭，现在赚钱的生意，除了吃的就是玩的。大家都在拼命玩，拼命吃，好像过了今天就没有明天了。

马明高却在正经考虑这事，说，搞餐饮的确是赚钱的买卖，但搞这一行的人太多了。你从街上一路走过去，谁不朝你鞠躬请吃饭？

舒云飞说，这餐饮业同娱乐业一样，弄不好就成藏污纳垢的地方，我看也不太妥。

龙子云不同意舒云飞的看法，说，什么藏污纳垢倒不值得担心。稍稍上档次的一些餐馆都是些什么客人光顾？最近阳光大道新开了一家餐馆叫豪客饭庄。豪客是哪些人？大小官员，大小老板。我们这些人到那些地方去吃吗？未必票子在口袋里跳得慌？

晓晴倒是认为餐馆不好开。谁都长着一张嘴巴，是嘴就要吃饭，所以谁都可以找着茬儿来管你。最难对付的是公安，稍有不周，牌子就保不住。说到这里，晓晴瞟了男人一眼，怕他怪自己讲得过火了。

舒云飞这会儿只是静听各位高见，不急于发言。

龙子云问马明高，你是搞五金的，对五金最熟悉了，可不可以搞？

马明高摇头回道，五金若是好搞，我们单位会亏成这样？现在是全民办五金，哪里没有五金店？

龙子云说，照你这么看，只有人头没有人经营了。

谁说人头没有人经营？晓晴说，今天我还在报纸上看到一条新闻，有位个体老板被他的仇人花两万块钱取走了人头。舒云飞看老婆一眼，说，大家在说正经事，你净说些鬼话。

马明高问舒云飞，你的高见呢？

舒云飞猛吸了一口烟，慢慢吐出之后，才说，还真不知道搞什么好。要说熟悉，我们都是读书人，按说对书最熟悉了，开书店怎么样？

龙子云马上附和说，书店开好了也是赚钱的。记得北方有个青年人开了家书店，叫读来读去书屋，办得很红火，中央电视台还报道过哩！

马明高白了一下眼睛，说，这个主意好，但也不能太盲目。我这几天测算一下，看到底行不行。我们要搞就当大事业来搞，只图赚几个小钱也没意思。当然起步可以小搞一些。我过几天先拿个初步方案，大家再进一步议议如何？

几个人都说可以。

本来已经扯到别的话题了，龙子云又突然问起，我们书社起个什么名号呢？读来读去真绝，我想起都嫉妒。

晓晴忍不住笑了。是男是女都还不知道，却急着起名儿了。

龙子云说，反正在闲扯嘛。

马明高想了想，说，叫龙马书社如何？龙马大吉大利，书同舒又谐音，等于把我们三人的姓都嵌进去了。

龙子云马上摇头。不行不行。用心良苦，却嫌刁钻。未必还要在牌匾上加一个注解不成？书者舒也，谐音双关者也。

马明高不好意思了，说，这就靠你作家了。

龙子云原来早就想好了一个名儿，只是不好马上说出来。这会儿马明高激他，他就说，我看用一个典故，叫二酉书屋如何？

马明高不明白其中雅意，疑惑道，明明是三友，怎么叫二友？

大家随便惯了，言语不论粗细。龙子云半真半假道，叫你多读点书你不听。哪是那个友！是酒字不要三点水的酉！这有一个典故。湖南沅陵有大酉小酉二山，合称二酉，山中有一洞，叫二酉洞。相传秦始皇焚书坑儒时，有学子藏书于二酉洞，使圣贤之书得以留传后世。所以后人以二酉比喻藏书之丰。

马明高听了似懂非懂，就望着舒云飞。舒云飞默一会儿神，点头说，这个名儿好，有点儒雅味儿。我们文化人干事，就得有些文化气息才好。书社嘛，本来就是高雅的地方。

晓晴听着笑了起来。我说你们是为了赚钱还是为了卖弄肚子里的墨水？开饭馆怕藏污纳垢，开书社又只顾在店名上搜肠刮肚，生怕别人说你们没文化。

龙子云不等舒云飞再开言，忙抢着说，晓晴你别小看这店名了，好的店名本身就是一笔无形资产。比方说，我们今后业务大了，要大做广告，就可以打出这么两句话：古有二酉藏书，今有二酉书社！你看，多有气派！

晓晴笑道，我看你有点狂想症。

马明高倒是欣赏这股狂劲儿，说，晓晴你别笑话他，做生意同他搞创作一样，要灵感，也要一点狂想。狂想出点子，做生意就是不断要有新点子。

龙子云受到鼓舞，越发来劲了。我们可以想出许多促销手段，比如说，我们可以把书社门面搞得很有特色，门面上方设计一块可变广告牌，每天给顾客一句赠言。如果今天下雪，就写上，下雪的日子，正好拥炉读书。今天要是阴天呢，就写上，翻开你喜欢的书，那里有一片晴朗。

马明高打断龙子云的话。表扬你几句，你就酸不溜丢了，还要你作诗不成？

舒云飞却说，我看子云的建议不无道理，至少思路可取。别小看这些小聪明。南风商场冬装换季，削价处理，可别人偏叫夏日倾情大行动。倾什么情？再怎么倾情也是商场赚钱顾客花钱是不是？但我们是喜欢削价处理几个字，还是喜欢夏日倾情呢？刚才子云说的时候，我就跟着他的思路走，也想到了一些点子。比方说，每日赠言当然好，但用名人名言落俗套，得用凡人凡语，而且要保证每天讲的都是新鲜话才有意思。要做到这一点就不容易了。那么我们就可以向顾客有奖征集，从中遴选优秀作品。这活动本身就是很有作用的广告。还有，我们可以给每一个月定一个顾客幸运日，这一天第一个进入我们书社的顾客就是我们的幸运顾客。每位幸运顾客可以终身享有每年一本新书的馈赠。这些幸运顾客事实上终身都是我们书社自觉的广告员。

马明高拍了下大腿，连连叫好。别看云飞是在政府部门蹲办公室的，这生意上的事他还真能想出一些点子哩。

龙子云也说是的是的。

眼看时间不早了，龙、马二人告辞。舒云飞叫马明高抓紧测算一下办书社的事儿。

今天一上班，向处长就召集全处同志开会。议题很集中，推选人大代表。厅里只有一个指标，当然是推选朱厅长了。难怪前几天朱厅长又到各处看望同志们。舒云飞无意间发现了一条规律：朱厅长要是来各处看望同志们，一定是他又有什么好事了。记得有一回朱厅长与大家握手后的第三天，厅里选他为党代表。还有一回他看了同志们，第二天全厅就以绝对多数选票评他为优秀。

向处长说开个短会吧，就慢条斯理地把这次推选人大代表的有关事项说了一通。他说的好像只是推选人大代表的重大意义、代表的有关条件等等，都是人人明白的大道理，听上去同废话差不多。可就是这些废话，始终在暗示你该选谁。舒云飞见这几天向处长同他见面一直都很严肃，他在会上就有意活跃一点。但这样的会议，只需要大家举举手，没有太多表现机会。他只好始终微笑着。可他的微笑并不能改变向处长脸上的成色，似乎只有这种脸色才能适合会议严肃的议题。选人大代表可不是闹着玩的事啊，这可是事关人民群众当家作主的大事啊。结果大家一致推选了朱厅长。

会很快就完了。回到办公室，小刘问舒云飞小孩上学的事怎么样了。能怎么样？还不是交钱。他随便说道。

小刘说，三万块钱你就这么轻易交了，蛮有钱嘛！我说你其实可以活动一下，能免交或者少交一点也是好的。

舒云飞做出无奈的样子，说，我这人无职无权，谁肯给我这个面子？

说到这里，舒云飞见小刘笑了一下，他就不说了。小刘的笑有一种无可名状的怪异，这笑常提醒他同这人讲话不可太多。同小刘共事几年，他真正懂得了言多必失的含义。凭感觉，他知道小刘常弄他的手脚。他的感觉很准，他暗自印证过多次。但他只是在心里愤慨，却没有任何流露，甚至还装傻，权当什么都不知道。自己的名声要紧。如果自己也像小刘那样去做小动作，他也成小人了。整了别人事小，坏了自己的名声事大。他琢磨过小刘的心思。这处里九个人，只有他和小刘还是一般干部，其他人都是正处副处了。他的年纪比小刘大些，资格比小刘老些，按惯例下次应先提拔他舒云飞。小刘要是沉不住气，想抢先一步，当然要有所行动了。这也是人之常情，让他小刘一着吧。舒云飞常这么宽解自己。再说，摆到桌面上，他也说不出小刘什么一二三。比方说，有时同事们闲扯，大家都无拘无束。可舒云飞说了句什么，小刘就笑几声。这笑声你也说不上有什么毛病，可就是他这么一笑，你刚才讲的话好像就有毛病了。舒云飞不能对自己说过的话作任何解释，那样等于此地无银三百两。谁也没有说你什么呀？每逢这种场合，同事们就似笑非笑，面面相觑。向处长也艰难地笑一下，然后马上严肃起来，转身回自己办公室。其余的人就像怀着什么秘密似的阴一个阳一个散了。只剩舒云飞一个人呆在那里，坐也不是，站也不是。这种说不出的哑巴亏，他吃过多次了，现在回想一下，连一个完整的例子都举不出。他自己都说不清小刘是怎么让他难堪的。心想小刘整人这一套还真高明，不知他在哪里学的？兴许是狄青用兵，暗合兵法吧。

　　这会儿，向处长叼着烟慢慢踱到舒、刘二人的办公室来了。二人招呼向处长好。向处长也不答，也不说有什么事，只站在他俩办公桌边颔首而笑。舒云飞望着向处长，可向处长只望着小刘，好像不在乎他舒云飞的存在。舒云飞知道向处长是个什么都写在脸上的人，没有多大气量。气量不大的人不可能有多大出息，但他已是处长，再怎么着也只能是你难受而不是他向某人难受。他也只好目不转睛地望着向处长。

　　向处长同小刘说着一些无关紧要的话。小刘早已恭恭敬敬站在那里了，一脸灿烂地望着向处长。舒云飞马上意识到自己好像也应站起来，却感到四肢不是味道。挨了一会儿，还是站了起来。但他刚站起来，向处长转身走了，望都没有望他一眼。

舒云飞觉得向某人这样简直是女人做派。

既然站了起来，就不能让小刘看他的笑话。舒云飞很自然地去取了暖瓶，为自己添了茶。是否也要给小刘添一点呢？可终究怕小刘看破，就一边盖开水瓶，一边问小刘也来一点吗。小刘说我要就自己来。

舒云飞很优雅地喝茶。向处长这种风度他是经常领教的，想来又好气又好笑。他喝了一会儿茶，就去上厕所。走过向处长办公室门口时，不知怎么的，他又想同人家打招呼了。向处长却在办公室踱步，样子深沉得不得了，不知在考虑什么国家大事，根本顾不上同人家讲客气。

舒云飞蹲在厕所里咬牙切齿。他对这向某人太了解了。当年他向某人也是科级干部时，也同大家有说有笑的。等到当了副处长，就成天皱着眉头坐在那里翻文件了。后来当了处长，又学会了缓缓踱步。舒云飞想自己一眼就可以看穿他的大脑，那里沟回平坦，形同戈壁，生长不出什么思想。可这人踱步的样子像个思想家。

舒云飞解手之后，步态从容地往自己办公室走。但见各办公室鸦雀无声。大家都在看报、看文件、喝茶，很敬业很有修养的样子，似乎这是一个风平浪静的所在。他想如果有人将这里的生活写成小说，一定很枯燥、很乏味。大家只是极斯文地坐在那里，大动作和小动作都看不出，没有什么精彩的细节，既不能丝丝入扣，又不会惊心动魄。

下班回到家里，晓晴一眼就看出了他的不快。他在外面是什么事都没有似的，一回到家里，脸上该是什么节目就是什么节目了。不过也不向家人发作，只是一个人躺在沙发里上演无声电影。

晓晴知道男人的脾气，让他一个人抽闷烟，自己去厨房忙做晚饭。

这是个小人！舒云飞心里极不畅快。他想起了孔圣人为小人画像的话。小人你很难同他共事，但很容易取悦他，哪怕你用不正当的手段去讨好他，他也非常高兴。小人用人的时候则是求全责备。参加工作十四五年，现在仔细想来，真正的君子他没碰上过，小人倒是见识了不少。舒云飞早就看出来了，自己要让向某人有好感其实也并不难，给他送两条红塔山就行了。这种人就是这样不值钱，几百块钱的东西就可以将他收买。

晚饭后，晓晴让源源回房看书，然后问男人，你好像不高兴？

舒云飞也说不出什么，只道，同这种人共事，不短命才怪！

晓晴安慰道，你还是读书人，不明白不以物喜，不以己悲的道理？何必因为别人影响自己的情绪？

可这人偏偏可以影响你，可以影响你一切，让你功不成名不就，让你一辈子平平庸庸碌碌无为，你怎么办？舒云飞激动起来。

晓晴默然一想，问，你是说姓向的？

这是一个地道的小人！舒云飞说。

晓晴说，我早就劝过你，要你注意处理好同他的关系，你就是不听。人家明摆着是处长呀！谁人檐下不低头？你太不通达了。

通达？怎么个通达法？孔夫子有句话：君子上达，小人下达。什么是上达下达？上达就是识大体，明大义，正道直行！下达就是认同庸俗的人生规则，甚至不惜蝇营狗苟！你讲的通达，就是下达，是小人所为。无非是有事无事找借口到他家里去拜访拜访，孝敬点儿东西，套个近乎。这个我做不到！现在都成什么样子了？人与人之间的信任本来靠推心置腹，现在却是功夫在诗外！

男人很正派，晓晴真的敬佩。但她不希望他迂腐。像今天这样的劝解，她是不止一次了，可男人就是说不通。云飞，晓晴说，我也不是要你低三下四做人，只是要你稍微活泛一些。你就是提两条烟、两瓶酒，到人家家里去坐坐，也不怎么折你的面子呀？只要我知道你是君子，你自己明白自己是君子，这就行了，莫在乎细枝末节了。出家人还讲酒肉穿肠过，佛祖心中留哩。只要心中有佛，就不要怕入俗了。

舒云飞倒是笑了起来，说，你也这么能说了。不过你这是诡辩。按你这个逻辑，真的是盗亦有道了。再说，两条红塔山、两瓶茅台，要多少钱？我一个月工资又是多少钱？我就是一个月不吃不喝，全心全意为人民服务，也不会为他一个人服务呀！我宁愿救助失学儿童！

晓晴说，我正要同你讲这个道理。花几个钱是小事，再说又能花多少钱呢？现在有人还把花钱买官当作一种投资哩。让你走动走动，只是做个人情而已。我猜想，他向某人再怎么贪小便宜，也不在乎几条烟几瓶酒。他计较的是你的姿态。你想想，别人还唯恐攀附不上，就你一个人不理不睬，他会怎么想？至少以为你不尊重他，不把他放在眼里。特别是你，说资历跟他差不多，论本事也不比他差，他越发以为你看不起他了。他甚至可以宽容所有部下，就整你一个人。整倒你一个，其他的人都服帖了。你还成天读什么《论语》，还说半部《论语》治天下。现在哪是《论语》治天下？是厚黑治天下！

晓晴讲的这些道理，他不是没有意识到。正因为如此，他心里更加厌恶。大凡做上司的都唯恐下属不敬，偏要有意装腔作势摆出一副威风来。你想让上司看着顺眼，就不要怕人讲你是马屁精，你想保持一种正常的工作关系，往往要吃亏。

为什么上下级之间偏要成为一种人身依附关系呢？舒云飞无可奈何的样子。

晓晴说，你还是理想主义。别幻想了，世风如此，你还是活泛一点吧，连我们医院纯业务单位都是如此，何况你们？

舒云飞刚才本来已经心平气和了，听了晓晴的劝说，情绪又暴烈起来，拍着桌子吼道，既然如此，我誓不低头！

晓晴本想说他这是裤裆里屙屎同狗斗气，怕又激怒了他，就笑着熄火。算了算了我们别争了，别争了，看看电视吧。说着就开了电视机。可惜她喜欢的那个电视剧好几天都没放了。听说那个电视剧有一两百集，还没有拍完。现炒现卖，拍了几十集就先播了。

舒云飞蜷在沙发里独自抽闷烟。自己这样犟下去，固然是铮铮铁骨，却有可能终身栽在一个小人手里，死也死不了，活也活不好。这么一想，他怎么也不心甘。

晓晴拿起遥控器换了台，打断了他的胡思乱想。他心想自己怎么稀里糊涂想到了这些不着边的东西？在这里工作，大而言之是为人民服务，小而言之是为自己谋生。想那么多干什么？可是转念一想，为人民服务，却要看别人的脸色，真是荒唐逻辑！哎，不管怎么样，还得在这里挨下去。这几天常想起同龙、马二人合伙开书社的事，但想来想去，这只能当个副业，私下里干。前些年上面鼓励机关干部下海，可真的下了海，个别发了财的倒是摇头摆尾快活去了，多数人呛水上岸了。上了岸的谁不灰溜溜的？毕竟同前些年不同了，单位头儿嘴上不说，心里却给你打了折扣。难怪有人说，上面的文件，你倒过来执行就对了。譬如每年年底都要发一个禁止滥发奖金和突击花钱的文件。你如果照着文件办就是大傻蛋了。那么单位有钱就赶快发，支出预算还有结余就马上用了。因为谁都在大发奖金，大肆花钱。不然上面要发一个文件来禁止干什么？吃饱了撑的？

舒云飞脑子里就这么一团糟，直到上床睡觉都还想不清楚。好像讲得那么崇高的事业，仅仅只是为了混饭吃。既然大家都在混饭，也就没有什么好歹了。

舒云飞夫妇正在看《正大综艺》，龙、马二人来了。晓晴忙起身倒茶。舒云飞问马明高怎么样了，龙子云却指指电视，说莫急莫急，先看看《正大综艺》吧。

但见到场的特邀嘉宾忸怩作态，答非所问。一位官员用蹩脚的幽默掩饰自己的无知。一位教授的题板密密麻麻写满了却不知所云。最好玩的是那位女明星，故作天真，搔首弄姿，在题板上画了一幅儿童画，旁边写的字谁也念不通。主持人倒是机智，一见自己念不下去，马上请女明星自己念。这位小姐就耸肩呀摊手呀，弄得大家起鸡皮疙瘩了也不知她讲了些什么。

龙子云早已忍无可忍，连叫俗不可耐。舒云飞也摇头晃脑觉得好笑。他拿遥控器调低了音量，说，让他们傻笑去吧，我们扯我们的。

马明高说，我做了一些调查，初步测算了一下。先搞一个小门面，估计一年盈利二十万是可以做到的。便把详情细细说了一遍。

晓晴听了很高兴。真的？那我说你们可以放手干哩。

马明高说，这还只是一张画饼。还有许多事要办，找门面、工商注册、税务登记，最要紧的是贷款。哪一道环节办不成都成不了事，没有一道环节是好办的，要关系，要门路，要打点。

大家听了，一时都不说话。过了一会儿，龙子云说，云飞在政府部门工作，各方面熟悉些，有些环节只怕要你多费心了。

哪里哪里，大家想办法吧。舒云飞摆手道。别人以为他是谦虚，他却是真的没有办法。这正是他的难堪之处。如今要说势利，怕是官场最势利了。你手中无权，别人就狗眼看人低，你要人家办事就办不好。几个人都在想办法，他却走神了，想起了单位买暖瓶的事。旧暖瓶用了多年，瓶底早锈坏了。今天厅行政办买了新的来，却分了档次。厅长们一个档次，处长们一个档次，一般干部一个档次。舒云飞和小刘办公室就领到一个最低档次的铁壳开水瓶。舒云飞忍不住玩笑道，真有意思，这开水瓶也有必要分个级别？他想小刘应表示共鸣的，可小刘却说，老舒你呀，农民意识！舒云飞马上后悔自己不该同他说这种话。小刘在他面前好像越来越放肆了，这多半是看了向处长的脸色。向处长一直不在乎他，当然是看了朱厅长的态度。而他从来不有意去接触朱厅长，朱厅长对他的了解只能来自向处长的汇报。就这样，他在单位的处境一天比一天尴尬。

龙、马二人知道他太正派了，在单位不怎么吃得开，但不知他竟然如此窝囊。他也不想让两位老同学看出他这么不中用，所以平时总是龙、马二人发一些怀才不遇的牢骚，他倒不怎么讲到自己的境遇。

马明高好像看出了他的心思，有意无意地为他解围，说，现在办事看三条：一是权，二是钱，三是朋友。适当打点是免不了的，关键是大家都要想办法找熟人。人托人，总找得着关系的。

舒云飞这会儿想起工商局好像有个熟人，就说，工商局那边我可以先联系一下。

马明高说，税务方面我可以联系一下，我同他们业务上有交道。

龙子云说，门面我倒有几条信息。大家也留意一下。

晓晴插嘴说，最难办的只怕还是贷款。

马明高不以为然，说，讲难也不难，贷款反正靠塞红包。

就这么说好了，几个人都先活动活动再说。

舒云飞次日一到办公室，就打开水，拖地板，抹桌子。刚准备去卫生间搓抹布，小刘来了，忙说对不起，来迟了。说着就伸手问他要抹布。他说，桌子我抹过了，我去搓搓。小刘说，我去我去，反正我要抹一下皮鞋。他便把抹布给了小刘。小刘一走，他又觉得手脏，应去洗洗。又不想紧跟了小刘去卫生间，只得扯了卫生纸揩了揩。

小刘洗了抹布回来，象征性地掸了掸柜子门，这才晾了抹布，安坐下来。

舒云飞看了表，已是八点半。他想等到九点钟给工商局的熟人打电话。

没有等到九点，小刘抓起了电话。像是找一位当老板的同乡，先玩笑一会儿，再问人家这两天休息怎么安排。原来小刘约了几位朋友明天去郊外钓鱼，请这位老乡一起凑凑趣。一定是他那位同乡问他是大钓还是小钓，小刘说，大小那就看你的兴趣了。那边又问几个人，小刘报了过去。那边停了一会儿，回过话来。小刘满意地笑道，好好，那就大钓吧。

舒云飞明白了，定是他那位老乡充当冤大头无疑了。如今这钓鱼，也不是随便什么人都有资本去钓的。大钓小钓是行话。小钓是自备钓竿、饵料及一切应用器具，请客者负责付鱼钱，请吃一顿饭，客气的还会备一些水果糕点。大钓那就讲究了，每人钓具一副、休闲装一套、太阳伞一顶、太阳镜一副、水果糕点若干，完了请吃一顿饭，付鱼钱当然不在话下。够派的还另备礼品或红包相送。这一来，花销就说不好了。单说钓竿，便宜的二三百、四五百可以拿到手，贵的上万的也是有的。送什么样的钓竿，自然看客人的来头了。

这么高的规格，不知小刘请的是什么贵客？

小刘挂完这个电话，并不罢手，又马上打别的电话。照样先是调侃，再是请人家明天钓鱼。邀约好了之后，又漫天漫地扯淡。等小刘打完三个电话，已是十点多了。

　　这时，向处长踱了进来，拿起小刘桌上的一本书随便翻翻，放下，说，没有变吧。舒云飞正蒙头蒙脑不知何事，小刘答道，没变没变。向处长这就抬起头来朝天花板上溜了几眼。舒云飞和小刘也跟着他抬头望天花板。天花板上除了电扇懒懒地转着，什么也没有。等他俩收下目光，向处长早已转身走了。舒云飞心想这姓向的真他妈的神经病！

　　舒云飞坐下来查工商局的电话号码，小刘却哼起了小曲儿。这人今天怎么这样高兴？简直还有些洋洋得意。舒云飞猛然想起刚才小刘同向处长的神秘对话。原来如此！他明天是请向处长钓鱼。

　　明天还是大钓哩！什么大钓小钓！讲行话大凡有两种情况：一是怕别人听不懂，便约定俗成了一些行话，比如某些专门行业；一是生怕别人听懂，就造出一些准黑话当行话，比方黑道、商场和官场。

　　不知怎么的，舒云飞眼睛有些发花了，翻来覆去查不到电话号码，只得合上电话号码簿，拿出一沓文件来做样子。自己今天的心理素质怎么这样差？见了这种事情不知是愤还是妒？

　　老婆说得对，别人要尽巴结，自己却木头人一般。他开始怀疑自己到底是不是真的清高了。他平时总爱讲这么一句话：投靠是背叛的开始，并戏说这是他的凡人名言。一个人今天投靠你，一定是为着某种利益，那么，明天利益需要他背叛你，他眼睛都不会眨一下就倒戈了。现在他想，自己为什么老同人讲这句话？难道不是想让向处长明白他的心迹吗？若是这样，自己也太天真了，太可怜了。怎么说呢？自古忠贞之士都是这般，就像痴情的女子，对心爱的男人似乎都是单相思，而男人却醉心于一群淫妇浪女。就说屈原，对楚怀王简直怀有同性恋情结，作《离骚》、赋《九歌》，满腹爱恋和怨尤，可楚怀王照样宠信子兰等巧言令色之徒，屈原却被放逐，落得怀沙自尽。天同此道，地同此理，亘古不变。这忠与奸，正与邪的苍凉故事只怕要永远这么演绎下去了。

舒云飞满心复杂的想法，什么事儿也做不成，只见手中的文件模模糊糊的一片。

这几天，向处长带着小刘出差去了。舒云飞无端地感到心情轻松了许多。怎么会有这种反应，他觉得很奇怪。他早不在乎这个人的脸色怎么样了，可那张胖乎乎的脸又的确无时无刻不在左右他的喜怒哀乐。同事们出差在外，环境一变，相互间容易交流些，这是他长期以来感受到的一种经验。不知他们二人在外会交流些什么？这不是庸人自扰，他知道他们只要论及单位的是是非非，对他都是不利的。

一个人在办公室，他总考虑着自己的境遇和前程，只觉去路茫茫。他想过干脆调到一个清闲的文化单位去算了，读读书，写写文章，图个自在。或者干脆做生意去，赚钱也罢亏本也罢，听凭自己的本事和命运闯去，省得在这里看别人的脸色过活。可想来想去，就是不甘心，好像在跟谁较劲似的。细想不是跟朱厅长，不是跟向处长，也不是跟小刘，似乎在跟一个自己也说不清楚的东西较劲。一个假想敌？想来想去也没法跳出这里。好吧，还是在这里挨下去吧，今后也别事事都放在心上。自己成天地不快也真没意思，几乎都是一些庸人自扰的事。不要管那么多，一切听凭自然吧。其实这种犹犹豫豫的心思也是常年在他的脑子里打转转的。

这天一早去上班，他远远地就见朱厅长站在办公楼前同人说话。他想管他什么猪厅长马厅长，我就是不同你搭理，又怎么样？他便挺着身子，目不斜视朝前走去。可越是走近朱厅长越是不自然，脸上肌肉有些发紧。就在同朱厅长交臂之际，他忍不住又叫了一声朱厅长好。可朱厅长只顾同人说话，脸都不偏一下。

舒云飞额上顿时大汗淋漓。一进办公室，就关了门。反正向处长不在家，他也就不顾那么多了。好一会儿，感到越来越热，才想起空调没打开。

室内渐渐凉了下来，他才把门开了一条缝儿。手头没事，又没人管，就索性坐在那里发呆。等心情稍微平静些了，就给工商局打了电话，那位熟人说，现在正搞文化市场整顿，书店一律停止注册，也不知什么时候解冻。不管怎样今后会卡紧一些的，现在小书店太多太乱了。舒云飞同这人仅仅只是熟悉，并没有交情，人家客气几句就开始打官腔了。见这般光景，他只好说，那到时候再请你帮忙吧。

他不准备马上把这消息告诉龙、马二人。别人心里正热乎乎的，这么快就去泼凉水，过意不去。再说他也希望听听他们二位联系的情况，说不定到时候又有办法了呢？

过了几天，龙子云有消息说，门面倒是打听了几家，只是租金要价都高。但有两家门面是公家的，找他们头儿做做手脚，可以谈下来。马明高说，税务登记本来就不成问题，关键是定税，到时候再活动。

只是贷款还找不到可靠的人，不然人家谁敢收你的红包？舒云飞见龙、马二人果然劲头十足，只好告诉他们，工商局那边熟人出差去了，估计个把星期回来。他说了这些，感觉心里歉歉的，好像愚弄了别人。

一连好几天，他都在犹豫，是否该把工商局的情况告诉他们二位？

这天，马明高又打电话来，问事怎么样了。舒云飞想也应该同人家讲了，就讲，我刚准备打电话给你的，那个熟人回来了，我刚才联系过。于是把情况说了一遍。马明高问怎么办？他说，只有等一段了，相信也不会等太久吧。马明高又说，贷款的事初步联系过了，人家松了口，但血是要放一点的。通完电话，舒云飞不太好受。

舒云飞那天同朱厅长打招呼讨了个没趣，只要想起就不舒服。他想今后谁要是主动同他打招呼就是和尚的崽！他甚至想再次碰上朱厅长，理都不理就同他擦肩而过。可是朱厅长是个忙人，他要是不下楼来看望大家，你说不定几个月都见不到他的影子。听说他这会儿又去美国考察了。舒云飞想，天知道他去美国能考察些什么。

舒云飞的心情不好，却又不便同晓晴讲。这事说起来是摆不到桌面上的，就只有一个人闷在心里烦躁。闷了几天，心情也慢慢平和下来。再回头想想这事，就觉得有些好笑了。可是现在生活就是如此平庸，除了些鸡毛蒜皮的事，还有什么大事呢？那些领导们，也不是成天同你脸红脖子粗，他们只是把一颦一笑都做得极其含蓄，又深不可测，总叫你提心吊胆地去琢磨。

这天上班，舒云飞正在卫生间，听见外面有人在高声应酬。他知道是向处长他们回来了。他本来已完事了，可一想想外面的场景，就索性又蹲一会儿。同事们出差回来，通常要与在家的同志握手客气一回，似乎一日不见隔三秋。向处长回来，更是要一一握手。舒云飞不喜欢那双胖乎乎的手。不是他心胸褊狭，他是讨厌这人握手的讲究。向处长同上司握手总是身体前倾，伸出双手握住人家的手激动地摇晃五六下。同平级干部握手，他就挺直身子，伸出右手，不紧不松抓住对方的手，摇两三下。要是下级伸过手来，他就看似平和，实则心不在焉，半伸出手，直着手掌同别人软绵绵地一带而过。你就感觉摸着了一只泡得发胀的死老鼠。可你还不便表示不快，还得赔笑。这不光因为他是领导，还因为他的表情倒是过得去的。只是你觉得让他笑容可掬地藐视了一回。

舒云飞蹲在厕所里好一会儿，听到外面的热闹劲儿过去了，方才起来，脚都有些发木了。洗了手，本想扯了卫生纸揩干的，却只抖了抖。走过向处长办公室门口，见大家站在那里说话。舒云飞便招呼道，向处长回来了？向处长应了声就伸过手来。舒云飞忙摊摊手说，对不起，手上尽是水，尽是水。就这么搪塞过去了。他不好马上走开，也只得站在那里。这才知道大家正在欣赏向处长新穿的金利来衬衫。都说不错不错，向处长层次高。向处长却只满口谦虚，哪里哪里。舒云飞发现平时在这种场合最活跃的小刘只是微笑，并不开口，他心里就明白了大半。他看不惯这种气氛，就猛然抬腕看看表，装着有急事的样子，小跑回到自己办公室。

这几年男人都有些女人味了，喜欢议论谁的衣如何，谁的鞋如何。最好玩的是处里这些人，把品评上司的衣着也当作拍马屁的必修课了。去年冬天，舒云飞新买了一双老人头皮鞋。碰巧向处长也穿了一双新鞋，同舒云飞的一模一样。有天闲聊，大家说向处长的皮鞋够层次，处长就是处长。一片啧啧声。他们马上发现舒云飞穿的也是一双新老人头，有人就开玩笑说，只怕是假的吧。舒云飞觉得好笑，故意说，我不识货，分不了真假。小刘就蹲下来很内行地摸一摸，捏捏，然后拍拍手，断定是假的。舒云飞有意愚弄一下他们，就说，管他真货假货，反正就百把块钱。在场的这下乐了。百把块钱也想买老人头？肯定是假的。并要舒云飞同向处长比肩站在一起看看。你看你看，不怕不识货，就怕货比货。这真假老人头，一比就出来了，区别好明显。是的是的，好明显。买名牌，还是要像向处长一样，到专卖店去，这是经验。舒云飞感到幽默极了。他怎么也看不出这两双老人头有什么区别。他们断言舒云飞这双鞋不到半年就会脱绽的。后来却发现并不如他们所料。再提起此事，他倒不便点破他也是在专卖店里买的了。这样会让同事们脸上不好过，尽管他们是自取其辱。他只好信口编了一套理论，说冒牌货不一定就是劣质货。有些制冒牌货的厂家，设备技术都不错，就是缺少驰名品牌，他们的东西，质量也是过硬的。大家听了，也觉得有理。

那边大概热乎够了，小刘回到办公桌前来了。见小刘容光焕发的样子，他说，小刘出差几天，倒显得更加年轻了。小刘说，哪里哪里。不过在外面自在些，不像在家里这么闷得慌。舒云飞笑笑，就不多说了。他相信向处长的金利来衬衣一定是这次在外出差小刘孝敬的。去年向处长的老人头，后来就有人知道是小刘老婆出差从外地带回来的。

小刘抬头望着舒云飞说，你听说过吗？最近要从处长中间提一个副厅长。看小刘的眼神，舒云飞猜他一定是知道内幕了。这事其实早就露出风来了，而且早已暗浪千重，只是大家都隐讳。现在小刘开始议论这事了，说明盘子只怕定下来了。他便说，我的消息不灵，还真没听说什么，也不知上面用人是凭资历还是凭能力。凭资历就不好说了，要是凭能力，我个人看法，应首推我们向处长。他说罢便望着小刘的反应。小刘不说什么，只是意味深长地笑。

他觉得小刘的笑真的有些神秘。这小子一定掌握内幕了。说不定就是向某人要发达了。这么一想，他立即感到心跳加速，肛门发胀，又想大便了。

蹲在厕所里，想自己好笑。眼看别人又要上了，你就屎尿都急出来了？说把心放开些，真遇事了又放不开了。

一转眼，源源开学了。除了原来一手交清的三万块，学费还得另外交。读书是好事，图个吉利，晓晴忍着不发牢骚。过了几天，晓晴问男人，你就从没听见你们向处长提过小孩上学的事？男人说没有。晓晴就觉得奇怪。五万块钱，他那么爽爽快快地交了？我想他就是再有钱，也不会出这个冤枉钱的，一定是找到门路免了。不过这也是人家自己的本事，我们不去管他。晓晴叹道。她本想这么宽解男人的，不料却刺激了他。什么本事？凤凰无毛不如鸡！他不当这个处长，看他哪来的本事！晓晴想人家当到了处长就是本事，难道硬要人家写本书不成？便说，也是的，越是有地位的人，越是四体不勤，五谷不分，要是没有佣人，他们连饭都进不了口哩，哪有什么本事？晓晴说完好一会儿，舒云飞才想到女人这明地里是在鄙夷别人，实际上是在奚落他。他也不怎么往心里去了。事实就是这样，能办成事，能在社会上出人头地，就是本事，不然你满腹经纶也是白费。

　　眼看就到了中秋节。晓晴开导男人，还是不要太犟，主动同向处长改善一下关系吧。你就借这回中秋，到他家里去坐坐。俗话说，阎王爷不打送礼的。舒云飞一听就不高兴了。改善什么关系？谁说我同他有意见？晓晴笑道，你别一来就发火，同我发火有什么用？我这是为你好。就说向处长，要是对你有意见放在嘴巴上，人家也当不了处长了，你那儿也就不叫官场了。

　　向处长虽是无权提拔他，但只要这姓向的不在朱厅长面前说他的好话，他就无出头之日。而且向处长时常没个好脸色给他，他的日子也不好过。他哪里不明白其中的微妙，只是讨厌这么做。再说，就是自己这会儿想屈膝了，也放不下面子。这么多年直着腰杆子过来了，到头来还是要点头哈腰去做人，成什么了？要清高就清高到底！向处长就住在他家对面的三楼，舒云飞住这边五楼，要是向处长窗帘不拉严，他站在自家阳台上可以看见那边的客厅。就这几步路，他怎么也迈不出去。

晓晴这回却像变了一个人，反复要男人脑瓜子开点窍。要想人前显贵，就得背后受罪啊！晓晴说。

舒云飞说，哪里只是受罪？单是受罪我也不怕了，我是苦出身，哪样苦都吃过，哪样罪都受过。可这是做孙子！

做孙子又怎样？你那种场合，谁又不是奴下奴？

我才不当奴哩！舒云飞像是受了侮辱，脸都有些变形了。

晓晴说，我不是讲你怎么样。你想想你那里，一般干部巴望处长有个好脸色，处长巴望厅长有个好脸色，厅长巴望市长有个好脸色。不都是奴下奴？

这么翻来覆去争了好些天，舒云飞无可奈何，答应晓晴去做一回丢人的事。

晓晴便采购了一些礼品，无非是烟酒和月饼。多少钱？舒云飞问。

晓晴说，你就别问钱了。如今除了工资不涨，什么不涨？就这点东西，还看不上眼，差不多就千把块了。不识货的，还说我们小气哩！

舒云飞听了心里很憋气。平白无故地送东西给人家，还要担心人家讲自己小气。这是什么事？千把块钱，家里老爹一年都挣不来！

吃过晚饭，两人准备到向处长家去。晓晴催男人先给人家打个电话。舒云飞很不耐烦，说好好，等一下等一下！他像是要去做一件非常重要又非常危险的事，心跳都有些异常了。他慢慢走到阳台上，深深地呼吸，想调整一下自己的心率。自己这个样儿到人家门上去，说不定一进门就会面红耳赤、语无伦次、手足无措。这样就是真正的笑话了。自己会更接受不了的。我一个堂堂汉子，为什么要在他面前窘态百出？

他的心情一时静不下来。晓晴却在催。这时，他无意间看见一位同事从向处长那个楼道出来，缩着头往旁边单车棚的黑影里钻，跟做贼似的。舒云飞觉得好笑，自己等会儿也就是这副慌张相了。他正幽默着，又见小刘提着包往那里去了。快到楼梯口，碰上一个熟人，小刘同那人很随便地打了招呼。舒云飞感到奇怪，这小刘办这种事情怎么这样自然？那神态就像是回自己家去，全不像是去拍马屁。他真的佩服小刘了。要把低三下四的事做得从容不迫，也是一门本事啊。算了算了，自己甘拜下风了。

晓晴跑来问，到底去还是不去？

舒云飞狠狠地拧灭了烟蒂，说，去他妈的鬼！

晓晴睁圆了眼睛。怎么了？说得好好的，怎么又不去了？这么多东西不心疼，你怕是偷来的？

心疼什么？高级东西只配别人吃是不是？我们自己也来豪华豪华。

晓晴说，你怕是发疯了？莫说烟酒，只说这月饼，三百多块钱一盒，一盒才六个，一个合五十多块，你舍得吃？

舒云飞倒是笑了起来，说，这就是怪事了，给人家吃舍得，自己吃就不舍得了？我还偏要自己吃哩。

晓晴急了，说，你莫说吃不吃的，你只说还去不去？

舒云飞回屋里往沙发上一靠，架起了二郎腿，一副死牛任剥的样子说，我真的不去了。

你有神经病不成？说得好好的，这会儿讲不去就不去了。花了这么多钱，你怕是我们家钱没地方丢了？

舒云飞说，由你怎么讲，我反正是不去了。你要去你自己去。

他只顾一个劲地抽烟，眼睛眯成了一条缝儿。晓晴气得话都说不出了，坐在那里喘气儿。过了好一阵，她才说，你以为我舍得花这个冤枉钱？我是看到你太死板了，出不了头。你又是一个心高气傲的人，总让你这么屈着，过不了几年，你不病倒才怪。我也不图你做官出名，只望你身体好，不要出毛病。你不想想，如今谁还像你？上班在办公室老老实实坐着，下班在家死死地待着，读书呀，写字呀。在你们那个场面上混，要那么多学问干吗？我猜想，人家心里忌着你，八成是因为你书读多了，人太精明。你看什么问题一眼到底，说起话来又一针见血。这么一来，人家站在你面前就像自己没穿裤子似的，什么都叫你看了个透，当然不舒服了。可你那儿又偏叫官场，说你行你就行，不行也行；说你不行你就不行，行也不行。所以人家明知道你是块料子，偏讲你不行，偏让你翻不了身，看你捡块石头把天打破了不？！别人夜里都是怎么过的？要么请人唱唱歌，打打保龄球，要么陪人搓搓麻将，输他个千儿八百。你花不了这个钱，但起码的礼还是要尽到呀！

　　晓晴的体贴话还真有点让他感动，她对他处境的分析也真是那么回事。他想这女人真是一个好女人，又聪明，又贤惠。可是他还是不想到对面楼里去。这是人的节操大事啊！老半天，他才缓缓说道，晓晴，你就别难为我了。我知道你是为了我，但我实在做不出。一个人可以不做官，而且还有许多都可以不做，但终究要做人哪！辱节没操，何以为人？

　　晓晴长长地叹了一声，像是无奈，又像是很轻松了，说道，只好由你了。我说你呀，就是把这个人字看得太重了。好吧，那你以后就不要老是闷着生气了，凡事都想开些。你硬是要做君子，就坦坦荡荡做君子算了。可是君子不好做呀！

　　这个晚上，舒云飞又一次失眠。

　　次日上班，舒云飞一见小刘，就想起昨天晚上的事，心里难免又生感慨。但细细一想，什么都说不出，真是瞎子错嚼了抹桌

110

布，什么味道都不是。一会儿，向处长来到他们办公室，同小刘很随便地打了招呼。舒云飞心想，要是有人给自己送了礼，第二天马上见面，一定会很不自在的。可人家自在得很。你看他俩，就像两个偷情的男女，一提上裤子，又都是好人了。舒云飞有了昨天一夜的失眠，像是又一次想通了许多事理，这会儿不在乎小刘怎么恭谨地站在那里，他只是没事似的坐着喝茶。可向处长只同小刘聊了几句，就转向他说，这里有个调查报告要呈送市政府和厅里领导，你写一下信封。写好之后给我看看再交收发室。舒云飞接过材料，向处长就走了。他心里觉得很别扭。难道我舒某人连个信封都写不好，还得让你审查一下？但不管怎样，工作还是要认真对待，他便取出毛笔和墨汁，一丝不苟地写了起来：呈某某同志阅。他的字很漂亮，参加全市书法比赛还拿过奖的。这也是他颇为自得的地方，只要有机会，他都好亮几笔。

写好之后，他拿到向处长办公室去。他知道向处长对他的字虽说有些嫉妒，却也不好说什么的，只是时有表示不屑的意思。那年他的书法得了奖，同事们都表示祝贺，还闹着要他请客，只是向处长装作不知道有这事。舒云飞站在向处长的办公桌前不走，等着审查完了之后再送去收发室。可向处长的眉头不知怎么皱了起来。舒云飞忙凑过头去，看是否写错了字，却也没发现有错字。向处长又半天不作声，只是皱眉，弄得他都有些紧张了。过了好一会儿，向处长把信封往桌边一推，说，老舒，市长就是市长，厅长就是厅长，你写什么呈某某同志干吗？

舒云飞这下真的不理解了，说，党内称同志，我记得以前中央还专门发过文哩。

向处长更加不高兴了，你这么迂干什么？你不看报纸不看电视？领导同志出来，职务再多也要不厌其烦地排出来，后面加不加同志倒是无所谓。将心比心，你要是也是长字号的，下级口口声声就叫你舒云飞同志，看你心里是什么味道！

舒云飞觉得向处长今天有些特别，这人平时都是很含蓄的，这回怎么如此直露？他也不想争辩，说拿回重写吧。有什么多讲的？道理是道理，常情是常情。按道理不该的事还多哩。

他真想恶作剧，把领导的名字写成瘦金体，而把他们的职务写成肥肥的魏体，拳头那么大，让他们过过瘾去。但到底还是不敢，只得规规矩矩写了。

这下向处长不讲什么了，过目之后，毫无表情地说，好吧。

舒云飞便把报告封好，送往收发室。想起刚才向处长那威严的样子，真的太像处长了。看来向处长说的市长就是市长，厅长就是厅长，潜台词当然是处长就是处长了。这是否在暗示他目无官长呢？才不信邪哩！应该倒过来，叫长官无目！好吧，不称同志就不称同志吧，反正也没有什么志可以同了。也真是的，自己连个信封都写不好了，还有什么能耐？在这样的地方，大凡按正常思路去想问题、办事情，往往就会出岔！可自己的想象力有限，头脑中只有正常逻辑，歪经不会念。

这件事情不大，甚至可以不算个事情，舒云飞却想得很深，似乎它的象征意义可以涵盖整个官场。

开书社的事迟迟没有进展。老这么拖着也不是个话。晚上，龙、马二人来了。进门就拱手，中秋好，中秋好。

晓晴玩笑道：拜节也没个拜节的样儿，空着手舞一下就成了？

龙子云说，我们到哪里都是空手道。

晓晴马上倒了茶来。舒云飞让女人拿月饼来吃，中秋嘛。晓晴心里有些不舍，但男人说了，她又不好驳面子，只得拿了出来。龙、马二人客气一下，就一人拿了一个。龙子云吃了一口，再闻了闻，说，什么鬼月饼，有股怪味儿？

舒云飞骂道，龙子云是小看人，凡是我舒云飞的东西一定是低档货。我说你这一辈子都没有吃过这么好的月饼。你那一个月饼多少钱你知道吗？

多少钱？是块金子？龙子云偏不信。

五十多块哩！

龙子云就把月饼凑近了仔细看了看，说，我真的看不出。

马明高感叹道，这么一点点东西，用不着拇指大的面粉，却要五十多块，钱也真不叫作钱了。所以一句话，赶快赚钱。他这人不喜欢空谈，一句话就到正题上了。

舒云飞明白，书社办手续的事，只要随便有一个关系好一点的朋友或熟人，很快就会办好。停办不停办，那是另一码事。问题是就这一点小事他都无能为力。他只会按正常途径办事。他猜想马明高是生意场上的人，一定看出了这一点，只是碍着面子，不好说出来。龙子云去，早让他难堪了。想到这一层，他在马明高面前倒有一点心虚的感觉，不敢正眼望人家了。马明高说了一句话之后，只是静静地喝茶，样子好像很深沉。

大家一时都不讲话，有些冷场，舒云飞就开玩笑说，早些年有个高人给我算命，讲我是发财的相。但到目前为止，我还看不到自己发财的希望。

龙子云接过话头，说，那么我们就托你的洪福，一起发财。

舒云飞又说，不过那位高人还说，我又是一个仗义疏财的人，只怕是赚得多，舍得也多，到头还是一场空。

晓晴不太畅快，讥笑道，我还从来不见你仗过什么义，疏过什么财哩。

舒云飞知道晓晴的气是从哪里来的，就自嘲道，我那是还没有财可以疏嘛。

龙子云说，其实命相之说我是不相信的，说来说去，人的命运还是在自己手里。唐朝诗人皮日休对命相之说的讽刺很有意思。他说相术都说谁像龙，谁像凤，谁又像牛或者马。人本来是万物灵长，最为尊贵。可是人偏要像禽兽就尊贵了，像人反而下贱了。一席话说得大家忍俊不禁，大笑不止。

舒云飞说，你这个掌故很有现实意义，要是借题发挥，作个杂文，一定会获得大家喝彩的。

马明高说，确实如此。现在信这一套的人太多了。我还发现一条规律，最信命相之说的有这么三种人：发大财的、年纪大的和文化高的。

舒云飞想想这话，还真是那么一回事，不过有一种人马明高不会知道，那就是现在有的人官越当得大越相信命相，只不过这一类人暗地里请人相面，明里却会批评别人唯心主义。但他不说出来。他感到特别幽默的是皮日休讲的人像禽兽就尊贵的话。真是有意思。

笑过之后，马明高又说，我们还是扯扯那个事情怎么办吧。这么一拖，黄花菜都凉了。

龙子云说，既然书社一时办不成，我们也不要吊死在一棵树上呀！我们还可以选一下别的项目，哪个石缝里不藏鱼？

晓晴忍不住笑了。我说你们是秀才造反，十年不成。好不容易选了个项目，又搞不成。这会儿又想另外搞了。我说你们干脆办个点子公司，反正你们一夜三十二个梦。

马明高却说，点子公司也有办得好的。但人家尽管是一肚子烂书，可他们头上多半有顶教授、博士之类的帽子吓人，才有人信。我们有什么呢？

是否另图良策，舒云飞一时拿不准，但他想摆脱窘境，便说，是可以考虑有无更好的门路。

马明高想了想说，也可以考虑。要想想那些谁都缺少，或者谁都需要的东西，从这些地方开开路子。

龙子云说，我最缺的是人民币，当然有美元也不嫌弃。

马明高骂道，废话！你缺钱别人也缺钱？有人还穷得只剩下钱了哩！

舒云飞这会儿却是一腔浪漫情怀。他想现在人们最缺少最需要的只怕是真诚了。他独自感慨了一会儿，笑说，若论大家都缺少、都需要的到底是什么，我说了你们别笑我迂，那就是真诚。

一句话说得大家都叹了气。

马明高说，是呀。可是真诚同我们赚钱有什么关系呢？

我刚才只是一时感触，说说玩，不是出点子。舒云飞倒为自己的天真不好意思了。

大家正七嘴八舌，龙子云举起手往下压了压，说，刚才云飞的玩话倒是提示了我。我有个建议，听起来玄，你们别笑话。城南大道有家婚姻介绍所，开得很有成就。我们可以办个类似的公司，当然不是介绍婚姻，而是介绍朋友。你们别笑，西方国家稀奇古怪的公司多哩。有专门替人道歉的，有出租假名人照相的，甚至还有在监狱里开旅馆供人历险的，你想得到想不到的都有。

舒云飞见自己的玩话倒引来了办公司的灵感，便有些兴奋。他略略一想，觉得只要别出心裁，当作一回事去做，说不定也是一个路子。便说，朋友的确是大家都缺少、都需要的。不知你们的看法如何，我觉得朋友只会越来越少的。一般的情形是，同事之间很少能成为朋友，而大家的交际很有限，流行的交际场所又成了高档消费的地方。所以有可能做朋友的只能是同学、同乡或者其他因偶然机会结识的人。但物欲横流，人心不古，朋友反目的往往比新交的多。鲁迅同瞿秋白相知后，感叹人生得一知己足矣！雨果临死时倍觉孤独，他讲的最后一句话是：我看到了一个黑暗的世界。舒云飞的语调越来越低沉，最后成了深深的叹息。

马明高像是被感动了，觉得自己在缓缓下沉。舒云飞讲完了，他才下意识地提了提身子，说，云飞很有感染力，你一番话，说得我全身都有些发冷了。这么说，这是一个路子？不过据我所知，这在我们国家只怕还是一个开创性的事业，没有经验可借鉴哩。

搞得好也是一个赚大钱的事业。开先河哩！龙子云一副神采飞扬的样子。

晓晴像是自言自语，说，听起来倒是那么回事。不过你们几个人办事情，我就怕你们太浪漫。讲起来天大，看见了抱大，到手了鸟大！几句粗话说得三个男人不好意思了。

那么我们可以扯一扯，就办这么一个公司，供人们交流感情，结交朋友。龙子云显得很有兴致。

马明高说，完全按照婚姻介绍所那种模式搞，只怕不行。介绍婚姻，见了一面不成的话就不好见第二面了，交朋友就没有这种顾虑。这也是我们这个项目的优势所在。根据这个特点，我们就可以办成沙龙式、会员制。

舒云飞一听，觉得很有道理，赞赏道，明高到底是生意场上的人，你看大家这么一凑，思路就有了。

龙子云性急，一扯就扯到公司牌号的事了。晓晴笑话说，你那女儿的名字只怕是恋爱时就起好了的吧。

闲扯也是闲扯。龙子云说，你不听说，北京有帮文化人，没事就在一块儿侃，几十集电视剧，这么侃着侃着就出来了。

侃是侃，怕你们赚得了钱吧？

马明高说，这倒不一定不赚钱，关键是要会搞。

龙子云来得快，已想好了一个牌号，就急了，说，先说说牌号。才说那家婚姻介绍所叫玫瑰之约，很不错的。我想我们叫旧约屋怎么样？

几个人听了，一时说不出好坏。过一会儿，马明高说，什么旧约新约的，不成了基督徒了？

舒云飞倒不这么快就否定人家，只玩笑道，愿闻高情雅意。

龙子云便说，我原先发过一首长诗，叫旧约之失，不知各位读过没有？

晓晴的目光便在舒云飞和马明高的脸上飞来飞去。那诗其实谁也没有读过。马明高木着脑袋不作声，舒云飞含混地点了点头。龙子云却立即进入情绪：

> 我们早已相约
> 又总是擦肩而过
> 那个时候，一切
> 温柔得像一条河
>
> 太阳老了
> 月亮老了
> 我们的记忆
> 已是斑斑黄锈

龙子云的声音低回而凝滞。马明高却说，你念还念得可以，把你自己都感动了。我是没听懂，怎么听起来像是大白话？

不等龙子云说什么，舒云飞早笑了起来，说，新诗我也不懂，我总觉得，中国的旧体诗倒是到达过辉煌的顶峰，可新诗一直还处在童年阶段。是不是人类越来越聪明？反正是话越说越长。说完这些，又怕伤龙子云的面子，就说了句俏皮话。当然，诗永远是文学的童年。也正因为是童年，也就永远纯洁而天真。舒云飞望着龙子云那张疑惑怅惘的脸，还真有些天真。

马明高沉不住气了，说，别再搞学术讨论了，说扯扯牌号就扯扯牌号吧。子云你说叫旧约屋，你那什么旧约诗是什么意思？

龙子云这下又神秘兮兮了。严格说来，诗是不能再解释的，一解释就寡淡无味了。这也是道可道，非常道的意思。

马明高有意作对，说，那你就不严格说吧。

龙子云哭笑不得，说，同你说不得高雅东西，真是秀才遇上兵，有理讲不清。好吧，我就说个大概吧。其实云飞感叹如今人心不古，真情难寻，我也早有同感，只不过我是一种艺术感悟，便作了这首《旧约之失》。我认为，人本来是纯真的。洪荒时代，我们质朴善良。我们相约走出那片黑森林，去寻找一块乐土。可是，走过漫漫几千年，我们迷失了。我们忘记了旧有的约定。

马明高听不下去了。怎么我越听越觉得像是梦话？

舒云飞听着听着，身子轻飘飘起来，似乎灵魂出窍了。沉默了好一会儿，才说，子云写的是人性的失落和异化，是对人类的终极关怀。我们顺着这个思路办公司，唤起人们的共鸣，客户自然不会少的。

晓晴刚才好像也被感染了，打了一个寒战。她缓了一口气，说，把我都搞糊涂了。你们说的倒像那么一回事，只是我越来越觉得你们像是在办社会事业，哪是在赚钱？她说罢就望着马明高。赚不赚钱，她倒更相信马明高的话。

马明高说，这个思路的确新奇，办得好，当然是可以赚钱的。反正事在人为。

大家就这么闲扯着，眼看着夜就深了。龙、马二人便告辞。马明高起身说，反正这么久都耽搁了，也不在乎一天两天，大家都细细想一想吧，多出一些点子，拿稳一点。有空大家再凑一凑如何？

这个晚上舒云飞有点兴奋，一时睡不着。他认为这个点子很有创意，一定会成功的。真的势头好了，到时候就干脆辞职下海了。现在的处境根本就没有什么可留恋的。俗话说，有人辞官归故里，有人昼夜赶科场。就让那些喜欢玩手脚的人去玩个够吧。

三个人好久不在一起聚了。舒云飞想到了许多好点子，等着他们两位一起来扯。可这一段大家都忙，总凑不到一起来。

这天晚饭后，马明高一个人来了。

怎么不邀子云一起来？舒云飞问。

马明高说，我邀了，子云说他有事走不开，改天再来。

闲扯了半天，都没人提到旧约屋的事。舒云飞感到有些奇怪，便问，明高有一套成熟的方略了吧？

马明高脸上很不自然，停了好一会儿，才说，你别怪我不够朋友，我只怕没时间同你们二位一起办公司了。最近我们公司上任了新班子，经理硬要我负责财务科的工作。我本不想干的，可经理三番五次找我谈，说就算是给他私人帮忙。人家这么说，我也就不好推了。这个科长一当，官又不是官，事情又啰唆得不得了。

怎么不是官？你从一般干部一下就到科级干部了，一步登天。我这个科级干部却是十多年一级一级提上来的。你们企业用人开放些，说不定哪天一下子就到处级了。到时候我到你手下来讨碗饭吃算了。舒云飞便调侃道。

马明高真的不好意思了，说，你就别笑话我了，我哪是想当官？

舒云飞见是这样，就只好扯别的闲话了。他们在一起本是从来不需要什么话题的，今天却感到无话可说。马明高坐了一会儿，说八点半还有一个应酬，就走了。

舒云飞关上门，回到座上，脑子稀里糊涂的，像做过一场梦。

没有马明高出来，公司只怕办不好。舒云飞也就没有多大兴趣了。照样天天上办公室应卯。日子过得很无聊，今天不知明天的光景。感觉自己就像爬在苹果树上的一只蜗牛，树梢上是不是有一个大苹果，其实早就注定了，只是蜗牛不知道，仍在不遗余力地爬呀爬呀。到头了发现只是一条空枝丫，蜗牛只怕也爬不回去了。

过了很久，龙子云来玩。舒云飞也早把旧约屋的事忘到脑后了，只好把他们的宏图大略当作玩笑了，说，子云你是来赴旧约的吧？

龙子云一副无奈的样子，说，明高干不成，我也干不成了。我现在也是身不由己了。

舒云飞想起马明高，一个科级干部就把他安抚了，就问，怎么，你也当官了？

哪是什么官！这次我们学校搞人事制度改革，领导班子民主推选，竞争上岗，大家硬是要我干教导主任。这样一来，我们一起搞第二职业就不现实了。

果然是这样！舒云飞说不清此时的心情。龙子云平时那么愤世嫉俗，清高至极，到头来一个股级官帽就让他心满意足了。

龙子云随手翻一下茶几上的书，说，云飞，你也要变通一下。我一直佩服你的聪明好学，不像我人懒，写一点东西全靠一时的才气。可你，怎么说呢？不要误读诗书，到头来聪明反被聪明误。我最近也想通了，怨什么怀才不遇？有这种想法的人，就是想遇上一个好上司来赏识自己，这是天真的幻想！

舒云飞只是笑，说不出什么话。今天眼前这位老同学真的有些陌生了。他怎么突然变了一个人呢？难道平时是假清高？

龙子云说的晓晴是赞同的，但她感觉这人怎么一下子有点春风得意的意思了，便不太看得过。就说，你这个教导主任怎么也不早点竞争上岗？我们源源也好少交一点钱了。

龙子云放小了声音，做贼似的说，我正要告诉你们一件事。你们知道你们向处长的小孩上学交了多少钱吗？

多少？

一文没交！

啊？那是怎么一回事？他有这么大的能量？晓晴的眼珠子睁得要暴出来了。

龙子云摇摇头，说，我说了，你们要沉住气。他个人是一文钱没交，可你们厅里给了一中五万块！做得也艺术。教师节那天，你们单位到一中拜节，给了一中五万。这事起初就说好了的。我是当了这个教导主任才知道内幕的。本来我是不能说出这事的，你们知道了就行了。

龙子云走后，晓晴感到脚都有些发软了。自己三万块钱就那么水一样地流了。三万块，三万块哪！他五万块钱公家就出了？还有这种事？像什么话？他凭什么？

凭人家当着处长！舒云飞没好气。

晓晴更加来火了。我都要气得吐血了，你还要嚷我？我也不要你在单位忍气吞声了，我们明天就到纪检会告去，看有没有这个搞法。

舒云飞说，你去告什么？人家说厅里给教师拜节有什么错？尊师重教是全社会的事哩。人家不交钱，就明说了是找关系免了，你也没有办法。这又不是皇粮国税非交不可。到头来只落得我们自己灰溜溜的！

这是明摆着的事，就没有办法反映了？

舒云飞冷冷一笑，说，笑话！你平时那么精明，怎么一时糊涂了？如今这种明摆着而又没有办法的事还少吗？有的人大家都知道他贪赃枉法、腐化堕落、五毒俱全，可你就是抓不到把柄，扳不倒他，人家照样风风光光、青云直上！你还得在人家面前赔小心哩！莫说远了，就说你们单位，谁都知道你们修那栋新住院楼，院长不知受了多少贿，可人家照样是著名专家、劳动模范，享受政府特殊津贴，你还不是只能在家里议论议论？

晓晴不说话了，坐在那里忍不住泪水涟涟，不知是痛苦，还是愤怒。

舒云飞还不知女人在哭，只顾独自埋头抽烟。他明白了，这五万块钱还有更深层次的意义。厅里那么多处长，不是任何一位处长都在朱厅长面前有这么大的面子。这说明向某人真的要当副厅长了。

他当他的副厅长吧，我还得按我的活法活下去。只是以后不想在乎别人的脸色。自己一天到晚只在一些说不上的小事上守着清高，的确也崇高不到哪里去，但心里兴许自在些。

只是转眼想到龙、马二人，心里就不是味道了。这两位今后也不能说就不是朋友了，但只怕不会像以前那样有事无事到一块侃侃了。

晓晴哭出了声，舒云飞过去劝慰道，好了好了，别哭了，别哭了。哭有什么用？

没这回事

　　史济老人吃了早饭，闲步往明月公园去。老人身着白衣白裤，平底力士鞋也是白的，很有几分飘逸。又是鹤发美髯，悠游自在，更加宛若仙翁。只要天气好，老人都会去明月公园，同一帮老朋友聚在来鹤亭，唱的唱戏，下的下棋，聊的聊天。史老喜欢唱几句京戏，倒也字正腔圆，颇显功底。

　　来鹤亭在公园西南角的小山上，四面都有石级可登。山下只能望其隐约，一檐欲飞。史老不慌不忙，拾级而上。行至半山，只觉风生袖底，清爽异常。再上十来级，就望见来鹤亭的对联了：

　　　　双鹤已作白云去
　　　　明月总随清风来

　　快要上亭，就听得有人在唱《斩黄袍》：

　　　　孤王酒醉桃花宫，韩素梅生来好貌容。

寡人一（也）见龙心宠，兄封国舅妹封在桃花宫。

他听得出这唱着的是陈老，拉京胡的一定是刘老了，那么郭姨十有八九还没有到。

常到这里玩的只有郭姨郭纯林是行家，她退休前是市京剧团的专业琴师，拉了几十年的二胡。去年郭姨在来鹤亭头次碰上史老，她说自己平生一事无成，守着个破二胡拉了几十年。史老说，最不中用的还是我，如今我七十多岁了，根本记不起自己一辈子做过什么事。你到底还从事了一辈子的艺术工作啊！郭姨笑了起来，说，还艺术？老百姓都把拉琴说成锯琴。我们邻居都只说我是京剧团锯琴的，把我同锯木头相提并论，混为一谈！您老可不得了，大名鼎鼎的中医，又是大名鼎鼎的书法家！史老连忙摆手。

果然是陈、刘二老在搭档。陈老见他来了，朝他扬扬手，仍摇头晃脑唱着。刘老则闭目拉琴，似乎早已神游八极了。史老同各位拱手致意，便有人起身为他让座。他客气地抬手往下压压，表示谢意，自己找了个地方坐下了。郭姨真的还没有到。史老心中不免怏怏的。

我哭一声郑三弟，我叫、叫、叫、叫、叫一声郑子明哪。寡人酒醉将（呃）你斩，我那三弟呀！

陈老唱完了，拉琴的刘老也睁开了眼。陈老说，史老来一段？史老摇摇手，谦虚道，还是您接着来吧。刘老笑了，说，您是嫌我的琴拉得不行吧。您那搭档总是姗姗来迟啊。史老双手一拱，表示得罪了，说，哪里哪里，我这才上来，气还喘不匀哩。刘老鬼里鬼气眨了眼睛说，等您同她结婚了，有您喘不过气的时候呢！史老就指着刘老骂老不正经。

正开着玩笑，就见郭姨来了。她也是一身素白衣服，坐下来问，什么事儿这么好笑？刘老开玩笑来得快，说，笑您呢！笑您和史老心有灵犀，穿衣服也不约而同。年轻人兴穿情侣装，您二位赶上了。为我们老家伙们争了光呢。郭纯林笑道，刘老您只怕三十年没漱口了吧，怎么一说话就这么臭？史老摆手一笑，说，小郭别同他说了，你越说他越来劲，等会儿还不知他要说出什么难听的话来呢。刘老这就对着史老来了，说，您就这么明着护她了？老哥儿们都知道您会心疼老婆！老哥老姐们就大笑起来，问他俩什么时候办事，要讨杯喜酒喝。

郭姨脸红了起来，低下头来调弦。大家便笑她又不是二八姑娘，这么害羞了？

史老说，小郭你别理他们。来，我唱段《空城计》，就唱孔明那段"我正在城楼观山景"。

郭姨点点头，拉了起来。史老作古正经拉开架子，开腔唱道：

我正在城楼观山（呐）景，耳听得城下乱纷纷。

旌旗招展空翻（呐）影，却原来是司马发来的兵。

我也曾差人去（呀）打听，打听得司（喏）马领兵往西行。

一来是马谡无（哇）谋少才能，二来是……

有郭姨拉着京胡，刘老就不拉，同几个人在一边侃气功。他喜欢侃，侃起来口吐莲花，神乎其神。几位老太太很信他的，一个劲儿点头。这边有人给史老喝彩，刘老也不忘停下来，拍着手叫一声好，再去侃他的气功。

诸葛亮无有别的敬，早预备下羊羔美酒犒赏你的三军。

既到此就该把城进，为什么犹疑不定进退两难为的是何情？

左右琴童人（呐）两个，我是又无有埋伏又无有兵。

你不要胡思乱想心不定，来来来请上城来听我抚琴。

史老调儿刚落，掌声便响了起来。史老边拱手致谢，边笑着对大家说，你们别信刘老那套鬼名堂。他哪知道什么气功？刘老眨眼一笑，并不理会，仍在那里眉飞色舞。

这会儿没有人唱了，郭姨自个儿拉着调儿，嘴里轻声哼着，很是陶醉。那边两个老哥下棋争了起来，嗓门很高，像是要动手了。大伙就转拢去看他俩，笑他俩像三岁小孩，叫他们小心别把尿挣出来了。老小老小，越老越小啊！郭姨却像没听见那边的动静，仍只顾自个儿拉着哼着。

老哥老姐们三三两两地来，又三三两两地走了。刘老提着菜篮子要顺道买菜回去。陈老就说，你这个老奴才啊，忙了一辈子还没忙够？老了，就不要管他那么多了，还要给儿孙当奴才！只管饭来张口，衣来伸手，看他们把你怎么样！

刘老摇头自嘲道，我这是发挥余热啊！

史老和郭姨还没走。刘老说，你们两位老情人好好玩，我们不打搅了。我看这来鹤亭的对子要改了，如今是"双鹤已作白头来"了。

史老拱手道，阿弥陀佛，你快去买你的菜去，迟了小心你儿媳妇不给饭吃！

大伙儿都走了。只有些不认识的游人上来遛一下又下去了。郭姨像是一下子轻松起来，舒了口气说，清静了，清静了。

史老说，是的，到处闹哄哄的。

郭姨说，没有这么个地方，真还没个去处。

史老说，你是不是搬到我那里去算了？

我不是这个意思。郭姨低下头，脸飞红云。老太太六十岁的人，不见一丝白发，看上去不到五十岁。

已是中午了，游人渐稀。天陲西望，闲云两朵。

史老回到家里已是下午一点多。这是史家先人留下的祖居，一个小四合院，在巷子的尽头。史老进屋很轻，他知道家人都吃过了中饭，各自在午睡。

保姆小珍轻手轻脚地端来温水，让史老洗了脸，马上又端了饭菜来。儿孙们上班的上班，上学的上学，史老生活规律同他们合不上，他只顾按自己的一套过。

吃过中饭，小珍说，史叔交代我，叫您老吃了饭睡一下。

知道！史老说着，就回了自己房间。

小珍说的史叔是史老的大儿子。史老两子一女。老大史维，在市一中当教师，教历史的；二儿子史纲，继承父业，是市中医院的医生；女儿史仪最小，也在市中医院上班，是位护士。儿女们很孝顺，细心照料着史老的生活。

史老住的是紧挨中堂的正房，里外两间。里面是卧室，外面做书房兼会客室。他有十年不给人看病了，只在家修身养性，有兴致就写几个字。谁都弄不懂他为什么不肯看病了，只是惋惜。前些年曾传说他写过一副对联：

病起炎凉，炎凉即为世道，老夫奈世道何？
药分阴阳，阴阳总是人情，良方救人情乎？

有人向史老讨教，问他是不是作过这副对联，是什么意思，是不是说世道人情不可救药了。史老只是笑而不答。

史老才吃饭，不想马上就睡，推开窗户吹风。窗外是一小坪，角上有一棵大榆树，春天便挂满了榆钱。还有芭蕉一丛，老梅数棵，错落坪间，很是随意。连着小坪的也是一些平房，不挡风，也不遮眼。凉风吹来，蕉叶沙沙，梅树弄姿。史老喜欢这片小天地。在这样一个闹市，能留下这么个小天地，真是造化。史家小院原先也是当街临埠的，只是后来城市规划变了，就被挤到这个角落里来了。倒是落得清静，正好合了史老的雅意。更有这后院小坪，可以观花，可以望月。

蝉声慵懒，令人生倦。史老打了个呵欠，上床歇了。

老人家睡了一会儿起床，儿孙们各自出门了。他便去厨房，想倒水洗脸。小珍听得动静，忙跑了过来，说，爷爷等我来。他也不多讲，由着小珍去倒水。

洗了脸，感觉很爽快。他甩着手，蹬着腿，扭着腰，回到房里，铺纸泼墨。老人家每天下午都是如此，从不间断。时间也没限定，当行当止，全凭兴致。只是所写字句必求清新古雅。时下流行的语言，老人总觉得写起来没精神。这时，他想起明月公园的一副对联，便信手写下了：

青山从来无常主
平生只需有闲情

写罢抬手端详片刻，又写道：

老朽向有附庸风雅之句：后庭有树材不堪，一年一度挂榆钱。春来借取几万金，问舍求田去南山。同好见了，戏言诗是好诗，只是不合时宜。南山寸土寸金，非达官显富休想占其一席。我便又作打油诗自嘲：南山有土寸寸金，谁人有钱谁去争。我辈只谈风与月，黄卷三车与儿孙。古人有云：山无常主，闲者便是主人。明月公园之联，正古人高情也！

搁笔细细审视，不免有些得意。史老总是很满意自己的随意挥洒之作，少了些拘谨和匠气。想平日来索字的人，多半是他们自己想了些句子，那些狗屁话史老很多都不太喜欢。可收人钱财，就得让人满意，他只硬着头皮笔走龙蛇。这些作品他自己往往不太如意。史老不太肯给人家写字，硬是推托不了的，一律按标准收取润笔。标准自然是他自己定的，但也没人说贵。

过会儿孙子明明放学回来了，跑到爷爷书房，叫声爷爷好，我回来了。史老摸了摸明明的头，说，你玩去吧。哦，对了，今天是星期五，吃了晚饭让爷爷看你的字。

明明是二儿子史纲的小孩，正上小学。史维膝下是一女儿，叫亦可，在一家外贸公司工作。女儿史仪，尚是独身，三十多岁的老姑娘了。

儿孙们挨个儿回来了，都先到史老这里问声好。史老只是淡淡应着嗯。只是史仪还没有回来。

吃晚饭了，大媳妇秋明来请史老，说，爹，吃晚饭了。史老说，好，就来。见史老还没动身，秋明不敢再催，也不敢马上就走，只是垂手站在门口。史老收拾一下笔砚，见媳妇还站在那里，就说，你去吧，我就来。秋明这才轻轻转身去了。

史老走到饭厅，二媳妇怀玉忙过来为老人掌着椅子，招呼他坐下。史老的座位是固定的上席，这张椅子谁也不敢乱坐。史老坐下，大家才挨次入座。史老环视一圈，皱了眉头，问，怎么不见仪仪？全家大小面面相觑，不知怎么作答。亦可平时在爷爷面前随便些，她笑笑说，姑姑可能找朋友了吧！史维望望老人家，就转脸骂女儿，放肆！有你这么说姑姑的吗？史老也不说孙女什么，只道，也该打个电话回来！说罢就拿起筷子。全家这才开始吃饭。

史老只吃了一碗饭，喝了一碗汤就放碗了。史纲忙说，爸爸再吃一点？史老摆摆手，说，够了。史维马上站起来，招呼老人家去了房间。回到饭桌边，史维说，爸爸好像饭量不太好？怀玉说，是不是菜不合老人家口味？小珍一听就低了头。秋明就说，不是怪你，小珍。老人家的口味同我们不同，你得常常问问他老人家。小珍迟疑一会儿说，我不敢问。亦可怕小珍委屈，就说，不是要你去问呢，你只管家里有什么菜就做什么菜。

因是怀玉负责买菜，秋明怕女儿这话得罪了弟媳，就骂亦可，也不是你管的事！大人的事你掺什么言？又对男人说，你要问问爸爸。你是老大，爸爸高兴不高兴，你要多想着些。

大家吃了晚饭，洗漱完了，就往老人家书房去。每周的这一天，老人家都要检查亦可和明明的书法作业。两个儿子、儿媳和女儿也都会到场。

史老先看了明明的作业，只说，有长进。

亦可的字好些，颇得爷爷笔意。但老人家也只是点点头，说，还得用功。

史维、史纲便忙教训各自的小孩。亦可和明明都低着头听训。史老望望俩儿子，严厉起来，说，你们自己也一样！史维、史纲忙说是是。

秋明乖巧，指着案上老人家的新作，说，你们快看爷爷的字！

大家忙围上去，欣赏老人家今天下午的即兴之作，一片啧啧声。

史维面带惭愧，说，爸爸用墨的方法我总是掌握不了。

老人家威严地说，外行话！书法到了一定境界，技法总在其次，要紧的是道与理。必须悟其道，明其理，存乎心，发乎外。如果只重技法，充其量只是一个写字匠！

不等史维说什么，史纲凑上来说，是的是的。爸爸的书法总有一股气，发所当发，止所当止。通观全局，起落跌宕，疏密有致，刚柔相济。刚则力透纸背，柔则吴带当风。

你肚子里还有什么词？史老冷眼一瞥，说，你只知说些书上的话。

老人家再教训儿孙们几句，只让史维一个人留下，有事要说。史维便留下了，垂手站在那里。老人家让他坐下，他才坐下，双手放在膝盖上。

老人家半天不说什么，只在书房转来转去。史维不敢问父亲有什么事，只是望着老人家，心里有些不安起来。

老人家走了好一会儿，坐下来，说，有个事情，同你说声。你母亲过世五年了，你们都很孝顺，我过得很好。但老人家有老人家的乐趣，老人家有老人家的话要说。这些你们要到自己老了才知道。我同一位姓郭的姨相好了，我想同她一起过。这郭姨你们不认得。她原是市京剧团的琴师，去年退的休，比我小十来岁。她老伴早就过世了，一个人带着个女儿过了好些年。女儿去年随女婿出国了，只剩她一个人在家，也很孤独。这事我只同你说，你去同他们说吧！

史维顺从地说，好吧。只要你老过得顺心顺意，我们做儿女的就心安了。

老人家挥挥手，说，好了，你去吧。

史维站起来，迟疑一会儿，说，爸爸，我想同你说说妹妹的事。

她有什么事？老人家问。

史维说，妹妹找了个男朋友，她说那男的很不错，对她很好。她想带回来让您看看。她同我说好久了，让我同您讲，请您同意。

老人家不高兴了，说，她自己怎么不同我说？这么说是我这个做父亲的太冷酷了，太不关心你们了？

史维忙赔不是，说，当然不是。仪仪只是……

好吧，不要说了。她要带回来就让她带回来吧！

史维说声爸爸您休息，勾着头出来了。

史老在家在外完全是两个人。同外人在一起，他显得豁达、开朗，很有涵养，只是在有些场合有点傲慢。回到家里，他就威严起来，男女老少在他面前大气都不敢出。不说别的，一家人谁也不敢在他面前架二郎腿。孝顺孝顺，以顺为孝。儿孙们凡事顺着老人家的意。仪仪原先找过一位男朋友，他老人家看不上，女儿只好不同人家好了。那男的第一次上门，忘了在史老面前的禁忌，架起了二郎腿。老人家见了，拂袖而去。

史维出来后，仪仪也回来了。史维叫她去见见爸爸。仪仪有些不敢，但还是去了。一会儿仪仪出来，问史维，哥，今天爸爸好像不高兴？史维问，怎么了，他讲你什么了？仪仪说，那倒没有，只是不太理我。史维说，老人家是这样的，由他吧。你叫二哥二嫂过来下，有个事情我们几兄妹商量一下。

史仪同二哥二嫂一起来到大哥大嫂的房间。亦可见大人有事要商量，起身回避。史家上上下下都是讲规矩的。史维对女儿说，你也留下听一下吧，你不是小孩了，参加工作的人了。大家不知有什么重要事情要说，都睁大眼睛望着史维。

史维不马上说那事，先说些外围话。他说，史家三代之内不许分家，这是祖宗定的规矩。大家在一块过日子，都没有二心，这很难得。让老人家高兴，是我们做儿孙的共同心愿。老人家养我们，教我们，不容易。没有他老人家，就没有我们的今天。老人家不感到幸福的话，我们做儿孙的哪有什么幸福可说？这些我们想过吗？只怕没有想过。首先是我做老大的做得不好，不怪你们。

你是说，要为老人家找个老伴？怀玉问。

史纲马上白了怀玉一眼，说，听大哥把话讲完。

史维说，怀玉说得不错。爸爸刚就同我讲了这事。他说有位郭姨，跟他很好，两人想一起过。这位郭姨去年才退休的，刚六十岁吧，原是在京剧团工作的。

大家听了你望我，我望你。亦可说，这么说她比爷爷小十多岁呀！以后爷爷过世了，我们少说还得养这位奶奶十年。再说……

你大胆！史维打断亦可的话，说，谁都巴望爷爷长命百岁，你却来咒他老人家！下次就要咒我了?！我和你娘早死了，就不要你养了！

秋明也骂道，你真不像话！爷爷最疼的是你和明明，你连明明都不如！爷爷上回过生日，明明还知道叫爷爷万寿无疆呢！二十多岁的人了，我和你爸爸平日是怎么教你的？

史纲夫妇就劝道，算了算了，亦可也是有口无心，她还是蛮懂事的。

仪仪也说，可可还是蛮懂事的，平时爷爷生气，只有她能逗得爷爷开心。

懂事！懂个鬼事！懂事能说出这种话？史维余火未消。

亦可低头认错，说，爸爸妈妈，叔叔婶婶，姑姑，我……我错了，辜负了爷爷平日对我的疼爱。我不是这个意思。我是说，现在……现在都什么年代了，我们家还三代同堂。也不是咒爷爷，人总有那一天的。爷爷百年以后，还有那位奶奶，我们还得在一起过。从管理学上说，这也是不科学的。

史维啪地拍起了桌子。秋明忙摆摆手，对男人说，你也轻点，别让老人家听见了。史维回头望望门，平息一下自己，说，你越说越不像话了。还管理学！你肚子里有几滴墨水？就凭你学的那些东西，你讲得口水流了，还抵不得爷爷吹口气！你就想一个人单飞了？你有什么本事？大家合在一起，哪一点亏待你了？一个多么温暖的大家庭！爷爷对你不好？爸爸妈妈对你不好？姑姑对你不好？还是叔叔婶婶对你不好？

怀玉忙说，哥你就别骂可可了。可可平时在我和她叔面前很有尊卑上下的，在如今这很难得了。

可可很乖的，不要说错了句话就骂得她开不了眼。仪仪过去拉了亦可的手。

秋明戳了女儿的额头，回头说，就你们总依着她。你不紧着点儿，还不知今后变成什么样儿呢！

亦可这下一句话不说了，坐在那里头也不敢抬。史维说，就不该让你留下来。当你长大了，给脸不要脸。你去吧，不要赖在那里了。

亦可揉着衣角出去了。

史维说，既然是爸爸自己看上的，就一定是位好妈妈。我们做儿女的，要顺着老人家的意才是。

史纲说，是的是的。爸爸同你说过具体安排吗？

史维说，没有。

秋明想想，说，虽然是老人家了，也得扯个结婚证，作古正经办一下才是。不然，说起来也不好听。

怀玉觉得也是这个意思，就说，还是大哥问一下爸爸的想法，过后我们几兄妹再商量一下到底怎么来办吧。

这年深秋，史济和郭纯林办了婚事。史老不太喜欢热闹，只请了常在明月公园一起乐的那些老哥老姐，再就是史家三兄妹的要好朋友。仪仪的男朋友赵书泰也来了。小伙子自己办了家公司，听说赚了不少钱。仪仪同赵书泰偷偷来往好长一段时间了，上次带回来让史老见过。史老不说什么，陪赵书泰吃了顿晚饭。大家就松了口气，说明老人家同意仪仪跟这小伙子交朋友了。

史老婚后照样天天早上去明月公园的来鹤亭，只是不再一个人走，身边总伴着郭姨。来鹤亭的老人们都羡慕他们。

可是过了十来天，史老两口子不上来鹤亭了。刘老、陈老同几位老人跑到史家一看，方知史老病了，郭姨在一旁殷勤服侍。见史老好像病得不轻，刘老他们说了些宽慰的话就出来了。到了外边，老人们就开起玩笑来，说郭姨那么漂亮，又并不显得老，史老哪有不病的？

史老的儿孙们就急坏了，却又不敢去请医生。史老自己是一方名医，怎么会让别人给他看病呢？史老自己心里有数，叫家人不必惊慌，他不会有大问题的。儿孙们只好让老人家自己将息，把那些索字的人都婉言打发了。他让郭纯林服侍着，卧床二十来天，慢慢好起来了。

时令已是冬日了。这天午后，史老躺在床上，望见阳光照在后庭枯黄的芭蕉叶上，很有些暖意。太阳多好！他说。郭纯林望着他的眼神，便明白了他的意思，扶他下了床。史老去了窗前，推开了窗户，只见那几棵老梅开得正欢。史老唷唷地叫了两声，说今年的梅花开得这么热闹。郭纯林眼睛也亮了，说，怪呢，昨天我看过，还只是些花苞儿，一夜之间就全开了。老史啊！这是专门为你开放的啊！史老爱听这话，笑着就推门去了后庭。两位老人挽扶着，在庭院里转了几圈。史老站在榆树下，松开郭纯林的手，闭目调息片刻。然后说，纯林，我没事了。明天起，我们照样天天出去走走。郭纯林温柔地笑着，说，都依你吧。

回到屋里，史老说老久没写字了。郭纯林便备了笔墨，铺好纸。史老提笔蘸着墨，说手都有些发僵了。郭纯林在一旁说，你能行，能行的。史老回头笑笑，凝神片刻，随意写了一联：

幽竹惊梅影

好墨润琴音

郭纯林捏了捏史老的肩膀，抿嘴一笑，说，这对联儿孙们见了，多不好意思。史老笑道，这本来就不是让儿孙们看的，是专门写给你的。你留着它，等我百年之后，它说不定值几个钱呢。郭纯林听了不高兴了。这话本来就叫人伤心，又像她看重史老口袋里几个钱似的。史老见郭纯林不说话了，猜不透她在想什么，只是感觉到她心情不好了。史老也不多说什么，仍是提笔写字，在联语两边写了些晚年遇知音之类的话。他边写，郭纯林歪着头边读。读着读着，郭纯林便开心起来。

晚饭后，史老回房同郭纯林一道喝茶。茶是小珍按二老各自的嗜好冲泡的。史老抿了几口茶，说，纯林，你喝了茶，就去看看电视吧，我有些话要同史维说。郭纯林应声行，茶也没喝完，就去了客厅，史老看出郭纯林像是有些不快，怕是怪他见外了，家里有事总避着她。史老也不准备同她解释什么。他要同史维说的事非同小可。

一会儿史维便来了，小着声儿问，爸爸有什么事？

史老先不说什么事，只道，坐吧。

史维坐下了，望着爸爸，呼吸有些紧张。在他的经验里，凡是爸爸郑重其事叫他过来谈话的，准没什么好事。要么是他家媳妇说了哪些不该说的话，或是女儿什么地方不得体，要不就是弟弟或弟媳，或家里别的什么人哪里错了。而所有这些，都是他这个做老大的责任。史老在意的很多事，在史维看来都不算什么大事。可他为了尽孝，为了别让家里为点小事就闹得鸡犬不宁，只好凡事都应承着。家和万事兴啊！可是今天，史维发现爸爸的神态格外的不同。老人家只是慈祥地望着他，慢慢喝茶，半天不说一句话。史维在爸爸慈祥的目光下简直就有些发窘了。爸爸从来是威严的，很少见他有和颜悦色的时候。

史维，爸爸老了，这个大家庭的担子，最终要落到你的肩上。史老把目光从史维脸上移开，抬头望着天花板。史维，你知道，我们家同别的家庭不同。我也注意到了，家里有人对我的这一套不理解，只是有话不敢说。尤其是晚辈，在一边说我是老古董。

史维忙说，没有呢，儿孙们都是从内心里孝敬您，这也是您老教导得好。

史老摆摆手，说，我们家有我们家的传统，这是历史造成的。现在是让你明白我们家族历史的时候了。你好好听着。我们史家是个古老的望族，世世高官，代代皇禄。故事要从显祖史彬公讲起。史彬公是明朝建文帝的宠臣。建文帝四年，燕王朱棣兴靖难之师，兵困南京，破宫入朝，窃取了皇位。这就是后来的永乐皇帝明成祖。当时，宫中大火，正史记载建文帝被烧死了。其实建文帝并没有死。建文帝见大势已去，想自尽殉国，身边近臣二十多人也发誓随建文帝同死。幸有翰林院编修程济，极力主张建文帝出亡，以图复国。于是，众臣乘乱出城，建文帝一人从暗道出宫，约定君臣在南京城外的神乐观会合。那是农历六月的一个深夜。最后商定，由吴王府教授杨应能、监察御史叶希贤、翰林院编修程济三人随身护驾，不离左右；另由六位大臣往来道路，给运衣食。其余大臣一律回家，遥为应援。显祖史彬公回到了吴江老家。自此，建文帝落发为僧，从者三人，两人为僧，一人为道。三僧一道，颠沛流离，栖栖惶惶，没有一天不在担惊受怕。再说那建文帝的满朝文武，多是忠义之士。朱棣称皇以后，一朝百官多有不从，有的抗命而死，有的挂冠回乡。事后有四百三十多位旧朝官员被朱棣罢黜。这些人一身不事二主，可敬可叹啊！朱棣也知道建文帝没有死，他一边欺瞒天下，说建文帝死于大火，一边密令四处搜寻建文帝的下落，以绝后患。朱棣曾命人遍行天下，寻找朝野皆知的神仙张三丰，就是为了搜捕建文帝。后来，又听说建文帝远走海外，朱棣便命宦官郑和航海，寻访海外各国。正史记载的郑和下西洋，只是永乐皇帝朱棣的政治谎言。建文帝流亡期间，曾三次驾临显祖史彬公家。史彬公每次都以君臣之礼相迎，并贡上衣物。君臣最后一次见面时，建文帝命随身护卫取出一个铜匣子，说，史爱卿，你与贫僧今日一别，不知有无再见之日。贫僧送你一个匣子，不是什么稀罕之物，但可保证你家在危难之时化险为夷。记住贫僧的话，不到非打开不可的时候，千万不要打开这个匣子。愿你史家世代平安，子子孙孙都不用打开这个匣子！

　　史老起身，打开衣柜，取出衣服，小心开启柜底的小暗仓。史维不敢近前，他感觉自己的呼吸有些急促。爸爸讲的家族历史，他听着就像神话。他注意到刚才爸爸的目光很悠远，就像从五百多年前明代的那个夏夜透穿而来。他想象那个夏夜，神乐观的蚊子一定很多，乱哄哄地咬人。那位逊国的建文帝一定满脸哀痛，他面前跪着的文武百官想必都压着嗓子在哭泣。他们不敢大声哭出来，因为南京城内肯定到处是朱棣的爪牙，鸡飞狗叫。史彬公不知是个什么品位的大臣，为什么他既没有成为三位随身护驾者之一，也没成为六位给运衣食者之一。史维虽是中学的历史教师，但他的历史知识没有超出中学历史课本的范围，弄不清历史事件的细枝末节。像建文帝这般历史疑案，他就更弄不懂了。

史老取出了那个铜匣子，小心放在桌子上。匣子并不太大，却很精巧，有些龙盘缠着。史老说，当年史彬公接过铜匣，三叩九拜地谢了建文帝，发誓子子孙孙效忠皇上。自此以后，史彬公给我们史家立下规矩，除非建文帝复国还朝，不然史家子孙永世不得出仕。这个铜匣，就成了史家的传家宝。从那以后，我们史家祖祖辈辈虽说不上荣华富贵，倒也衣食无虞。这都是这铜匣子的庇佑。按祖宗规矩，铜匣不可随意承传，得选家族中声望好、才具好的人继承。凡接过这个铜匣子的人，就是家族的掌门人，家族大事，系于一肩。我四十一岁从你爷爷手中接过这个匣子，深知责任重大。我也一直在你们两兄弟间比较，想来想去，还是觉得你合适些。史维，史家五百多年的规矩，就靠你承传下去了。

史维耳根发热，支吾道，谢谢爸爸信得过。

匣子，你抱回去，好生保管着。此事关系家族荣衰，不可同外人说起啊！史老语重心长。

知道，爸爸。史维又问道，爸爸，钥匙呢？

史老脸色陡然间变了，严厉道，你就开始要钥匙了？你是不是回去就把匣子打开？

不是不是，爸爸。我是说……我是说……史维不知自己要说什么了。

史老在房间里不安地走着，说，史维，你根本就要禁绝想打开匣子这个念头。建文皇帝的旨意是，在我们家族大难临头的时候，打开匣子可以帮我们化险为夷。我们子孙要做的事，就是不要让我们家族遇上大难。不然，在平平安安的时候打开匣子，是不是意味着我们家将有不测？所以，反过来说，建文皇帝的话又是谶语了。史维，祖上定的家规，五百多年了，不会错的。你先把匣子抱回去吧，我考虑什么时候可以把钥匙给你了，自然会给你的。

史维把铜匣子抱了回去，妻子秋明在房里不安地等候。她不知今天发生了什么，丈夫去了这么久，还没回来。她知道每次公公找史维去谈话，准没有什么好事。自从进了史家的门，她也渐渐适应了史门家风，凡事顺着公公。

捡了宝贝？秋明见史维抱着个什么东西，紧张兮兮的。

史维侧着身子，不想让秋明看见他怀里的铜匣子。他说没什么东西，你先睡吧。可秋明偏要过来看，他也没办法了，只好说，你看了就看了，不要问我这是什么，也不要出去乱说！史维说罢，就把铜匣子放在了写字桌上，开了台灯。两口子头碰头，仔细审视着这个铜匣子。史维这才看清了，铜匣子铜绿斑斑，古色古香，四面和盖上都缠着龙，共有九条，底面有大明洪武二十五年御制的字样。秋明眼睛亮了起来，说，是个文物呢，老爸送给你的？史维瞟了秋明一眼，说，叫你别问呀！秋明便噤口不言了。

此后日子，史维像是着了魔，脑子里总是那个铜匣子晃来晃去，弄得他几乎夜夜失眠。他原来想，老父在世，以顺为孝，犯不着惹老人家生气。一家人好好儿孝顺着老人家，等老人家享尽天年，驾鹤仙归了，再让全家大小按自己的想法过日子去。可是，自从他听说了家族的历史，接过了那个神秘的铜匣子，他就像让某种神力驱使着，或者让某种鬼魅蛊惑着，觉得自己就是父亲，就是爷爷，就是列祖列宗，就是五百多年前神乐观里跪在建文帝面前的史彬公。一种叫使命感的东西折磨着他，有时让他感到自己高大神武，有时又让他感到自己特别恐惧。他一天到晚恍恍惚惚，像飘浮在时间隧道里，在历史和现实之间进进出出。他甚至越来越觉着自己像幽灵了，便忍不住常去照照镜子，看看自己还是不是自己。终于有一天，他实在忍受不了某种庄严使命的折磨，便跑到图书馆，借了《明史》《明实录》《明史纪事本末》

《明通鉴》《明成祖实录》等一大摞有关明史的书。戴着老花镜的图书馆管理员，看见这些尘封已久的书今天到底有人来借了，就像养了几十年的丑女总算有人来迎娶了，了却了天大的心愿。老先生把老花镜取下又戴上，戴上又取下，反复了好几次，以为碰上了大学问人。

史维把这些书堆在书桌上，在家除了吃饭睡觉就是伏案研读。他教了多年的中学历史，却从来没有读过一本历史专著。做个中学历史教师，只需翻翻教学参考书就行了。而现在翻开这些史书，他只觉两眼茫然。因为他不懂这些史书的体例，也理不清明代纪年。光是研究这几本史书的体例，他便用了三天时间。然后又花两天时间，列了一张明代纪年同公元的对照表。事实上不列纪年对照表也无妨，需要了解相关年代的时候再推算一下就得了。可史维觉得时间不明明白白，脑子就糊里糊涂。那一刹那，史维猛然间似乎有了顿悟，发现人是生活在时间里的，生命存在于时间。人可以生存在任意的空间里，却不可以生存在任意的时间里。时间的霸道与冷漠，令人绝望和悲伤。

大约半年以后，史维在《明史纪事本末》里读到这样一段话：

> ……乃逊国之期，以壬午六月十三日。建文独从地道，余臣悉出水关。痛哭仆地者五十余人，自矢从亡者二十二士。……其经由之地，则自神乐观启行，由松陵而入滇南，西游重庆，东到天台，转入祥符，侨居西粤。中间结庵于白龙，题诗于罗永，两入荆楚之乡，三幸史彬之第，踪迹去来，何历历也。特以年逼桑榆，愿还骸骨……夫不复国而归国，不作君而作师，虽以考终，亦云奇矣。

史维反复研究这段话，意思大致明了，只是不明白"宯"是什么意思。翻开《现代汉语词典》，里面根本没有这个字。查了《康熙字典》，才找到这个字。上面解释说：泥短切，音暖，缩也。史维思量再三，"宯"大概就是畏缩、没有胆量的意思。那么这段话的大意是说，建文帝逊国以后，在外流浪了四十多年，最后无力复国，身老还家，做了佛老，终究是畏缩无勇的弱者。

史彬公到底是多大的官？有些日子史维总想着这事。可翻遍明史，都找不到有关史彬公只言片语的介绍。史维便估计史彬公的品级只怕不会太高。这想法简直是罪过，他不敢去向爸爸讨教。爸爸说过，史彬公是建文帝的宠臣。史维猜想，宠臣起码应该是近臣，倘若不是近臣，就没有机会成天在皇帝跟前行走，自然就不会得宠。而近臣差不多都是重臣，不是一定品级的重臣，哪能经常接近皇上？按这个逻辑推断，史彬公再怎么也应该相当于当今的省部级干部。可是除了《明史纪事本末》上提了一下他的名字，明史上怎么就再也找不到他的影子了，这是为什么呢？后来史维猛然想到翻翻自家家谱。家谱是爸爸收着的，史维找了借口，拿了出来。他当然不敢向爸爸谈起自己大逆不道的想法，只是说想多了解一下家族的历史。这让史老很高兴，把家谱交给了他。你们的确要多了解自己家族的历史啊！你们欠缺的就是对自己历史的了解！

翻开家谱，见扉页上竟然就是史彬公的肖像，下面赫然写着：大明徐王府宾辅史彬公。史维平素也翻阅过一些外姓家谱，发现大凡家谱都有攀附陋习，总得推出一个历史上显赫的人物认作祖宗。似乎这一姓人的历史只是从这个祖宗才发祥的，在此之前这个家族都还是猴子。要说史家的显赫人物，史彬公之前至少还有史思明。只是史思明同安禄山先后造反，史家羞于认这位祖宗了，就像秦氏家族并不乐意把秦桧当作祖宗。史维反复琢磨，不明白这徐王府宾辅是个什么级别的官，只怕不会相当于省部级。充其量徐王也只是个省部级，那么史彬公勉强是个厅局级干部。那个时候的厅局级干部有机会经常同皇上在一块儿，是不是那时的皇上比较联系群众？史维想不清这中间的道道，反正史彬公的形象在他心目中是打了折扣了。真是罪过！

史维研究家族历史这段日子史老慢慢放权，也趁此一步步树立史维的威信。好些事情，本该是史老亲自做主的，他都让史维做了主。要说家里也没什么拿得上桌面的大事，无非鸡毛蒜皮。比方那棵榆树的枝丫伸到院子外面去了，快撑破邻居家的屋顶。邻居找到史维协商这事怎么办，史维说他得问问爸爸。他知道爸爸最看重那棵榆树。史老听史维说了这事，手一挥，说，都由你处理吧。史维同邻居商量了三个小时，拿了好几套方案，最后达成一致意见：由史家请人，将伸过去的榆树枝锯掉一截。

民工爬在树上锯树的时候，正是中午，史纲、史仪都下班了，他俩吃惊地望着在树下指手画脚的哥哥。他俩还不知道爸爸把处理榆树枝的事情交给哥哥全权负责了，生怕爸爸回家时生气。爸爸照例带着妈妈去明月公园唱京戏了。过会儿秋明也回来了，望着树上纷纷扬扬飘落的锯末，嘴巴张得天大，忙问这是谁的主意？她还清楚地记得，前几年邻居也提过榆树的事，说是榆树叶子落在他家瓦楞上，把屋顶沤坏了。邻居家没明说，只是暗示史家把这榆树砍了。史老笑了笑，一句话没说。邻居也就不好多说了。史老是街坊心目中的贤达，大家都顾着他的脸面。自此全家人都知道老人家很喜欢这榆树，没人敢动它一枝一叶。史维全然不在乎弟弟、妹妹和妻子的惊疑，也不做任何解释，只是在那里抬着头指指戳戳。

这天史老回来得早。大家听到小珍在里面喊道爷爷奶奶回来了，这边榆树枝正好哗然落地。秋明吓了一跳，双肩禁不住抖了一下。史纲把脸望在别处，像躲避着什么。史仪飞快地从耳门进了屋里。

史老径直来到了后院，抬头望望榆树，说，好，好。史老说完就转身往屋里走。史维这才问道，爸爸你说这样行吗？史维明知是多此一举，还是冲着爸爸的背影问道。史老不再多说什么，点着头进屋了。一家人便跟着老人进屋，开始吃中饭。

一家人正默默吃着饭，史老突然说，今后，家里的大小事情，你们都听哥哥的！

全家人便望着史维，说当然当然。

过了好一会儿，史老又突然说，我老了，管不了这么多了，你们就听大哥的吧！

史维对建文帝逊国的研究几乎走火入魔了。可是能够找得到的史料少得可怜，他只能在只言片语上费劲琢磨。历史竟是这种玩意儿，可以任人打扮的。他反复研究手头的材料，没有大的收获。有个雪夜，史维面对发黄的竖排线装书，弄得头昏眼花。他去了后院，抓起地上的雪往脸上乱抹了一阵，一下子清醒了。他发现自己苦苦研究两年多，终于发现有些史实同爸爸跟他说的有些出入。爸爸说当年有二十多名大臣发誓同建文帝一道殉国，其实根据他的研究，那二十多名大臣只是愿意随建文帝出逃。爸爸和先祖怕是把"自矢从亡者二十二士"这句话误读了。这里面的"亡"其实是"逃亡"之"亡"。祖祖辈辈对先贤们的忠义感动得太没道理，简直是自作多情了。再说，建文帝无力复国，却还有脸面回到宫里去，就连有血性的大丈夫都算不上，更莫说是英明之君了，不值得大臣们那么效忠。史家世世代代还守着个铜匣子做逸民，就更显得可笑了。史彬公也不是先辈们标榜的那样显赫的重臣，这个家族没有必要把这么重的历史包袱当作神圣使命一背就是近六百年。而且，即便先辈们传下来的故事是真实的，建

144

文帝也并不是说这个匣子不可以打开，他只是说但愿史家世世代代都用不着打开它。史维站在寒风瑟瑟的后院里，感觉自己简直可以当历史学家了，便有些踌躇满志了。

可史维一回到房里，面对一大摞明史书籍，他的观点动摇了。他重新翻开做了记号的地方，一行一行地读。他很佩服古人发明的竖排法，让后人读前人书的时候不得不点头不止。所以中国人总是对前人五体投地。而外国人发明的横排法，后人读前人书的时候总是在摇头，偏不信邪。相比之下，还是中国古人高明，牢牢掌握着后人。史维想，难道那么多高明的史家先辈都错了？不可能啊！

信奉和怀疑都很折磨人，就像热恋和失恋都会令人心力交瘁。这两种情绪在史维脑子里交替着，叫他一日也不得安宁。他想解脱自己的痛苦，便试着不再关心什么历史，把注意力放在了铜匣子上。每到夜深人静，他都有瘾似的要把铜匣子偷偷取出来把玩。他把台灯压得很低，让光圈刚好罩着铜匣子。心境不同，铜匣子给他的感觉也就不同。有时候，铜匣子在灯光下发着幽幽青光，像盗墓贼刚从古墓里挖出来的，有些恐怖。而有时候，铜匣子让灯光一照，熠熠生辉，似乎里面装满了财宝。史维尽量不让自己猜想匣子里面的谜，好像这是种邪恶，可其实他想得最多的还是里面到底装着什么宝物。他夜夜把玩铜匣子，上面九条龙的一鳞一爪，四壁两面的一纹一理，他都烂熟于心。后来一些日子，他越来越着魔的就是那把神秘的锁了。锁是蝙蝠状的，锁销子掩藏在蝙蝠的翅膀下面，匣子的挂扣也看不见。转眼又是一年多了，可老人家一直没有交给他钥匙的意思。他真的有些着急了。

终于有一天，史老叫他去房里说话。史维，你是不是觉得我应该把钥匙交给你了？老人家不紧不慢地问。

史维恭敬地注视着老人，说，爸爸交给我的话，我会很好保管的。

是吗？史老问道，你是不是每天晚上都在琢磨那个铜匣子？

爸爸怎么知道？史维感觉爸爸的语气有些不对劲了，慌张起来。

史老眼睛望着天花板，说，你不要成天想着铜匣子里面到底装着什么东西。这个匣子本来就不是交我们打开的。

是的，史维说，但按建文帝的旨意，也不是说不可以打开铜匣子，只是说但愿我们家族世世代代都用不着打开它。

史老长叹一声，说，我就知道，我只要把钥匙交给你，你马上就会偷偷打开铜匣子的。那样史家说不定就大祸临头了。

你借了那么多明史书籍回来研究，我还让你读家谱。看来，我让你掌握我们家族历史，是个失误啊！

爸爸……

不要说了，史老闭上眼睛说，你把铜匣子给我拿来吧，我考虑还是将它交给史纲算了。他只是医生，不懂历史，没你那么复杂，只怕还好些。

史纲怎么也没想到爸爸掌握着这么大的家族秘密。他把那个铜匣子抱回去时也是深夜，妻子已经睡了。怀玉是个一觉睡到大天亮的人，你背着她到街上转一圈，她保证不会醒来，说不定会告诉你昨晚做梦逛了城隍庙。史纲一个人望着铜绿斑驳的匣子，满心惶恐。爸爸今晚同他进行了几个小时的长谈，要他担负起家长的担子。从很小的时候起，他都是听哥哥的，因为爸爸一向要求他们三兄妹间应该讲究尊卑上下。他觉得自己不堪此任，不说别的，他简直无法开口让哥哥怎么做。可是爸爸的旨意是不可违拗的。就连这一点，也是哥哥反复对他说的。哥哥说过多次，爸爸年纪大了，儿女们以顺为孝，凡事依着爸爸。要是爸爸不高兴了，发火也好，生闷气也好，全家大小都过不好日子。还是那句老话，家和万事兴。爸爸把铜匣子交给史纲时，看出了他的心思，便说，你不用担心他们不听你的。你只要手中有这个铜匣子，他们就得听你的。我们史家一直是这么过来的，快六百年了。

史维在史纲面前不再像哥哥了，倒像位弟弟似的。每天的晚饭，全家人都会到齐。这往往是决定家政大事的时候。老人家便总在这个时候向史纲吩咐些事情。家里人最初感到突然，慢慢地就习惯了。所以，每餐晚饭，多半老人只跟史纲一人说话，其他人的眼珠子就在他两父子脸上睃来睃去。

这天，也是晚饭时候，老人家说，史纲，快上春了，你叫人把屋顶翻一下，怕漏雨。

史纲说，好，爸爸！

看需要多少工钱，你叫史维先帮你算算。老人家又交代。

史纲说，好。哥哥，你今晚就算算吧，我明天就去叫人。

史维说，好，我吃了晚饭就算。

老人家又说，算的时候，打紧些，心里有个数。谈的时候，人家会还价的。

史纲不知爸爸这话是不是对他说的，一时不敢回话。史维知道爸爸吩咐事情一般不直接同他说，也不敢答话。气氛一下子就不太对味了。史纲忙说，行，我和哥哥会注意的。史维这才答道，是是，我注意就是了。

怀玉这天晚上破天荒地醒来了，见男人躲在角落里鬼头鬼脑。她突然出现在身后，史纲吓了一大跳。他这会儿正想着明朝初年的那场宫廷大火，是不是真的烧死了建文帝，爸爸说的建文帝君臣四个沦作三比丘、一道人，浪迹天涯，最后赐铜匣子给先祖，是不是真的？他脑子里完全没有历史概念。关于历史，他的印象不过就是很久很久以前，人们高冠博带，羽扇纶巾，在宁静的石板街上优游而行。其实他也像哥一样，每天晚上都会把铜匣子拿出来研究一番，只是他脑子里是一团糨糊，不像哥哥那样到底懂得历史。

什么东西，好稀奇！怀玉蹲下身子。

史纲嘘了声，悄悄说，铜匣子，爸爸交给我的！

是不是很值钱？怀玉问。

史纲说，你只当从没见过这东西，不然爸爸会生气的。这是我们家的传家宝，只能让家族传人掌握，不能让别人知道！

难怪爸爸现在什么事都同你商量，原来他老人家叫你掌家了。怀玉恍然大悟的样子。

怀玉晚上再也没有那么多瞌睡了。她睡不着，她比史纲更加想知道匣子里到底装着什么。在一个夏夜里，天气热得叫人发闷，两口子大汗淋漓，蹲在地上摆弄铜匣子。当初爸爸把铜匣子交给史纲时，老人家神情很是肃穆，双手像捧着皇帝圣旨，史纲也不敢随便，只差没有跪下来了。这会儿两口子却把个传家宝放在地上颠来倒去。没办法，天太热了，他俩只好席地而坐。怀玉突然有了个主意，说，史纲，你明天偷偷把这匣子背到医院去，请你们放射科的同事照一下，看里面有没有东西。

史纲笑了起来，说，你是想发疯了！这是铜的，怎么透视？你还是当教师的哩！

怀玉也觉得自己好笑，也就笑了，说，我是数学老师，又不是教物理化学的。

怀玉说着，突然眼睛一亮，说，你还别说呢，我当老师的还真有办法！

什么办法？史纲忙问。

怀玉面呈得意色，说，我可以根据这个匣子的体积、重量等，大致推测一下这个匣子是空心的还是实心的。若是空心的，里面是空的还是装着东西，也可算个大概。

史纲想了想，觉得有道理。

于是，两人找来秤，先称一称匣子的重量，再量量长、宽、高，计算体积，再查了查铜的比重，算算实心的应是多重，空心的应是多重。经反复计算，推定这是个空心匣子，壁厚大概多少。最后又反复计算，结论令人失望。

怀玉很肯定地说，里面是空的，没装任何东西。我敢打赌！

史纲不敢相信怀玉的话。他摇头说，不可能，绝对不可能！我们史家祖祖辈辈不可能守着个空匣子守了将近六百年。我们史家历朝历代可是出了不少聪明绝顶的人，就这么容易上当？就说我爸爸，自小聪慧，才智过人，老来德高望重，在远近都是有口皆碑的。不可能，绝对不可能！

怀玉笑道，信不信由你。我这是科学计算，不会错的！

怀玉不再关心铜匣子，每天夜里照样睡得很好。史纲夜夜望着铜匣子发呆，慢慢地也就没了兴趣。他倒是把一家老少大小的事情打理得清清爽爽。毕竟生下来就是老二，他始终尊重哥哥，体恤妹妹和晚辈。所以全家人都很服他。

又是一个冬天，史老大病了一场，直到次年春上，才慢慢好起来。人却老了许多。儿女们都清楚，爸爸病起来难得痊愈，多半因为他自己是一方名医，不肯轻易相信别人。可谁也不敢说破这层意思，眼睁睁望着老人家艰难地挨着，心里干着急。老人家能自己动了，仍是每天带着郭纯林出去走走。也不是每天都上明月公园。一向感到很轻松的路程，现在越来越觉得遥远了。有天夜里，老人家很哀伤地想，明月公园的路远了，便离归去的路近了。为了排遣心中的不祥之感，老人家从此便隔三岔五强撑着去明月公园会会老朋友。老朋友见了他，总会说他很健旺，很精神。史老听了，开朗地笑着，心里却凄凄然。他总是在这种心境下同老朋友们说起那些故去的老朋友。老朋友慢慢少了。刘老今年春上害脑溢血走了，陈老去年夏天就病了，听说是肺癌，一直住在医院里。史老不再唱京戏，早没底气了。别人唱的时候，他坐在一旁轻轻按着节拍，闭着眼睛。一会儿便来了瞌睡，嘴角流出涎水来。郭纯林见他累了，便推推他，扶着他回家去。在家里也偶然写写字，手却哆哆嗦嗦，没几个字自己满意。晚辈们却偏跟在屁股后头奉承，说爷爷的字如何如何。史老越来越觉得晚辈们的奉承变了味，怎么听着都像在哄小孩。老人家心里明白，却没有精力同他们生气了。史老暗自感叹自己快像个老活宝了。

史纲凭自己的职业经验，知道爸爸不会太久于人世了。他不忍心把自己的想法告诉家里其他人，就连怀玉他都没说。可是，他觉得在爸爸过世之前，必须同他老人家谈一次铜匣子的事。他想告诉老人家，这个铜匣子里也许什么东西也没有。日子越是无边无际地过，他越相信怀玉的话，怀疑史家近六百年来一直守着个神秘的空匣子。他觉得自己这是在尽孝，不想让爸爸带着个不明不白的挂念撒手西去。

这年秋天的一个夜里，月亮很好，史老坐在后院里赏月。史老坐在史纲搬来的太师椅上，郭纯林拿了条毯子盖在老人家腿上。史纲就坐在石凳上，望着老人家，说，爸爸，我有件事想同您说说。

史老听出这事很重要，就对郭纯林说，你先进去吧，这里凉。

郭纯林交代一声别在外面坐得太久了，就进去了。

史纲这才支吾着说，爸爸，我想同你说说那个铜匣子。

你也急着要我交钥匙了？史老生气了，他的声音很长时间没有这么响亮过了，他的眼睛在月光下蓝幽幽的很吓人。

不是……不是……我是想说，爸爸……

你不用说了！史老起身走了，毯子掀在地上。

史纲捡起地上的毯子，望着爸爸的背影消失在黑黢黢的门洞里。他感到石凳子凉得屁股发麻，却一时站不起来。算了吧，既然爸爸不想听铜匣子的事，就不同他说好了，免得老人家不高兴。

其实老人家已经很不高兴了。就在第二天，老人家叫史纲交出了铜匣子。爸爸没有同他说铜匣子交给谁，直到后来他慢慢发现爸爸凡事都让史仪做主了，才知道铜匣子转到妹妹手上去了。

史老将铜匣子交给史仪，也是不得已而为之。五百多年来，这个铜匣子一直由史家男丁承传，从未传过女人。可是，两个儿子都令老人家失望。铜匣子的承传人必须有个意念，就是忘掉钥匙。其实说意念也不准确，承传人根本就不应该想到这世上还存在铜匣子的钥匙。只有到了这一步，他才可以掌管钥匙。史维、史纲两兄弟念念不忘的偏偏就是钥匙。现在只有把希望寄托在女儿史仪身上了。史老从来没有交代两个儿子忘记钥匙，想让他们自己去悟出其中的道理。可当他把铜匣子交给史仪时，不得不把话说穿了。他不想再让自己失望。

史老双手颤巍巍地把铜匣子交给史仪，说，仪儿，这铜匣子的来历我都跟你说清楚了。你是史家唯一一位承传铜匣子的女辈，我想列祖列宗会理解我的用心的。你要记住，永远不要想到钥匙！忘记了钥匙，你就等于有了钥匙！

史仪捧着铜匣子的双手忍不住发抖，半天也说不出一句话来。史维懂得历史，史纲不懂历史却有生活经验，而史仪虽然年纪不小了却还在恋爱季节。恋爱的人是不会成熟的，就像开着花的植物离果实还有很长一段时间。史仪接过爸爸交给的铜匣子，好几个晚上都没有睡好觉。她倒是真没有想过打开这个稀奇古怪的匣子，只是感到自己承受着某种说不出的压力。她有种很茫然的神圣感，却又真的不知道自己肩负着什么使命。她把铜匣子藏在房间最隐秘的地方，深信赵书泰轻易不会发觉。

可是爱情的魔力能让人忠诚或者背叛。史仪失眠了好长一段时间之后，还是向赵书泰吐露了铜匣子的事。她是把这个秘密作为忠诚的象征奉献给赵书泰的，让她的男朋友很感动。她却没有意识到这其实是在背叛爸爸和家族。赵书泰知道了这个秘密很是兴奋，甚至比第一次尝试史仪的童贞还要兴奋。

史仪上夜班的时候，白天在家休息。赵书泰便将手头的生意让别人打理，自己跑来陪他的可人儿。史仪感受着男朋友的体贴，很是幸福。上午大半天史老都会带着郭纯林出去走走，赵书泰便把两人间所有浪漫和温情细节剪辑成精华本，史仪总迷迷糊糊飘浮在云端里。赵书泰简直是位艺术家，他将所有场景都安排得紧凑却不失从容，没有让史仪体会到半点潦草和敷衍。每每在史老夫妇没有回来之前，史仪两人该做的事都做过了，还有空余时间坐下来研究铜匣子。

两人偷偷摸摸研究了约莫大半年，没有任何结果。赵书泰便怂恿史仪去问爸爸要钥匙。史仪直摇头，说这万万不可以的。赵书泰便说，其实有个办法，找位开锁的师傅打开就行了。史仪哪敢！说爸爸交代过，不可以打开的。赵书泰笑了，说没那么严重。史仪从男朋友的笑脸上看到了某种莫名其妙的意味，令她害怕。她终于同意找个师傅试试。可如今哪里找得到能开这种古锁的师傅？赵书泰说，这个不难，多访访，总会找到的。

赵书泰果然神通，终于找到了一位六十多岁的老师傅。这天，史仪本是休息，却装作上班的样子出了门，带出了铜匣子。她是一会儿白班，一会儿夜班，家里人根本摸不准她哪天上什么班的。赵书泰开了辆车子等在外面。史仪爬上车子后，脚都发了软。她生怕家里人发现了。其实这会儿家里只有不太管事的保姆小珍，不必如此担心。

两人径直去了赵书泰的公司，进了他自己的办公室。这办公室布置得很是典雅，墙上还挂了一柄古剑。史仪来过多次。一会儿，手下领着位老者来了。赵书泰告诉史仪，这就是那位老师傅，如今这世上很难找到这样的师傅了。老师傅也不客气，神情甚至还有些傲慢。可当史仪把铜匣子摆上桌子，老师傅眼睛顿时亮了。老师傅摸着那精美绝伦的铜锁，啧啧了半天。我的祖宗啊，我一辈子没见过这么漂亮的锁啊！老师傅好像并不在乎这个铜匣子，他是修锁的，眼睛里只有锁。老师傅把铜锁反反复复看了个够，才打开自己带来的木箱子。老师傅拿出一根微微弯曲的细长铁钩，小心伸进锁眼里，便闭上了眼睛。赵书泰望着闭眼菩萨似的老师傅，嘴巴老是张着。史仪不安地扣着指节，发出阵阵脆响。好一会儿，听到咔的一声，老师傅睁开了眼睛。锁被打开了。老师傅还未将锁销子抽出，赵书泰说话了，老师傅，谢谢你了。说着扯开钱夹子，付了钱。老师傅问，要不配把钥匙？史仪说，谢谢了，不用。赵书泰也说，对对，谢谢了。我们这锁，不要钥匙的。老师傅被弄得莫名其妙，点点钞票，奇怪地望望史仪他俩，背上木箱子走了。

赵书泰扯锁销子时手有些发抖。取下了锁，却不敢马上打开匣子，过去将门反锁了，拉上窗帘。回到桌前，才要揭盖子，赵书泰又住了手。他猛然想起平时在电影里看到的一些场面，宫廷里的东西往往神秘诡奇，说不定匣子装有什么伤人机关。他左右转转，想不出好办法，便取下墙上那柄古剑。他将铜匣子移到桌沿，叫史仪蹲下，自己也蹲下，然后抬手将剑锋小心伸进匣子盖缝里，轻轻往上挑。听到哐的一声响，知道匣子被揭开了。两人慢慢站起来，立即傻了眼。

空的！铜匣子是空的！

失望过后，两人忍不住哈哈大笑。大笑之后，两人又坐在桌子前面一言不发。

赵书泰最后说话了。他说，我想了想，只可能有两种情况。要么匣子里原本是藏有什么宝物的，早被史家哪位先人偷偷拿了；要么匣子里本来就是空的，什么东西都没藏过。但可以肯定，史家的历代传人都打开过这个匣子，都知道里面是空的，却仍旧保守着这个秘密。他们越是知道里面什么都没有，就越是交代后面的传人不可以打开这个匣子。

史仪被赵书泰弄糊涂了，道，如此说来，我们史家是个荒唐家族！

赵书泰笑道，不知道！

建文帝跟我们史家开了几百年的玩笑？史仪觉得这真是匪夷所思，坐在那里没精打采，就像自己动摇了家族的根本。

赵书泰说，别多想了，空的就是空的。再怎么说，这空匣子也是个珍贵文物，很值钱的。

史仪明白了赵书泰的意思，忙摇头说不可以，不可以。

赵书泰脑子转得快，说我有个朋友，做文物生意的，紫禁城里的金銮宝座他都仿制得出。我请他照原样仿制一个，把这个真的卖掉。

行吗？我总觉得这样不合适。他老人家这么大年纪了，哄他于心不忍。史仪说。

赵书泰笑道，你就是只知道往一头想，转不了弯！你现在也知道了，这个铜匣子原本就是空的，我们造个假的来取代空的有什么不行呢？空的同假的本质上是一回事。再说了，你爸爸肯定也打开过这个匣子，他也是在哄你啊！

关键时候也许因为爱情，史仪答应按赵书泰说的办。

那天晚上，史仪抱着仿制如初的铜匣子紧张兮兮地回到家里，发现屋子里静得令人心慌。她先去了自己房间，把铜匣子藏好。刚出来，就见二哥来了。二哥说，我听见脚步声，知道是你回来了。这些天你到哪里去了？爸爸病得不行了，我又找不到你。

史仪知道二哥一定是去她科室找过她了。她也不多解释，只问，爸爸怎么样了？不等二哥答话，便往爸爸房间去。见全家人围在爸爸床前，却没有一个人说话。大哥、大嫂、二嫂和两位侄辈一齐回头望她一眼，又转过脸去了。史仪凑上去，见爸爸躺在床上，闭着眼睛。妈妈坐在床边，拿手绢揩着眼泪。史仪俯身下去，摸着爸爸的手。爸爸的手微微动了一下，想张嘴说话，却发不出声音。史仪便跪下去，耳朵附在爸爸嘴边。她听见爸爸隐约在问，匣子呢？

在，你放心，爸爸。史仪安慰道。

你把它拿来，你叫他们走……铜匣子……

史仪站起来，说，爸爸要你们出去一下。

史仪是同大家一块出来的。出门大家就悄悄地问，爸爸说了些什么？史仪说，没说什么。他老人家有事要我办。

史仪回房间取出铜匣子，用布包着，回到爸爸房间。爸爸眼睛顿时睁开了，伸出双手。史仪将爸爸扶起来，斜靠在床头，再送过铜匣子，放在爸爸胸前。爸爸抚摸着铜匣子，手微微颤抖，眼睛里放着绿光。史仪心里一酸，眼泪便出来了。她给爸爸抱着的是一个仿制的赝品啊！赵书泰找的那位仿古高手的确技艺高超，这个假铜匣子足可乱真，那个精美的蝙蝠锁也仿制得跟真的一模一样。见爸爸像抱着命根子似的抱着这个假铜匣子，史仪感到一种难以自已的辛酸。

你去吧，叫你妈妈来。爸爸的声音清晰了，但仍显得微弱。

几天以后，史老去世了。老人家是在深夜走的，没有经受太大的痛苦。郭纯林事后跟子女们讲，你们爸爸只是想说话，嘴里咕噜咕噜几声，就走了。

忙完老人家的丧事，日子显得格外宁静。很快就是秋天了。夜里，一家人坐在客厅里说话，说着说着就会说到爸爸。这时会听到爸爸房里传来凄切的二胡声，往往是《二泉映月》。轻寒的夜露似乎随着琴声哀婉地降临。史维、史纲便会重重地叹息，史仪和两位嫂子便会抹眼泪。这个秋天是在郭纯林的二胡声中渐渐深去的。

有天夜里，史仪从外面回来，快到家门口，又听见妈妈在房里拉《二泉映月》。琴声传到外面，叫寒风一吹，多了几分呜咽之感。史仪保持了一天的兴奋的心情顿时没了。今天，赵书泰将存有一笔巨款的存折给了她。原来赵书泰将铜匣子脱手了。

史仪进屋后，听得亦可在说，奶奶的女儿出国这么长时间了，怎么都不回来看看她妈妈？

大人们听懂了亦可的意思，却只是装糊涂，不说话。

日子看上去依然很宁静。可是私下里全家人都在关心那个铜匣子。史维、史纲已经知道铜匣子早不在史仪手上了，史仪也不知铜匣子到了谁的手里。后来，晚上听到爸爸房里传来琴声，一家人沉默的表情各不相同。大家心照不宣，猜测那个铜匣子已传到妈妈手里去了，可这不符合家族的规矩。但反过来一想，铜匣子既然可以传给史仪，当然也可以让妈妈承传了，就像历史上皇后可以垂帘听政。

史仪是偶然发现一家人都在寻找那个铜匣子的。那天她白天在家休息，晚上得去上夜班。她躺在床上睡不着，便起了床，往爸爸房里去。妈妈仍然是爸爸生前的习惯，上午出去走走。她不知自己想去干什么。一推门进去，发现大哥正在撅着屁股翻柜子。见妹妹进来了，史维慌忙地站了起来，脸窘得通红。史仪这才意识到自己也是想进来找那个铜匣子。

哥今天休息？史仪没事似的问。

对对，不不，回来取东西。史维说着就往外走。

史仪也出来了。从此以后，史仪再也不进爸爸房间。她白天在家睡觉时，却总听到爸爸房间那边有翻箱倒柜的声音。

有天，史维跑到史仪房里，悄悄说，关键是找钥匙！没钥匙，找到铜匣子也没用。

史仪说，对！

你见过钥匙吗？史维问。

史仪摇头说，没见过！

史维觉得自己在妹妹面前没什么值得隐瞒的了，便索性同她进行了一场关于铜匣子及其钥匙的探讨。他认为不管这个铜匣子的历史靠得住还是靠不住，它的意义都是不可否认的。哪怕它仅仅是个传说，也自有它形成的历史背景，不然，它不会让一个家族近六百年来像是着了魔。所以，我们作为后人，不可笼统地怀疑先祖。目前关键是找到钥匙。史仪听得很认真，很佩服哥哥的历史知识和哲学思辨。她听着听着，猛然发现因为自己的行为，全家人对铜匣子的关心早已变得毫无意义了。赵书泰说空匣子和假匣子本质上是一回事，可她现在才明白这并不是一回事。

亦可终于把话说明白了。她当着爸爸妈妈、叔叔婶婶和姑姑说，得设法同奶奶的女儿联系，让她尽点赡养老人的责任。大人们知道亦可想让妈妈在美国的女儿接走她老人家，好腾出个房间来。亦可这么大的人了，还同保姆小珍住在一起，来个朋友也不方便。大人们自然也有这个想法，却不能纵容晚辈如此不讲孝心。史维夫妇便私下商量这事。秋明说，可儿说的也是实话。妈妈跟着我们，我们自然要尽孝，当亲生妈妈看待。但不是说得分心，毕竟隔着一层，我们万一哪些地方做得不好，她老人家又不好说出来，倒委屈了她老。你说呢？

史维想想说，我找机会同妈妈说说吧。

有个星期天的下午，郭纯林在房里休息。史维敲敲门，进去了，说，妈妈最近身体好吗？

好啊，好啊。我感谢你爸爸，生了这么几个懂事明理的孩子。郭纯林慈祥地笑着。

史维猛一抬头，发现墙上多了一幅爸爸的字。是那副"推窗老梅香，闭门玉人暖"的对联。史维有种读到父亲情书的感觉，有些尴尬，可再读读下面长长的题款，他几乎被感动了：

> 郭君纯林，贤淑善良，堪为母仪。不弃老夫，与结秦晋，使我晚年尽享明月胜景。桑榆知音，弥足珍贵。更幸儿辈孝顺，以郭君为亲生之母。史家祖风，可望承传而光大也。大病初愈，喜见后庭老梅竞放，心旷神怡，涂书自娱。

读完题款，史维鼻子里酸酸的了，轻轻叹了一声，表示了对爸爸的追思，再说，妈妈，您要好好保重身体啊。我们有哪里做得不好，或者没想到的地方，您一定要说我们啊！

郭纯林点头说，你们都做得好，我很满意。

史维出来，对秋明说，爸爸的遗愿墨迹未干啊！我们再也不要说那个意思了。你同可可好好说说，要她好好孝顺奶奶。

明明还小，不懂得关心铜匣子的事。亦可最近才知道家里有个祖上传了五六百年的铜匣子，而且知道最重要的是得找到开匣子的钥匙。她不懂得关心铜匣子的历史渊源，只觉得那一定是笔财富。可可在奶奶面前撒娇似的嘟着嘴巴说话儿，突然发现奶奶脑后的发髻上别着个很漂亮的簪子，便用现代少女习惯的港台腔夸张地叫道，哇，奶奶头上的簪子好漂亮好漂亮喔！

奶奶忙用手捂了捂脑后，说，这是你爷爷送我的，是个想念儿。

可可听得明白，奶奶这话的意思，就是让她别打这个簪子的主意。可这个簪子实在太漂亮了，可可不拿下来看上一眼不死心。便说，奶奶，可以让我看看吗？

奶奶迟疑一下，只好取了下来。这是个金制的凤形簪子，凤的尾巴长长地翘起。可可看了半天不想放手，嘴里不停地啧啧着。她发现这个簪子的嘴并不是尖的，而是分开成一道叉，更显得别致。奶奶的手一直托着发髻没放下，可可只好将簪子还给奶奶，心里万般遗憾。

第二天，可可下班回来照样去奶奶那里说话，忍不住抬头望望奶奶的发髻，却发现那个漂亮的金簪子不在她头上了。她自然不好问，只在心里犯疑惑。

最近老人家心口痛。她怕儿女们着急，一直没说，一个人忍着。自己出去，就顺便找药店开些药，回来偷偷地吃。挨了些日子，觉得实在有些受不了啦，只好同史纲说了。史纲替她把了脉，拿不准是什么毛病，便同哥哥妹妹商量，送老人家上医院。

上医院看了好几位资深大夫，都不能确诊老人家是什么病。几位医生会诊，决定照个片看看。

史纲拿出片子一看，吓了一跳，发现胸口处有个阴影。他明白，一定是个肿瘤。凭他多年的经验，只怕是个恶性肿瘤。

三兄妹凑在一起商量，这事怎么办？莫说她老人家到底是位娘，就是按史家几百年的规矩，她手上掌握着铜匣子，也是家里绝对的权威。史纲最后表态，说，要确诊！我建议去上级医院。病情还不能让老人家知道。如果是恶性肿瘤，已经开始痛了，说明到了晚期，没什么治的了。但是，正是哥哥刚才说的，爸爸遗言在耳，我们做儿女的，一定要尽到这份孝心啊！可是老人家倔，怎么说也不肯去上级医院检查。她说自己老大一把年纪了，弄不好死在外面，不甘心。全家人便轮番去劝说她老人家。这天可可去劝奶奶。老人家说，可儿，你是奶奶最疼的孩子，你跟奶奶说实话，奶奶到底得的什么病？可可先是不肯说，她被奶奶问得没办法了，便说了实话。老人家脸色顿时苍白，两眼一闭，倒了下去。

可可吓坏了，忙叫人。大家急忙把老人家扶到床上躺下，问可可刚才奶奶怎么了。可可只好说了事情经过。她爸爸妈妈不便在老人家床前高声大气，狠狠地望了女儿几眼。等老人家清醒过来，整个人都虚脱了，有气没力地说，既那样，更不用出去了。你们的孝心我知道。这都是命啊！她想自己看看片子，儿女们不同意。他们担心老人家看了片子心里更不好受。

但老人家没有见到片子，总不甘心。她猜想那片子一定是史纲拿着，他是医生。有天，她趁家里没人，去了史纲房里。翻了老半天，才在抽屉里找到了片子。她不敢马上看，把片子揣进怀里，回到自己房间。她让自己靠在沙发上坐稳了，再戴上老花镜。果然发现胸口处有一大块阴影。老人家浑身一沉，软软地瘫在沙发里。可是，那块阴影似有股魔力，老人家不敢再看，又想看个清楚。她让自己感觉缓和些了，又捧起了那张片子。她没有生理解剖知识，不知这个肿瘤是长在肝上、肺上、胃上，还是脾上？不知道！她望着片子，又摸摸自己的胸口，猜想阴影处该是什么。可她看着看着，突然发现这个阴影的形状有些特别，好眼熟。怎么像只凤呢？她再摸摸胸口，脑子一阵轰鸣，突然清醒了。她手伸进胸口，取出那个凤形簪子。

这是史老临终前交给她的，是那个铜匣子的钥匙。史老连说话的力气都没了，还在反复嘱咐，要她好好收着这钥匙，千万不能拿钥匙去打开铜匣子。要她到时候在亦可和明明中间选一位承传人。史老最后那些日子，成天同她讲的就是铜匣子的历史。史老是断断续续讲述的，她听得不太明白，只懵懵懂懂觉得这个匣子很重要。史老过世后，她越来越发现那个铜匣子也许真的很重要。她发现家里人都在寻找那个匣子，因为每次从外面回来，都发现有人来过房间。没有办法，她只好把史老生前写给她的那副对联拿到外面裱好，挂在房间。以后便没有人去房间翻东西了。她原是把钥匙和铜匣子分开藏在房里的，到底还是放心不下，就把钥匙当簪子插在头上。她以为这是个好办法，却让可可发现了。好在可可不知道这就是铜匣子的钥匙。但她不敢再把钥匙插在头上了，便拿绳子系着挂在胸口。不料挂了钥匙去照片，虚惊了一场。

老人家拿着钥匙反复把玩，见这金钥匙当簪子还真是好漂亮的。这时，她内心产生一种从未有过的冲动，想去打开那个铜匣子，看看里面到底装着什么。她闩了门，取出铜匣子，小心地开锁。可是怎么也打不开。这是怎么回事呢？她把钥匙一次次插进去，抽出来，都没有把锁打开。硬是打不开，她只好把铜匣子藏好。心想，这也许就是个打不开的匣子吧！史家拿这么个打不开的匣子当宝贝，真有意思。她也不想这么多，只要在自己入土之前，把这个匣子和钥匙传给史家后人就行了。看来可可是靠不住的，只好等明明长大了些再说。

老人家觉得胸口不痛了，整个人都轻松了。她叫小珍烧水，洗了个澡，换了身自己最满意的衣服。等儿女们下班回来，听得老人家在房里拉着欢快的《喜洋洋》。

可可又成天看见奶奶头上别着个漂亮的金簪子。

漫天芦花

　　苏家世代书香，家风清白。相传祖上还中过状元。到了苏几何手上，虽不及显祖那么尊荣，但在这白河县城，仍然是有脸面的人家。早在三十多年前，苏几何就是县里的王牌教师。他是新中国成立前的大学生，底子厚实，中学课程除了体育，门门可以拿下来。不擅教体育不为别的，只因他个头儿瘦小，一脸斯文。那个时候还兴任人唯贤，他当然成了一中校长。

　　读书人都说，几何几何，想烂脑壳。苏校长最拿手的偏是教几何。他的外号苏几何就是这么来的。久而久之，很多人反而淡忘了他的大名。他其实有一个很儒雅的名字，叫禹夫。有人说现在的人名和字都不分了，这禹夫还只是他的名。但他的字在"破四旧"的时候被破掉了，他自己不再提及，别人也无从知晓。这么说来，几何其实只能算是他的号了。几何二字的确也别有一番意趣，苏校长也极乐意别人这么叫他。不过真的直呼苏几何的也只是极随便的几个人，一般人都很尊敬地叫他苏校长。只是"文化大革命"中，他为几何二字也吃了一些苦头，学生们给他罗列了十大罪状，有一条就是他起名叫苏几何。十几岁的中学生只知道哪位古人说过一句"对酒当歌，人生几何"的话，几何二字自然不健康了。学生们并不知道这是别人给他起的外号。

关于苏几何，有一个故事传得很神。一中那栋最气派的教学楼——育才楼是当年苏几何设计的。说是他将整栋房子所需砖头都做了精确计算，然后按总数加了三块。教学楼修好之后，刚好剩下两块半砖。还差半块砖大家找了好久，最后发现在苏校长的书架上，原来苏校长拿回去留着作纪念去了。这个故事夸张得有些荒诞，但人们宁愿当作真的来流传。乡村教师向学生教授几何课时，总爱讲这个故事，说明学几何多么重要！

苏校长再一次名声大振是八十年代初。一中高考取录年年在全地区排队第一，被省里定为重点中学。他自己大女儿静秋考入复旦大学，二儿子明秋上了清华大学，老三白秋正读高三，也是班上的尖子。就凭他教出这三个孩子，谁也不敢忽视他在教育界的地位。老三白秋那年初中毕业，以全县最高分考上了中专，别人羡慕得要死，他家白秋却不愿去。苏校长依了儿子，说，不去就不去。你姐在复旦，你哥在清华，你就上北大算了。这本是句家常话，传到外面，却引出别人家许多感慨来。你看你看，人家儿女争气，大人说话都硬棒些。你听苏校长那口气，就像自己是国家教委主任，儿女要上什么大学就上什么大学，自己安排好了。县城寻常人家教育孩子通常会讲到苏家三兄妹。说那女儿静秋，人长得漂漂亮亮，学的是记者，出来是分新华社，说不定还会常驻国外。明秋学的，凡是带电字的都会弄，什么电冰箱、电视机不在话下，肯定要留北京的。老三白秋只怕要超过两个老大，门门功课都好，人又标致，高高大大，要成大人物的。财政局局长朱开福的满儿子朱又文和白秋同班，成绩是最差的。朱局长在家调侃道，看来苏校长三个孩子都是白养了，到头来都要远走高飞，一个也不在大人身边。还是我的儿女孝顺，全都留下来为我两老养老送终。朱又文听父亲这么不阴不阳地讲一通，一脸绯红。

苏几何也觉得奇怪，自己儿女怎么这么听话。他其实很少管教他们。一校之长，没有这么多时间管自己的小孩。现在大学里都喊什么六十分万岁，自己两个孩子上大学仍很勤奋，还常写信同父亲讨论一些问题。看着儿女们一天天懂事了，他很欣慰。他把给儿女们回信看作一件极重要的事，蝇头小楷写得一丝不苟。他知道自己这一辈就到这个份儿上了，孩子们日后说不定会成大器。多年以后，自己同孩子们的通信成了什么有名的家书出版也不一定。所以他回信时用词遣句极讲究，封封堪称美文。又因自己是长辈，写信免不了有所教导。可有些人生道理，当面说说还可以，若落作白纸黑字，就成了庸俗的处世哲学，那是不能面世的。这就得很好地斟词酌句。给孩子们的信，他总得修改几次，再认真抄正。发出之前还要让老婆看一遍。老婆笑他当年写情书都没这么认真过。苏校长很感慨的样子，说，我们是在为国家培养人才，不是培养自己的孝子，小视不得啊！

白秋读书的事不用大人费心，他妈担心的是他太喜欢交朋友。苏校长却不以为然。他说白秋到时候只怕比他姐姐、哥哥还要有出息些。交朋友怕什么？这还可以培养他的社会活动能力。只要看着他不乱交朋友就行了。

白秋是高三的孩子王，所有男生都服他，女生也有些说不明白的味道。篮球场上，只要有白秋出现，观战的女生自然会多起来，球赛也会精彩许多。

白秋最要好的同学是王了一，一个很聪明又很弱质的男生。长得有些女孩气，嘴皮子又薄又红。他父亲王亦哲，在县文化馆工作，写得一手好字，画也过得去，王亦哲这名字一听就知道是他自己读了几句书以后再改了的。他给儿女起名也都文绉绉的，儿子了一，女儿白一。

有回白秋妈妈说，了一这孩子可惜是个男身，若是女孩，还真像王丹凤哩。王了一马上脸飞红云，更加王丹凤了。白秋乐得击掌而笑。妈妈又说，老苏，有人说我们白秋像赵丹哩。白秋马上老成起来，说，为什么我要像别人？别人就不可以像我？苏校长刚才本不在乎老婆的话，可听白秋这么一讲，立即取下老花镜，放下书本，很认真地说，白秋这就叫大丈夫气概。

高三学生都得在学校寄宿，星期六才准回家住一晚，星期天晚上就要赶回学校自习。王了一家住县城东北角上，离学校约三华里。这个星期天，他在家吃了晚饭，洗了澡，将米黄色的确良衬衫扎进裤腰，感觉自己很英气。妈妈催了他好几次，说天快黑了，赶快上学校去。他说不急，骑单车一下就到了。他还想陪妹妹白一说一会儿话。他把教师刚教的那首叫《年轻的朋友来相会》的歌教给妹妹。妹妹在家是最叫人疼的，因为妹妹是什么也看不见的盲人。妹妹十三岁了，活泼而聪明，最喜欢唱歌。一首歌她只要听一两次就会唱。爸爸专门为妹妹买了架风琴，她总爱弹啊唱的，白一的琴声让全家人高兴，而疼爱白一似乎又成了全家人的感情需求。有回，白一正弹着一首欢快的曲子，父亲心中忽生悲音，感觉忧伤顺着他的背脊蛇一样地往上爬。白一静了下来，低头不语。王亦哲立即朗声喊道，白儿，你怎么不弹了？爸爸正听得入迷哩！白一又顺从地弹了起来。事后王亦哲同老婆讲，怪不怪？白一这孩子像是什么都看见了，我明明什么都没说呀？老婆却说，只有你老是神经兮兮的。我们就这么一个女儿，还怕她不快活？了一这孩子也懂事，知道疼妹妹。以后条件好了，治一治她的眼睛，说不定又治好了呢？王亦哲说，那当然巴不得。只是知道有那一天吗？唉！我一想到女儿这么漂亮可爱，这么聪明活泼，偏偏命不好，是个盲人，我心里就痛。老婆来气了，说，别老说这些！你一个男子汉，老要我来安慰你？我们女儿不是很好吗？

白一歌声甜甜的，和着黄昏茉莉花香洋溢着。了一用手指弹了一下妹妹的额头，说很好，我上学去了。白一被弹得生痛，噘起了小嘴巴，样子很逗人。

了一推了单车，刚准备出门，却下起了大雨。妈妈说干脆等雨停了再走吧。了一说不行，晚自习迟到老师要骂人的。白一幸灾乐祸，说，我讲等会儿有雨你不信！

了一穿了雨衣出门。骑出去不远，雨又停了。夏天的雨就是这样。他本想取下雨衣，又怕耽误时间，心想马上就到学校了，算了吧。

天色暗了下来，街上的人影有些模糊起来了。

快到校门口了，迎面来了几个年轻人，一看就知是街上的烂仔。他们并排走着，没有让路的意思。了一只得往一边绕行。可烂仔们又故意往了一这边拥来。

好妹妹，朝我撞呀！

妹妹，不要撞坏我的家伙呀！我受不了的啦！原来，了一穿了雨衣，只露着脸蛋子，被烂仔认作女孩了。了一很生气，嚷道，干什么嘛！可这声音是脆脆的童声，听上去更加女孩气了。单车快撞人了，了一只得跳下车来。烂仔蜂拥而上，撩开他的雨衣，在他身上乱摸起来。

他妈的，是个大种鸡，奶包子都没胀起来！

有个烂仔又伸手往他下面摸去。他妈的，空摸一场，也是个长鸟鸡巴的！这烂仔说着，就用力捏了一下他下面。

了一眼冒金花，尖声骂道，我日你妈！

骂声刚出口，了一感到胸口被人猛擂一拳，连人带车倒下去。可他马上又被人提了起来，掀下雨衣。一个精瘦的烂仔逼近了一，瞪着眼睛说，看清了我是谁！爷爷是可以随便骂的？说完一挥手，烂仔们又围了上来，打得他无法还手。

白秋和同学们闻讯赶来了，了一还躺在地上起不来。见了同学们，了一忍不住哭了。白秋叫人推着单车，自己扶着了一往学校走。哭什么？真像个女人！白秋叫了一声，了一强忍住了。

很快苏校长叫来了派出所马所长他们。了一被叫到校长办公室问情况。也许是职业习惯，马所长问话的样子像是审犯人，了一紧张得要死。本来全身是伤，这会儿更加头痛难支。苏校长很不满意马所长问话的方式，又不便指出来。他见了一那样子可怜巴巴的，就不断地转述马所长的问话，想尽量把语气弄得温和一点。马所长就不耐烦了，说，苏校长，调查案情是严肃认真的事情，你这么一插话，今天搞个通宵都搞不完。苏校长只好不说话了。了一大汗淋漓，眼睛都睁不开了。

问过话之后，让了一签了名，按了手模印。今天就这样吧。马所长他们夹着包就要走了。

苏校长忙问，这事到底怎么处理？

马所长面无表情，说，不要急，办案有个过程。现在只知道一些线索，作案者是谁都还不知道，到时候我们会通知你们的。

之后一连几天都没有消息。苏校长打电话问过几次，派出所的总答复不要急，正在调查。

了一负着伤，学校准许他晚上回家休息。临近高考，功课紧张，他不敢缺晚自习。白秋就每天晚自习后送他回家。了一爸爸很过意不去，白秋说没事的，反正天太热了，睡得也晚。

妹妹白一差不多每天晚上都在门口迎着了一和白秋。了一两人进屋后，白一就朝白秋笑笑，意思是谢谢了。白秋喜欢白一那文静的样子。白秋无意间发现，他不论站在哪里，坐在哪里，不用作声，白一都能准确地将脸朝着他。这让他感到惊奇。他知道这双美丽的眼睛原本是什么都看不见的。当白一静静地向着他时，他会突然感到手足无措。

一个多星期过去了，派出所那边还是没有任何消息。苏校长打电话问过好几次，接电话的都说马所长不在，他们不清楚。王亦哲也天天往派出所跑。终于有一天，马所长打电话告诉苏校长，说为首的就是三猴子，但找不到人。

一说到三猴子，县城人都知道。这人是一帮烂仔的头子，恶名很大，别人都怕他三分。但他大案不犯，小案不断，姐夫又在地区公安处，县公安局也不便把他怎么样。有时他闹得太不像话了，抓进去关几天又只得放了人。

案子总是得不到处理，白秋心里很不平。了一无缘无故挨了打，父亲将派出所的门槛都踏平了，还是没有结果。凭父亲的声望，平日在县里说话也是有分量的。可这回明明是个赢理，到头来竟成到处求人的事了。同学们都很义愤，朱又文同白秋商量，说，干脆我们自己找到三猴子，揍他一顿怎么样？我认得三猴子。白秋听了，一拍桌子，说，揍！

这天晚自习，朱又文开小差到街上闲逛，发现三猴子在南极冰屋喝冷饮。他马上回来告诉白秋，白秋便写了一张纸条：愿参加袭击三猴子行动的男生，晚自习后到校门口集合。这张纸条就在男生中间递来递去。

晚自习一散，白秋让了一自己回去，他带了全班男生一路小跑，直奔南极冰屋。同学们一个个都很激昂，像是要去完成什么英雄壮举。白秋在路上说，我们也以牙还牙，将他全身打伤，也将他的鸟鸡巴捏肿了。朱又文是个打架有瘾的人，显得很兴奋。

南极冰屋人声如潮。朱又文轻声指点：就是背朝这边，没穿上衣那个。同桌那个女的叫秀儿，是三猴子的女朋友。那男的叫红眼珠，同三猴子形影不离。

白秋早听人说过，秀儿是县城两朵半花中的一朵。还有一朵是老县长的媳妇，那半朵是县广播站的播音员。这秀儿原是县文工团演员，现在文工团散了，她被安排到百货公司，却不正经上班，只成天同三猴子混在一起。

可能是谁讲了一个下流笑话，三猴子他们大笑起来。秀儿拍了红眼珠一板，歪在三猴子身上，笑得浑身发颤。

白秋让同学们在外等着，自己进去，到三猴子眼前说，外面有人找你，三猴子见是生人，立即不耐烦了。妈的，谁找？并不想起身。白秋说，是两个女的。秀儿马上追问，哪来的女的？三猴子横了秀儿一眼，起身往外走。

白秋一扬手，躲在门两边的同学们一哄而上，秀儿尖叫起来。红眼珠操起啤酒瓶往外冲，嚷着，你们狗日的吃了豹子胆！三猴子一会儿冒出头，一会儿又被压了下去，红眼珠举着酒瓶不好下手。红眼珠迟疑片刻，也早被撂倒了。厮打了一阵，白秋高声叫着，算了算了。大家停了手，朱又文觉得不过瘾，转身又朝三猴子下身狠狠踢了几脚，三猴子和红眼珠像堆烂泥，连叫唤的力气都没有了。

大家快速散离。秀儿冲着他们哭喊，你们打死人了，你们不要跑！你们要填命！秀儿嗓门儿极好，到底是唱戏的底子。

行至半路，苏校长迎面来了。他一定是听到什么消息了。白秋站住了，刚才的英雄气概顷刻间化作一身冷汗。同学们一个个只往别人身后躲。

苏白秋，过来！苏校长厉声喊道。

白秋一步一挪走到父亲跟前。父亲一掌掴过来，白秋踉跄几步，倒在地上。谁也不敢上前劝解。苏校长气呼呼地瞪了一会儿，怒喝道，都给我回去！

一路上苏校长一言不发。同学们个个勾着头，一到学校，都飞快往宿舍跑。

白秋比父亲先一步到家。妈妈见面就说，你怎么这么不听话了？看你爸爸怎么松你的骨头！

白秋不敢去睡，也不敢坐下，只站在门口等死。苏校长进门来，阴着脸，谁也不理，径直往卧室去了。白秋妈跟了进去，很快又出来喊，白秋，还不去睡觉？

不到二十分钟，听到有人在急急地敲门。白秋妈忙开了门，见是传达室的钟师傅。

快叫苏校长，快叫苏校长。钟师傅十万火急的样子。

苏校长早出来了，一边穿衣服，一边问什么事。

钟师傅气喘喘地说，来了一伙烂仔，说要把学校炸平了。我不敢开门。

苏校长吓了一跳，心想刚才白秋他们一定闯出大祸了。他一时慌了神，不知怎么办才好。当了几十年校长，从未碰上过这种事。

老婆也急了。怎么办？门是万万开不得的，同那些人没有道理可讲。

这话提醒了苏校长，他忙交代钟师傅，你快去传达室观察情况，叫几个年轻教师帮你。我去给派出所打电话。

苏校长急忙跑去办公室。摇把电话摇了半天才接上，派出所的没听完情况，就来火了。你们学校要好好教育一下学生！

苏校长也火了，说，你这是什么态度？情况没弄清就……

没等苏校长说完，那边放了电话。苏校长对着嗡嗡作响的电话筒叫了几声，才无可奈何地放下电话。这就是人民警察？

这时，门外传来烂仔吆喝声。苏几何，你出来！苏几何你出来！大门被烂仔们擂得山响。

苏校长气极了。平日县里大小头儿都尊敬地叫他苏校长，只有个别私交颇深的人才叫他几何。他仗着一股气，直冲传达室。几个年轻教师摩拳擦掌，说，只要他们敢跨进学校一步，叫他们竖着进来，横着出去！

苏校长喊道，没教养的东西！你们的大人都还是我的学生哩！轮到你们对我大喊大叫的？钟师傅，你把门打开，看他们敢把我怎么样！

苏校长见钟师傅不动，自己跑上去就要扛门闩，严阵以待的教师们忙上前拦着说，苏校长开不得，苏校长开不得！

这时，门外响起了警车声。听得外面乱了一阵，很快平息下来。

钟师傅开了门，马所长进来说，苏校长，你们要好好教育一下学生。今天晚了，我们明天再来。

第二天，马所长黑着脸来到学校，把案情说了一遍。苏校长十分气恼。了一被打的事还没处理，白秋又惹出这么大的祸。马所长说，这是一起恶性案件，不处理几个人是过不了关的。

马所长也没讲怎么办，仍黑着脸走了，苏校长没想到自己儿子竟然变得这么不听话了。他们兄妹三人本是最让人羡慕的，却出了这么一个不争气的弟弟。他感到很没有面子，便同老婆商量，说，白秋你不让他受受教育，今后不得了的。送他到派出所去，关他几天！

老婆不依，说，派出所是个好进的地方？进去之后再出来，就不是好人了！

苏校长就是固执，非送儿子上派出所不可。老婆死活不让，说，白秋也只是参加了这事，要说起来，最先提起要打三猴子的，是朱又文。为什么你硬要送自己儿子去？苏校长发火了，说，我是校长，自己儿子都管不住，怎么去教育别人的儿子？别人家孩子在学校没学好，都是我校长的责任！

他不顾老婆苦苦哀求，亲自送白秋去了派出所。马所长这一次倒是很客气，热情接待了苏校长，说，要是所有家长都像你苏校长这样配合我们工作，严格要求自己孩子，社会治安就好了。苏校长苦笑道，自己孩子做了错事，就要让他受受教育，这是为他好啊！

两人说好，将白秋拘留一个星期。

苏校长一个人从派出所出来，总觉得所有的人都望着他，脸上辣辣的。城里没有几个人不认识他的。一路上便都是熟人。似乎所有熟人的脸色都很神秘。他便私下安慰自己：我从严要求孩子，问心无愧。所有家长都该这样啊！想起马所长今天的热情，他便原谅了这人平日的无礼。

老两口在家火急火燎地熬过了一个星期，苏校长去收容所接儿子。不料收容所的人说，人暂时不能放。苏校长一听蒙了，忙跑到派出所问马所长。马所长说，情况不妙啊！三猴子和红眼珠的伤都很重。特别是三猴子，人都被废了。医生说他不会有生育能力了。

苏校长嘴巴张得天大。这么严重？这么严重？

苏校长只得回去了。老婆哭着问他要人。这个时候，他才意识到自己送白秋进去也许是个错误。

临近高考了，苏校长四处活动，都未能将儿子领出来。老两口没办法想了，去找了朱又文的父亲朱开福。心想凭朱局长的面子，说话还是有人听的。苏校长转弯抹角把事情原委说了一通，暗示白秋实际上是为他们家孩子朱又文背了过。

朱开福却说，我这儿子学习成绩的确不好，这我知道。但他听话倒是听话，从不惹人撩人。

苏校长见朱开福有意装糊涂，只好直说了，要请他帮忙，将白秋弄出来。朱开福满口答应，说，这事好说，我同公安局说声就是了。小孩子嘛，谁没个打打闹闹的？

可是左等右等，白秋还是没有出来，这是苏校长平生感觉最闷热的一个夏月。

这天，他又去收容所看望儿子。白秋痛哭着，求父亲领他出去参加高考，说今后一定听爸爸妈妈的话，一定考上北京大学。苏校长老泪纵横。他这辈子除了老父老母过世时哭过，记不得什么时候这么哭过了。

白秋到底还是被判三年劳教。

苏校长平生第一次感到了极大的惶惑。"文化大革命"中，他受到那么大的打击，也没有这么痛苦和迷惘过。那时他真的以为自己是从旧社会过来的知识分子，身上的罪孽是先天的，必须好好改造。当时天下通行的逻辑就是如此。现在是清平世界了，怎么叫他更加不明白了呢？

这事成了白河县城最大的热门话题。都说太可惜了，太可惜了。谁想得到呢？他哥哥姐姐那么有出息，他一个人到笼子里去了。真是一娘生九子，连娘十条心！

三年之后，白秋回到白河县城。他发现县城只是多了几栋高房子，没有其他变化。他的那些同学，考上大学的还没有毕业，没考上的多半参加工作了。了一还在上海交大上大四。朱又文已在银行上班。

白秋成天在家没事干。爸爸妈妈都已退休，成天也在家里。姐姐和哥哥都留在了北京。白秋一直记恨爸爸，不太同爸爸说话。妈妈总望着他们父子的脸色，只巴望他们脸上能有一丝笑容。但父子俩总是阴着脸，老太太终日只能叹息。

白秋天天在床上躺着，脑子里乱七八糟。他根本无法理清自己的思绪。劳教农场那漫无边际的芦苇总是在他的脑子里海一般汹涌。在刚去的头几个月，他几乎没有一天不在设法逃跑。初冬的一个晴天，芦苇在风中摇曳。白秋同大家在油菜地里除草。这里的油菜地也一望无涯，几百号人在这里排开极不显眼。快到中午，白秋偷偷钻进了芦苇里。他先是慢慢前行，估计外面听不见声音了，他就拼命跑了起来。他知道，只要一直往南跑，跑出这片芦苇地，再渡过那片湖水，就可以回家了。他飞跑着，什么也不顾，听凭芦苇叶刮得脸和手脚生生作痛。不知跑了多久，也不知跑了多远，他跑不动了，倒了下来。他闭着眼睛，脑子里满是妈妈的影子。他曾无数次梦见妈妈哭泣的样子。他想自己只要能出去，一定百倍地孝敬妈妈。他又想起了白一，那个清纯可爱的小妹妹。

躺了好久，他睁开了眼睛。正刮着北风，芦花被轻轻扬起，飘飘荡荡，似乎同白云一道在飞翔。芦花和白云所指的方向就是家乡。

白一妹妹的眼睛那么清亮，那么爱人，可就是什么也看不见。

太阳快掉下去了，他还没有跑出这片芦苇。他估计不出还要跑多远才到湖边。要是在夏天，他现在奔跑的这一片都是白水淼淼，芦苇便在水里荡漾。想着要在芦苇地里过一夜，他并不觉得恐惧，反而还有一种快意。

天黑下来了，他到了湖边。四周黑咕隆咚，天上连一颗星星都没有。他不知应往哪边走。东南方的天际闪着微弱的光亮，他想渡口也许就在那里。他便望着那一线光亮奔跑。

天将拂晓，他终于摸到了渡口边。望见汽车轮渡那灰暗的灯光，他心跳加剧了，说不清是激动还是害怕。他爬上轮渡，找了一个背亮的地方躲了起来。听不见一丝动静，只有湖水轻轻拍打着船底，开轮渡的工人都在睡觉。他多希望马上开船！但天色未明，没有过渡的汽车。

天亮了，终于听见了汽车声。他抬眼一望，吓出了冷汗。来的正是劳教农场的警车。

他被抓了回去，挨了一顿死揍。后来他又好几次逃跑，都没有成功。

说来也怪，在漫长的三年里，他时时想起的竟是白一。起初他也想过日后怎么样去孝敬妈妈，但日子久了，妈妈在他的脑子里越来越淡薄了。他不愿意去想父亲，纵然想起父亲，心里也充满了敌意。他总以为自己的灾难来自父亲的天真。

白秋谁也不理，一个人出了门。妈妈望着他的背影抹眼泪。

他双手插进裤兜里，横着眼睛在街上行走，见了谁都仇人似的。走着走着，就到白一家附近了。他也不知道自己是怎么走到这里来的。迟疑片刻，他便去了白一家门口。门关着，不知屋里是不是有人。他敲了几声门，听得有人在里面答应，好像是白一的声音。

是白一吗？

不见回音。可过了一会儿，门开了。一位漂亮的女孩倚门而立。白秋吃了一惊。眼前的白一不再是小妹妹了，而是位风姿绰约的美人了。

是白秋哥吗？

白秋更是惊奇了。白一你怎么知道是我？

听爸爸说你回来了。我就想你一定会来我家玩的。怎么今天才来呢？快进来吧。

白秋进屋坐下，说，我回来之后，什么地方都没有去过，今天是第一次出门。白一你好吗？

我很好。你吃苦了，都是为了我哥哥。我哥哥回家总说起你哩。

白秋说，这都是我自己的命不好。不说这个吧。

两人就说着一些无关紧要的话。白一的大眼睛向着白秋一闪一闪的。因为这双眼睛什么也看不见，白秋便大胆地迎着它们。白秋不明白自己这几年怎么总是想念这位小妹妹，想着这双美丽而毫无意义的大眼睛。白一高兴地说着话儿，有时候脸上会突然飞起红云。白秋便莫名其妙地心乱。

很快就到中午了，白一爸爸下班回来了。白秋马上站了起来，叫王叔叔好。王亦哲愣了一下，才认出白秋。啊呀啊呀，是白秋呀！快坐快坐。知道你回来了，也没来看你。这几天有点忙。

哪里呢？白秋说着，就望了一眼白一。只见白一脸上不好，低下了头。她是怪爸爸没有去看白秋。白秋隐约感觉出了一点，只是放在心里。

一会儿，白一妈妈也回来了。见了白秋，忍不住抹了一阵眼泪。

一家人留白秋吃晚饭，白秋推辞了。

白秋勾着头，独自走在街上，心里的滋味说不清楚。突然有人在他肩上重重拍了一板。白秋本能地回过头，气汹汹地瞪着眼睛。却见是老虎。老虎是他在劳教农场的兄弟，一年前放出来的。

白秀才，回来了怎么不来找我？我俩可是早就约好了，出来之后有福同享，有难同当啊。白秀才是白秋在劳教农场的外号。

天天在家睡觉，还没睡醒哩。白秋说。

闲扯了一会儿，老虎要请白秋下馆子。两人找了一家馆子坐下，老虎请白秋点菜。随便点吧，兄弟我不算发财，请你吃顿饭的钱还是有的。

喝了几杯酒，话也多了。老虎说到出来一年多的经历，酸甜苦辣都有。他说他指望白秋早点出来，大家在一块捞碗饭吃。我们自己不相互照顾，还有谁管我们？我们这种人谁瞧得起？

在里面的时候，老虎最服的就是白秋。白秋人聪明，又最不怕事。刚去的时候，里面的霸头欺负他，但他就是不低头。霸头叫元帅，元帅下面是几个将军，将军下面的叫打手，最下面的就是喽啰了。元帅是个大胖子，是里面的皇帝。喽啰们得把好吃的菜孝敬给他，还得为他洗衣服，捶背搔痒。睡觉也有讲究，冬天元帅睡最里面的角落，依次是将军、打手和喽啰，最倒霉的喽啰就睡马桶边上。到了夏天，元帅就睡中间电扇下面，将军和打手围在外面，喽啰们一律挨墙睡，同元帅、将军和打手们分开，免得热着他们。白秋刚去，当然要睡在马桶边。白秋心想，这里本来就拥挤，人家先来先占，轮到他只好睡马桶边，也没什么说的。可元帅有意整他，一定要他头朝马桶睡。他不干，元帅一挥手，几个打手围了上来，将他一顿死揍。那天深夜，他偷偷爬起来，狠狠地揍了元帅，元帅的脸被打肿了。这还了得，白秋被打手们打昏死过去，还给他灌了尿喝。过后白秋平静了几天。元帅以为他服了，一会儿对他冷笑，一会儿又恶狠狠地瞪他。其实他只是恢复了几天。等他身体稍稍好些了，又找机会打了元帅。当时老虎是头号将军，兄弟们叫他五星上将。里面就只有他和白秋是同县的老乡，他有心要帮白秋，但又怕元帅手下的人太多了。后来他发现白秋真的是条好汉，就暗中联络几个贴心的兄弟，帮助白秋，把元帅死死打了一顿。元帅只得服输。老虎就做了元帅，白秋一下子从喽啰坐到了将军的位置。老虎出来后，白秋又做了元帅。

馆子里的客人走得差不多了，他两人还在喝酒。眼看菜凉了，老虎说加个菜。来个一蛇四吃怎么样？白秋本是不吃蛇的，这会儿酒壮人胆，又不想显得那么怯弱，就说好吧。又问怎么个吃法？老虎说，就是清炖蛇肉、凉拌蛇皮、蛇血和蛇胆拿酒泡了生吃。老虎说着就叫来老板，问，你们这里最拿手的一蛇四吃还有吗？

老板弓腰搓手道，蛇是有，只是这会儿师傅不在，没有人敢杀蛇。

蛇在当地人眼中向来是恐惧而神秘的，老辈人都忌讳说起它，一般只叫它冷物或长物。见了蛇一定要将它打死，说是见蛇不打三分罪。吃蛇只是近几年的事，也不是所有的人都敢吃。原先要是谁打死了一条蛇，就找个僻静地方将它埋了。胆子大的人就将蛇煮了喂猪。蛇万万不可放在家里煮，说是瓦檐上的楼墨要是掉进锅里，那蛇肉就成了剧毒，人只要沾一点就会七窍流血而死。白秋记得他小时候，城里同现在的乡下也差不多，很多人家都喂了猪。有回剃头匠李师傅打了一条蛇，就在城外的土坎上掏了一个灶，架起锅子煮蛇。白秋和一帮小家伙远远地围着看热闹，不停地吐着口水。事后小家伙都不敢让李师傅剃头发，总觉得他那双碰过蛇的手冰凉而恶心。那时候城里的小孩也同乡下小孩一样，吃饭时端了碗出来同人家换菜吃。可李师傅儿子碗里的肉谁都不敢同他换，都说他家的猪是吃了蛇肉的。

白秋听说杀蛇的师傅不在，就问老虎，你敢吗？老虎忙摇了摇头。白秋笑了笑，说，我来。

店老板对白秋马上敬畏起来，带他去了厨房后面。老虎也蹑手蹑脚跟了去。老板递给白秋一个长把铁夹子，指指墙角边的一个大铁笼，说，那里。

白秋就见好几条大蛇蜷伏在笼子里，只把头昂着，芯子飞快地闪动，成了一条可怕的红叉叉。都说七蜂八蛇，毒性最大，现在正是阴历八月，白秋揭开笼盖，只觉大腿内侧麻酥酥的。他记起了打蛇打七寸的老话，便故作镇定，对准一条大蛇的七寸叉去，然后用力一夹，扯了出来。蛇便顺着铁夹缠了起来，蛇尾扫了一下白秋的手背，一阵死冷死冷的感觉顺着手臂直蹿背脊。这时白秋才想起不知怎么杀死这条蛇。他只知道蛇皮是要剥的，就问，是剥活的还是怎么的？

老板对白秋更是肃然起敬了，说，你老兄还真有本事，还敢剥活蛇？英雄英雄！不过一蛇四吃是要蛇血的，还是杀了再剥吧。老板说着就拿了刀和碗来。

白秋却不在厨房里杀蛇，举着蛇到了店子外面。老板和老虎跟了出来。白秋操了刀，心想这同杀鸡不是一回事？就割开了蛇脖子。蛇血喷射而出，溅在手上冰凉冰凉。白秋全身发麻，真想马上丢掉手中这长物。他怕自己胆怯，反而将蛇抓紧了。蛇在挣扎，将白秋的手臂死死缠了起来，这时围拢了许多人，一片啧啧声。

血流得差不多了，蛇便从白秋手臂上滑了下来，白秋这会儿不紧张了。却又想，怎么剥这蛇皮呢？他记得自己小时候剥过一只兔子。他便将蛇钉在一棵梧桐树上，小心地将蛇脖子处割开一圈，按照他剥兔子的经验，小心地将蛇皮往下拉。蛇肉就一截一截露了出来，先是白的，立即就渗出了血色。

皮剥完了，白秋接过老板递过的小刮刀开膛。他先摘下蛇胆，脖子一仰生吞了下去。围观的人轰的一声，退了一步。有的人不停地吐口水。白秋越发得意，收拾内脏的动作更加麻利。

弄完了，老板拿盘子端走了蛇肉。围观的人才摇头晃脑，啧啧而去。

老板越发殷勤了，亲自倒了水来让白秋洗手，还高声大气招呼服务员快拿肥皂来。

蛇肉很快弄好了，端了上来。老板笑道，蛇胆这位兄弟先吃了，就只是一蛇三吃了。白秋和老虎一齐笑了起来。两人重新添酒，对饮起来。

老板忙了一阵，出来同两人搭话，说，老虎兄弟是常客，这位兄弟有点面生。我还没请教尊姓大名哩。

小弟姓苏，苏白秋。

老板忙说，苏白秋，这名字好听。也是城里人吗？怎么不曾见过？

老虎说话了。我这兄弟受了点委屈，同我一样，也在里面待了几年，才出来的。他是绝顶聪明的人，一肚子书。要不是他仗义替朋友出气，早上名牌大学了。

老板一下拘谨起来，说，对不起，对不起。我是有眼不识泰山。我要是不猜错的话，这位苏老弟一定是一中苏老校长的公子？

白秋笑道，什么公子？落难公子，落难公子。

老板叫服务员取了酒杯来，自己酙上一杯酒，说，对这位苏老弟我是久仰了，我也是你爸爸的学生哩，我姓龙，叫龙小东。你爸爸还记得我哩。来来，我敬二位一杯，算是我为苏老弟接风洗尘吧。

三人一同干了。龙小东又说，难得有这样的机会结识苏老弟，这一蛇四吃就算我送的菜了。

酒喝得差不多了，两人买了单，起身要走。老板见蛇血还没吃，就说，这是好东西，莫浪费了。刚才白秋本是要老虎喝的，老虎说他不敢喝生血，就谦让白秋。后来只顾说话，也就忘了。这会儿老板一提醒，白秋回头端起蛇血，一口喝了。

两人出了门，又说了些酒话，约好明天见面，这才分了手。

酒喝得有些过量，白秋心里像有团火在焚烧。他嘴里喷着蛇的血腥味，白河县城在他的脚下摇晃。

也许因为苏家太知名，白秋杀蛇的事很快在白河县城流传开来，而且越传越神。有人说，白秋关了几年，胆子更加大了，心

180

也更加狠了，手也更加辣了，杀了蛇吃生的。好心的人就为白秋可惜，说一个好苗子，就这么毁了。

过了一阵，种种传言终于到了苏老两口的耳朵里。苏老一言不发，只把头低低地埋着。林老太太却是泪水涟涟，哭道，这个儿子只怕是没救了，没救了。都怪你啊，你做事太猪了。白秋本可以不进去的，你偏相信公安那些人。

林老太太说中了苏校长的痛处，令他心如刀绞。但他只是脸上的肌肉微微抽了一下，什么表情也没有。儿子的遭遇已完全改变了老人的个性，他总是那么孤独、忧郁和冷漠。

这天下午，白秋在家睡了一觉起来，洗了脸就往外走，林老太太想同他说话，但林老太太只望了他一眼就不敢开言了。他的脸色阴得可怕，目光冷冷的。林老太太想起大家说儿子吃蛇的事，不禁打了一个寒战。白秋下楼去了。林老太太走到阳台上，让晾着的衣服遮着脸，偷偷地看着儿子。只见儿子从校园里一路走过，前面的人就纷纷让路，背后的人就指指戳戳。儿子拐了弯，往大门口去了，马上就有一帮男生躲在拐弯处偷看。似乎校园里走过的是人见人怕的大煞星。林老太太脚有些发软了，扶着墙壁回了屋里。

白秋径直去找了老虎。老虎带白秋来到城西的桃花酒家，进了一间包厢。一会儿，六位水灵灵的姑娘笑着进来了。老虎同她们挨个儿打招呼。见了这场面，白秋猜着是怎么回事了。一会儿老板也来了，是一位极风致的少妇，老虎叫她芳姐。芳姐笑眯眯望着白秋说，老虎兄弟真是不吹牛，这位白老弟果然仪表堂堂，一表人才！白秋竟然一下子红了脸。所有女人都瞅着他。芳姐拍拍白秋的肩说，我请客，兄弟们玩个开心，芳姐暂时失陪了。这女人刚要出门，又回过头来，说，白老弟今后可要常来芳姐这里玩啊。白秋点点头，心都跳到嘴巴里衔着了。肩头叫芳姐拍了一下的感觉久萦不散。

刚才这么久，白秋一直只是拘谨地笑，不曾说过一句话。

老虎说，这些姐妹们都是出来混碗饭吃的。可有些男人玩过之后耍赖，不肯给钱。有回小春姑娘没得钱不说，还叫那家伙打了。小春找到我，我让几个兄弟教训了那小子，让那小子乖乖地给了双倍的钱。后来，这些姐妹们就都来找我了。这些姐妹们也可怜，我就帮了她们。

那位叫小春的姑娘就扭了扭身子，说，我们都搭帮了老虎大哥，不然就要吃尽苦头了。众姐妹一齐附和，是的是的。

很快菜上来了，就开始喝酒。白秋还有些不适，老虎同小春做出的动作他看不入眼。女人们却你拍我，我拍你，笑声不绝。他怕人笑话，就只好陪他们笑。老虎见白秋总是不动，就说，你别太君子了，放开一点。香香，你去陪白大哥。叫香香的女人走了过来，手往白秋肩上一搭，身子就到了白秋腿上。白秋还从未经历过这事，禁不住浑身发抖。

白秋不知说什么好，就随口问道，香香贵姓？他这一问，大伙儿都笑了起来。

香香嫣然一笑，说，我们是没有姓的，你只叫我香香就是了。白哥要是喜欢，就叫我香儿吧。香香把脸凑得很近，眼睛笑成了两弯新月。白秋见这女人模样儿还不错，只是鼻子略嫌小了点。

白秋就叫了一声香儿。香香颤颤嗲嗲地应了。在座的齐声鼓掌。

香香在白秋身上放肆风情，弄得别的女人都吃醋了。小春玩笑道，白哥是黄花儿，香香有艳福，你可要请客哩。香香越发像捏糖人似的，往白秋怀里钻，擦得白秋口干舌燥。

香儿，我口渴死了。白秋说。

香香抿了一口茶，对着嘴儿送到白秋嘴里。大家哄然而笑，都说香香这骚精真会来事，香香也不管他们笑不笑，又抿了口茶送到白秋嘴里。

　　白秋酒喝得很多，不知不觉就醉了。醒来时已睡在床上，身边躺着一个女人。他知道是香香，心便狂跳起来。他开始害怕自己荒唐了，想要起床。女人见白秋醒了，就转过脸来，问，好些了吗？白秋仔细一看，却是芳姐。芳姐捧着白秋的头，说，他们都走了。你喝得太多了，不省人事，把我吓死了。我把你留下了，又叫车送到这里来了。不是酒店，是在我家里，就我一个人，你放心休息吧。

　　芳姐只穿了件宽松的睡衣，露着一条深深的乳沟。白秋心乱，忍不住打战。芳姐问，冷吗？是发酒寒吧。来，芳姐抱着你。不等白秋说什么，芳姐早把他搂在怀里了。白秋不好意思把下身贴过去，便拱着屁股。

　　芳姐说，白秋你是干净身子，不要跟她们去玩，免得染病。老虎爱和她们玩，迟早要吃亏的。

　　白秋问，她们不是你请的吗？

　　芳姐说，哪是我请的？我听老虎说了，你原来还是个学生，这几年也不在家，不知道现在社会变到哪一步了。人都变鬼了。你开酒店，没有女人陪酒，客人就不会来，生意就做不下去。请女人吗？公安的又三天两头地来找茬。这些女人都是自己找上门来的，我不给她们开工资，但也不收她们伙食费。她们就像一群赶食的鸟，哪里食多就往哪里飞。你这里要是生意不好，她们又找别的店子去了。她们只凭自己本事去陪客人喝酒，客人开的小费归她们自己。要是有人带她们出去睡觉，我也不管，出事我不负责。但是有一条是死的，决不允许她们同男人在我店子里乱来。就是这样，公安的也常来找麻烦。后来全靠老虎帮忙，公安那边算是摆平了。老虎在公安有朋友，也常带他们来这里玩玩。

白秋听着这些，全是新鲜事，但他也不怎么感叹，只是阴了一下脸。芳姐就问，怎么？不高兴了是吗？芳姐说着，就一手搂着白秋的屁股往自己身上贴，白秋再也拗不过了，就硬邦邦地顶了过去。芳姐的肚皮被戳得生痛，就爱怜地揉揉白秋的脸，嘬嘴咬牙地说，好老弟，你真傻呀！说罢就脱下了睡裙。

白秋醒来，只是一个人孤零零躺在床上。脑子里像是灌满了糨糊，把昨夜经历过的事情稀里糊涂粘在一起，怎么也想不清白。起了床，就见芳姐留了一张条子：你起床以后，洗脸吃饭，饭在锅里。

条子没有开头，也没有落款。白秋这下好像突然清醒了，满心羞愧，脸也没洗，拉上门就出来了。

出了门，才知芳姐住的是三楼，下楼估了下方向，又知这是城东。他马上就想起白一了，她的家就在附近，他这会儿想不到应去哪里，家是不想回的。在外同朋友们还有说有笑，只要回到家里，他就说不出一句话来。他也想过父母的难过，但就是开不了心。

白秋这么一路烦躁着，就到白一家门口了。他在外面站了一会儿，才上前敲了门。门开了，白一歪着头探了出来，微笑着问，是白秋哥吗？

白秋又是一惊。你怎么知道是我？你未必有特异功能？

我是神仙啊！白一把白秋让进屋来，才说，你敲门的声音我听得出来。

两人就找一些话来说，白秋尽量显得愉快些。白一却说，白秋哥，你好像精神不太好？

哪里？我很好的。

白一脸朝白秋，默然一会儿，说，你精神是不太好。我看不见，但我感觉得出，你是一副没精打采的样子，就像那些没睡醒的人，脸也没洗，头也没梳就出门了。你去洗个冷水脸，会清醒些的。

白秋被弄得蒙头蒙脑，去厨房倒水洗了脸，还梳了下头发。

白秋回到客厅，白一已坐在风琴边了。白秋哥，我想弹个曲子给你听，你要吗？

当然要，当然要。白秋忙说。

白一低了一会儿头，再慢慢抬手，弹了起来。曲子低回，沉滞，像是夏夜芦苇下面静谧的湖水。起风了。天上的星星隐去了，四野一片漆黑。风越来越大，惊雷裂地，浊浪排空。芦苇没了依靠，要被汹涌的湖水吞噬了。但芦苇的根是结实而坚韧的，牢牢咬住湖底的泥土，任凭湖水在兴风作浪，风势渐渐弱了，天际露出曙色。又是晨风习习，湖面平展如镜。芦苇荡里，渔歌起处，小船吱呀摇来……

白一弹完了，理了理耷下来的头发，半天不说话。白秋说，真好，是什么曲子？白一这才转过脸来，说，没有曲名。你在外面这几年，我和哥哥总是记起你。哥哥又不能去看你。他只要回来，我俩总爱说你。哥哥知道你去的地方是湖区，那里有大片大片的芦苇。芦苇是什么样的，我不知道。我只是从哥哥讲的去猜测，琢磨。我想那该像女儿的头发吧，长长的软软的，在风中飘啊飘啊。有时一个人在家没事，就想起你在那里受苦。那里有很多芦苇，哥哥不在家，我又不能同别人说你，就一个人坐着由着性子弹曲子。

白秋很感动。他似乎意识到自己同白一存有某种灵犀。这是非常奇妙的事，但他没有说出来。白一见他不作声了就问，你在想什么？白秋说，不哩。我在想，你这架风琴太破旧了。我今后要是赚钱了，买一架钢琴送你，你要吗？白一脸一下子红了，说，我哪当得起？白秋说，你白一妹妹当不起谁当得起？

闲话着，白一爸爸回来了。一见白秋，把眼睛瞪得老大，说，哎呀呀，白秋你在这里呀！你爸爸妈妈找你找得发疯了。你昨晚家也不回，哪里去了？

白秋脸上顿时发烧，说，昨天跟朋友喝酒，晚了就没有回去了。

王亦哲转身对女儿说，你女儿家的，一个人在家里小心，来了生人不要随便开门。白秋便手足无措了。王亦哲说罢停一会儿，又说，就是白秋来了，也要听清楚是他才开门。

白秋听出了白一爸爸的意思，就起身说，王叔叔我回去了。白一爸爸客气几句，就进屋去了，白一站在门口，叫住白秋，说，我爸爸这几天心情不好，一定是他工艺美术社生意不好。要么就是碰到什么麻烦了。你常来玩啊。白秋答应常来看她。原来白一爸爸他们文化馆日子不好过了，县里只拨一半工资，少的自己想办法。白一爸爸就开了家"亦哲工艺美术社"。

从白一家出来，碰上西装革履的朱又文。朱又文好像老远就看见白秋了，目光却躲了一下，白秋就目不斜视，挺着身子走自己的路。两人本已擦肩而过的，朱又文似乎又觉得过意不去，猛然回头，说，这不是白秋吗？白秋也佯装认不出了，迟疑片刻，说，哦哦，是又文。这么风光，真是认不出了。两人客套几句就分手了。当年袭击三猴子，本是朱又文最先出的主意。要是白秋把他顶出来，说不定他也要关三年，但白秋没有说出他来。白秋今天见朱又文对他是这个样子，心里很不舒服。

白秋回到家里，妈妈像是见了陌生人样地望着他，半天不回眼。爸爸望他一眼就埋了头。白秋根本不听妈妈爸爸说什么，也不想吃中饭，只想回房睡觉。刚要去房间，爸爸说话了。你回来了几个月了，天天像鬼魂一样满街游荡。今后到底怎么办，你想过没有？白秋本来不想搭腔的，但爸爸嚷个不停，他也就喊了起来。怎么办？我知道怎么办？是我愿意变成这个样子吗？难道我就不会做人上人？我本来可以体体面面过一辈子的，是你！是你这个迂夫子毁了我一生！白秋说罢，转身进房，砰地关上了门。

妈妈被吓得嘴巴半天合不拢。父亲深沉地叹了一声，颓然瘫在了沙发里。迂夫子？我真是迂夫子吗？是啊，我真的很迂啊！老人想起前几天在街上碰上的一位学生。这学生原来读高中时最调皮，成绩最差。现在他混得最好。自己办起了公司，当了不大不小的老板。这学生见了老师，格外尊重，硬是要请老师下馆子喝几杯。老人心里闷，也就随他去了，喝了几杯酒，老人问他怎么这么有出息了？学生哈哈一笑，说，这个容易啊！只要把学校里老师教的大道理全部反过来用，就放之四海而皆准！老人被弄糊涂了，望着学生那张过早发福的胖脸，觉得这个世界真的很陌生了。

白秋在家要死不活地睡了几天，出来到街上闲逛。正巧碰上老虎。老虎请白秋喝茶。两人坐下之后，老虎说，你不够朋友，这么多天都不出来玩一下，我又不敢到你家去。白秋说，有什么不敢的？我家又没有老虎。老虎说，我怕你爸爸，他老人家蛮有股煞气哩。白秋就不说什么了，只问他有什么事吗？老虎说，事倒没什么事。只是芳姐要找你，说要你帮什么忙。白秋脸就红了，胸口狂跳不已，支吾道，知道了。

白秋岔开话题，问老虎靠什么发财。老虎神色有些得意，说，也不一定。那天你见的那些妹子，我保护她们的安全，她们每人每月给我两百块。这钱在她们不算多。我也不多要，凑在一起也有千把块了。再就是帮别人催账。有些人借了钱耍无赖，不肯还，我一出面，他们老老实实还钱。你借人家一万，我要你还一万五你也得还。这些事都用不着我自己出面，我手下的兄弟都很铁的。

白秋听罢，摇了摇头。老虎觉得奇怪，问，怎么了？白秋说，你这么搞不行哩。老虎板了脸，说，听你这口气，就像公安。白秋笑道，老虎，你我是患难之交，千金难买。我这不是教训你，我这么说是有道理的。我们这些人出来之后是没有人帮助的，但人人都瞪着我们。我们就得聪明些，既要讨碗饭吃，又不能让人抓了把柄。不然，我们要是再出事，就不是送去劳教，而是正儿八经坐牢！

老虎一副不信邪的样子，说，那你说我们怎么活？去招工？有人要我们吗？要么干脆当干部去？笑话。

白秋摆摆手，说，你听我讲完吧。就说你帮的那几个妹子，你说是做好事，她们也要你撑腰。但人就怕背时，一旦有人要耍你，你就成了胁迫妇女卖淫了。

老虎发火了，红着脸说，谁胁迫她们了？是她们找上我的。她们找上我时✕都生茧了！

白秋不火，仍只是笑笑，又说，你发什么火呢？我是说，要是有人整你，没边的事都可以给你编出来，还莫说你这事到底还有些影子呢？还有你帮人催账的事，弄不好人家就告你敲诈勒索。

老虎不服，说，你的意思是要我去拉板车？这是我老虎做的事吗？

白秋说，不是这意思。

老虎想想，觉得也对，就说，我先按你说的试试。你知道我一向是信你的，你读的书比我多。反正你的事就是我的事，我的事就是你的事。我就是赚了钱，也不急着买棺材，还不是朋友们大家花？

老虎的这股豪爽劲，白秋是相信的。在里面同住了两年，老虎对白秋像亲兄弟一样，但老虎对别人也是心狠手辣的。白秋想劝他别太过分，都是难兄难弟。又怕老虎说他怕事，看不起他，就始终没说。老虎出来之前，专门交代白秋，心要狠一点，不然别人就不听你的，你自己就会吃亏。白秋想这是老虎的经验之谈，一定有道理。但轮到他做元帅了，狠也照样狠，却做得艺术些。他只是不时让几个大家都不喜欢的人吃些苦头，威慑一下手下的喽啰。

老虎问白秋，你自己想过要干些什么吗？

白秋说，没想过。我现在天天睡觉，总是睡不醒。老虎，你知道三猴子现在怎么样了吗？

老虎说，三猴子现在更会玩了。看上去他不在外面混了，正儿八经开了家酒家，其实他身后仍有一帮弟兄。三角坪的天霸酒家就是他开的，生意很好，日进斗金啊！他那个东西叫你废了，身边的女人照样日新月异。听说他现在是变态，女人他消受不了，就把人家往死里整。女人图他钱的，或是上了他当的，跟了他一段就受不了啦，拼死拼活要同他闹翻。可是凡跟过他的女人，别的男人你就别想沾，不然你就倒霉。白秋你也绝，怎么偏偏把人家的行头废了呢？

白秋笑道，也不是有意要废他。只是他把我同学那地方捏肿了，我们一伙同学都往那地方下手，哪有不废的？嗯，原来跟他的那个秀儿呢？

老虎叹道，秀儿也惨。她不跟三猴子了，又不敢找人。去年国土局有个男的追她，羊肉没得吃，反沾一身臊，结果被人打得要死还不知是谁下的手。秀儿他妈的长得硬是好，只怕也快三十岁的人了，还嫩得少女样的。这几年县城里也有舞厅了，秀儿原来就是唱戏的，就去舞厅做主持，也唱歌。人就越加风韵了。馋她的人很多，就是再也没人敢下手。

白秋又故作漫不经心的样子，问，芳姐这人怎么样？

老虎说，芳姐的命运同秀儿差不多。她的丈夫你可能不知

189

道，就是前些年大名鼎鼎的马天王，他出名比三猴子还早几天。马天王好上别的女人后，同她离了婚。可也没有人敢同她好，怕马天王找麻烦，后来马天王骑摩托车撞死了，不知为什么，她仍没有找人。不过她开酒店也没人敢欺负她，她娘家有好几个哥哥。

白秋说，其实马天王我也听说过。有人说马天王的哥哥就是城关派出所的马所长？那会儿社会上的事我不清楚，连他马什么名字都不知道。

他叫马有道，现在是县公安局的副局长了。老虎说。

白秋又说，芳姐说公安的老找她们酒店的麻烦，马有道这个情面都不讲？

老虎哼哼鼻子，说，马有道是个混蛋，哪看她是弟媳妇？还想占她的便宜呢！芳姐恨死他了。

白秋本想再打听一些芳姐的事，但怕老虎看出什么，就忍住了。这事说来到底不好听。他也不准备再上芳姐那里去。这几天一想起自己同芳姐那样，心里就堵得难受。

他现在不想别的，只想找个办法去报复三猴子和马有道。要不是这两个人，他这一辈子也是另一个活法了。其实在里面三年，他没有想过出来以后要做别的事，总是想着怎么去报复这两个人。

喝了一会儿茶，老虎说，反正快到晚饭时间了，干脆到桃花酒家去喝几杯吧，芳姐正要找你哩。白秋不想去，就说，你要去就自己去吧，老娘要我早点回去有事哩。两人就分手了。

晚上，白秋怎么也睡不着。他想自己这一辈子反正完了，父母也别指望他什么了。他今后要做的事就是复仇！复仇！他设计了许多方案，往往把自己弄得很激愤。可冷静一想，都不太理想。

夜深了，他却想起了芳姐。那天晚上同芳姐的事情简直是稀里糊涂。这是他第一次同女人睡觉，一切都在慌乱之中。现在想来，芳姐没有给他特别的印象，只有那对雪白的大乳房，劈头盖脸地朝他晃个不停。

白秋心里躁得慌，坐了起来。屋里黑咕隆咚，可芳姐的乳房却分明在他眼前晃来晃去。他受不了啦，起身穿了衣服出门了。

已经入冬，外面很冷，白秋跑了起来。县城本来就不大，晚上又不要让人，一下就到芳姐楼下了。他径直上了三楼，敲了门，谁呀？芳姐醒了。他不作声，又敲了几声，谁呀？声音近了，芳姐像是到了门背后。白秋有些心跳了，声音也颤了起来，说，是我，白秋。

门先开了一条小缝，扣着安全链。见是白秋，芳姐马上睁大了眼睛，稀里哗啦摘下铁链，手伸了过来。

白秋一进屋，芳姐就忙替他脱衣服，说，快上床，这么冷的天。芳姐把手脚冰凉的白秋搂进怀里，心肝肉儿地喊个不停，边喊边问冷不冷。白秋只是喘着粗气，也不答话，手却在芳姐身上乱抓起来。芳姐就用她那湿润的小嘴衔着白秋的耳垂儿，柔柔地说，好弟弟别急，好弟弟别急，慢慢来慢慢来，让芳姐好好教你，芳姐会叫你离不开她的。

白秋在芳姐那里一睡就是一个星期，一日三餐都是芳姐从酒家送来。芳姐很会风情，叫他销魂不已。但当他独自躺在床上时，心里便说不出的沮丧，甚至黯然落泪。他好几次起身要离开这里，却又觉得没有地方可去。

这天清早醒来，白秋说想回家去。芳姐很是不舍，白秋忍了半天才问，我们的事别人会知道吗？芳姐说，你我自己不说，别人怎么会知道？怎么？你怕是吗？白秋说，怕有什么怕的？只是……白秋说了半句又不说了，芳姐就抚摸着白秋说，马天王死了五年了，这五年我是从来没有碰过男人。我等到你这样一个棒男人，是我的福气。但我到底比你大十来岁，传出去也不好听。我也要面子，我不会让人知道我们的事的。

白秋枕着芳姐的胸脯问，芳姐你怎么知道我会对你好呢？

芳姐妩媚一笑，说，刚见到你时，一眼就见你真的很帅。但只当你是小弟弟，没别的心思。再说，你是老虎的兄弟，我也就不把你放在心上。不瞒你说，老虎这人我是不喜欢的。我要用他对付烂仔和公安，他来了我就逢场作戏，让他喝一顿了事。那天你喝得醉如烂泥了，他们那些人都不可能留下来看着你，就只有我了。我让他们都走了，我一个人守着你，用热毛巾为你敷头。我死死望着你，眼睛都不想眨一下。没有别人在场，我偷偷舔了你的嘴唇。这下我像着了魔，实在控制不了自己了。我也就不顾那么多，叫来出租车，把你送回来了。你知道吗？我是一个人把你从下面一口气背上三楼的。我一辈子还没有背过这么重的东西啊。

白秋很是感动，撑起身子望了一会儿芳姐，俯下去吻了她。芳姐也激动起来，咬着白秋的嘴唇热烈地吮着。白秋想自己真的很爱这女人了。但他很清楚，知道这种事是见不得天日的。爱情是势利的，这种事要是发生在某些有地位有脸面的大人物身上，说不定会成为爱情佳话流传千古，而发生在他苏白秋身上，只能是鬼混！

白秋要起床，芳姐按住他的肩头，不让他起来。她说，我先起来，你再睡一会儿吧。

芳姐刚穿好一件羊毛衫，白秋突然感到胸口一阵空落落的味道，忍不住一把抱住芳姐。芳姐不再去穿衣，停下手来搂着白秋。白秋将手伸进芳姐怀里，轻轻地抚摸。芳姐的乳房丰满而酥软，这几天白秋总是抚摸着它们。它们时而叫他激动万分，逗得他很雄壮地做着非常快人的事情；时而叫他安详无比，催他沉入深深的梦乡。

不知是激动还是寒冷，芳姐浑身颤抖了起来。白秋正要问她是不是很冷，感觉脸上一阵温热。芳姐在流泪。白秋马上把她拥进被窝里，一边亲着她，一边脱了她的衣服。

白秋尽情地甜蜜了一回，就摸着芳姐的乳房，酣然入睡了。醒来已是上午十一点了。芳姐在床头放了一张字条：

秋：

　　我过去了。你睡得很好看，像个孩子。你休息好了就回去看看吧。我留了一把钥匙在桌上，我随时都等着你来。吻你的嘴唇和鼻子！

白秋把钥匙放进口袋，心便跳了一下。

白秋出了门，猛然想起要经过白一家门口，就转身绕了道。他说不清自己的心情，反正不想从她家门口走。想到白一，他无端地感到胸口发闷。

回到家里，已是十二点钟了。妈妈问他这几天哪里去了，叫妈妈好担心。白秋说，你不用担心，死不了的。爸爸黑着脸，说，问你一句，你就是这个口气。你成天在外面混，硬是要再进去一回才心甘是吗？这话惹火了白秋，他吼道，你还想送我进去？告诉你，没那么容易！你们口口声声是为了我好，不就是嫌我扫了你们的面子吗？我不高兴呢，就这么玩一天算一天；高兴了呢，就去做个什么事情。我要是做起事来，五年之内不发大财，不捞个政协委员的帽子戴戴，我就不是人！

白秋说完，就自个儿进厨房找东西吃去了，也不顾父母气成什么样子。

吃了碗饭，白秋坐下来看电视，旁若无人的样子。没有好的节目，他便将台换来换去。两位老人坐在一边，像两只受了惊的老猫。白秋猛然想起自己一个小时之前还沉醉在温柔之乡，而真实的世界却是在这里！他觉得很没有意思，丢掉手中的遥控器，进了房里，蜷到床上去了。

父亲望着儿子那扇紧闭的门，目光呆滞而灰暗。他一直想心平气和地同儿子说说话，可话一出口就变味了。他知道自己刚才的话刺痛了儿子，心里有些后悔。他的确又说不出别的什么话来，似乎自己的观念、思维、语言和表达方式都已属于另一个时代了，他无法同这个陌生的世界交流了。

这天下午，白秋来到上次同老虎吃蛇的馆子，老板龙小东很客气地招呼他。白秋问有没有活蛇，想买一条。龙小东觉得奇怪，问他买活蛇干什么？苏老弟自己也开馆子？白秋笑道，哪里。我是想自己回去做了吃。只要你这里弄蛇肉，我就是以后开了馆子也不会弄的。做朋友啊，就不要抢朋友的生意是不是？龙小东拍拍白秋的肩膀，说，老弟够意思！这蛇算我送了！说着就叫师傅捉了一条大活蛇来。白秋硬要过秤付钱，说，这不行这不行。说不定我吃上瘾了，天天要来买，我怎么好意思？这么一说，龙小东才勉强收了钱。

当夜，白秋睡到凌晨两点多钟，爬了起来，提着蛇出了门。他来到天霸酒家门前，将蛇从门旁的花窗放了进去，然后径直去了芳姐那里，悄悄开了门。他钻进被窝，芳姐才惊醒，喜得她欢叫起来。

第二天中午，天霸酒家的吧台下钻出一条蛇来，吓得几个小姐尖叫起来，慌慌张张爬到吧台上。客人们不知发生了什么事，却见那蛇向厅中央逶迤而来。全场大惊，纷纷夺路而逃。厨房师傅跑了出来，壮着胆子想去打，那蛇又出了大门，向街上爬游。

街上人见了，哄地散到一边，立即有许多人远远地围着看热闹。几个胆大的后生捡了石头去打，手法又不准。一会儿，那蛇就钻进下水道里去了。人们半天不敢上前看个究竟。

不多时，很多人都知道天霸酒家钻出一条蛇来，有说从吧台出来的，有说从服务员被窝里出来的，还有说从酱油缸子里钻出来的。

次日上午十点多钟，天霸酒家浸药酒的大酒缸后面又爬出一条蛇来。这时还没有客人，只把一个服务员吓瘫在地上起不来。厨房师傅这回毫不犹豫，操起棍子就朝蛇头打去，几下就把那蛇打死了，大家都说是昨天跑了的那条蛇。里面搞得闹哄哄的，门口便挤了许多人。有人就说，蛇是灵物，昨天来了，今天又来，只怕有怪。今天三猴子自己在场，听人这么说，他将眼一横，吼道，少讲些鬼话！今天我吃了这条蛇，看有没有怪！别人也就不敢说什么了。这天中午和晚上的客人却少了许多。三猴子叫师傅炖了这条蛇，自己同红眼珠他们几个兄弟喝了几杯。三猴子有意张扬，说这清炖蛇的味道真好，汤特别鲜美。

第三天，三猴子自己一早就到了酒家。他心情不好，龙睛虎眼的样子，说，我就要看是不是硬出鬼了。那条蛇叫我一口一口地嚼碎了，看它是不是从我肚子里爬出来了！他坐在厅中间抽了一会儿烟，发现墙角边那两张圆桌面子，就叫来服务员，骂道，你们是怎么回事？我昨天讲了，叫你们把那两张桌面收到里面去，就是没人收！两个服务员就低着头，去搬桌面。两人刚拿开桌面，立马叫了起来。一位服务员倒了下来，叫桌面压着，全身发软。

墙角蜷着一条大蛇！

三猴子脸都吓青了。厨师跑了出来，手脚抖个不停。三猴子叫厨师快打快打！厨师只是摇头，不敢近前。半天才说，我完了，我完了。三猴子怔了一会儿，见所有人都跑出去了，自己也忙跑了，感觉脚底有股冷飕飕的阴风在追着他。

外面早围了许多人。厨师一脸死气，说，我只怕要倒霉了。蛇明明是我昨天打死的那条，我们还吃了它。今天它怎么又出来了呢？厨师说着就摸着自己的喉头，直想呕吐。这回三猴子不怪别人说什么了，他不停地摸着肚子，好像生怕那里再钻出一条蛇来。

一位民警以为出了什么事，过来问情况。一听这怪事，就严肃起来。不要乱说，哪会有这种事？说罢一个人进去看个究竟。一会儿出来了，说，哪有什么蛇？鬼话！

三猴子和厨师却更加害怕了。刚才大家都看见了的，怎么就不见了呢？民警轰了一阵，看热闹的人才慢慢散了。

三猴子的脸还没有恢复血色。他叫厨师同他一道进去看看。厨师死都不肯，说他不敢再在这里干了，他得找个法师解一解，祛邪消灾。服务员们更是个个哭丧着脸，都说要回去了，不想干了。她们惦记着自己放在里面的衣服，却又不敢进去取，急死人了。

不几天，天霸的怪事就敷衍成有枝有叶的神话了，似乎白河县城的街街巷巷都弥漫着一层令人心悸的迷雾。有一种说法，讲的是三猴子作恶太多，说不定手上有血案，那蛇定是仇人化身而来的。

天霸关了几天之后，贴出了门面转租的启事。白秋找老虎商量，说他想接了天霸的门面。老虎一听，说，白秋你是不是傻了？天霸的牌子臭了，你还去租它？白秋说，人嘛，各是各的运气。他三猴子在那里出怪事，我苏白秋去干也出怪事？不一定吧！我同三猴子不好见面，拜托你出面。既然牌子臭了，你就放肆压价。老虎见白秋硬是要租这个门面，就答应同三猴子去谈谈。

因为再没有别的人想租，老虎出面压价，很快就谈下来了。

半个月之后，天霸酒家更名天都酒家，重新开张了。老虎在县城各种关系都有，请了许多人来捧场。这一顿反正是白吃，一请都来了。白秋请了在县城的所有同学，差不多也都到了，只是朱又文没来。就有同学说朱又文不够朋友。什么了不起的？不就是搭帮他老子，捞了个银行工作吗？听说他老子马上要当副县长了，今后这小子不更加目中无人了！白秋笑笑，说，不要这么说，人家说不定有事走不开呢？

龙小东不请自到，放着鞭炮来贺喜。他拍拍白秋的肩膀，说，苏老弟，大哥我佩服你！你不像三猴子，他妈的不够意思！说着又捏捏白秋的肩头，目光别有意味。白秋就拉了拉他的手，也捏了捏，两人会意而笑。

三猴子也来了，他是老虎请来的。三猴子进门就拱手，说老虎兄弟，恭喜恭喜！老虎迎过去，握着三猴子的手说，你得恭喜我们老板啊！说着就叫过白秋。

三猴子早不认识白秋了，只见站在他面前的是个高出他一头的壮实汉子。三猴子脸上一时不知是什么表情，白秋却若无其事，过来同他握了手，说感谢光临。

三猴子坐不是立不是，转了一圈就走了，饭也没吃。白秋脸上掠过一丝冷笑。

天都酒家头几天有些冷清，但白秋人很活泛，又有芳姐指点，老虎又四处拉客。过不了几天，生意就慢慢好起来了。

白秋名声越来越大，县城几乎所有人都知道天都酒家的白秀才。又有在里面同他共过患难的兄弟出来了，都投到他的门下。城里烂仔有很多派系，有些老大不仁义，他们的手下也来投靠白秋。白秋对他们兄弟相待，并没有充老大的意思。他越是这样，人家越是服他。老虎名义上带着一帮兄弟，可连老虎在内，都听白秋的。

白秋花三天工夫就钓上了秀儿，秀儿认不得他，同他上过床之后，才知道他就是几年前废了三猴子的那个人。秀儿吓得要死，赤裸裸坐在床上，半天不知道穿衣服。这女人大难临头的样子，将两只丰满的乳房紧紧抱着，脸作灰色，说，我完了，三猴子要打死我的。你也要倒霉的。

白秋揉着秀儿的脸蛋蛋，冷笑说，不见得吧。

白秋觉得这秀儿真的韵味无穷，事后还很叫人咀嚼，但他只同她玩一次就不准备来第二次了。他不想让芳姐伤心，只是想刺刺三猴子。想起芳姐，他真的后悔不该同秀儿那样了。是否这样就算报复了三猴子呢？真是无聊！

一天，秀儿亡命往天都跑，神色慌张地问白秋在吗？白秋听见有人找，就出来了。秀儿将白秋拉到一边，白着脸说，三猴子说要我的命。他的两个兄弟追我一直追到这里，他们在门外候着哩。白秋叫秀儿别怕，让她坐着别动，自己出去了。白秋站在门口一看，就见两个年轻人靠在电线杆上抽烟。白秋走过去，那两个人就警觉起来。见白秋块头大，两人递了眼色就想走。白秋却笑呵呵地，说，兄弟莫走，说句话。我是白秀才，拜托两位给三猴子带个话。秀儿我喜欢，他要是吓着秀儿，会有人把他的蔫茄子摘下来喂狗！

当天晚上，白秋专门叫老虎和几个兄弟去秀儿唱歌的金皇后歌舞厅玩，他知道那是三猴子也常去的地方。果然三猴子同他的一帮兄弟也在那里。秀儿点唱时间，白秋同她合作一首《刘海砍樵》，有意改了词，把"秀大姐，你是我的妻呵"唱得山响。秀儿唱完了，白秋就搂着秀儿跳舞，两人总是面贴着面。三猴子看不过去，带着手下先走了。

白秋觉得不对劲，就对老虎说，你告诉兄弟们，等会儿出去要小心。

大家玩得尽兴了，就动身走人。白秋料定今晚会有事，就带着秀儿一块儿走。果然出门不远，三猴子带着人上来了。老虎拍拍白秋，说，你站在一边莫动手，兄弟们上就是了。老虎上前叫三猴子，说，我的面子也不给？三猴子手一指，叫道，你也弄耍老子！老虎先下手为强，飞起一脚将三猴子打了个跟跄。混战就在这一瞬间拉开了。老虎只死死擒着三猴子打，三猴子毕竟快四十岁的人了，哪是老虎的对手？白秋在一边看着，见自己的人明显占着优势。眼看打得差不多了，白秋喊道，算了算了！两边人马再扭了一阵，就放手了。白秋站在台阶上居高临下，说，我们兄弟做人的原则是：不惹事，不怕事。今天这事是你们先起头的，我们想就这么算了，我们不追究了。今后谁想在我们兄弟面前充爷爷，阉了他！

三猴子还在骂骂咧咧，却让他的兄弟们拉着走了。老虎听三猴子骂得难听，又来火了，想追上去再教训他几下。白秋拉住他，说，他这是给自己梯子下，随他去吧。

秀儿还在发抖。老虎朝白秋挤挤眼，说，你负责秀儿安全，我们走了。

白秋要送秀儿回去，秀儿死活不肯，说怕三猴子晚上去找麻烦。女人哆哆嗦嗦的，样子很让人怜，白秋没办法，只好带她上了酒家，刚一进门，秀儿就瘫软起来。白秋便搂起她。这女人就像抽尽了筋骨，浑身酥酥软软的。白秋将秀儿放上床，脖子却被女人的双臂死死缠住了。女人的双臂刚才一直无力地奔拉着，此时竟如两条赤链蛇，叫白秋怎么也挣不脱。

女人怪怪地呻吟着，双手又要在白秋身上狂抓乱摸，又要脱自己的衣服，恨不能长出十只手来。

白秋心头翻江倒海，猛然掀开女人。女人正惊愕着，就被白秋三两下脱光了。

暴风雨之后，白秋脸朝里面睡下，女人却还在很风情地舔着他的背。白秋心情无端地沮丧起来。他想起了芳姐，心里就不好受。他发誓同秀儿真的是最后一次了。

　　第二天晚上，白秋去芳姐那里。门却半天开不了，像是从里面反锁了。白秋就敲门，敲了半天不见动静，就想回去算了。正要转身，门却开了。芳姐望着白秋，目光郁郁的。白秋心想，芳姐一定怪他好久没来了。他进屋就嬉皮笑脸的样子，抱着芳姐亲了起来。芳姐嘴唇却僵僵的没有反应。白秋说，怎么了嘛！芳姐钻进被窝里，说，你有人了，还记得我？还为人家去打架！

　　白秋这回明白是怎么回事了，心里歉歉的。但他不想说真话，就说，你知道的，三猴子是我的仇人，不是三猴子，我也不是这个样子了。三猴子太霸道，凡是同他好过的女人，别人沾都沾不得，这些女人也就再没有出头之日。我就是要碰碰秀儿，教训一下他，免得他再在我面前充人样。我和秀儿其实也没什么，只是同她一块跳跳舞，有意刺激一下三猴子。

　　芳姐不信，说，人家是县里两朵半花中的一朵啊，你舍得？我又算什么？

　　白秋死皮赖脸地压着芳姐，在她身上一顿乱吻。吻得芳姐的舌头开始伸出来了，他才说，我就是喜欢芳姐！芳姐就笑了，说，是真的吗？你就会哄人！白秋说，是不是真的，你还不知道？芳姐就轻轻拍着白秋的背，像呵护着一个孩子。

　　白秋伏在芳姐胸脯上摩挲着，心里很是感慨。出来这一年多，他在这女人身上得到过太多的温存。他同芳姐的感情，细想起来也很有意味。当他在芳姐身上做着甜蜜事情的时候，他是一个成熟的男人，因为他高大而壮实；当他枕着芳姐的酥胸沉睡或说话时，他又像一个孩子，因为芳姐比他大十一岁。他俩在一起，就这么自然而不断地变换着感觉和角色，真有些水乳交融的意思。白秋在一边独自想起芳姐时，脑海里总是一个敞开胸怀做拥抱状的女人形象。他感觉特别温馨，特别醉人。

白秋知道马有道好色，就问老虎，手中有没有马有道的把柄。老虎有些顾虑，怕弄不倒这个人。白秋说，不弄倒这个人，我死不瞑目！我也不想栽他的赃，只是看有没有他的把柄。

老虎说，这人既贪财，又好色。贪财你一时搞他不倒，好色倒可以利用一下。去年香香找到我，说有个姓李的男人玩了她不给钱，只说有朋友会付的。但是没有人给。她过后指给我看，我见是马有道。我想一定是有人请客，但不知哪个环节出了差错，没有给香香付钱。马有道当副局长以后，不太穿制服，香香又不认得他。我只好同香香说，这个姓李的是我一个朋友，就算我请客吧。这马有道同香香玩过之后，对香香还很上心，常去找她。总不给钱，又耽误人家生意，香香也有些烦躁。但碍着我的面子，只好应付。

白秋听了拍手叫好，说，下次他再来找香香，你可以让香香通个信吗？

老虎说，这当然可以。说罢又玩笑道，香香你也可以找她哩，这女人对你可有真心哩。

白秋脸红了，说，你别开我的玩笑了。自从去年我们同香香吃了顿饭，我再没见到过她哩。这女人的确会来事。

老虎仍有些担心，说，马有道现在是公安局副局长了，有谁敢下手？再说这么一来，把香香也弄出来了。

白秋说，香香我们可以想办法不让她吃苦。只要她愿意，今后就不再干这种事了，可以到我天都来做服务员。抓人我也可以负责，总有人敢去抓他的。

原来，城关派出所的副所长老刘，同马有道共事多年，有些摩擦。马有道升副局长，没有推荐老刘当所长，而是从上面派了人来。老刘对马有道就更加恨之入骨了。白秋回来后，有天老刘碰到他，专门拉他到一边，说，当年送你劳教，全是马有道一手搞的。所里所有人都不同意这么做，马有道要巴结三猴子在地公安处的姐夫，一定要送你去。马有道他妈的真不是东西，领导就是看重这种人。他也别太猖狂，这么忘乎所以，迟早要倒霉的。白秋相信老刘的话。见老刘那激愤的样子，白秋就猜想他巴不得早一天把马有道整倒。

十多天之后，县里传出爆炸性新闻：县公安局副局长马有道在宏达宾馆嫖娼，被城关派出所当场抓获。听说县有线电视台的记者周明也跟了去，将整个过程都录了像。周明时不时弄些个叫县里头儿脸上不好过的新闻，领导们说起他就皱眉头。宣传部早就想将他调离电视台，但碍着他是省里的优秀记者，在新闻界小有名气，只好忍着。

人们正在议论这事是真是假，省里电视台将这丑闻曝了光。小道消息说，这中间还有些曲折。说是分管公安的副县长朱开福批评了周明，怪他不该录像，损害了公安形象。我们干部犯了错误，有组织上处理，要你们电视台凑什么热闹？他还要周明交出录像带。周明被惹火了，说，到底是谁损害了公安形象？他本来就是天不怕地不怕的，索性把录像带送到省电视台。省台的人都很熟，对他明说，这类批评性报道最不好弄，搞不好就出麻烦。周明便大肆渲染了朱开福的混蛋和个别县领导的袒护。省台的朋友也被说得很激愤了，表示非曝光不可，杀头也要曝光！

马有道在省电视台一亮相，就算彻底完了。他立即被开除党籍，调离公安战线。县委还决定以此为契机，在全县公安战线进行了一次作风整顿。朱开福在会上义正词严的样子，说，一定要把纯洁公安队伍作为长抓不懈的大事。只要他胆敢给公安战线抹黑，就要从严查处，决不姑息！

白秋将这事做得很机密，可过了一段，还是有人知道了。大家想不到马有道英雄一世，最后会栽在白秀才手里。马有道平时口碑不太好，人们便很佩服白秋。

社会上的各派兄弟对他更是尊重。有人提议，将各派联合起来，推选一个头儿。这天晚上，各派头儿在城外河边的草坪上开会。白秋是让老虎硬拉着去的。他不想去凑这个热闹。他从来就不承认自己是哪个派的头儿，只是拥有一些很好的兄弟。但白秋一去，大家一致推选他做头。三猴子没有来，说是生病了，他们那派来的是红眼珠。红眼珠做人乖巧些，同白秋在表面客套上还过得去。他见大家都推举白秋，也说只有白秋合适些。

白秋却说，感谢各位兄弟的抬举。但这个头我不能当，我也劝各位兄弟都不要当这个头。白秋这么一说，大家都不明白。有人还怪他怎么一下子这么胆小了。

白秋说，我讲个道理，大家在社会上混，靠的是有几个好兄弟。我们若有意识地搞个组织，要是出了个什么事，公安会说我们是团伙，甚至是黑社会。这是要从重处理的。我们自己就要聪明些，不要搞什么帮呀派呀。只要朋友们贴心，有事大家关照就行了。不是我讲得难听，兄弟们谁的屁股上没有一点屎？要是搞个帮派，不倒霉大家平安，一倒霉事就大了，这个当头的头上就要开花！我反正不当这个头。不过有句话，既然大家这么看得起我，我今后有事拜托各位的话，还请给我面子。

于是这次草坪会议没有产生盟主。尽管白秋死活不就，但这次碰头以后，他还是成了城里各派兄弟心目中事实上的领袖。只是没有正式拜把，他自己不承认而已。

兄弟们的推崇并没有给白秋带来好的心情。三猴子和马有道他都报复过了，这也只是让他有过一时半刻的得意。他现在感到的是从未有过的空虚和无奈。想命运竟是这般无常！人们公认的白河才子，如今竟成了人们公认的流氓头子！想着这些，白秋甚至憎恨自己所受的教育了。他想假如自己愚鲁无知，就会守着这龙头老大的交椅耀武扬威了，绝无如此细腻而复杂的感受。但他毕竟是苏白秋！

白秋的天都酒家生意很红火。晚上多半是兄弟们看店子，他总是在芳姐那里过夜。只是时时感到四顾茫然。他从一开始就明白自己同芳姐不会长久的，毕竟不现实。但芳姐的温情他是无法舍弃的。芳姐不及秀儿漂亮，可他后来真的再也没有同秀儿睡过觉。秀儿也常来找他，他都借故脱身了。只要躺在芳姐的床上，他就叫自己什么也别去想。也不像以前那样总是醉心甜蜜事情了，他总是在芳姐的呢喃中昏睡。似乎要了结的事情都了结了，是否以后的日子就是这么昏睡？

白秋时不时回家里看看，给妈妈一些钱，或是带点东西回去。妈妈见白秋正经做事了，心也宽了些。他同妈妈倒是有些话说了，同爸爸仍说不到一块儿去。有回猛然见爸爸背有些驼了，胡子拉碴，很有些落魄的样子。他心里就隐隐沉了一下，想今后对爸爸好些。可一见爸爸那阴着脸的样子，就什么话也说不出了。

那天晚上他很早就去了芳姐那里。路过白一家门口，又听见白一在弹那支无名曲子。他禁不住停了下来，感觉身子在一阵一阵往下沉。犹豫了半天，他还是硬着头皮敲了门。正好是白一爸爸开的门，笑着说声稀客，脸上的皮肉就僵着了。白一听说是白秋，立即停下弹琴，转过脸来。白一脸有些发红，说，白秋哥怎么这么久都不来玩呢？白一爸爸就说，白秋是大老板了，哪有时间来陪你说瞎话？

白秋听了瞎话二字，非常刺耳，就望了一眼白一，白一也有些不高兴，但只是低了一下头，又笑笑地望着白秋。

白秋总是发生错觉，不相信这双美丽的大眼睛原是一片漆黑。

说了一会儿闲话，白一爸爸就开始大声打哈欠。白秋就告辞了。

一路上就总想着白一的眼睛。他想这双眼睛是最纯洁的一双眼睛，因为它们没有看见过这个肮脏的世界。似乎也只有在这双眼睛里，白秋还是原来的白秋。

这个晚上，芳姐在他身下像只白嫩的蚕，风情地蠕动着，他的眼前却总是晃动着白一的眼睛。那是一双什么都看不见，似乎又什么都能透穿的眼睛！

他发誓自己今后一定要娶白一！

今晚月色很好。月光水一般从窗户漫过来，白秋恍惚间觉得自己飘浮在梦境里。芳姐睡着了，丰腴而白嫩的脸盘在月光下无比温馨。白秋感觉胸口骤然紧缩一阵。心想终身依偎着这样一个女人，是多么美妙的事啊！

可是这样的月光，又令他想起了白一。白一多像这月光，静谧而纯洁。

自己配和白一在一起吗？既然已经同芳姐这样了，还是同这女人厮守终身吧。白秋想到这一层，突然对芳姐愧疚起来，觉得自己无意间亵渎了芳姐。他想自己既然要同芳姐在一起，就不能有退而求其次的想法。

正想着这两个女人，父亲的影子忽然出现在他的脑海里，父亲佝偻着腰，一脸凄苦地在那窄窄的蜗居里走动，动作迟缓得近于痴呆。父亲现在很少出门了，总是把自己关在屋里。从前，老人家喜欢背着手在外面散步，逢人便慈祥地笑。现在老人家怕出门了，怕好心的人十分同情地同他说起他的满儿子。

白秋似乎第一次想到父亲已是这般模样了，又似乎父亲是一夜之间衰老的。他深沉地叹了一声。芳姐醒了，问，你怎么了？又睡不着了是吗？说着就爱怜地搂了白秋，轻轻拍着他的背，像呵护着孩子。白秋闭上眼睛，佯装入睡。心里却想，明天要回去一下，喊声爸爸。今后一定对爸爸好些。就算想娶了芳姐，别人怎么说可以不顾及，但必须慢慢劝顺了父母。再也不能这么荒唐了，非活出个人模人样来不可，让人刮目相看，叫父母有一份安慰！

第二天，白秋同芳姐起得迟。白秋洗了脸，猛然记起昨天酒家厨房的下水道堵了，还得叫人疏通，便同芳姐说了声，早饭也不吃就走了。也许是想清了一些事情，白秋的心情很好。路上见了熟人，他便颔首而笑。

一到酒家，就见朱又文等在那里。白秋就玩笑道，朱衙内今天怎么屈尊寒店？

朱又文就说，老同学别开玩笑了，我是有事求你帮忙哩。说着就拖着白秋往一边走。

是你在开玩笑哩，你朱先生还有事求我？白秋说。

朱又文轻声说，真的有事要求你。我爸爸的枪被人偷了，这是天大的事，找不回来一定要挨处分。

白秋说，你真会开玩笑，你爸爸是管公安的副县长，丢了枪还用得着找我？那么多刑警干什么吃的？

朱又文说，这事我知道，请你们道上的朋友帮忙去找还靠得住些。这事我爸爸暂时还不敢报案哩。

白秋本来不想帮这个忙，因朱又文这人不够朋友。但朱又文反复恳求，他就答应试试。

白秋这天晚上回家去了。他给爸爸买了两瓶五粮液酒，说，爸爸你今后不要喝那些低档酒，伤身子。要喝就喝点好酒，年纪大了，每餐就少喝点。

爸爸点头应了几声嗯嗯，竟独自去了里屋。儿子已很多年没有叫他了，老人家觉得喉头有些发哽，眼睛有些发涩。

妈妈说，白秋，你爸爸是疼你的，你今天喊了他，他……他会流眼泪的啊。今年他看到你正经做事了，嘴上不说什么，心里高兴。你有空就多回来看看。

白秋也觉得鼻子里有些发热。但不好意思哭出来，笑了笑忍过去了。

这几天芳姐觉得白秋像是变了一个人，不再老是苦着脸，话也特别多。他总说我们的生意会越来越好，我们今后一定会垄断白河县的餐饮业。见白秋口口声声说我们，芳姐很开心，就说，我们这我们那，我们俩的事你想过吗？芳姐也早不顾及别人怎么说了，只一心想同白秋厮守一辈子。白秋听芳姐问他，就笑笑，捏捏芳姐的脸蛋儿，说，放心吧，反正我白秋不会负人，不负你，不负父母，不负朋友。我在父母面前发过誓的，我就不相信我做不出个样子来。

几天以后，朱又文家的人清早起来，在自家阳台上发现了丢失的手枪。

白秋那天只同一个兄弟说过一声，让他去外面关照一声，谁拿了人家的枪就送回去。事后他再没同谁说过这事，也没想过枪会不会有人送回来。他并不把这事太放在心上。朱又文家找回了丢失的枪，他也不知道。他这天上午很忙，晚上有人来酒家办婚宴，他同大伙儿在做准备。尽管很忙，他还是同爸爸妈妈说了，晚上回去吃晚饭，只是得稍晚一点。他想陪父亲喝几杯酒。他问了芳姐，是不是同他一块回家去吃餐饭？芳姐听了高兴极了。白秋还从未明说过要娶她，但今天邀她一同回家去，分明是一种暗示。但她不想马上去他家，就说，我还是等一段再去看他们老人家吧。现在就去，太冒失了。

可是谁也没有料到的事情发生了。就在这天下午，刑警队来人带走了白秋。老虎和红眼珠也被抓了起来。

原来，朱开福见自己的枪果然被送了回来，大吃了一惊。他同几个县领导碰了下头，说，黑社会势力竟然发展到这一步了，翻手为云，覆手为雨，这还了得？

预审一开始，白秋就明白自己不小心做了傻事。他不该帮朱开福找回手枪。他很愤怒，骂着政客、流氓，过河拆桥，恩将仇报。从预审提问中，白秋发现他们完全把他当成了白河县城黑社会的头号老大，而且有严密的组织，似乎很多起犯罪都与他有关，还涉嫌几桩命案。他知道，一旦罪名成立，他必死无疑。

总是在黑夜里，他的关押地不断地转移。他便总不知自己被关在哪里。过了几个黑夜，他就没有了时间概念，不知自己被关了多久了。车轮式的提审弄得他精疲力竭。他的脑子完全木了，同芳姐一道反复设计过的那些美事，这会儿也没有心力去想起了。终日缠绕在脑海里的是对死亡的恐惧。他相信自己没有任何罪行，但他分明感觉到有一只看不见的手在将他往死里推。他的辩白没有人相信。

不知过了多少天，看守说有人来看他来了。他想象不出谁会来看他，也不愿去想，只是木然地跟着看守出去。来的却是泪流满面的芳姐。就在这一刹那，白秋的心猛然震动了。他想，自己只要有可能出去，立即同这女人结婚！

芳姐拉着白秋的手，说不出一句话，只是哭个不停。芳姐憔悴了许多，像老了十岁。

白秋见芳姐总是泪流不止，就故作欢颜，说，芳姐你好吗？

芳姐不知是点头还是摇头，只呆呆望着白秋，半天才说，我找你找得都要发疯了。他们打你了吗？

白秋说，没什么哩。反正是天天睡觉。这是哪里？

听芳姐这一说，才知自己是被关在外县。他被换了好几个地方，芳姐就成天四处跑，设法打听他的下落。托了好多人，费了好多周折，芳姐才找到他。白秋望着这个痴情的女人，鼻子有些发酸。

芳姐说，我去看了你爸爸妈妈，两位老人不像样子了。你妈妈只是哭，说那天你说回去没回去。可怜你父亲，眼巴巴守着桌上的酒杯等你等到深夜。他老人家总是说你这辈子叫他害了。我陪了两位老人一天，又急着找你，就托付了我店里的人招呼他们二老。白秋听着，先是神色戚戚，马上就泪下如注，捶着头说自己不孝。芳姐劝慰道，你别这样子，我知道你没有罪，你一定会出去的。他们不就是认钱吗？我就算倾家荡产，也要把你弄出去。你放心，我会照顾老人家，等着你出来。

自从那天白秋喊了爸爸，他对爸爸的看法好像完全改变了。他开始想到爸爸原来并没有错。他老人家只是为了让儿子变好，让儿子受到应有的教育或者惩罚。但是老人家太善良、太正派，也太轻信。他以为全世界的人，都会按他在课堂上教的那样去做。结果他被愚弄了。白秋越来越体会到，父亲有自己一套人生原则，这也正是他老人家受人尊重的地方。但到了晚年，老人家蓦然回首，发现一切早不再是他熟稔的了。爸爸为自己害了儿子而悔恨，可老人家知道自己分明没有做错！白秋太了解爸爸了，他老人家太习惯理性思维了，总希望按他认定的那一套把事情想清楚。可这是一个想不清楚的死结，只能让爸爸痛苦终身。按爸爸的思维方式，他会碰上太多的死结。因而爸爸的晚年会有很多的痛苦。白秋早就不准备再责怪这样一位善良而孤独的老人了。只要自己能出去，一定做个大孝子。可他担心自己只怕出不去。说不定芳姐白白拼尽了全部家产，也不能救他一命。

芳姐说，告诉你，三猴子死了，同人打架打死的。他终于得到报应了。

　　白秋听了却没有什么反应，只说，没有意思了。我现在只希望你好好的，希望爸爸妈妈好好的。

　　芳姐擦了一下眼泪，脸上微露喜色，说，白秋，我们有孩子了。芳姐说着就摸摸自己的肚子。

　　白秋眼睛睁得老大，说不清自己的心情。芳姐就问，你想要这孩子吗？白秋忙点头，要要，一定要。芳姐终于笑了，拉着白秋的手使劲地揉着。

　　探视时间到了。芳姐眼泪又滚下来了。白秋本想交代芳姐，自己万一出去不了，请她一定拿他的钱买一架钢琴送给白一，但怕芳姐听了伤心，就忍住了。

　　夜里，白秋怎么也睡不着。最近一些日子，他本来都是昏昏沉沉的，很容易入睡。似乎对死亡也不再恐惧了。可今天见了芳姐，他又十分渴望外面的阳光了。他很想马上能够出去。直到深夜，他才迷迷糊糊睡去。刚一睡着，咣当咣当的铁门声吵醒了他。恍恍惚惚间，他听得来人宣判了他的死刑。刑场是一片漫无边际的芦苇，开着雪一样白的花。他站在一边，看着自己被押着在芦苇地里走啊走啊。芳姐呼天抢地，在后面拼命地追，总是追不上他。他想上去拉着芳姐一块儿去追自己，却怎么也走不动。又见白一无助地站在那里哭，眼泪映着阳光，亮晶晶地刺眼。枪响了，他看见自己倒下去了，惊起一群飞鸟，大团大团芦花被抖落了，随风飘起来。天地一片雪白。

夜色温柔

一

　　我同丈夫分手后，每天夜里几乎都是枕着收音机睡觉。懒懒地靠在沙发上，戴着收音机耳机，闭上眼睛。耳机的声音不像是从我耳朵里进去的，而是顺着我的丝丝软发直接沁入大脑皮层。我或者吃过晚饭了，或者还饿着肚子。灶台上总放着没洗的碗碟。一两个碗，懒得去洗。总要等厨房里的碗堆得差不多了，我才不得不咬咬牙，挽了袖子去洗涮。夜深了，我仍戴着耳机，迷迷糊糊上床去。听完我喜欢的节目，摘下耳机，便恍惚睡去。有时突然想起自己还没有洗脸，顿时醒了，却也懒得起床，又昏昏沉沉闭上眼睛。人总像是在梦游着。

　　我不知不觉迷上了广播电台生活频道的《夜色温柔》。那是一档谈话节目，每周星期六和星期天夜里十点到十二点播出。主持人叫高原，男的，声音很磁。听着他的声音，他的形象便总在我的头顶盘旋。他的形象自然是我虚构的。我猜他准是瘦高个，头发有点鬈，稍稍带点忧郁。他也许还喜欢穿黑色的长风衣。寒夜街头，他的黑风衣叫长风鼓起，忧伤地飘扬着。有人说他是少妇偶像。我发现打进热线电话的大多是女性，又多是感情寂寞失意的女人。

我迷上了高原的声音。我不在乎他对谁说话，也不在乎他说了些什么。长夜是那么的寂静清冷，听着他的声音，我会安慰许多。女人们在《夜色温柔》里说些奇奇怪怪的故事，我也爱听。大多是些情感故事，总有人在电话里声泪俱下。守着收音机，我也可以找个理由让自己顺便哭一哭。想哭也得有一个诱因，不是说哭就能哭出来的。我突然发现自己一直在欺骗自己。其实我时常想哭，只是硬犟着，不让自己哭出来。听着别人的伤心故事，我便可一哭以浇心头块垒。我不知道自己此生还会遭遇多少苦难，可我很清楚所有苦难都得自己负责。我心性太要强了。

热线电话里，谁都是隐身人。声音泄露出的信息，都是查无对证的。这同网上聊天差不多。你可以是任何人，你可以有任何故事。每天深夜总有不同的剧目上演，可你事先永远拿不到节目单。很多次我拿起电话，又犹豫着放下了。我胸口怦怦跳，害怕得像怀春的少女。我多想打个热线电话进去啊。我想同人交谈。不管是真实还是虚幻，是真情还是假意，我现在渴望有人同我交谈。可是，我终究不敢拨出电话。

高原的魅力有些神秘，他那声音总让我进入迷幻状态。我分明知道他在同另一个女人说话，可他的每句话都像是说给我听的。听着他轻微的叹息，就像他正站在我面前，他的温暖的鼻息柔柔地吹在我的脸上，让我沉醉。他那么真诚，那么善解人意。好像这个世界上，只有他会全身心听你说话，只有他会同你一起欢笑叹息。

有些日子，我靠拼命吃东西来沉静自己。正是冬季，寒雨纷飞的傍晚，路灯把雨丝一圈一圈照亮。那些雨丝像银粉色的小蛾子，在惨白光圈中飞舞，欢天喜地的样子。蛾子是令我心里隐痛的物类。前夫老说我像蛾子，见着光亮就想扑过去，结果弄得自己伤痕累累。天真的蛾子并不知道它要扑过去的地方是光明还是火焰啊！路灯下不时浮现出一张张行人的脸，木然的，哀伤的，疲倦的，柔情脉脉的，怒气冲冲的。那些脸在路灯下明暗变幻，幽灵一般。

我就在这种时候去逛西点店。我一家一家西点店挨个儿逛，从街头一直要逛到街尾，最后总是抱着一大包又甜又腻的东西回家。那些热烘烘的糕点，带着浓浓的奶香味，真是太能安慰人了。只要买好足够多的糕点，我总是快步回家，一路上神思恍惚。我体内好像长满了饥饿的嘴，它们在呻吟，哀号。我的五脏六腑蜷缩成一团，等待着这些蛋酥饼、羊角酥、黄油戟、奶油蛋糕的爱抚。我的全身好像长满了千万个柔软的长长的触角，水草一样摇曳着。这些焦黄，这些生脆，这些柔软，这些甜腻，这些奶香，我要攫取它们，吞咽它们，我要飞快地用它们塞满我体内的每个角落！

回到家里，吞咽着各式糕点，磨磨蹭蹭，一晃就是《夜色温柔》时间了。我就像个瘾君子，听凭高原的声音麻醉着。往往泪流满面了，自己浑然不觉。我闭上眼睛，感觉高原的声音有着巨大的浮力，将我身子托起来，在夜空中幻游。我有时不经意睁开眼睛，那灯光像带着巨响，隆隆贯耳。我忙又闭上眼睛，渐渐沉入梦幻般夜色里。

可是我的白天仍需从吃食中寻求寄托。我像个老饕，过了一段暴殄天物的日子，便到了春夏之交。午夜，听完高原的节目，我脱光衣服站在镜子面前。下巴、后颈、肩头、小腹、大腿，我细细打量着自己的每块皮肉。只见一道道闪着浅黄光泽的脂肪层流淌下来，往下坠着。仿佛一道道温暖的泥流。我的肉体！我厌恶而又自我迷恋的肉体！同丈夫分手前，我的身段轻盈得像一束柳枝。我感到一种恶意的快活，似乎自己日益不堪的皮囊在报复谁。

可是我还是决定减肥。女人一旦决定了减肥就等于做了一个西绪弗斯。每天推着巨石上山，然后听凭巨石滚下来，又推上山，又滚下来。那是一个怪圈，一种苦役，一种最顽强的对命运的抗争。听说我要减肥，我的女友们纷纷传经送宝。一位女友介绍的经验是每天一个半小时的游泳，还有一位说绝不能吃淀粉类食物，从此呀，你得跟你心爱的黄油杏仁蛋糕拜拜啦。还有吃减肥药、喝醋、腹泻、跳健美操等等。一位已经瘦如干柴的女友说，只有做爱才是最好的减肥运动。看她那兴致勃勃得意扬扬的样子，好像才从床上爬起来。她其实已经实在是无肥可减了，可还在天天嚷嚷着减肥。她说她丈夫就是爱她的骨感美。等她说完了第四种做爱兼减肥姿势，又准备说第五种的时候，我打断她，问：那我现在跟谁去做爱呀？她才意犹未尽地住了口。

我的减肥方法非常简单。每到黄昏，我就在城里漫无目的地瞎逛。一直走一直走，走到腿酸腰软，筋疲力尽，走到城市行人稀疏，灯火阑珊。然后回来洗个热水澡，躺在床上听高原同那些恩恩怨怨的女人们讲情感故事。我在劳而无功的减肥运动中度过了这个无聊的夏季。

这座城市的夏季炎热，秋季却是孤独的。因为总是阴雨缠绵，使人平添了许多愁绪。我的心情就像季节，总是春夏秋冬地更替着。只是不像季节那么有序。有时我喜欢独处，而今年这个秋季我十分害怕寂寞了。独自散步太孤独，可我又实在不愿意邀那几个唠唠叨叨的女友。我忽发奇想，征个陌生人一道散步。一个黄昏，我鬼鬼祟祟地溜了出去，在住处外的小巷子口贴了一则广告：

征散步友。要求：不多话，为人诚实可靠，不过问彼此私生活。身体健康。散步时间：每周一到周五晚十九点至二十二点。一般情况风雨无阻。无报酬。有意者请打电话联系。

贴好广告，刚要转身，我又想加句话。没带笔，就从包里掏出眉笔，加了一句：

男女不限。

我做贼似的，匆匆遁入暮色渐浓的小巷深处。我住的人民银行的宿舍，一个藏在小巷子里的大院。出小巷子就是繁华的香樟大道，紧挨着小巷子口旁边是省图书馆。樟树花开的时候，空气香浓得简直可以用小刀像切割果冻一样切割成块儿。我埋头往巷子深处走，逃也似的，就像在摆脱别人的跟踪。心想这里成天不知道有多少人路过，又有多少人会看到这个奇怪的广告呢？那么我家的电话不要响破？会是些什么人打我的电话？今天我走的方向正好同平日相反，巷子越走越深。我边走边抬头看前面天空的光亮，盼着早些儿走出去。我知道前方街光明亮处是榆林大道，却怎么也走不到头。眼看着走过前面的巷子就柳暗花明了，有时分明听到外面的车流声了，可是巷子突然拐了弯，又折回来了。我害怕极了。

终于站在榆林大道上了。我深深地呼吸了几口，心里踏实多了。望着橙黄色街灯，我在巷子深处的种种惧怕顷刻间消遁了。我想，别人也许会猜测我是个居心叵测的人？或者害怕里面有个陷阱？这样一想，我也就心安了。别人肯定怕我，未必就有人敢来应征。我尽量不再去想自己的荒唐之举，优游自在地散步着。

我慢慢往回走，猛一抬头，望见了我贴广告的那个巷子口。黑蒙蒙的，简直就像魔窟。我又心跳如鼓了，怕得浑身发抖。我想，说不定真的有人会打我家电话呢？敢来应征的也许就不是什么温良之辈。我非常后悔，不该如此孩子气。我真想跑去撕掉那广告，但我根本就不敢再走那条巷子。我是个手无缚鸡之力的女人，干吗要突发奇想，惹是生非呢？也许前夫说得对，我就是只蛾子，老想扑火。眼前没火，也要引火烧身。但是没有办法了，广告早贴出去了，我又不敢再去撕掉它。我甚至不敢再走那条巷子，故意绕了道，从另一条巷子迂回到家。

第二天我起得很早。我不像平时那样总是赖床，而是飞快地爬了起来，匆匆洗了脸，妆也化得潦草。早餐也顾不上做，就甩门出去了。我低头在巷子里快步走着，逃也似的。我估计到了自己贴广告的地方了，我故作若无其事的样子，抬起头来。我疑心自己眼睛花了。我贴的广告叫人撕了。只剩下末尾男女不限四个字，眉笔写的，非常刺眼。我没有停下来，就像什么也没发生，继续往前走。我感到背膛麻酥酥的，仿佛有很多人在我身后指指戳戳。

我无法猜测是什么人撕掉了那则广告，更无法猜测那撕广告的人是什么居心。总感觉要发生什么不好的事。一种不祥的预感阴云一样，成天在我头顶盘旋。

日子过得战战兢兢。我不敢接任何电话，晚上睡下后要好几次起床看门是否关严了。秋风瑟瑟，窗户老有响声。任何响声都会令我心惊肉跳。好不容易挨到了周末，到底也没发生什么事情。可又是谁撕了广告呢？又是个阴雨天。深秋的樟树仍是暗绿蓬蓬，但它在风雨中不知怎么总给人一种凄凉的感觉。这时候八一路上的银杏树倒是一年中最漂亮的时候，黄灿灿的像被点燃了。心想着下次散步一定去好好看看。但今天是不想出门了，秋风秋雨太叫人伤神了。

晚饭吃起来也是有头没绪。我拿出几片苏打饼干，冲了一杯咖啡，坐在电视机前胡乱咽了下去。这两天都不敢做饭。前天拿起那把饭勺给自己盛饭的时候，饭勺突然裂开了。那是一把竹饭勺，饭勺前端的边缘用的时间太久，已经磨得两边不对称了。

我盯着饭勺，双手扶着灶台，哇哇地哭起来。哭完我给前夫打了电话。

"您好。"他还是那低低厚厚的声音。

"喂，是我。饭勺坏了，饭勺坏了。"我连哭带嚷。

"喂，你怎么啦？"

"饭勺裂开了。我哭了。"

"好了好了，这有什么好哭的。别哭了。再买把新的。"他像哄孩子一样对我说。

"不是饭勺的原因，不是饭勺的原因。"我边哭，边蛮不讲理地把电话挂了。

我想自己到了七十岁的时候，还会这样对着他哭吗？他以前宠我就像宠一个孩子，可他的实际年龄比我还小几个月。他是学国际金融的，大学毕业后分在银行。我们分手后他把一切都留给了我，包括房子。

我俩原来在同一所北方大学读书。同级，不同系。大学第二年的寒假，我俩搭同一班校车到火车站，坐同一趟火车返回南方的同一座城市。更巧的是我俩是同一节车厢。他就坐在我的斜对面，仅隔一条过道。我俩都在相互打量，双方目光都有些躲闪。谁也不知该怎样说出第一句话。火车轰隆轰隆的，慢慢离开了城市。窗外渐渐出现了白雪覆盖的麦田，低矮的灰头灰脑的北方农舍。一群群乌鸦轰地一下飞到这棵杨树上，又轰地一下飞到那棵杨树上，好像心慌意乱的样子。

突然有人大声在我耳边说：

"请问芳名？"

我猛地转过头，瞪大眼睛望着他，耳朵里只有火车轰隆轰隆的声音。

"请问芳名？"

他就站在我身边，稍稍低着头望着我。几年之后，他成了我的丈夫。

十点差五分，我准时打开收音机，指针调到 FM103.5 兆赫。一段广告之后，高原那略带沙哑的声音准时出现了。

"亲爱的听众朋友，你们好。这里是调频 103.5 兆赫生活频道《夜色温柔》节目。我是高原。"

高原总是以美国黑人女歌手莎黛唱的一曲《请给我一些爱》作为片头曲。莎黛的声音忧伤神秘，还有一点性感。她轻轻唱道：

> 上帝啊
> 请给我财富
> 请给我智慧
> 请给我内心的平静
> 如果你觉得我要求太多
> 上帝，请给我一点爱

歌声有黑人灵歌的味道，也有爵士曲风格，我百听不厌。高原总是把歌声放得很小，就像莎黛独自喃喃自语，又像她独自跪在上帝面前祈祷。每次听这首歌，我都闭上眼睛，倚在沙发上一动不动。

最早打进电话的是一个女人。

"高原，高原，你还记得我吗?"

这个女人的声音清弱，有点像夏夜草丛里金蛉子发出的叫声。

我一下子想起来了。早两个星期周六的节目里，有一个女人讲了一个故事。其实她只是一个女孩。那个故事让我流了不少眼泪。那个女孩就是这种草虫一样清弱的声音。

女孩在电话里说:

我想说一说我的故事。因为在生活中，我不想跟任何一个认识我的人说，我想，也没有任何一个我认识的人愿意听我说。

我是中南林业大学的一名学生，今年二十二岁了。

我学习成绩很好。

我是校运会上八千米长跑冠军。

我是校学生会的宣传部长。

我长得也不难看。

可是，我从来没有谈过恋爱。

以前，同寝室里一位女同学告诉我，男孩子最讨厌和嘴唇湿漉漉的女孩子接吻。所以和男人接吻的时候，一定要抿紧嘴唇，千万别把牙齿露出来。

她说这话的时候，寝室里其他的女孩都哈哈大笑。只有我不知道她们笑什么，为什么这么好笑。我长这么大，从来没有别人吻过我，我更不曾吻过别人。甚至，我的妈妈。

我厌恶男女之间的事。在我看来，那是邪恶的，肮脏的。它只会带来耻辱和眼泪。

我的家乡在贵州的一个大山里。我们的村落窝在黑龙山脚下。村子非常穷。村子里的人大多是同一个姓。我们都姓唐。村子里最有威信的人是族长。村里的人，一旦犯了事，都由族长依族规来裁决。

家里除了爸爸、妈妈、我，还有一个小弟弟。爸爸个子矮小，身体瘦弱，两条腿走起路来是弯的。爸爸身上总有一股臭烘烘的牛屎味。

妈妈是外乡人。她是怎么嫁给爸爸的我不知道。妈妈长得很好看。我最爱看妈妈洗完澡后的样子。她洗完澡后脸特别白，总是一边哼着歌，一边侧着身子梳理她披在肩膀上的湿漉漉的长发。平常妈妈的头发总是绾在脑后，上面粘着些草叶土灰。

我的记忆里，妈妈从未亲过我，可是她非常爱弟弟。相反，弟弟生下来以后，爸爸变得特别暴躁。他从来不抱弟弟。有时无缘无故，拖过妈妈就打。可是妈妈除了流泪什么也不说。这时候总是我扑过去对着爸爸又踢又咬。弟弟长到四岁的时候，有一天，爸爸突然拖着弟弟就往外走。弟弟细细的胳膊被爸爸使劲儿掐着，我生怕它会断了。弟弟又踢又蹬，小猪一样的尖叫。

你这个孽障，小杂种。走，老子今天带你去见见你那狗日的亲爹。爸爸把吓得已经哭不出声的弟弟拖到村东头。妈妈也连滚带爬地跟在后头。

狗日的，有胆子你就出来，看看你日出来的小杂种。爸爸站在一家人门口大吼。

那是村子里屠夫的家。

屠夫站在门口，两手抱胸，冷冷地望着。

喊哪，快喊你的亲爹！狗杂种，小鸡巴日的。快喊你的亲爹。爸爸一边说，一边揪着弟弟那瘦弱的脖子使劲往地上摁。

放开他，你放开他。你是个畜生！妈妈满身是土跪在地上，伸出手去搂抱弟弟。

你这个贱货！爸爸一脚踹在了妈妈腰上。

妈妈半跪在地上，仰头望着高高站在面前的屠夫。

我永远也忘不了妈妈望着屠夫的那种目光。那是女人爱恨交加的目光，让我心弦欲断，不寒而栗。

后来，族长出面做出了裁决。我妈妈要么被赶出村子，要么接受族规的惩罚。

妈妈为了能够守着我们几个孩子，宁愿接受惩罚。我记得那天是阴历腊月二十一日。早晨，冰冷的太阳刚刚升起。风刮着枯黄的树叶在地面上打转。妈妈跪在祠堂前那棵老樟树下，穿着单薄的上衣匍匐在地上。族长提起一桶热气腾腾的猪血，哗的一声倾倒在妈妈身上。妈妈趴在腥臭的血污里，失声哀号。村里的女人们围了上来，往妈妈身上丢破鞋。直等到看热闹的人慢慢离去，妈妈才抖索着回家。妈妈大病一场，躺了半个月才起床。

那一年，我十一岁。弟弟四岁。

我拼命读书。我以全县初中会考第一名的成绩考上西南林业学校。我又以特优毕业生的资格被保送到林大。我早已不和家人联系。村子里的小姐妹大多到广东打工去了。是她们你一点我一点帮我凑着学费和生活费。我的一个最好的小姐妹，本来叫清莲，到广东后改名叫曼娜。她是我们那一班中最聪明最漂亮的一个。她给一个香港人当了二奶。清莲是给我寄钱最多的人。她对我说：你什么都不要管，一定要把书读出来。为了我，你也要把书读出来。

清莲最喜欢笑。以前只要谁稍稍一逗，她就忍不住发出笑声。她笑的时候总是头猛地向后一仰，尖尖的下巴翘得高高的，笑得浑身颤抖。你要是在她身边，不管你是什么样的人，保准会忍不住和她一起笑起来。

我不知道我的弟弟现在怎样，妈妈现在怎样。我不能去想这些事。我只想着读书，出类拔萃，用学业上的出众来维系我所有的自尊。

甚至，我从来没有意识过我是一个女孩子。

可是现在，现在，我遇到了一个人。我不知该怎么办……

我记得上次节目中，电话里女孩说到这儿，就犹犹豫豫住了口。

高原一直在默默地听着。这时他才说，这位不知名的朋友，一定是位善良可爱的女孩。如果我没有猜错的话，一定是有一位男孩子爱上你了，而你也为他怦然心动。你不知所措了，对吗？

高原说得非常轻柔，好像在森林里看见一只小鹿，生怕吓着了它似的。

女孩声音颤抖，应道，是的。他是我同校的学生，比我高一届，是校学生会社会部部长。因为学生会的工作，我们经常在一起。

女孩说，有一天，他给我讲了这样一个故事。在一个大森林里，一只雌蚂蚁匆匆忙忙向前赶路。它翻过一片树叶又一片树叶，一心一意要找到它的部落。它已经是个妙龄少女，相信一定能找到一只最优秀的蚂蚁做自己的如意郎君。它匆匆忙忙，走呀走呀，半途中遇到一只雄蚂蚁。它看也不看这只雄蚂蚁一眼。雄蚂蚁说：你停下来，看看我。我就是你要找的那只蚂蚁。

雌蚂蚁说：我不认识你。我也不知道你是否就是我命里该找的那一只。

雄蚂蚁说：我就是。在这个大大的森林里，会有很多很多种生命。可是，作为蚂蚁，我们是仅有的两只。

雌蚂蚁不信。它说：森林大着呢。前面一定会有更多的蚂蚁的。

雌蚂蚁头也不回继续往前赶路了。可是那只雄蚂蚁说得对，这座大大的森林里，确实只有它们这两只蚂蚁。而它们，已经永远地错过了。

我当时冷漠地说：我不是那只雌蚂蚁，而且我根本就不是蚂蚁。

那年圣诞节，我避开寝室里同学的邀请，早早吃了晚饭，一人到大商场闲逛。节日的大商场里总是温暖喧闹，五光十色，辉煌华丽。空气里弥漫着女人的脂粉香和男人身上的烟香。到处响着圣诞歌声，到处摆着高高低低的圣诞树和红帽子白胡子的圣诞老人。对于孤独贫穷的人来说，能在这样的气氛中消磨几个小时也挺好。

这个城市，不知从什么时候开始圣诞节比春节还过得热闹。我逛的这家大商场是美国人办的。他们每年在圣诞节的前三天就在每一层的电梯口旁摆一棵高大的圣诞树，树上吊满空白的圣诞贺卡。往往还不到圣诞夜，贺卡就被写得一张不剩。有些人就自己加上卡片，甚至是半张撕得歪歪斜斜的白纸。

阅读那些贺卡成了我这几年圣诞节的唯一乐趣，也是我在那个众人欢乐之时逃避孤独的唯一办法。今年我又来了。

一张淡绿色的贺卡上写道："老公，希望来年你对我好些。希望你在我身边真心感到幸福。圣诞快乐。你的霁。"旁边却是几个粗大的钢笔字："痴心妄想！"

"阿牛，如果你在这个圣诞夜之前还不来找我，你就永远失去我了！我是阿慧。每分每秒等着你。"旁边画了一颗大大的红色的心。

"亲爱的爸爸妈妈：也许我比你们想象的要走得早。我多爱你们，多爱你们哪！圣诞快乐！永远快乐！！"这是张白色的卡片，用黑笔写的字，字迹弱得几乎难以辨认。

我一张一张地看，既漫不经心，又专心致志。都是些别人的祝愿，别人的喜怒哀怨，我不过是看着消遣。我看完二楼圣诞树上系的卡，又转到三楼的圣诞树旁。这是这个商场里最高最大的一棵圣诞树，有一丈高。从树尖到树的最底部都系着花花绿绿的圣诞卡，好像覆盖了一层厚厚的彩色雪。我想：算了，反正看不完了。我靠过去，随手拿起一张，一看就愣住了。

"小凡：圣诞节到了。相信我，我的胸口能融化冰雪。但愿上帝能把你这片雪花落进我怀里。圣诞快乐。愿永远和你一起快乐。剑一。"

小凡就是我。他就是剑一。

上一次的热线节目中，女孩说到这里，就轻轻把电话挂了。可是这次，女孩不再接着说她的故事。

你好吗？很想念你的声音。打电话进来只是为了问候你，高原。

高原的声音听起来还是那么沉静。你好小凡。非常高兴你又在我们的节目里出现了。我，还有许多听众朋友都很挂牵你。

高原绝不像一些情感节目的主持人那样竭尽全力去煽情。相反，他总是尽可能控制自己的声音，不让过多的感情流露出来。

二

我躲避了一个多星期之后，又开始接电话了。可是，没有一个电话是我害怕或期待的。真是奇怪，我本该平静的心情，又莫名地不安起来。

我的窗台上有一盆绿麒麟。深秋了，绿麒麟犄角上的叶子就开始黄了，很没气力地耷拉下来。初夏，那些嫩绿的小叶一簇一簇，长在绿麒麟的犄角上，很好看。我站在窗边，一片一片把黄叶子摘掉。恍然间觉得去年同一时刻，我站在窗边做着同样的动作。我想，一年又过去了。

这时，电话响了。来电显示一个陌生的号码，但就在我这个小区。

是散步友的电话？

喂？

哇，你真是惊世骇俗呀！

我听出来了，是静静，我一个最难缠的朋友。她热衷于讲自己丈夫的风流韵事，讲她怎么和丈夫斗智斗勇。一定是她看到了我的征友广告。

我一个星期前路过这里，无意中看到的。后来打你电话，老没人接。佩服，佩服。这个年代，只有你还是这样罗曼蒂克。这一定是一个新奇遇的开始啊。哈哈哈哈。我就在你的家门口。怎么，没在约会吧？我可以上来吗？

我暗暗叹口气：好吧，你来吧。

静静咋咋呼呼进了门。她人瘦，白皮肤。眼睛大，可大得有点像要跑到脸框外面去了。她的眼珠子转起来非常灵活。

你瞧我的头发，新搞的。粟米烫，还倒了模。六百块钱咧。她在我面前像模特一样转了个身。长风衣旋成了一朵喇叭花。

不错不错。我笑眯眯地说。

哎，老实说，是不是显得年轻些？她眼巴巴地望着我。

我说，当然啦。放心，你还是当年那个万人迷。

静静前两年得了糖尿病，一下消瘦了下来。她年轻的时候确实长得不错。她老公也是她大学的同班同学。

静静往沙发里重重地一坐，说，唉，还是你好，多自由。想怎么做就怎么做。哪像我，该我得的不是我的了，不该我得的我又不敢要。

她说的是老公花心的事。我逗她说，干脆，你跟着你老公来，他找一个，你也找一个。免得叫苦连天喊吃了亏。

静静摇头说，唉，不行。现在他多少还有一点负疚，在我面前还肯做小伏低。我也就不管他，闭着眼睛享受这一刻。我要是真做了什么，他知道了，那我可就真是什么都没有了。

静静低着头，脸上有些惶恐，像真的在失去什么。可她的思绪就像她的表情，总是以很快的频率变换着。她突然转过脸对我说，怎么了？你是性苦闷了吧？我就是佩服你，做什么事都不落俗套。总是那么有魅力。征散步友，还男女不限！

静静不等我有什么反应，又开始说她自己和老公的事了。唉，你知道我老公，简直是形同虚设。你知道吧？昨天睡午觉时他那玩意儿硬得像铁棍似的。我憋住气，等着他求我。可他把背一转，理都不理我。我真是没好气，把他翻转来捏在手里。他央告说，晚上，留着晚上。可他妈的，一晚就晚到深夜十二点多才回来。等他上了床，我一摸，软得像面条似的。

哎哎，我这可不是垃圾桶，什么都可以往里倒啊。我止住她说。

好啦，好啦。说说你吧。有什么新艳遇？

你胡说什么呀。谁像你，只长了个色情脑袋。你也同我说点别的呀！

得了。我对你可了解得很。只要是个男的，和你一接触，总得演变成什么爱情。逃不脱这一关。何况你还特别表明了：男女不限。

好好，就算是这样吧。我懒得和你说了。

那你说，有什么故事发生了？

暂时还没有。我心里快快的，懒得多说。

过了会儿，我突然想起那则广告了，就问静静，我那广告是你撕掉的吗？

静静睁大眼睛说，我干吗要坏你的好事？

我脑子里轰的一响，晕眩起来。我总觉得那则广告不会没来由就不见了。是谁撕掉的呢？

黄昏，我依然独自去散步。我幽灵一样在大街小巷飘荡，直到精疲力竭。我动了很多次念头，想往郊外田野里走。我想到了那里，就可以仰看深秋的夜空。那必定是浩渺的，清寒的，诡秘的。这样的夜空只在我的记忆里有过，很久没见过了。闹市里面是看不到天空的。可是我不敢去郊外，只好徘徊在人声鼎沸的街头。原先和前夫散步，最好玩的是他总是在那些又黑又窄望不到头尾的小巷子里给我讲恐怖故事。也不知他哪看来的。他讲过这样一个故事：

一个逃犯，逃到一个湖区。那里水雾弥漫，是芦苇和水鸟的世界。

湖上漂着一些钓鱼房。那是租给钓鱼人短期居住的房子。那些房子都是木板房，刷成紫色、粉色、绿色、黄色、蓝色。

湖岸边有一幢歪歪斜斜的木板房，住着一个哑女。

哑女开着一只小机动船向钓鱼人出售鱼饵、热咖啡和食物，也陪钓鱼人睡觉。

哑女一身鱼一样青白细腻的皮肤，蛇一样弯曲的黑色鬈发。

那个逃犯租了间黄色钓鱼屋。

每天，哑女突突突开着小机动船给他送一次食物、一包鱼饵、一壶热咖啡。没有一点表情。

逃犯默默地望着她送来东西，又去给别人送东西，登上别人租的钓鱼屋，躺倒在木板上，两条修长的腿叉开。

哑女做完这些，就坐在她那幢破木屋子外面荡秋千。一条大黄狗吐着舌头乖乖地躺在她身边。

逃犯就用细铁丝做了一个秋千架，秋千上坐了一个小人。用手一拨，小人连着秋千就晃悠起来了。

逃犯就把这个玩具秋千送给了哑女。

有一天，他问哑女哪里可以上厕所。

哑女爬到他的小屋，掀开漂在水面上的一块木板。

很多个夜晚，逃犯在黄屋子里，哑女在自己屋子里。两人默默对望。

逃犯白天也钓鱼，但他从不用哑女给他送去的鱼食。他用细铁丝做了一条小鱼挂在鱼钩上，把鱼钩扔在水里。

有一次，哑女悄悄爬上小黄屋，捞起鱼钩，取下小铁丝鱼，换上鱼饵。

哑女回到自己屋子，望着对面的黄屋。

不一会，响起了丁零零的鱼铃声。躺在小屋地板上的年轻逃犯爬起来，捞起鱼钩，鱼钩上扑喇喇挂着一条银光闪闪的小鲫鱼。

逃犯小心地把鲫鱼摘下来，放回水里。

哑女见了，弄不懂这个男人到底要干什么。

深夜，逃犯在屋子里辗转难眠。他爬起来，掏出一只手枪，对准自己的太阳穴。可就在他扣动扳机的那一刹那，一把小匕首嗖的一声从窗外飞来，扎在他的大腿上。逃犯手中的枪应声而落。

几天后，下起了瓢泼大雨。哑女坐在她的玻璃窗后，手里玩着那架细铁丝秋千。眼睛望着逃犯住的黄色钓鱼屋。

突然，她站起来，爬上小机动船，突突突突在大雨中向小黄屋驶去。

她爬上小黄屋，在屋檐边坐下，两腿浸在水里。拳曲的黑长发一绺一绺湿淋淋地披在肩上。

年轻的逃犯也从屋里出来，一声不吭坐在她身边。两腿也浸在水里。两人谁也不望谁。

突然，逃犯猛地搂过哑女，使劲亲她。

哑女温顺地仰着脸任他亲吻。

逃犯开始撕扯她的衣服。哑女犹豫了一下，开始反抗。

哑女越反抗，逃犯越兴奋。他终于扯掉了哑女的上衣。

他惊呆了。雨水中，哑女的肌肤闪着玉一样的光泽，两只乳房沉甸甸的。她浑身湿漉漉的，黑发披散在肩背上，就像一条青鱼幻变成的魔女。

逃犯扑倒在哑女身上。哑女挣脱开来，赤裸着上身，在雨中划着小船离开了。她回到家，抓起那架小秋千一把扔进水里。

一天，一个穿绿裙子的应召女坐着哑女的小船上了小黄屋。

逃犯什么也没做，给了她钱让她离开了。

第二天，绿裙子又坐着哑女的小船上了小黄屋。她对逃犯说：我喜欢你，我不是为钱来的。

逃犯漠然地望着她。

绿裙子脱掉上衣。她扑到逃犯身上，喃喃地说：哥哥，哥哥。

逃犯和绿裙子做爱。正吭哧吭哧的时候，小屋子里那块当厕所的盖板被掀开了。露出哑女水淋淋的头。她脸色惨白，浓密的黑发披散在肩上，像一条条扭曲的黑蛇。

逃犯大叫一声，从绿裙子身上翻身下来。

不久，来了一对男女。那女的是一位应召女郎，像块口香糖一样粘在那个男人身上。那男人戴着粗大的金戒指，满脸横肉。

男人说：你选。喜欢哪座小屋？

女人撒娇说：紫色。

男人说：紫色的太远。

女人拖着长声说：不嘛，我喜欢紫色。

好好，紫色就紫色。

哑女开着小船把他们送上紫色小屋。

那个男人很会钓鱼。一会就钓上来一条大青鱼。惹得身边的女人大喊大叫。

喜欢吃生鱼？男人问。说着拿出一把小刀，摁住扑棱棱直跳的青鱼，从鱼脊背上割下一长条白生生的鱼肉，血淋淋地放进嘴里。

青鱼被割掉的这面只剩一条脊骨连着头尾。男人把青鱼翻过来，又割下一条鱼肉，塞进女人的嘴里。

哇，好好吃咧！女人夸张地喊着。两个腮帮一鼓一鼓的。

男人把雪亮的小刀在鱼嘴上擦了擦，抬手又把那条血糊糊的青鱼骨架子扔进了水里。

青鱼居然还活着，扭动着白色的脊骨从小木屋边游开了。血一丝一丝在水里渗开。

好刺激哇，好刺激哇！女人张着血红的小嘴喊。

这条鱼不久又被年轻逃犯钓上来了。望着青鱼白生生的肉，逃犯陷入了更深的绝望与恐惧之中。就是昨天，他又一次试图吞鱼钩自杀。那时搜捕他的警察已经驾着水上巡逻艇朝小黄木屋驶来。他绝望了，将一团鱼钩吞进喉咙。他像一条快死的鱼一样抽搐着。哑女爬了过来，迅速掀开厕所的盖板，把他连人带鱼钩一起塞进湖水里。哑女若无其事地蹲在厕所盖板上，慢悠悠地抹着地板，骗过了警察。警察一走，哑女赶紧掀开木板，拽着鱼丝绳把逃犯捞上来。她手脚很麻利，用一根细木棍撑开逃犯的嘴，再用剪刀伸进他的喉咙，把鱼钩挖了出来。

很久一段时间，逃犯直挺挺地躺着，嘴被一根小细木棍撑开。哑女拿着一把扇子在他嘴边一下一下慢慢地扇。天气酷热，怕嘴里发炎。

他们终于做爱了。逃犯嘴里还撑着细木棍，骑在哑女身上威武着。他嘴巴张得很大，看上去更夸张，更刺激。

每次讲到最恐怖的时候，我总是站住脚，把两个肩膀安安稳稳地窝在前夫宽宽的胸前。他用两只大手掌捧住我的脸，大拇指恰好抵住我的太阳穴。这种时候，无论是怎样的恐惧都伤害不到我。我把脸埋在他的胸前，像鸵鸟一样一步一挪被他带出小巷子，带到有光亮的地方。

绿裙子又来找年轻逃犯。也许她是真的爱上了他。绿裙子敲打着哑女屋子的玻璃窗，大声喊叫，要哑女送她到小黄屋。哑女坐在玻璃窗后，抱着胸冷冷地望着她。哑女终于站起来，开着小船把绿裙子送到紫屋里。绿裙子被绑住手脚，封住嘴，丢在了紫屋里。她不断像小动物一样呜咽挣扎着，最终掉进了清凉的湖水里。

隔一天，有个骑摩托车的男人来找绿裙子。男人径直奔向黄屋子，抓着逃犯扭打起来。逃犯呼地蹿了起来，死死掐住那男人的双手。那男人双手就像被胶水粘住了，再也没法动弹。只僵持片刻，这男人就扑通跌进了水里。他在水里只翻了两下水花，就沉了下去。水面上鼓了一阵水泡，就什么也没有了。

逃犯惊得目瞪口呆。这时，他看到从水里站起来一个女魔，一个湿发淋漓的水妖。那是哑女。

逃犯从此变得更为阴沉暴戾。他把钓上来的小鱼一条一条剁碎。他掀翻哑女，用脚粗暴地踢她的阴部，然后占有她。但是那天，当他钓上那条被剖去了脊肉却还活着的青鱼时，他发了会儿怔，又把鱼取下来，轻轻放回水里。

最后呢？我问。

我总是在预感到故事即将结束了就心慌意乱。我既为故事快要结局而遗憾，又极不耐烦地想马上知道结局。最后呢？我总是这样问。

最后呀，一望无际的水面，清波粼粼。在水面中间有一大团茂密的芦苇。远远望去就像人某一个部位的毛发。不一会，从芦苇丛中钻出一个人，就是那个逃犯。他赤裸着上身，用手掌抹着脸上的水珠。他低头朝水面望了望。那里有一艘沉船，船舱里有一具赤裸的女尸，长长的头发漂浮在水里，像悲愤的黑蛇。她的阴部飘荡着绿蓬蓬的一团水草，就像那丛芦苇。

三

我百无聊赖地挨着日子。今天只是星期二，离高原的节目还有好几天。电视里无非是些别人假笑你也跟着傻笑的节目。我打开了电脑。我每次打开电子信箱总是失望。我想今天也不会有什么收获。不料却有封邮件，是个署名海的陌生人发来的。

散步友：

你好！

我就是你的散步友。自从见到了你的广告后，我就陪着你散步了。我一直跟随着你，觉得非常愉快。请原谅我事先未征得你的同意。但我向你保证：我对你绝无恶意。我会忠实地履行我们的合同诺言，绝不窥探隐私，同时保护你，陪伴你。

你可以把我想象成任何人，或者任何一种形态。比如一个白发苍苍而又不甘寂寞的老头，一个有英雄情结高大威猛的硬汉，一个懂得怜香惜玉的书生。你也可以想象我是一个与你同样寂寞的半老徐娘，一个顽皮好奇的年轻姑娘，等等等等。你甚至可以想象我是一个外星人，或者像某种只要你能想象出的怪物，想象我只是你头顶上的一颗星星，滑过你耳边的一缕清风，一只鸟，一棵树。什么都行。但是，你要相信：第一，我是一个有感情的生命。第二，我对你只有善意。请信任我。

如果你允许，我将会以这种匿名匿形的方式继续陪伴你散步。

我不知道你能否会在今天打开你的邮箱看到这个邮件（但愿如此）。我还想约你，如果明天你仍会按时去散步，我们一起去看看八一路的银杏树好吗？

祝晚安！

我的直觉反应是：这是一个玩笑。我马上又惊讶起来：这个海怎么会知道我的电子信箱？真让人害怕！

我真是太冒失了！我的那则荒唐的广告简直将自己暴露在光天化日之下。我有被窥视的危险甚至已被窥视，被跟踪。我不仅没有获得有人陪着散步的安全感，就连以前那种独自散步的自在也没有了。

既然该发生的都发生了，再害怕也是徒劳了。我便找些理由来安慰自己。

首先，我想无论这个海是什么人，他或者她肯定是一个人，而不是别的什么怪物。不管我多么愿意看到奇遇和奇迹，我不可能有福气遭遇非地球高智能生物。当然，如果能够遇见外星球高智能生物是我此生最大最奢侈的梦想。我时常对同种同类的人提不起什么兴趣。

其次，这个人确实比我更有想象力。能够出此怪招的人必然是一个有趣的人，一个不落俗套的人，一个敢于异想天开的人。如此一想，对这个不想露面的隐身人倒也多出几分好奇了。

第三，也许这个人的确是没有恶意。对此我没有十足把握。

我知道这是在安慰自己。

我决定先不予理睬。我没有回复这封奇怪的邮件，只是反反复复把信看了好几遍。其实我很想回个信去，因为我心里有很多叫人恐怖的疑问。我没有同谁说过想去看八一路上的银杏树呀？我只是在心里默默念过。他是怎么知道我的心思的呢？或者他正好也喜欢深秋的银杏树？他是怎么知道我的电子信箱的？是不是这位叫海的人撕了那则广告？可是我最终还是决定先施缓兵之计。

但是当我躺在床上的时候，却又开始想入非非了。我渐渐兴奋起来，急切地盼望着明天散步时间早点到来。异样的情绪让我失眠，很晚才睡着。清早醒来，见窗户亮亮的。我的窗帘很遮光的，可我仍能从窗帘的明暗揣度天气。我想今天肯定是个大晴天。推开窗户，果然阳光已照在楼下光溜溜的香椿树上了。虽说睡眠不足，我的心情却是少有的舒畅。我利索地洗漱完，哼着小曲儿做了早餐。匆匆地吃了，又匆匆地出门去上班。我就像要去赶什么似的，走起路来一阵风。见了我那些同事的面孔，发现他们一切如旧。我才猛然意识到我的生活并没有发生什么变化。即便我想早些挨到黄昏，这同我白天手脚快慢也没有任何关系。太阳不会让我牵着走的。

我的前夫总说我像只飞蛾，喜欢朝光亮的地方扑去。东扑一下，西扑一下，搞得自己焦头烂额。你这种不计后果的冲动最终会毁掉你的！他时常苦口婆心地劝我。他说生活是一次性成形的，容不得你打草稿。可是我太固执了，见了以为是光亮的地方就会奋不顾身地扑过去。结果总是他来收拾残局。闯祸之后我会非常沮丧。他却像位慈父，抚摸着我的头顶说，好了好了，都过去了。

可是最后一次，他再也不来安慰我了。一个黄昏，他走了。

飞蛾为什么非要扑火呢？我小时候看过路易斯·卡洛尔的童话《爱丽斯漫游奇境记》。那是我会终生热爱的一本书。书里说有一种昆虫叫金鱼草蜻蜓，它的头是一粒燃烧在白兰地中的无核葡萄干做的。飞蛾扑火是为了变成金鱼草蜻蜓。可我想要变成什么？我不知道。我为什么总是被别的事物吸引？当我在这里的时候，我心里会想，那里才是我所要去的。于是扑身到那里。可是到了那里却又想，不是这里，应该是那里。那里，那里，那里成了一种象征，一种我终生都无法拥有的虚幻。所以我总是要哭，总是要哭。

黄昏时，我钻出楼前的小巷子，上了香樟大道。秋天的树叶儿可真漂亮，就连有些刻板的樟树叶，也多出几分别样的意味。可我想梧桐树才是真正秋天的树。萧萧梧叶送寒声。梧桐雨细，渐滴作秋声。衣湿桐阴露冷。井梧翻叶动秋声。寂寞梧桐深院锁清秋。我最喜欢有句话，寒色上梧桐。它道出了秋天梧桐的内在气质，就是一个寒字。不论秋阳下的梧桐树怎么金碧辉煌，总给人一种凄风苦雨的感觉。

今天我却想去看银杏树。从香樟大道步行去八一路，估计得五十分钟。我怕误了黄昏，便上了公共汽车。薄暮时分看银杏，该是别有一番意趣。站在车厢内，我忍不住环视左右。那位叫海的人是否就在我的身边呢？却见每张脸都漠然着。

我搜肠刮肚却找不到一字写银杏的句子。古人真是辜负了如此好的树！秋天的银杏，无论色彩、姿态，还是内在气质，都美到极致。那种美是无所畏惧的，又招摇又张扬，像女人一生中最后一次奋不顾身的爱情。

我到底还是错过了黄昏。等我在八一路下车时，街灯早亮起来了。金色的银杏树叶叫惨白的灯光一照，莫名地凄切。一个穿橙色环卫服的中年妇女，戴着一对深蓝色的袖套，使劲摇着一棵银杏树。金色的树叶像雨一样簌簌往下落。看着银杏叶无声无息地飘零，我呆住了。我感觉周遭一片寂静。大街上车来人往，路灯亮得几乎生出噪声。可是好像整条大街上就这一棵银杏树，就这一个穿橙色衣服的女人。她摇着银杏树，拼命地摇着。那些美丽的银杏树叶就那么兴高采烈地飘落呀，飘落呀。

女环卫工只是想让银杏树叶快快落尽，省得那些金灿灿的小扇子无休无止得意扬扬慢慢地飘呀飘，让她没完没了地扫。

我独自在八一路徘徊到深夜，那个叫海的人是否远远地跟着我呢？

四

第二天中午，我看了一下手表，一点十一分。离我平时散步的时间还有五小时四十九分。这时，静静跌跌撞撞地进来了。她头发散乱，眼睛红肿，进门就大哭起来。

我把他害惨了，我把他害惨了。可是不怪我，他做得太过分了。他太伤害我了。静静没头没脑地说，全身软软地瘫在沙发上。

我赶紧给她拿纸巾，倒水，把她的高跟鞋脱掉，两条腿摆到沙发上。她像一个没有知觉的人一样随我摆弄。

我把他害惨了。我后悔了，我后悔极了。静静好像只会说这一句话了似的。

我不发问，等着她说下去。

我把他阉了。他阳痿了。他再也不是一个男人了。

我倒吸一口冷气，问，你干了什么？你这个疯子！

我是疯了。他真把我给气疯了。你知道，我对他够宽容的了。可他太伤害我了。早几天，他吵着一定要跟我离婚。他说这回不是儿戏，他真的爱上了一个人，一定要跟她生活在一起。你知道那个人是谁吗？是我们家的保姆！就因为她年轻。

你做了什么？我急切地问。

我把他阉了。我做了一道菜给他吃，里面放了能使男人丧失性功能的草药。他再也不能跟女人搞了。静静这时的表情真说不清是恶毒还是后悔。

静静婚后练就出一身出色的烹调本领。她自信凭着她的厨房功夫就可以牢牢抓住丈夫的心。她说一位英国人说过，女人通过男人的食道到达男人的心房，男人通过女人的阴道到达女人的心房。何况女友自信她的床上功夫也不差。可偏偏丈夫就在婚后不久开始对别的女人频频出猎，而且很容易成功。她头一次为这种破事同丈夫吵架时，那男人居然面无愧色，说他对女人的原则是"三不主义"：不主动，不拒绝，不负责。意思是说他已经做得很不错了。

静静原先容忍丈夫，只是想让这个家看上去完整和体面。她说自己早就一无所有，只剩下这点儿可怜的自尊心了。静静说不上爱丈夫还是恨丈夫，但是见他常常负疚的样子，就一次次原谅了他。她说自己每一次原谅丈夫，都有一种圣母般的高尚感和受难感。可这一次，她真的绝望了。她说一旦离了婚，无论他做了什么，她连原谅他的资格和权利都没有了。

静静眼睛都哭肿了，想起自己丈夫跟了保姆，尤其气愤。有本事你找个张曼玉呀！你找个巩俐呀！你找个保姆！长得那个样子！圆鼓鼓憨乎乎像个黑眼熊！

我也弄不清她丈夫为什么偏偏跟保姆好去了。男人真是怪物。是不是静静自己把自己的身份弄颠倒了呢？她花钱请了保姆，自己却天天在家干着保姆活儿。她太乐于下厨房了，整个儿把自己当老妈子使唤。我好几次去她家，她自己在厨房里忙乎，保姆却坐在那里嗑瓜子。不过静静的菜真的做得好，我吃过多次。她可以为一碗红烧肉花上整整一天的工夫。她不仅自己爱做菜，还好为人师，总好在我面前唠叨她的厨艺。比方这道红烧肉是她最得意的，她不知多少次在我面前说过如何如何做。肉必须得是猪前腿附近那一块，皮薄，油少，五花三层，还需备足一小碗独头蒜，一两竹叶青酒，两匙桂花蜜，一匙百岁人醋。做的时候哪道程序都少不得，先得出油，再上色，入味，然后盛到青花玲珑碗里，放上竹蒸架去蒸。

静静说她第一次给丈夫做红烧肉吃，丈夫忍不住把她的手指翻来覆去亲吻了十分钟。他说自己从没吃过这么好的红烧肉，老婆这双手有神性，做起菜来出神入化。

可是现在呢？静静这双出神入化的手把丈夫阉了。

他太过分了，居然提出要同我离婚！就连让我原谅他的权利都不给我了！静静气得脸色紫红，说，他在别的女人面前脑子活得很，在我面前却是个木鱼脑壳。有的时候我就是通过做菜来对话的，可是他不懂。我说这道菜叫九曲回肠，用新鲜猪大肠，洗净，配洋葱、肉桂、丁香、啤酒同烧，用砂锅煨一小时。这道菜叫唇焦舌燥，腊猪唇、熏五香猪舌冷切，淋上麻油。这道菜叫红颜伤心碧，小胡萝卜连同胡萝卜苗清炒。他听了要么木木地不作声，要么就是莫名其妙地笑。他丝毫没有听出这些菜名的意思。他不去体会我这做妻子的在菜里还放入了怨恨、祈求、哀伤。那些苦涩的调料没有损害他大快朵颐的兴致。餐桌上他纯粹就是一个动物。他目光呆痴，大嚼大咽，不暇旁顾，只有兽性满足时的快乐。

听着静静几乎是叫嚷的倾诉，我完全相信她有能力一道菜就让她的丈夫阳痿。

离婚就离婚吧，让他和那小保姆结婚后继续他的"三不主义"吧。静静精疲力竭了，耷拉着眼皮，不作声了。

我想安慰她，却找不到合时的话。我挨了老半天才说，一个人也许真的只有在丧失了性功能或者完全控制住性欲之后才能真正找到人性。

我这话是瞎编的，只是想让静静平静些，免得太难过了。可是她低头坐了会儿，又痛哭起来，说她后悔了。她祈求菜里的那味药失效。那味草药的名字叫白花蛇舌草，是从一个乡下老妇那里买来的。她用铁锅熬了整整一个晚上，熬到只剩一小勺浓稠的汁。她把这药汁放进了丈夫最爱吃的干锅狗肉里。

静静在我那张白底黑花的麻布沙发上哀号。我后悔了，我后悔了。我都做了些什么呀。

突然，她跳了起来。有办法了！我可以救他。有毒药就有解药！白花蛇舌草，白花蛇舌草。我认识一位老中医，他一定懂得解药！

静静光着脚就往外跑。

站住！我大喝一声。

你到底是想要干什么？你不是恨他吗？他要跟你离婚！

可是我爱他！他是我老公。我爱他。不管他对我干了什么，我要救他！女友夺门而出。

唉，女人，这就是女人。你永远弄不清她们内心真正的感情。她们在说恨，可是纠缠在恨里面的往往是更深的爱。我又何尝不是如此呢？

傍晚七点，我准时出门。我穿一件米色毛衣，一条土褐色的粗布裤子，一双白色软底鞋。我留神着身边的每一个单身行走的人，不管男女老少。有的人急匆匆地从我跟前走过，满腹心事。有的人漫不经心，游游荡荡，目光散乱。都不像我想象中的海。

到了清水塘，我看见一个疯女。这是一个美疯女，或者说是一个疯美女。她旁若无人在大街上走。削得薄薄的男式发，松松垮垮的一件小背心，一件脏兮兮的夹克胡乱缠在胯上。脸上、颈上、肩膀上到处都是污痕，更显出她肌肤胜雪。她大大咧咧地挺着胸，自由自在地甩动两只手，臀部扭动得异常优美。她的小刺猬一样的头既性感又俏皮。这疯女人，年轻，骨肉均匀，步态毫无拘束，很让人着迷。她吸引了很多行人的目光。不少人驻足回望。欣赏，嫉妒，好奇，迷惑。天生丽质的疯女人一定更有哀感顽艳的故事。

街灯亮了，天光还没有完全收尽。黄昏的玫瑰色同街灯调和成一种奇特的柔光，行人的脸色都显得圣洁。我想这种时候，所有的人，心都是软弱的，善的。我可以从行人的眼睛里，鼻孔里，呼吸里，看到他们的软弱和善。里尔克的诗句在我的耳边飘忽着：

> 这时候谁没有房屋，/就不再建筑。/谁这时孤独，/就永远孤独。/醒来，读书，写长信，/沿着小胡同，不安地，/来回走着，在飞卷的树叶间。

这是最美的诗句。这也是我喜爱的基本生活。我也写诗，只是从不想着发表，更不拿给人看。我知道在这个年代，写诗仿佛成了真正的笑话。

昨天深夜，我坐在床头，在日记本上写了这样的诗句：

> 缝一条漂亮的裙子，/用你给我斟的葡萄酒染色。/缝一条漂亮的裙子，/用你剥下的基围虾壳装饰。/缝一条漂亮的裙子，/用你眼睛中的沧桑染色。/缝一条漂亮的裙子，/用你梦见过的青鱼装饰。/缝一条漂亮的裙子，/用你诺言的灰白

染色。/缝一条漂亮的裙子，/用你离去的背影装饰。/缝一条漂亮的裙子，/用我胸中的迷乱染色。/缝一条漂亮的裙子，/用我碎裂的面孔装饰。

我知道这不过是小女人诗。可是我喜欢自己写的诗，起码它是我胸中拥有过的吉光片羽。

　　我说不清是什么太快。/也许是秋虫的一生，也许不是。/它们叮叮当当撞着白色灯罩。/在朦胧晨光中，铺了黑密的一地。/如同灰尘，扫帚轻轻把它们扫去。/有没有活过都不会留下痕迹。/但我总记得昨夜灯罩下清脆的声响，/像玻璃的碎片，带一丝细细光亮。/你总说我太快，太快。/可我的象牙发夹还留在发上。/从此到彼就是一生。/也许就是秋虫，/也许不是。

同样是某个深夜，我从床上爬起来，写下了这些诗句。窗外是秋虫的清丽而哀切的鸣叫。

我就这样神思恍惚，游逛在暮色街头。头顶是橙红色温暖的街灯，街灯照亮了金色秋叶。秋叶上方是我看不见的秋夜。秋夜渐渐深去，或许有星星，或许没有。

这时候，我左脚腕一扭，身子向左一倒。

小心！

我身子几乎要倒下去了，一双大手就像突然从地上长了出来，牢牢地把我的身子托住了。

对不起，真对不起。我满脸通红，气喘吁吁，连声道歉。

我平时老是莫名其妙地跌跤。不需要绊着什么，突然就摔了。好像我总是找不好平衡。以前总是我的前夫在紧要关头把我扶住。可我还没有站稳就气急败坏开始耍赖。都怪你啦，又害我摔跤。

怪我，怪我。

他总是无声地笑笑，把我揽进怀里。

我定下神，抬眼看清眼前扶我的人。

他是位三十多岁的男子。长黑风衣。暮色中眼睛闪闪发亮。

我的直觉反应：海！

我喊出了声：海！

嗨？

他回应我。

海？

嗨？

你到底是不是海？

什么嗨？我不是嗨。我是在跟你打招呼哩。

我仔细地打量他。他的脸很年轻，头发却花白着，很浓密，向后梳着。

我想他即使就是那个海，也不会承认的。

我说，谢谢你！

看他即将转身离去，我试探着说，愿意和我一起散散步吗？

他表情有些吃惊，脸居然红了，说我急着去办事，不好意思。

他的背影在越来越重的暮色中远去。我想他也许真的只是一位萍水相逢的路人吧。

回到家，已是晚上十一点四十一分。我打开电子邮箱，没见海给我发邮件。我怅然若失。却不甘心，便故意磨蹭，不想上床睡觉。挨到十二点整，我想打开邮箱看看吧。我怕再次失望，只得忍着。我煮了杯浓浓的咖啡，加了奶，又加糖，慢慢喝下。觉得不解瘾，又煮了一杯，又是加奶，加糖。等我煮第三杯咖啡时，我知道自己故意在拖时间。喝完这杯咖啡，我再也按捺不住了，跑到电脑前，再一次打开电子邮箱。

海的邮件发来了。

散步友：

你好！

谢谢你如约而来！谢谢上帝让你打开了电子信箱。

请容许我说几句赞美你的话：

你今天那件米色毛衣，褐色粗布长裤，白软底鞋太漂亮了。你那种迷离的神色，漫不经心的步态，与金色的秋叶太相配了。

如果你允许，我真想上前挽住你的手臂。

如果你允许，真希望在你就要摔跤的那一刹那扶住你的人是我。

如果你允许，真想在那时背一首里尔克的诗给你听。

我现在背了，是这样的：

谁这时没有房，/就永不要建筑。/谁这时孤独，/就永远孤独。

不知道你写不写诗。我直觉地判断你是一个诗人。至少曾经是。至少应该是。

喜欢里尔克的诗吗？

知道明天散步的时候我想做什么吗？

海

我倒吸了一口凉气。回头望望窗户，怕极了。秋风正紧，外面哐当哐当地响。我散步的时候，这个海果然就在我左右。这一点我并不吃惊了。我吃惊的是这个叫海的人居然想在那时背里尔克的诗给我听。那会儿我正在心里默念着这首诗啊！有鬼神？有通灵感应？有外星高人？

我越想越怕，突然起身，紧张地环顾四周。我甚至掀开紫色棉布床罩，战战兢兢地查看了床底。

我使劲儿定过神，竭力让自己的智商正常起来。第一，这位散步友是一个人。第二，他一定是个男人，而且是个大男人。因为只有男人才会有英雄救美的意识。

我感觉两耳发震。原来我把自己对海的推断大声说了出来。我心里突突跳了起来，生怕隔壁听见我的怪叫。夜已很深了。

上床时，我暗暗许了个愿：如果真有鬼神，通灵感应，外星高人，那么明天散步时，海突然在我面前显露原形，还要给我讲一个恐怖故事。

五

我整整等了三天，没有收到海的电子邮件。我每天照样准时出门散步，可我不知道是不是有海陪伴左右。哪有什么怪力乱神？自己这几天的心念太荒唐了。可是到了第三天深夜，海发来了电子邮件。

散步友：

你好。

今天我给你讲一个恐怖故事，就当是散步时我讲的吧。这是个古老的故事，我奶奶讲给我听的。

有一个人，一个男人，急匆匆赶路。天已晚了，他走到一片坟地。只见密密麻麻的坟堆一个挨着一个。起风了，冷风吹得坟头的枯草和白色的招魂幡猎猎地响。这个男人沿着蜿蜒的小路在坟间行走，四处是磷火明明灭灭。他害怕极了，心想，遇到一个人就好了。

他刚这么想，就看见前面有一个人在走路。是个大姑娘，穿了件鲜艳的红棉袄，黑脑勺，辫子又长又粗，拖在背上。那姑娘走起路来一扭三摆，真是袅袅娜娜，好看极了。

男人高兴糊涂了。他也不想想，天都这么晚了，大姑娘怎么敢在坟地里走路？他想追上那姑娘，快步往前赶。可是奇怪，不管他走得多快，那大姑娘总在他前面。他干脆跑了起来，还是落在姑娘后头。也不见那姑娘在跑，她像在飘，悠悠忽忽的。可是突然，男人赶到大姑娘背后了。他冲着那大姑娘肩膀上拍了一板，那大姑娘回过脸来——

天哪，大姑娘的脸也是一个黑脑勺，辫子又长又粗，搭在胀鼓鼓的胸脯上。大姑娘没有脸！

对不起，对不起。我后悔了。这个故事有骂人的嫌疑哩。我赶快向你道歉。我只想讲一个好听又恐怖的故事给你，绝无含沙射影之意。

但愿你喜欢听。我是一个令人愉快的散步友吗？

海

也许真有什么异怪？可是我不信。我已经知道了他是一个人了。他是一个什么样的人呢？为什么采取这样奇怪的方式与人交往？

海今天连发了两封邮件。

亲爱的散步友：

如果你不感到厌烦，我想跟你说说我是一个什么样的人。

我是一个生活在黑暗中的人。我害怕很多东西。我吸收黑暗。

你不要害怕。我不伤害人。相反，我安慰人。我只说光明的话给人听。当我出现，人们感到安全。我是许多人心目中的安慰天使。我宽宏，睿智，善解人意，无比耐心地倾听，并且绝对忠实。我做得就像个牧师。我必须如此。我只能如此。

不知道我该不该跟你说这些。我从来不以真面目示人。我隐身在夜的帷幕之后忘了自己到底是谁。夜晚的寂静中，我所见的都是信赖我的人，比我更弱的人。他们苦痛，自卑，内心挣扎。他们向我求救。我像个救世主，我感到自己有力量。

可是夜幕落下之后，我的脸在灰白的光线中一点一点地浮现出来。我知道自己只是一个衣衫褴褛百孔千疮的稻草人。我谁也救不了，连同我自己。

夜晚总不像白天那么残酷。空旷，柔和，暧昧，混合着肉食动物的热量和气味。像春天田埂上被踩得稠浓细腻黑暖的淤泥。我真想躺在那黑泥里面。沉没在那里面。

我害怕孤独。可我已经没有能力与人面对面地交谈了。我只能以这种方式和你说话。与其是我做了你的散步友，不如说是你陪伴了我。请原谅。

对你说了这些，不知你会怎么想。无意中看到你的征散步友广告，想你也不是一个凡俗之人。你不是一直想知道是谁撕了你的广告吗？是我。我怕更多的人看见了那则广告。也许是我自私吧，我想独自陪你散步。

不知你听说了这些，明天还会不会去散步？

哦，对了，明天你是不会去散步的。明天是星期六。我知道你星期六星期天是从不散步的。

海

六

夜晚十点差五分，我打开收音机。这是一个银灰色的收音机，小巧得像一个打火匣。调频103.5兆赫。高原。《夜色温柔》。

我牵挂着那个叫小凡的女孩子。她的系在圣诞树上的爱情。她的那只当社会部部长的蚂蚁。

可是小凡一直到节目末尾都没有出现。高原的声音略带疲倦。好像夜色太重，他有点承受不住了似的。今天真怪，听着他的声音，我脑子里总浮现出一条流淌在夜色里的下水道。是这座城市某处的下水道，里面什么污物都有。

星期天。《夜色温柔》。小凡仍然没出现。我想小凡一定是与她那只蚂蚁卿卿我我去了。热恋中的人眼里心里从来只有一个人。而《夜色温柔》只是小凡寂寞困惑时握在手里的一缕温暖。现在她的心里爱火熊熊，已经不再需要它了。

我生活中的乐趣还是和那个隐身的海一起去散步。然后回来收他的邮件，权当作散步时的聊天。

海那么痛苦。我把他想象成一个夜衣人。夜衣，不仅仅指衣服的颜色，而且指一种性格、一种心境、一种眼神、一种寂寞忧郁的笑容。

我对他越来越感兴趣了。深夜，又收到了海的电子邮件：

亲爱的散步友：

　　我这几天有点儿牵挂一个人。其实我同她非亲非故，不过是一个陌生人罢了。然而我还是牵挂她。我已经厌倦了装

247

出一副真诚的样子。虽然我经常装，必须装，也装得非常好。

我穿的是一件夜色做成的衣服，它把我与正常的明亮的世界隔膜开。我就像一个被毁了容的人，已经没有勇气在正常的光线下注视别人和被别人注视。

我是蝙蝠吗？我是只靠吸食黑暗和悲伤生活的蝙蝠？我并不愿意如此！

我担心你要对我厌烦了。因为我开始絮絮叨叨，老气横秋，没有快乐。

天是越来越凉了。你出门散步该加件风衣。

海

海牵挂着一个女人，一个陌生的女人。她是谁呢？我渴望知道更多海的故事。可是他的邮件不是含蓄，就是寥寥几句。

今天我散步时确实感到冷。树叶快要落光了。

我是一个怎样的人？我牵挂谁？谁牵挂我呢？少女时代我和一个朋友到基督教堂去，同一位穿黑长袍的年轻牧师闲聊，要他唱赞美诗给我们听。牧师黑发，黑眉，眼睛明亮。他看着我的朋友说，你是一个善于忍耐的人，所以多满足，多喜乐。然后他又看看我说，你最喜欢说的一句话是：我要！我要！

我说：我要什么？

他眼睛望着天，好像望着上帝。他说：我不知道。我想你也不知道你究竟要什么。你会因此受很多苦。你伸出双手想抓住许多，可你抓住的会是满手的碎玻璃。

我拼命摇头说，我不要这样。我也要多满足，多喜乐。

牧师说，不行的，你做不到。

可是我究竟是怎样一个人？我曾经痛恨优雅的古典音乐。我小时候特别喜欢吃酸东西。我不爱照镜子。我有时候会对着墙喃喃自语。我把所有的花蕾都看成捏得紧紧的拳头。我将烧死在自己内心灰色的火焰中。

我有心事。我有心事。我有心事。

一天深夜，我又收到了海的电子邮件。

亲爱的散步友：

你对我越来越好奇了吧？你做好心理准备了吗？我的故事是这样的。我是一个杀人凶手。

我杀了一个女人。她死的那天晚上，本应成为我最幸福最美丽的新娘。可她却死了。她有一个美丽的名字，叫琉璃。

琉璃是一位小儿科医生。我和她青梅竹马，一块儿长大。她的父母也是医生，就她一个独生女儿。父母从小把她看成一个瓷公主，恨不得把她用一个玻璃罩子罩起来。她长得确实也像一个小瓷人，皮肤白皙，眉目如画，身材娇小。她的母亲说话很少，走路几乎没有声音。她其实很温和，可是不知怎的，我特别怕这位母亲。

她的家洁净得就像一个玻璃屋。记得小时候，她母亲每次请我吃蛋糕，都要先用酒精棉球擦我的手。她盯着我的那双手看，眼光真像刀子一样，好吓人。

我的琉璃仿佛是不食人间烟火的仙女。她只有两个爱好：读书，挽着我的胳膊散步。她挽着我的手，那样子娇弱无依，很让人怜。

我们顺理成章地应该结婚了。父母为我们准备好了一切。可是，我越来越害怕结婚。我不敢想象我的琉璃成为一个真正的女人的样子。我不敢想象她要怀孕，要生孩子，要流血。我更不敢想象这一切都要我去完成。那太肮脏，太恶心了。我害怕。我害怕。我害怕。

我不想有后代。人来到这个世界是毫无意义的。整个人类的存在都是荒谬的，无缘无故地从亘古鸿蒙中来，又会无影无踪地在茫茫宇宙中消失。没有原因，也没有目的。那么让一个女人忍受那么多痛苦去制造那些脆弱的生命又有什么意义呢？那些孩子，不得不早早学会了争夺空气、水、食物，还有所谓的爱情。他们必须变成狼。他们不得不早早地长出獠牙，眼睛放出绿光。也许等不到他们长大，这个星球上已经没有了森林，没有了洁净的水，没有了蓝色的天空。

可是，琉璃爱孩子。她把孩子全都看成洋娃娃，巴不得成天抱着他们。

我们布置好了新房。我们把结婚请柬一张一张发了出去。我们订好了结婚喜宴。琉璃试好了婚纱。我的眼睛越来越发黑。

新婚那天下午，我逃到一个叫作 D AND D 的酒吧里喝得烂醉。这个酒吧名有些令人费解。我想前后两个 D，大概是英语 DRUNKEN，喝醉的；DIE，死亡的意思吧。一定是的。醉生梦死。醉了就等于死了。这个酒吧的名字够可以的了。我记不得那天下午到底喝了多少酒。总之我彻底忘记了结婚，忘记了琉璃，忘记了那天等在结婚喜宴上的家人和朋友，忘记了所有的责任，忘记了一切。

第二天清晨，我一身污臭跌跌撞撞回到家里。琉璃已经因为承受不住这样的羞辱、惊恐，吞食了整整一瓶安眠药自杀了。她成了一个真正的瓷美人。那样冰清玉洁，永远从血光污垢中逃离了。

我知道，真正杀死她的人是我。我是杀人凶手，而不是安眠药。

　　我再也无法与人对视。我只能像蝙蝠，靠一件破碎的夜衣遮掩着，苟且过活。

　　　　　　　　　　　　　　　　　　　　　海

　　海？HIGH？高原的？夜衣人？杀人凶手？白头发？蝙蝠？也许是神的点化，我似乎突然明白了这位隐身散步友是谁了。

　　海有病。他病得重。

　　可怜的琉璃。

　　可怜的海。

　　可怜的琉璃和海的父母。

　　可怜的我。

　　可怜的天下人。

　　我不想出去散步了。海再也没有给我发邮件。我躲在屋子里拼命地抽烟。我缓缓吐着烟圈，那烟圈就像我的眼圈。我这么抽了几天烟，眼圈便有了黑黑的烟圈。

七

　　星期六。《夜色温柔》。一个女人拨进了高原的热线电话。

　　你好。欢迎你参与我们的节目。淡淡的莎黛歌声背景，高原一如既往地开场。确实，他的声音好像比平时更多了一分疲倦和沙哑，像一块揉皱的色调暗淡的旧丝绸。

　　你好。能听一听我的故事吗？那个女人的声音有一种说不出的东西像水雾一样弥漫开来。湿润的，哀愁的，碎裂的。但都是隐隐的，淡淡的。不尖厉，也不张扬。

　　女人说，我最大的嗜好是独自在这个城市里游荡。最好是夜幕降临之后。结了婚，我这个习惯依旧不改。我甚至拒绝丈夫的陪伴。我喜欢在漫游时沉默无言，胡思乱想，信马由缰，无拘无束，如入无人之地。我的丈夫开始时有些不理解，他认为相爱的人就应该如影随形，寸步不离。但他对我非常宽容，也没有多说什么，只是嘱咐我注意安全。

有一次，我不知不觉走了很远，口渴得很，顺步走进了一个名叫"伤心咖啡"的清吧。我想去喝一杯咖啡，歇歇脚。不想那正巧是一个地下诗人沙龙。那天正好是一帮诗人在聚会。形形色色各式各样的诗人和准诗人聚了一堆。我进去的时候，有一个诗人正在朗读自己的诗，旁若无人。他年轻，扎着马尾发，脸白。眼睛睁得很大，在暗淡的光线中闪闪发亮。他朗诵的诗很短：

你把我引向一个陷阱，/指给我看淤水里的星星。/你笑问我：是不是好美？/我目光炯炯，一脚踏了下去。

这是一个唯美主义者，我想。多年轻啊，还在歌咏爱情。他一定是个恋爱中的孩子。伙伴们给了他狂热的掌声，尖厉的呼哨。这个圈子里，是不是真正欣赏别人的诗并不重要。重要的是获得一种刺激，一种气氛。

我侧过身子望着他，心里有一点点感动。清吧里大屏幕上正放着一个很怀旧的黑白纪录片。那是一个从未受过摄影训练的家庭主妇给那个年代好莱坞的明星们拍摄的生活照。非常朴素，可是非常美。

这时正放出一张玛丽莲·梦露的照片。她穿着一件宽大的男式黑夹克，侧着身子，满脸灿烂笑容，孩子般天真无邪。这是玛丽莲·梦露自己最喜欢的一张照片。

我突然热泪盈眶。我感到这张照片有一种穿透人心的美，一种令人心碎的美。我感到心里疼痛。

小姐，可以请你再喝杯咖啡吗？刚刚歌颂过爱情的诗人朝我走过来。他彬彬有礼，有一点小孩装大人的样子。

好的。我笑了。

你被那张照片打动了，对吗？说真的，我不敢看那张照片。一看就想哭。为什么？我也不知道。诗人小声地说。

我点点头。

你的诗很真诚。在谈恋爱？我像一个老太太一样说话。

没有。我还没有爱人。

他郑重其事地说，把"爱人"两个字说得很神圣。而通常情况下，男人们会说女朋友的。

我走出"伤心咖啡"的时候，他陪着我出来了。我不由自主地同意他每天陪我在这个城市里游荡。真是鬼迷心窍。

我俩都有一种脱离了地心引力的感觉。我俩一起时，感觉是在飘。看过俄国画家夏伽尔的画吗？他的画里面，什么都处于飘浮状态。房子在飘，马在飘，教堂的尖顶在顺着风飘，更不要说人了。我认为他画出了人类在某种情境下的真实状态。我同这位歌颂爱情的诗人飘浮着几乎走遍了这个城市的每一个角落。那些古老的小巷子，斑驳歪斜的门楼，缺边少角麻麻坑坑的青石板，黑黑黄黄穿在发白的竹竿上的衣裳。那些小巷子的名字真有意思，什么豆豉巷、铜铺街、麻衣巷、大姑巷。还有一条小街叫十三跳。我记得那正是落叶之秋，树叶总是慢慢悠悠地飘落，一副不食人间烟火的样子。我想我俩正像这落叶。我老是以为河对面山顶上那圆圆的电视接收天线是个月亮。我总是叫他看：看哪，月亮！诗人后来就这样叫我：白天的月亮。

白天的月亮特别淡，像一小块就要融化的冰。

有一次，我们一起走进一个天主教堂。这是一座青石砖砌的教堂。墙缝里弥漫着青苔，用手指轻轻摁上去，非常有弹性。唱诗的声音从里面传出来。

我突然想起少女时代那个年轻黑衣神父对我讲过的话。我对诗人说：我要去忏悔。

忏悔？为什么？我们没有罪。

我要去忏悔。我很固执地说。

好吧。我陪你进去。诗人说。

我们走进一个漆成红色的小房间。我莫名其妙地有了一种犯罪感。

又是一个年轻的黑衣神父，非常和蔼地面对着我。

我犹豫着，不知道要不要跪下来。

你——呃你——呃你要忏——忏——忏——他突然脸涨得通红，结结巴巴，一副痛不欲生的样子。

我扑哧一下笑了起来。

诗人捅了我一下。我赶紧忍住笑，严肃地点点头。

要呃——要呃——要——他脸上青筋绽暴，眼睛鼓得大大的。

我突然纵声大笑，浑身发软蹲到地上。

快跑！诗人一把将我拽起来，半拖半抱把我挟裹到教堂外面。

我笑得喘不过气来。好半天才说，上帝呀，你用这种方式来考验我的虔诚，实在是太残酷了，太恶作剧了。

诗人说，上帝总是将最庄严最神圣的事物赋予最荒诞最有喜剧色彩的形式。这才是最具有上帝色彩的事情。

诗人说，跟我走吧。我俩走到天涯海角去。

诗人说，我要拐走你，抢走你，霸占你。

他越说得蛮横，我就越觉得他孩子气十足。

诗人说，我的家乡是洛阳。那可是西瓜之乡。我们那里的西瓜又沙又甜，是真正西瓜的那种甜，不是糖水的那种甜。我要带你去吃西瓜。睡到西瓜地里，一望无际的瓜田，瓜儿一个摞着一个。吃好多好多西瓜。吃得你脸变成绿色。不不不，变成红色。不不不，还是变成绿色。绿脸美人。天下无双。

我说，爱吃西瓜的人性欲强。

我这话没说完，就被他搂进怀里。我俩站在教堂外的巷子里拥抱着，教堂传来悠长的钟声。

诗人在一个儿童刊物做编辑。他的单身宿舍里非常洁净。诗稿整整齐齐一张一张叠放在抽屉里。简易沙发上罩着白棉布罩。枕套床单都是白色的淡黄色的。没有东一个西一个乱丢的啤酒瓶。床底下也没有臭袜子。除了没有香水和花，真像一个女孩子的房间。

她几笔就描出了它的轮廓。向右倾斜着，重重的线条表现出它弹起来的硬度。她给它涂上浅灰色的阴影，中间是一条黑色的河流。那种黑色非常匀净，蕴着沉沉的光泽，在两座形状浑圆的山丘中穿过时顺顺当当柔柔和和地打了一个弯，在将要攀上真正的高峰时消失了。

就是用它交换着爱情的话语。一次次地喷射，仿佛没有顶点，没有止境。这是他们的圣器，他们的玩具。它的光滑的头部奇怪地显露出一种倔强悲愤的表情，它要，它要，像野兽一样固执，也像野兽一样贪婪。

太阳在窗外默不作声地倾泻着。清亮的光线渐渐穿越沸点。她闭着眼睛，紧张得把全身的重量都悬在一根蛛丝上。她沿着蛛丝向上攀爬，绷得越来越紧，在痛中绽放出巨大的温柔，巨大的天莲花。一波盖过一波的无边无际的黑色波浪。她的心脏降到下面，下面，那锯齿一样边缘的紫罗兰花的最深处。那里有一个潮湿的吞噬一切的欲望，一个一触即发的点。

他也闭着眼。沁凉的汗珠从他的额头滚落，砸碎在她的脸上。一次比一次纵深，顶入。他越来越紧张，越来越兴奋，他听到血管里风暴的呼啸，野兽的吼叫，遥遥应和着仿佛来自天边的鸟鸣。

他们必须这样。在有上帝之前，在上帝之后。仿佛这是唯一的通道。"在某种意义上，爱情比上帝更伟大。"

不，不，它就是不来。它躲藏在那黑色海洋的某一处，不是这里，也不是这里。他发怒一般掀腾着，翻找着，撞击着。他焦躁地等着下面春泥一样温软的土地发出震颤，一次比一次更猛烈。她哀告，呻吟，哭泣，温柔地呢喃，发出母兽一般含糊不清的爱语。她在他的身下盘旋，辗转，蜷得像一个松球。她希望自己被吞噬，被捏碎，被狂暴地为所欲地使用，榨取。她为他对她粗暴的命令而狂喜。她听凭自己被打开，被摩擦，被燃烧。那火焰的舌头，火焰的耳语。终于，在最后，她发出欢叫。那核的最深处开始震动，七色彩虹绽裂了，一丝丝从眼前坠落下来。

而他这时也同时达到高潮，像遭到电击一般抽搐着，战栗着，最终平静下来。他们身下的床单湿淋淋的。

这时候他像一个上帝，一个君王，慵懒高贵。也只有在这时，她如此崇拜他，顺从他，无比温柔地替他擦干汗水，跪在他面前。

我只有一条路走：与丈夫离婚。

我把全部事情统统跟丈夫说了，包括与诗人的做爱。我信赖他，和以前一样不对他隐瞒任何事情。

我像一个疯子，一个高热病人。我又和以往一样不顾一切，不计后果。我对着丈夫说：你听着，你同意和我离婚也好，不同意离婚也好，我都是要嫁给他的。

丈夫在与我离婚那天送了我一大捧丁香花。黄色明亮耀眼。芬芳扑鼻。

我说，为什么？

他说，不为什么，只因为你喜欢。各自保重吧。

离婚后，我和诗人在一起再也找不到感觉了。就像一根棉绳，啪的一下就被拉断了。我不想见他，不想听他的声音。我和他的缘分，就在我和丈夫分手的那一瞬间结束了。

我爱我的前夫。我与他离婚之后才越来越明白这一点。我爱他。我们一起生活的那些年是我一生中最完美的幸福。它在我的记忆中成了无瑕的珍宝。但是，我不可能重回过去了。我从不修补什么。破碎的东西就破碎了。它的命份就该如此。破镜重圆，只看得见裂痕。那是丑。

我想念我的前夫。

这个女人说完，沉默了。

高原也有几分钟没说话。只听得收音机里电磁波的沙沙声。后来，高原说话了。

这位朋友，我认识你。

是吗？也许。女人并不惊讶，淡淡地说。

是的，我认识你。你也应该认识我。都是天下伤心人。相逢何必曾相识。人的一生，也许总是忧多欢少，离多聚少，苦多甜少。即便是一生欢乐满足，也是如梦幻泡影，如露亦如电。高原很巧妙地把话圆了过去。他居然背起了《金刚经》最后的偈子。

现在的青年人常常把解构主义、后现代主义、后后现代主义挂在嘴头，以为高深时髦得很。殊不知佛经是最最古老、最最厉害的解构主义。只要把《金刚经》一背，一切人世间的歌哭悲喜都成了一道光，一缕烟，一个幻梦，一颗露珠。转瞬即逝。羚羊挂角，不留痕迹。

那么，爱有意义吗？人生有意义吗？周围的这一切，改天换地，山崩地裂，有意义吗？太阳，月亮，星星，宇宙，有意义吗？

女人激动起来了。她好像在质问高原。

不要问意义。一切只是过程。只是各式各样，或长或短的过程。

高原的声音深沉得像窗外的夜色。

女人沉默会儿，又说，最后，我还想问一个问题。我牵挂一个人，她是一位曾在节目中出现的听众朋友，名叫小凡。我想知道，她现在怎样了。说真的，我非常挂念她。真心希望她能幸福。女人又轻轻地说。

小凡，你在哪？你怎么样？我和我们这个节目的听众朋友非常挂念你。

这是高原在这次节目中说的最后一句话。

我就是这次节目里打进电话的那个女人。

人事

　　我从来就不知道这个世界上还有个单位叫茶叶公司！我上大学只做了两件事：看书，睡觉。从大三开始，同学们就为着分配东跑西跑。我却是整个就睡不醒。直到知道自己被分配到茶叶公司那天，才像从睡梦中惊醒。脑子嗡地响了好半天，似乎那个夏天所有的蚊子都钻进了我的耳朵里。

　　我还从来没有碰过茶叶，只喝白开水，想奢侈了就喝可乐或汽水。咖啡我想味道一定不错，但那会儿我还没有口福消受。我爸爸也不喝，喝不起。他口渴了就喝凉水。他用木瓢舀了凉水，仰着脖子就灌，喉结急剧地上下蹿动，就像有只甲壳虫在里面拼命往上钻。凉水还会从木瓢两边流出来，湿润了爸爸红红的胸膛。胸膛便冒着气，有点像铁匠淬火。我读高中的一个暑假，随爸爸在田里收稻子。太阳很老，晒得我头发蒙。爸爸口渴了，取过田边的竹筒，咕噜咕噜地灌了几口凉水，然后把竹筒递给我。我摇摇头，没有接过竹筒，其实我渴得喉咙都快粘到一块了。爸爸怪笑一声说，你小子有本事就着劲读书，做个城里人了，天晴在阴处，落雨在干处，坐板凳，摇蒲扇，吃白米，喝清茶！爸爸知道我不敢喝凉水。我是命贱人贵，喝凉水肚子就痛。我妈妈总是把我身体孱弱的罪过揽在她的身上。她说怀上我那年，正遇大荒，她总是吃不饱，而她又不敢像别的女人那样，夜里摸着黑，去偷生产队里的红薯。那年田里的稻子没收几粒，地里的红薯却胀得好大一个的。那年啊，队里的红薯堆得山一样高！妈妈后来老是同我说起那年的红薯，我才慢慢明白，她其实一辈子都在后悔当时没有去偷队里的红薯，才让我身体这么孱弱。我爸爸却认为当年日子那么苦，他们还生了我，养了我，算是我的运气了。不然啊，你还是一口痰哩！小时候听爸爸这么说，我只觉得自己原本脏兮兮的，本是一口痰。只为我的单薄，他总是恨铁不成钢的样子。

我早先对茶叶的印象只有小时候听过的一首歌：《挑担茶叶上北京》。这首歌调子太高，拖得老长，我唱不上去，唱不上去我就不唱了。这也就是我的个性，不肯勉强做任何事情。这其实就是懒，没本事。别的同学四处联系单位去了，我却想自己一个农民的儿子，现在成了城里人了，知足了，还挑什么单位？可真要我去茶叶公司，我着急了。没想到多年前的那个夏日，爸爸无意间的一句风凉话，竟一语成谶。

可我真的不想到茶叶公司去喝清茶。别的系别的班我不知道，只知道我们班五十四位同学，仅有六位分配到了企业，而我去的茶叶公司，谁也没听说过！就几片破茶叶，还用得着专门成立什么公司？我读大学那会儿，虽不怎么争气，想的却都是些天下大事，从来就没有想到过茶叶！见我愤愤不平，有的同学说我农民意识。我愈加愤怒，几乎要动手打那位同学。我本来就是农民的儿子，最恨别人说我农民意识。他们有关系有门路找到了好单位，却不许我生气。我生气了就是农民意识！农民倘若安分守己，城里人就赞美你朴实、厚道。你稍稍动脑筋想些问题，就是农民式的狡黠。你若执意要平等，就是农民意识！天底下哪有这样的道理？

我这个农民的儿子，成天睡在学校宿舍那张破床上生气，每翻一次身都震得床铺吱吱响。那些找到了好单位的同学，有意撮起鸡屁股那样的嘴巴，吹小曲。我满脑子农民起义的想法，血都快煮沸了。

一个炎热的下午，我终于从床上跳了起来，直奔市政府。这是不尊重知识，不尊重人才！我必须去市政府上访。我当时思考这事，使用的思维语言并不是"上访"之类的官方语言。我把政府说成当局，上访谈成交涉，请求政府竟成了正告当局。似乎政府就是同我平起平坐在一张板凳上的一个大活人。

我刚准备跨进市政府大门，武警战士手一伸，拦住了我。我暗自交代自己镇静，不用害怕。政府有什么可怕的？这可是人民政府啊！可我的心脏很不争气，扑扑地跳个不停，感觉它已经跳到喉咙口了；脸一定红得像猴子屁股汗水直流。我几乎口吃了，说了几句自己都理不清头绪的话。武警战士当然听不明白，喝令我去传达室办登记。士兵的粗暴让我感觉到了羞辱，却只好在心里自嘲：秀才碰上兵，有理讲不清。

我想老百姓的浪漫真是好笑，还《挑担茶叶上北京》，谁有本事你挑担茶叶上北京去试试！别说上北京了，你挑担茶叶上这市政府来试试！我茫然四顾，不知往哪栋办公大楼去。我瞧准一栋最气派的办公楼，心想那里该是我要去交涉的地方。可刚才士兵的威严已让我的勇气减去了几分，只不过是自己不想这么承认而已。我只好再次调动自己的愤怒，让愤怒给我勇气。

坐在办公室的是位白胖的中年女人，看样子刚打了一个哈欠，睫毛上挂着泪花。见我推门进去了，她忙擦了擦眼睛，客气地招呼我坐下。我坐下去之后，她又示意我关了后面的门，免得跑了冷气。这里凉飕飕的，太舒服了。冷气开始浇灭我的火气。同一位陌生女人在如此舒服的房间里对坐着，我是第一次，内心有些尴尬。我尽量显得从容些，双手自然地抱在胸前，操着生硬的普通话，滔滔不绝地说了起来。我不时地耸着双肩，像位西方绅士。中年女人微笑地望着我，很专心的样子。她的神情让我感动，鼓舞了我，我更加滔滔不绝。电话响了，她抓起电话，温柔地哼哼喂喂是是哦哦。完了。我刚准备接着说下去，她如梦方醒的样子说，你是说这事啊？不归我们管。然后她客气地告诉我应找哪个部门。我还想申述几句，中年女人先起了身。我只好起来，硬着头皮道了谢。当我拉上门的时候，隐约听见这女人在我身后嘀咕了一声。我脸立即发烧。其实我根本没有听清她说了什么，脸却烫得跟火烧似的。当时我没有完全想清楚这事，仍然按照她的指点，朝另一栋办公楼走去。外面热得令人憋气。后来我总在想，那女人在我背后说了句什么话？我只知道当时自己的脸一下子红了。人潜意识里的感觉有时是最准确的。我便猜测，那女人说的一定不是什么好话，十有八九是说我神经病。那个下午，我就在一栋又一栋办公楼间进进出出，一会儿凉，一会儿热。我不想进任何一栋办公楼了。多年之后，我只要想起政府，再也没有想到什么平起平坐的大活人，只回忆起一张张似笑非笑的脸，还有下班时的办公室沉闷的关门声。

我终究不愿回到老家去晒太阳，不想去淋雨，最后还是去茶叶公司报到了。家里听说我分配到了茶叶公司，像是沾了很大的光。父亲最初的愿望只是想我也像县城里的人一样，天晴在阴处，落雨在干处，坐板凳，摇蒲扇，吃白米，喝清茶。他们没有想到我竟然留在了市里，真是祖上坟场占得好。家乡到这个市里，得坐一整天的火车。在他们的心目中，越是遥远的地方，越是大地方、好地方。最遥远的除了天上，就是北京。天上是好的地方，北京也是最好的地方。我奶奶一辈子没吃过几顿饱饭，寿命却长得让城里人嫉妒，活到一百零五岁。她老人家所有的记忆只停留在七十多岁的时候，再也不往前走了。公司正在装修，走廊里尽是涂料桶和瓷地板砖。接待我的是人事科长，女的，四十多岁，姓陈，叫陈雪华。我已经在学校那张破床上不吃不喝睡了几天了，想清楚了许多事情。我想这个茶叶公司，不过就是我要走过的一个站口而已。我从这里走进去，就得风风光光地出来。我萌生这个野心，没有任何依据，也许只是在安慰自己。我便很愉快似的，笑眯眯地进了她的办公室。听了她的自我介绍，我便很尊重地叫她陈姐。陈姐戴着副白框眼镜，镜框显然太大了，滑落在鼻尖，压得鼻尖亮亮的，有些反光。我从小就有个毛病，不喜欢发亮的东西，甚至包括光、金等跟亮有关的词。所以陈姐亮亮的鼻尖便格外刺眼。可她安排我坐在她的对面，我天天得望着她亮晶晶的鼻尖。

公司没有空房了，陈姐让我先住在办公室里。我原是最喜欢睡懒觉的，现在只得早早就起来，把办公室打扫干净，等待上班时间的到来。好在是夏天，不用铺床叠被。晚上，我将办公桌上的文件报纸拿开，用几本书做枕头，躺下看书。困了眼睛一闭，就睡觉。

公司所有人都叫她陈科长。有时她不在办公室，别人来问，陈科长在吗？我说你是找陈姐？她不在。别人就说，对对，陈科长。她不在？好几次都是这样，当我说陈姐时，他们就替换成陈科长。我便怀疑自己叫陈姐是不是叫错了。一天清早，她一进门，我就叫陈科长早。陈科长应得比平时响亮多了。笑容也灿烂些。我便后悔起初怎么没有叫她陈科长，却叫陈姐，简直自作多情。

陈科长让我先熟悉基本情况，给了我一大摞文件。这可苦了我。我是那种古板的理科生，如果不是文字特别好的美文，或是特别吸引人的武侠小说，我宁愿看方程式或者化学分子式。如今她让我天天看文件，如何了得！又是夏天，闷热难耐，端着文件看上几行，就昏昏欲睡。我只得隔会儿跑到水龙头边去冲脸。等我冲了脸，回头总可以望见几个民工站在身后，板着脸，很不耐烦的样子。他们在等着接水。我保持风度，说声对不起，不同他们计较。他们是辛辛苦苦，是在帮我描绘公司美好的蓝图哩。我想公司装修好之后，一定气派。

我到公司快一个月了，都没有见到我们的总经理。总经理姓刘，叫刘雅文。听上去是女人的名字，其实是男的。我总没见着他，只天天听着他的名字。领导就是这样，影响无所不在。听久了总经理名字，刘雅文几个字在我头脑里就形象化了，似乎总经理应是位斯文的读书人。副总经理有三位：邢亚礼管业务，排第二；贺发友管财务、人事等，排第三；何平管党务、纪检、监察、工会、计划生育等，排第四。这几位副总倒是见过几面。他们到人事科来过，找陈科长。陈科长介绍我时，他们差不多都说同样的话。哦，新来的大学生？好好，年轻人，好好。

陈科长说刘总很忙，他正在忙着一件大事，申请公司破产。

我听了眼睛都直了。我怎么这么背时倒运？好不容易读了十几年书，从那贫穷的乡村里奔出来，就是为了到一个破产的公司来？

陈科长看出了我的惊讶，便说，你刚接触实际，还不懂。想破产不容易，你得有能耐才能办到。我们公司，破了好啊！

我怎么也想不通公司破产竟然是好事。我只知道公司破产，职工就得失业，就得流落街头。尽管后来我知道我们不叫失业，而叫下岗，但还是想不清楚这事。可陈科长说到这事，却一脸愉快的表情，很佩服刘总的活动能力。我曾经在报纸上看到介绍一个奇怪的部落，人死了，家人不能哭，而是哈哈大笑，他们认为人死了就是升了天。我是不是到了那个奇怪的部落？

可是，既然公司要破产了，还装修什么？

我这话问得一定很傻，因为陈科长似笑非笑地凝视我片刻，摇了摇头。

我越来越懵懂。好像林语堂先生说过，人在小时候什么都不懂，上了大学就以为什么都懂得，出了校门又发现自己什么都不懂了。我现在真的什么都不懂。

刘总还没见着，陈科长同我谈了话，分配我管公司的人事档案。她说，本来，人事档案都由党员干部管，你又不是党员。现在，年轻人加入组织不积极，公司找不出合适的人选。你先一边干着，一边积极向组织靠拢。我看了你的档案，你在学校表现不错的，组织上信任你。

我却丝毫没有被信任的感觉，倒像被人窥视了隐私，浑身不自在的。其实我在学校表现平平，只是没有挨处分而已。陈科长说话头一点一点的，鼻尖上的亮光便一晃一晃的。望着这种刺眼的亮光，就像听见玻璃刮在铁皮上，心里躁得慌。听中文系的同学说，这好像叫通感。

档案室就是办公楼顶头拐弯进去的一间阴暗的屋子。选择这样一间屋子作为档案室，实在是个很好的创意。陈科长想拉亮电灯，一伸手，见拉线断了，够不着，就站在门口说，你先清理一下档案吧。

陈科长走了，我架上凳子，才拉亮了电灯。屋子的四壁都摆着大柜子，只有一面墙上的柜子顶上开着高窗，透进些灰暗的光。热浪夹着霉味扑面而来。我忙拧开了电扇。电扇一开，灰尘又扬了起来。我跑出来，在走廊里站了一会儿，等尘埃落定之后，才敢进屋去。陈科长说过，公司已经好久没有档案员了，档案有些乱，先得清理。

档案管理很重要的啊，档案工作的专业性很强哩，这是一项很严肃的工作啊，你得好好学习，一点一点积累经验。陈科长说着这些道理，表情严肃得就像档案。

其实我清理了几天，发现就这么一回事。这里的档案原是乱七八糟堆在柜子里的，要找一个人的档案就得把几个柜子翻遍。听说原先那位档案员跟总经理搞僵了，有意把档案弄成这样子，赌气出去自办公司了。

我稍稍一想，发现这工作其实很简单，我先列了张表，把所有档案分成在职和离退休两大类，再按姓氏声母分成 ABC 若干类。表上确认无误了，再按图索骥，分类进柜。四百多人的档案，我用了一天半时间就清理完毕。我有些得意，这毕竟是我走出校门后完成的第一项工作。

ABCD 是什么意思？怎么这样分类呢？我们原来是按科室分类的。

我没想到陈科长会不满意，一时语塞，支吾老半天，才说，我想这样分类科学些。公司科室的人员肯定是经常变动的，档案就得动来动去，不方便，还增添了很多无意义的劳动。若是这样，不管人员怎么变动，档案只在一个柜子里不动，省事多了，也好查找些。

陈科长笑笑，说，你读书人，很能说啊！

直到陈科长走了好久，我才反应过来。她并不是赞赏我口齿伶俐，而是在嘲讽我。我顿时脸红耳热，心跳加速。独自坐在档案室里想了好久，只好忍气吞声。人家的嘲讽很含蓄，我纵使有火也只能放在心里含蓄着了。

接下来我要做的事情就是逐本逐本地整理档案。我很快发现，档案工作原来真的有意思，甚至能让人着魔。我对档案的兴趣是从退休工人李满生的档案开始的。他的档案材料最乱，我不得不一份一份看，结果看到了下面的材料：

何时何地因何种原因受过何种处分：

1958年市茶叶公司合并到土产公司。（我）后到王家桥橘子加工厂任内箱组（组）长，还负（责）加工组工作。加工组的向玉英因（为同我）工作接触较多，我验收出口橘子（要求）太严，工人反（返）工太多，所以少数同志（对我）恨之入骨，造谣说我和向有两性关系。（于是）就召开全公司群众大会，团员大会，诽谤我乱搞两性关系，道德败坏，（是）国民党残渣余孽，兵痞，混入解放军内的阶级异己分子，（还说我）偷橘子，作风非党（常）恶劣等罪名，后宣布两条决定：一、开除我的团籍；二、开除我的公职。见我家庭生活困难，允许我在公司做小工。1960年5月，在新店门市部，女职工李明花给小孩喂奶，我就去逗她小孩，摸她小孩的下巴，不小心手指碰着了她的奶子，她打了我一耳光。公司说我流氓成性，累（屡）教不改，调戏妇人，开了我的批斗会，不准我做小工了。李明花我们是老熟人，平时很随便，也有些打打闹闹的事，她那天是有意出我的丑，打了我。在党的十一届三中全会的指引下，党坚持了真理，修正了错误，贯彻实事求是的正确路线，使我蒙受不白之冤长达二十七年（之后），在今年12月5日给我彻底平了反，（让我）从（重）见了光明。

我读了一遍，有些读不通，再读一遍，默默加上括号里的字，才明白是怎么回事。

退休干部吴大运的档案也有意思，里面有这么一页：

何时何地因何种原因受过何种处分：

1973 年，我被抽在公司毛泽东思想文艺宣传队演话剧。女演员林满英从参加工作起就同我在一个科室，平时关系很好，但只是纯洁的革命同志感情。我们平时也开开玩笑，都是很正经的。有回，演话剧《再上井冈》，中间有男女主角耳语的情节。先是我对林满英耳语，我说："满英，我喜欢你。"其实是开玩笑，我已是有家有室的人了，她是才参加工作几年的小姑娘。林满英不敢不点头，因为是在演戏。过会儿，轮到她同我耳语了，她骂我："砍你脑壳！"我接了她的骂，也只好点头，好像我同意她砍我的脑壳。再轮到我向她耳语时我骂了粗话，接下来就没有耳语场面了，我看出林满英心里很气的样子，那天她演戏都不太对劲。戏演完了，退到后台，林满英过来说："我要同你说清楚，你别走。"散后，我跟她到了河边。我有些害怕，因为是我先惹她。她问我："你为什么要耍流氓？"我说："我没有耍流氓。我说喜欢你有什么不可以的呢？我是真的喜欢你。"林满英就哭了，说我欺负她。第二天，她把这事向组织上汇报了，我就被开除出毛泽东思想文艺宣传队，被戴上破坏宣传毛泽东思想和流氓的帽子……

吴大运的文字通顺些，我翻翻他的学历，原来是解放初的高中毕业生。

我突然有了一种窥探别人的冲动。现在我最想知道陈科长档案里有什么好玩的东西。我找来她的档案，从第一页看起。她的第一份鉴定表是参加工作的第二年填写的，时间是 1972 年。有点看头的是她的自我鉴定一栏：

自我鉴定（政治思想及工作表现）：政治立场坚定，革命警惕性高，敢于同一切反革命言行作坚决的毫不妥协的斗争。有一次，我看见同寝室的林满英鞋垫上纳有五角星，非常气愤，当面批评她思想反动。我马上将她的错误行为向组织上作了汇报，使她的反革命险恶用心没有得逞。

刻苦学习马列主义、毛泽东思想。一年之内我通读了《毛泽东选集》四卷，深刻领会了毛泽东思想的精神实质。晚上熄灯之后，我躲在被窝里打着手电看毛选，结果被林满英报复，她向组织上汇报，说我晚上躲在被窝里看黄色书籍。后来组织上通过深入调查，证实她是诬陷。由于我学习毛泽东思想积极，被突击吸收为伟大的中国共产党党员。这是我政治生活中最大的事情。是我第二次生命的开端。

工作积极肯干，不怕苦，不怕累，不怕脏。苦活争着干，累活抢着干，脏活积极干。工作不怕流汗，革命不怕流血。革命事业高于一切，工作是最快乐的事情。一个人的生命是有限的，而为人民服务是无限的。

陈科长的思想政治表现和政治学习都写得很具体，还详写了事件，但写到工作却只有几句空话。也许工作太琐碎，不太好写吧。她的档案里还有一段文字很有意思。这是过了几年的事：

何时何地因何种原因受过何种处分：

1975 年，我妹妹陈秋华和王为民谈朋友。王为民同志经常到我家里来玩儿。我作为姐姐，热情招待他。我妹妹话不多，结果在我家里的时候，我和王为民说话的机会还多些。我妹妹就起了疑心，说我抢她的男朋友。我说没有，她不相信。后来，我妹妹就疯了。她疯了之后，我和王为民照顾她，劝她，给她看病。我妹妹只要看见我和王为民在一起，就要死要活。有一天，她看见我和王为民进屋来，就往外面跑，卧轨自杀了。组织上认为我对这事负有责任，给了我党内严重警告处分。

我想知道她后来是不是同王为民结了婚，查了查她配偶的名字，令我失望，她配偶叫张永生。这名字听上去像位革命烈士。

我猛然想起，一直没有发现总经理刘雅文的档案。查了查索引表，见上面没有他的名字。怎么回事呢？我首先想到的是丢失档案的责任，我接手档案没有同任何人办移交，倘若少了谁的档案，就说不清了。我马上跑去办公室问，陈科长，怎么没看见刘总经理的档案？

陈科长望着我笑笑，问，你想看刘总的档案？

我脸刷地红了，急忙辩解道，没有没有。我清理档案，没有见着刘总的，就来问你。

陈科长又笑了，说，刘总和几位副总他们是处级干部，档案在上面集团总公司，不归我们公司管。

我这才想起来，另外几位副总经理的档案都不在我那里，我没有见过邢亚礼、贺发友、何平等几位的名字。

陈科长说完就低下头看报纸，笑容还挂在脸上。我突然发现她笑起来两边脸颊也亮晶晶地发光，又似乎听见玻璃刮在铁皮上，胸口发慌。因为刚看过她的档案，心里更不是味道。

办公楼终于装修好了，但破产的事还没有搞定。有天，陈科长从刘总办公室打电话过来，让我送文件去，我拿上她要的文件，过去敲了总经理办公室的门。开门的是位小姐，问，先生找谁？

我说，找刘总。

小姐说，你预约了吗？

我说，没有预约，我是……

这时，陈科长开了里面的门出来，说，我说怎么老半天没来哩。陈科长向小姐介绍了我，小姐不好意思，向我道歉。

陈科长没叫我随她进去见刘总，我便回到了办公室。我这是第一次去刘总经理办公室，没想到他那里的规矩就跟电影里似的。

我坐下没一会儿，有位老人进来了，问，人事科有人吗？

我问，您老人家找谁？

他像是没听见我的话，又问，人事科有人吗？

我坐在这里连人都不算，心里很不舒服。可又不好同老人家计较，也不知他是什么来头，到底有什么大事，只好说，我是人事科的，新来的。

老人家这才望我几眼，好像从这时开始我才算个人。他走到陈科长桌前坐下，说，小陈不在？

我说，陈科长开会去了。我见老人家心里有气，不敢告诉他陈科长在刘总那里。

老人家果然有气，说，什么陈科长？我在公司干那会儿，她算什么，还在同她妹妹抢男人哩！

没想到这老头嘴巴这么臭，我只得岔开他的话，问，老人家对不起，不知道您是我们公司的老前辈。您是哪年退休的？

我是 87 年离休的。老头儿把那个离字表达得特别突出，提醒我他不是退休的，而是离休的。

啊，啊，您老……

没等我说下去，老头儿严厉地说道，你转告小陈，我离休的问题，什么时候有答复？我在战场上流血流汗的时候，她在哪里？还是她爸爸腿巴边的一坨肉！同我摆谱！

老头儿说罢气势汹汹地往外走。我跟在他身后一个劲儿地点头哈腰，叫老人家慢走。为了让老头儿高兴，我尽量低三下四。我觉得自己这样子真的不像个人。我本来就是爸爸说的一口痰。陈科长也不比我高级到哪里去，她原来不过就是她爸爸腿巴上的一坨肉！我这样在心里作践自己，感受到一种恶毒的快意。

我不敢把老人家的原话告诉陈科长，但只说了几句，陈科长就气愤起来，说，他老找我干吗？他是不是离休，国家有政策，关我什么事？有本事他上中南海去。

我问，老头儿是谁？

还有谁？李满生！一个工人，哪有什么离休的？没听说过有离休工！谁不知道？他是我们公司有名的混混。兵痞就是兵痞，一辈子都变不了。

我记起来了，就是这位退休工人的档案最先让我感兴趣的。中国的事情就是有意思，1949年参加革命的老资格干部就叫离职休养，别的干部就叫退职休息，而工人资格再老，只能休息，不能休养。

这事越来越好玩了，过后我又找出李满生的档案，认真地看了看。

个人履历：

八岁——十二岁讨饭十三岁——十五岁学徒（理发）十六岁放牛十七岁做长工十八岁被抓壮丁。

填表时间是1954年1月，没有标点，原文如此。下面内容是1968年10月5日填写的。

家庭经济情况（家庭经济情况、人口、姓名、政治态度、职业、生活主要来源、有多少田地、房子、财产）：

解放前：自己一人靠自己劳动生活，无房无地无耕牛。

解放后：东方出了红太阳，来了救命恩人毛主席和共产党，劳苦人民把身翻。现在全家五口人，爱人，吴友莲，大儿子，李大毛，女李美丽，女李雅丽。五口人都靠我一人工资生活，无房、无地、无耕牛。

看到这里我不由得会心而笑。心想李满生虽然没有文化，却学会了司马迁的史家笔法，秉笔直书，臧否自见。同是无房无地无耕牛，解放前他只要养活自己一人，一人吃饱，全家不饿；解放后却要养活五口人。岂不明摆着今不如昔？当年怎么就没有人抓他的辫子，说他诬蔑社会主义呢？但李满生的文化水平显然越来越高了，错字不太多了，标点符号也有了，虽然乱点。这只怕得感谢多年的政治学习。

何时何地参加何种革命斗争？受过何种奖励、处分？处分的原因？1949 年 9 月 15 日参加中国人民解放军在四十九军、一四五师、四三五团、一营、三连任理发员，1954 年 9 月从部队转业回老家，经转业委员会安排在市棉花公司，后来又调到市茶叶公司，在 1959 年 3 月说我乱搞两性关系而开除我的团籍。又要我离职，看到我生活困难、准我在公司做小工。这个是（事）到现在还没有帮我搞清，他们说要到运动后期解决。

社会关系（亲戚朋友参加何种党派？与你有什么关系？）：我有一个母亲和大姐姐（两三岁离开）到现在没有找到，还不知母亲姓名，大姐也不知道名字。我五个月死了父

273

亲，父亲的名字也不知道。解放前住在南正街什么地方，我也不知道。我有一个六叔，六叔名叫李远标，婶婶叫张福挂在广东省、宝安县，原杀猪，因六叔和我立场和关系搞不好，所以没有通信，不知他做什么工作。岳父吴云长郊县供销社工作，岳母夏氏，在燕子镇住，任居民小组长。他们还有一个儿子，一个女儿，都在家读书。

下面是"文化大革命"期间，单位工会负责人填写的李满生鉴定：

"文化大革命"中的表现有何重大问题（由本人单位工代会审查填写）：该同志在"二四"批示后关于对运动不理解说走资派郭朝阳利有肃井冈铁流流毒在我厂当时起到了对运动的阻力当时我造反派起来反对思想转变效（较）好可以来公司结合请酌情分配工作。

以上字迹太难辨认，通篇没有标点，我费了很大力气才勉强认全了。一看就知是一双长年干粗活的手写的字，恨不得把笔捏断，将纸凿穿。

李满生的最后一份鉴定表是 1986 年 11 月 25 日填写的，内容都在历年所填的表中重复很多次了，唯一有新意的是关于他母亲的记载：

其他需要说明的问题：

母亲：1980 年我到住黑龙江漠河的妹妹家，异父同母的妹妹，母亲李龙氏，1986 年在黑龙江出（去）世。

想来李满生真是冤枉过了一辈子，连父亲的名字都不知道，到七十多岁才找到母亲。年纪轻轻被抓了壮丁，解放后的全部事业，就是告状。退休前告状，退休后还在告状。看样子他这状要告到闭眼那一天了。这样也叫一辈子，真是的。

陈科长什么事都安排我做，我也只得遵命，因为她是领导。可我做的任何工作，经她一转手，都成了她的业绩，而且总得把我或轻或重地数落一通。说明我什么事都做不好，非得她最后把关不可。我终于明白，她早年的鉴定表里面，为什么说到工作就全是空话了。

有天，陈科长告诉我，她得陪同刘总出几天差，科里事情都让我处理，重要事情请示邢副总经理。她没说到哪里去出差，我也懒得问。

她在家没事，她出去了，麻烦事就来了。那天上午，我正翻着一本很流行的书，叫《老照片》。过去的事情，我本没有多少兴趣，但自从翻了那些发黄的档案，似乎就有了一种窥旧怪癖，对《老照片》这样的书也喜欢上了。突然听到有人在外面大声吵闹，忍不住跑去看看，原来是一位老者在总经理室里，同那位小姐争吵。

什么东西？当上总经理才几天？就摆这个排场！把个办公室弄得跟外国大老板一样，还从外面招小姐进来做秘书！老者头发花白，脸却红得跟长满痱子似的。

小姐只是微笑，叫老先生有话好好说。

老者却说，姑娘你别这么客气，我不是什么先生。我们公司不兴洋玩意儿，叫什么先生？我姓吴！叫我老吴！我们公司就是这伙玩洋玩意的人给弄得快破产了！

小姐说，破产是公司的大好事，刘总不知为这事花过好多心血哩！

老吴更加愤怒了，吼道，没听说过，破产是好事！让你家倾家荡产你说好吗？破产了我们这些一辈子为公司流血流汗的老骨头怎么办？

小姐还是不愠不火，笑问道，吴老，您老有什么意见，可以告诉我，我负责向刘总转达。老吴说，同你说？你是他刘雅文招进来的人，他承认我不承认，怎么同你说？

这时，我见副总经理邢亚礼刚好上楼来，在楼梯一露头，就缩回去了。我这才发现各科室的门都关着，谁也没有出来。只有我傻乎乎看着他们争吵。我便想溜了。可小姐叫住了我，回头对老吴说，这位是人事科新来的大学生，你不想同我说，就请你同他说吧。

我跑不掉了。老吴审视我一会儿，跟我到了人事科办公室。我不知怎么应付他，忙倒茶给他喝，然后问他热不热，再把电扇开大些。老吴坐下来，缓和多了，说，你这年轻人还不错。我见不得那样的小姐，把嘴巴涂得像鸡屁眼。招这种人进来干什么？多个人领工资，难道还嫌公司垮得太慢了？

老吴同志，您是老同志了，我听您的指教。我发现自己的恭敬效果不错，越发对他奉承了。

老吴这时却谦虚起来，说，什么指教？倒谈不上。我在公司一辈子，什么事没见过？我叫吴大运，退休前就是人事科长。

原来就是那位当年在舞台上调戏女主角的吴大运！我望着他，表情很尊重，私下却在琢磨这老头儿年轻时候可能很是帅气。他身材高大，五官粗犷，眼神刚毅。这种男人过分自信，年轻时不搞女人才怪哩！听了他的自我介绍，我便把"老"和"吴"调了位置，称他吴老了。吴老更满意了，开始同我拉家常，问我哪里毕业的，老家是哪里，家里都有什么人。我一一回答了。说起我的家乡，吴老沉吟起来，说，那是个好地方啊，我去过，有山有水，出产也丰富，就是富不了。这几年不知好些了吗？

拉过家常之后，他没有接着说下去，我就没话说了。我无话找话，问，我们公司原来怎么样？

原来？那可是一家好公司啊！我们又做外贸茶，又做支边茶，又做民用茶。现在呢？业务越来越萎缩，茶叶生产不做了，没有主营业务，不知他们成天干些什么。你找他们呢？他们都说很忙，总碰不上面。刘雅文上任快一年了，我才见过他一次。听说天天在跑破产！几个副老总呢？也是屁股上没有长肉的，就不见他们在办公室坐上半天。吴老气愤得唾沫横飞。

我后悔自己不该提起这个话题，又弄得他如此激动，我知道他喜欢讨教，便再次讨教。我说，吴老，茶叶业务我不懂，什么是支边茶？

吴老表情果然就满足起来，说，新疆、青海那些地方的牧民，吃羊肉、牛肉为主，得喝大量的茶，不然受不了。他们喝的是砖茶，都由内地供应，最初搞过计划调拨，后来是指令性计划。我们原来外贸茶的业务量也很大，我们茶叶出口几十个国家，唉，俱往矣！

吴老的"俱往矣"让我忍俊不禁，直想发笑。"俱往矣"后面的句子应是"数风流人物，还看今朝"。不知我们的刘总经理带着陈科长此时此刻正在何处风流？

吴老，您说我们公司原来那么好，怎么就一天天不行了呢？

都是这些王八蛋搞垮的！吴老握着拳头擂着桌子说，他们哪是干事业的？私心太重，又把总经理、副总经理的架势拿得像模像样，只图个人风光，只图个人口袋鼓起来，哪管职工死活？前任班子一屁股经济问题，至今没有人过问。新班子一上任，别的事没干，就忙着跑破产，还一边喊破产，一边装修办公楼。这不是笑话？不装修办公楼，他刘雅文哪里捞钱去？你看他刘雅文办公室，装修成个大套间，还专门招聘个女秘书放在外面。他们哪，都把总经理、副总经理当作官在做，怎么搞得好公司？我是老搞人事的，专门研究过这个问题。企业管理者就是管理者，往高层次走就是争取当企业家，不是当官。他们呢？爬上这个位置，就老想着自己是处级干部了，是副处级干部了，就像模像样地摆出官样子。

好在没人来办公室，不然别人听了这些话，我也脱不了干系。他在走廊里也好，大街上也好，都可以骂总经理们，只是不能让人知道他同我面对面骂。我只希望他赶快走了，就问，吴老，您老有什么事要交代吗？

吴老说，我同小陈说过好多次了，专门给她递了个材料。我是高级政工师，在职期间出差、用车等等，都是享受副处级待遇。这个上面是有文件的。可是，只把我作为正科级干部退休。我辛辛苦苦了一辈子，到头来这么对我，想不通。她总说给刘雅文汇报了，刘雅文又总找不到人。再不答复，我就上北京。

我说，吴老，这方面政策我不懂，您老说的事，等她回来，我跟她说说，要她抓紧向上面反映。

吴老也不走，也不正经说什么，只是坐在那里拿着本杂志翻翻，又拿张报纸翻翻。报纸翻得稀里哗啦，叫我心烦难耐。好一会儿，吴老才动身走了。还好，他还算多读了几句书，临走还招呼一声你忙吧。

我忙个鬼！吴老一走，我就把门虚掩了。这吴老也真有意思，说人家只想着自己的官帽子，他自己退休都好几年了，还在争什么副处级。人哪，说人家都好说，轮到自己就是另一回事了。

没事可做，我翻开一张报纸，看上一会儿，就瞌睡昏昏了。突然响起了敲门声。没等我说请进，一位中年妇女推门进来了。

陈雪华在吗？她问。

我说，陈科长出差去了。我是新来的，您有什么事吗？

她不说有什么事，只道，你就是新分配来的大学生？听说了，果然帅气。我叫林满英，公司的，已经留职停薪了。

你就是林满英？

怎么？你认识我？林满英显得兴奋，眼睛和脸庞都放了光。凭她现在的模样，仍然看得出她曾是位美人儿。大凡漂亮女人，总感觉自己在众人目光注视下生活，她们一辈子都因此而愉快和傲气。

我因为知道她一些事情，便像做贼心虚，忙说，我看过职工花名册，对你的名字有印象。心里却在想，吴大运迟走几分钟就好了，我想看看这两位当年在戏台上相骂的老对头，碰在一起是什么场面。

见我并不认识她，林满英显得有些失望，坐下来说，我找陈雪华。她打过好多次电话给我，要我交留职停薪费。我是不会交的。我还有几百块钱的医药费公司没给我报，还要我交钱，哪有这个道理？陈雪华说我要是不交钱，公司就停交我的养老保险费。我就是来说这事。她敢这样，我就跟她没完！

又是来者不善，什么鬼公司，这么多麻烦事？我只希望她快些走了，便说，林大姐，我新来，很多政策都不懂。等陈科长回来，我把你的意见向她转达？

林满英说，这个公司还谈什么政策？没政策！强有理，弱不是。也不麻烦你转达，她要找我她自己来找我。我今天也是到这边办事，顺路来一趟。

这倒省事，我求之不得。我想她该走了，可她却还想同我说话，问，你跟陈雪华共事，感觉怎么样？

这话一听就有文章，我只装糊涂，说，我刚参加工作，不懂实际，多向她请教就是了。

林满英嘴角露出一丝讥讽，说，你一个大学生，用得着向她请教什么？她什么底子，我不清楚？从一参加工作，我俩就住在一间宿舍。那会儿年轻人住集体宿舍。她呀，我太了解了，只知道算计别人。

你们那会儿还有集体宿舍住，我现在睡办公室。天地良心，我说这话并不是发牢骚，只是开玩笑。

林满英眼睛一亮，说，小伙子，你可要小心啊。

我不明白她说的是什么意思，点头也不是，摇头也不是，只是未置可否地笑。

林满英很有兴趣谈陈科长的事，继续说，她呀，心肠是又黑又硬。年轻时跟自己妹妹抢男人，硬是把自己嫡亲的妹妹逼疯了，逼死了。这在茶叶公司是尽人皆知，她当年还为这事挨过处分哩。

我只是笑。

她同谁出差去了？林满英问。

我说，她同刘总出差去了。

同刘总？林满英表情神秘起来，说，她真有功夫！刘总办公室放着个年轻漂亮的女秘书不带，硬要带她这个半老徐娘出去。她啊，这方面本事大啊。当年她想死了她妹妹的男朋友王为民，可人家王为民又不喜欢她，她就主动献身。我在寝室就碰上好几回。我这辈子运气不好，只怪看到了这种晦气事。

我好像明白林满英说的你要小心是什么意思了，便有些讨厌这个女人了。可她仍然凭着漂亮女人年轻时候养成的自信坐在我的对面，目不转睛地望着我说话。我注意她的眉毛和眼睛，真的很好看。可她眼角的鱼尾纹已没法掩饰，脖子上的皮肤也早已松弛了。

晚上，我躺在办公桌上看书，突然想起林满英，便找来了她的档案。原来，她同陈科长还有另一桩公案纠葛。

何时何地因何种原因受过何种处分：

1974年，因自己政治学习不够，思想改造不积极，把五角星纳在鞋垫上。被同寝室的同事陈雪华同志发现了，她狠狠批评了我，并将我的错误行为向组织上做了汇报。我因此受到开除团籍处分。1976年上半年，陈雪华的男朋友王为民常到寝室来找她谈心。有天，王为民来的时候，陈雪华不在寝室，我就同他说了很多话。我以为他是位有知识、有抱负的优秀青年，很倾慕他。后来同他接触就多了起来。后来又一次，王为民来的时候，陈雪华又不在，他就带我出去了。我们在河边的草滩上发生了两性关系。后来在不同地点又发生了几次，事情经组织上发现后，对我及时进行了教育。我因此受到群众大会批斗。

怎么又是为王为民呢？这人真是艳福不浅啊。我想知道王为民最终是否成了林满英的丈夫，一翻她的配偶一栏，不是的。我突然觉得配偶一词特别刺眼，真有些动物配种的意思。我发现一条规律，那些年对两性关系抓得严，可我看过档案的人，却几乎没有谁不在这个问题上受过处分。这是怎么回事呢？我突然想到被李满生摸过奶子的李明花，又翻出她的档案，仍然翻到有关处分的内容。

1961年6月，有天夜里，我在门市部值班，和我一个科室的同事舒向前调戏我。我不答应，他说，你跟李满生那个国民党兵痞都肯，同我就不肯？我说我和李满生没有那事，是他调戏我，我打了他，他还被组织上处分了。后来他就强行和我做了那事。我后来想着不服气，想告他。他就求我，说他上有七十老母，下有老婆孩子，都在农村，要是我告了他，他就要回乡下去，老母亲就会活活气死。他又给了我一些饭票和菜票。我就心软了，不再告他。从那以后，他隔一段就来找我，过后都给我一些东西。后来，我俩的事被同事检举，我俩一起被放在群众大会上批斗。

真是好玩极了。我猛然间有了某种灵感，发现了一条发财绝招。如今《老照片》这样的书这么走俏，要是谁出本《老档案》，保证洛阳纸贵。何必让别人去发财呢？我自己干！从这天开始，我就隔三岔五地偷出四十五岁以上的员工档案，跑到外面去复印。我想只要时机一到，我只需把这些档案中的人名和地名换一下，就是现成一本书了。也用不着全部复印，四十五岁以上员工有三百多人，我只需精选其中有意思的一百个人，每人选出一千五到两千字的内容，就可以编本二十多万字的书了。现在这年月，书不宜太厚，二十万字足够了。

刘总这次出差，原本是衣锦还乡。他带了二十万块钱回去支援家乡，投给他村里办希望小学，命名雅文小学。职工就有意见了，说我们自己的希望还不知在哪里，他这败家子拿着公司的钱回去办希望小学，为自己买下千百年英名。我慢慢地同公司其他人员混熟了，有些话也就能够听见了。有人竟说到刘总回乡的一些细节。说是刘总在市里面工作快三十年了，只是个科级干部，回到县里很没有面子。他每次回去，都很想到县委、县政府去露脸，可县里的父母官都不冷不热。最难受的是春节回去，县委都要请些在外工作的同志吃饭。可请来请去都只请处级以上干部，没有请他。今年初，他从正科级干部破格提拔至正处级，就觉得自己应该有些面子了。可形势变了，他不过就是个市属企业的总经理，在家乡人的眼里已不是正儿八经的官了。只有他自己那个小村子的人说起刘雅文，觉得很风光，说他就等于县委书记，还说市里领导几次找他谈话，说他回来当县委书记，他不肯下来。要不然，我们这个村子早富了。但村子里的人说什么都只是笑话，除非你有钱投回去，不然你在外面当再大的经理，县里没有谁看重你。所以刘总咬紧牙关弄了二十万块钱回报乡梓。果然，县委书记和县长都出面接待了他。

有人猜测，说关于刘总回乡的细节，不是刘总司机说出来的，就是陈科长说出来的。多半又可能是陈科长说出来的，他们说她这个人，不可能对任何人忠心耿耿。

刘总回来后，又天天在外面跑。我在公司机关里偶尔可以碰上几位副总。他们不太理人，我也得同他们打招呼。也许正是吴老说的，他们是官，多半是不太理人的。

我们人事科却总不得安宁，不是你来吵，就是他来闹。他们总有问题没得到解决，总是火气冲天。原来人事、劳资、工会、老干、计划生育、安全保卫等等工作都归人事科管。而经理们总不待在办公室，人事科就成了他们随意发泄的地方了。陈科长要么好言好语，要么高声叫嚷，这得看是什么人，是什么事。听着她对别人高声叫喊，我心头直发紧。我不相信一个女人怎么能有这么高的声调，这么足的底气。吵闹的人走了之后，她的脸会阴上好半天。我把她阴沉的表情理解为沮丧，就有些同情她。一个女人，应对这么复杂的局面，该有多难。这时我会发现自己很无能，总是局外人一样，只有看热闹的份儿。

直到有一天，闹哄哄地来了十几位老干部、老工人，我才知道我们公司已半年没有发工资。原来又到要发工资的日子了。我的老天爷！我口袋里的几个钱还是在校时勤工俭学挣的，早就等着发工资。要是没工资发，我吃什么呀？

奇怪的是，我越来越佩服陈科长的才能了。她只是文墨不太通，口才干才都比我强。这其实就是领导才能。领导有才不在于会写文章，写文章是秘书的事。那么她还待在这样一个鬼单位干什么？

这天，来了个粗壮的黑汉子，进门就气势凶狠，问，我爸爸的事，到底怎么办？

陈科长说，你爸爸的事，国务院都没办法解决，只有去联合国看看。她说罢笑了起来。

黑汉子却不领情，说，陈雪华，我不是来同你比牙齿白的，我只问你，怎么办？他老人家解放前参加革命工作，却一辈子受冤受屈，到头来离休待遇都不能享受。硬是不给解决，别怪我们兄弟不认人！

老李，你应该帮着我们做你爸爸的工作才是。他老人家解放前参加革命工作，这不错。但他是工人，就不能享受离休待遇。这是政策。陈科长很认真地说。

我这才知道老李可能就是李满生的儿子了。老李说，这叫什么政策？共产党不是说工人阶级是领导阶级吗？干部就能离休，工人就不能离休？你们的政策就是这样的牛头不对马嘴！你们就是虚伪，说为人民服务，就是不肯为人民中的一员服务。

我爸爸的问题，就是实际问题，你解决解决。老李说。

你爸爸的实际问题是，他不能按政策享受离休待遇。陈科长说。

两人一来二去，已不是辩道理，而是耍嘴皮子了。看上去陈科长长于此道，也很乐意同老李耍嘴皮子，似乎她不是在处理事情，而是在表演口才。最后，她显然懒得再表演口才了，才说，老李，我们都老熟人了，没必要弄得脸红脖子粗。说白了，你爸爸的问题，也不是我们公司能够解决的，得逐级上报，最后让市委组织部、人事厅解决。我们不给你们报材料，不是我们不同意报，我们没权力同意或是不同意，只是我们不敢报。按政策明明不行的，我们报材料上去，上面不要批评我们？既然你们硬是要报，我们就挨一次批评吧。

老李这才把语气软下来，说，那好，我们自己先准备有关材料，烦你们上报。上面不批，我再去找上面。你知道我今天为什么要来找你吗？我爸爸的心脏病又发作了，他睡在病床上老是念着这事。我怕他再受刺激，就闭眼去了，就求你们给行行好。医生说他老人家可能活不了多久了，我要让他亲眼看着我们在上报材料，也是个安慰。他哪怕现在就闭眼了，让他知道我们在上报材料，也让他老人家到阴间有个想头。

老李这么一说，陈科长倒感动了，说，唉，你爸爸这辈子，也不容易。

老李走后，我问，陈科长，这材料真能报吗？

陈科长说，谁敢报？这不是天大的笑话？人家会说我们公司人事科的政策水平太差了。就让他们把材料送来吧，我们就说上报了，让他们等着。他们也知道上面办事不会这么快。他们还来不及催，说不定他老爸就归天了。等老人家一归天，就什么事都没有了。

真是太残酷了，再怎么也不该咒人家死啊！可是除此以外还有什么办法可以解决问题呢？

这天，陈科长不在办公室，林满英又来了。她怎么总挑陈科长不在的日子来呢？我一边客气地请林大姐坐，一边在心里阿弥陀佛。

她微笑着同我打招呼，说，小帅哥，正忙啊？

我觉得她该退回二十岁再这么嗲声嗲气地叫别人小帅哥，心里便有些犯腻。可我脸上必须洋溢着笑容。

没事，到这办办事，顺便看看。林满英说着就坐了下来。

我没话找话，说，林大姐，你没碰着陈科长吧？

林大姐说，我一辈子都不见着她才好。我告诉你，你自己要是有办法，就早些离开这个鬼单位。她呀，嘴上不漏半个字，只怕还会说要你安心工作，其实她自己早瞄准好单位了。王为民给她帮忙，要调国税局。

王为民是谁？我有意装糊涂。

林大姐说，你记性好差。我上次不是同你说过，就是当年她同她妹妹一起争的那个男人呀！人家最近当市委组织部长了。

我那会儿没有一点社会知识，不懂什么党委、政府的机构设置，而大大小小的官员在我感觉就如天上的星座，我叫不出名字，也对不上号。

我问，那她怎么还不走呢？我要是有这样的好事，不要等明天，今天晚上就走了。

她还在打个算盘，想进入公司班子，搞个副处长，到那边去大小是个官。林满英说着，她脸上的笑容看上去不知是赞赏，还是讥讽。

听了这番话，我如坐针毡。我想离开这里，是上天无门，下地无缝。而且最当紧的不是离不离开，而是我马上就没有生活费了。

就像有心灵感应，林大姐马上问道，听说公司半年多没有发工资了？

我摇头苦笑，这是我头一个月领工资，就是张空头支票。

是吗？林大姐关切地问道，那你吃饭怎么办？参加工作了，就不能老靠家里啊。

靠家里?！父母还等着我挣了钱，帮家里出些力，翻修一下

286

老房子哩！我只好含含糊糊地说是是。

她像看出了我的难处，说，你要是愿意，可以到我店里去做事。我开了几家服装店，生意都还可以。我给你留个电话。

她毕竟是想帮我，我不能不领情，接了她递过的纸条。上面写了她的家庭电话和手机号码。

后来，我才注意到陈科长总同一位叫向秘书的人通电话，说话都隐秘，像是暗语，总是这个事啊，请你跟王部长说说，那个事啊，就是那个意思，我上次给你汇报过的。

我事先连一点风声都没听到，刘雅文被解了职，邢亚礼接任总经理，陈雪华进班子，任副总经理。林大姐的话果然应验了。据说刘雅文之所以被解职，主要是他把全部精力放在跑破产上，没跑下来，应酬倒花了十几万。十几万如今本不算钱，但在我们茶叶公司就是大钱了。老同志还到上面告状，说他支援家乡建学校的二十万块钱，只是他个人擅自做主，应该算他贪污。

我如今叫陈科长陈总了。陈总专门找我谈了话，她说话的语气比平时平和多了，有点副总经理的意思。她说，人事科工作很重要。现在还没有任命新的科长，你要全面负起责来。要安心工作，公司困难是暂时的。看她说得那么从容，似乎她自己将与公司共存亡。我真佩服她有这个本事。

一天，一个干瘦的老头来我办公室，说是找小陈。我说陈总的办公桌已搬了。他说，我知道，刚才我去了她办公室，她不在那里。

我说，同志，请问您找陈总有什么事吗？

老头儿不回答，却一字一顿地说，我是刘雅文。

我一时嘴巴张开都合不拢了，不知说什么好，半天才说，您是刘总啊！

这位曾经的刘总摇摇手，微笑着，没说什么，倒背着手走了。

到他下台了我才知道刘雅文是个什么样子。他的形象同我的想象相差太远了，没有一丝文气，竟像个大老粗，甚至还有些猥琐。难怪他回到家乡去没人理睬。

我的日子越来越困顿了。我现在想得最多的倒不是自己的肚皮，而是老父老母。他们总以为儿子在大城市里赚大钱，享清福哩！想象得出，尽管他们没有收到我寄回去的一分钱，可乡亲们都会奉承他们有福气。他们就觉得脸上有光，走在外人面前都高出三分。

当我口袋里的钱只够我吃三天饭的时候，我不再想父母了。我想自己的肚子。不知从哪天起，我养成了有事没事翻口袋的习惯，似乎多翻几次就会多翻出几块钱来。可翻来翻去，除了林姐交给我的电话号码，口袋里不会多出任何东西。那天下午，我终于打了林大姐的电话。我也不说去她那里打工，只说想去她那里玩玩。

林大姐很爽快，说，行啊。我在家里，你干脆来我家吧。

按照林大姐说的地址，我没费多少工夫，就找到了她的住地。可我不敢按门铃，怕自己走错了，因为我面前是一栋漂亮的别墅。

门却无声地开了。林大姐穿着宽松的休闲装，笑吟吟地望着我。她不说话，只用眼神示意我请进。黄昏的阳光柔和地投在她脸上，看上去比前两次年轻多了。

我汗涔涔的，屋内的空调很凉，顿时打了寒战。林大姐忙替我找了件衬衣，让我去洗漱间洗一下。我说没关系的，不用洗。林大姐却说，听话，去洗一下，不然容易感冒的。这话听上去真是位体贴的大姐。我只得接过衬衣，去洗漱间洗了一下。

等我洗完出来，林大姐坐在沙发上望着我笑。她也不说话，只是望着我笑。这样过了一会儿，她才说，别在那个破单位干了。不嫌弃的话，跟着我干，我不会让你吃亏的。你可以跟着我干几年，学点经验，然后自己创业。今后啊，还有什么正式单位不正式单位？自己干，这是潮流！

我说，林大姐，我想请你帮个忙，帮我离开这个公司。

林大姐说，我一个个体户，最多只能给你份工作，哪帮得了这个忙？

我说，我听公司人说，组织部王部长是从我们一个系统出来的，你们原来都很熟。我们公司很多人都求他帮过忙，听说他还是很肯帮忙的。

林大姐脸不经意地一红，说，过去我们是熟悉，现在人家是部长了，我一个平头百姓，怎么去找人家？你可以找陈雪华，她同王部长经常联系的。

我说，我不想找她，她老是摆着副架子，我受不了。不像林大姐，人好。

林大姐笑了起来，说，你呀，嘴巴子倒是好乖的。我想看看你人乖不乖。她说着便眼神油光光地望着我。

我几乎心惊肉跳，却涎着脸皮说，我听林大姐的。

当保姆端上碗筷时，我才知道今晚只有我和她两个人吃饭。

保姆没有上桌，一个人厨房里吃。我问，家里人呢？

林大姐也不回答，只是浅浅地笑着，说，吃吧。

吃完饭后，我和林大姐又说了一会儿话。我看看墙上的挂钟，不早了，就想起身回去。林大姐仍是笑着，说，太晚了，没有公交车了。这是郊区。住下来吧。

我说，还是回去吧，住在这里，太麻烦你了。

林大姐说，你刚才不是说了，听林大姐的吗？

我……

既留了下来，一切都不由自主了。

我从来还没有见过那么大的床。那床宽大得令人想起辽阔的草原，顿时萌生一种纵横驰骋的欲望。

林大姐问，你知道我比你大多少岁吗？

不知道。我一脸兴奋和茫然。

十四岁，我比你大十四岁。林大姐说罢，就紧紧抱着我，似乎这十四意味着某种成就。

从那以后，我下班就往林大姐那里去。我也不问她是不是找了王部长。我不知道是不是还应该关心这事，一天到晚神魂颠倒。复印档案的阴谋也停了下来。

这年秋天，陈雪华感觉自己副处级的交椅坐得有些发热了，就离开茶叶公司，去了国税局。这时，我才想起应该问问林大姐了。这时我只叫她一个字，叫姐。我说，姐，那事有眉目了吗？

她说，慢慢来吧。哪有这么快的事？

我隐隐感觉她是在搪塞我，却不好发作。我终于明白为什么把男人的这种勾当称作吃软饭。我真的硬不起来，同她闹翻我明天就得流落街头。想来想去，我还是继续复印档案，万一没办法了，就走这一着险棋。

我再也不问林大姐把我的事办得如何，只是每天下班就去她那里吃饭，吃了饭就开始那种最原始的娱乐活动。我后来能够运用自如的很多技巧，都得益于这个女人的言传身教。有次，我正在她身上乐，忽然想起这个富有而快乐的女人，干吗为每年几百块钱同公司计较？想不通。很多事我都想不通，李满生为什么人都快死了还在争离休待遇，吴老也退休好几年了为什么还在为副处级费心劳神。

也是我活该出事。双休日，我在林大姐那里休息了两天。她也是照常休息双休的，店子有人打点。那个双休日，我们过得很隆重，弄了很多好吃的，还在别墅前的草坪里支着太阳伞做了日光浴。初冬了，太阳晒着懒洋洋的，很舒服。

乐极生悲。星期一我一去办公室，就被邢总叫了去。邢总严厉地望着我，半天不说话。我不知发生了什么事，只感觉胸口跳得咚咚响。

原来，我星期五下午跑出去复印档案，忙着去林姐那里，把一份档案遗失在复印室里。复印社发现了那份档案，很负责任，找到我们公司。我已提前走了。他们把那档案直接交给了邢总。正是林满英的档案，上面记载着她当年同王为民部长不正当的男女关系。

我从此离开了茶叶公司，在这座城市的某个角落打工，像个隐身人。也再没有见过林大姐，倒是王为民部长当年同她的风流韵事，又被人们提起。旧闻新炒，知情者其乐融融。

我同茶叶公司的关系，只是有时去那里取一两封信。我求传达室的老头儿帮忙，若有我的信，就请他呼我。我去取信，就买包烟感谢他。我得保留着这个通讯地址，好让我的老父老母知道，他们的儿子如今正在这座大城市里赚大钱，说不定有一天就会寄垛大票子回去，把家里的房子翻新了。

每次去公司取信，老头儿总会拉着我说些公司的事情，比如说，李满生还没有死，还三天两头来公司闹他的离休待遇。说吴老身体不行了，他是天天关在家里写告状材料，自己弄垮的。我没有兴趣听这些，每次都拿了信就想走人。可老头儿接过我的烟，显得很热情，觉得不告诉我些事情对不住似的。我也就随便问问，还破产吗？破哩，听说快了。有时他又回答，听说一时破不了。

茶叶公司至今还没有破产。我也没有发财。我的发财机遇好像就是那些档案，被我不小心丢失了。不过我想把这个绝招告诉你，你若是有机会，出本《老档案》的书，肯定发财。

无头无尾的故事

一

　　偶然的一件小事，没想到竟引出那么多的是是非非来。

　　黄之楚本来是不逛成衣市场的，他总觉得那是娘们儿的事。那天鬼使神差，偏偏去转了转，偏偏又碰上了李市长的夫人。市长夫人买衣服差八元钱，正愁没人借，自然找黄之楚借。黄之楚没带钱，正手足无措，却瞥见了另一处摆成衣摊的女邻居，向她借了八元钱给市长夫人。这确实是小事一桩，谁都有可能碰上的。

　　事就出在这里。也许是贵人多忘事，市长夫人过后几次碰到他，都只是像往常一样微微颔首，丝毫没有还钱的意思。一个市长夫人绝不会为了区区八元钱而有失身份，一定是忘记了。黄之楚当然也不便为那八元钱向市长夫人讨债。其实，自己垫上八元还给那女邻居也就行了，就算倒霉遭了扒窃吧。但黄之楚的老婆却是会计出纳兼采购，他只是领工资时那百几十元钱在口袋里热上半天，平时不名一文。他往常都以此开导同事，那油盐酱醋的事让娘们儿管去，乐得自在。今天才觉得多少应有点财政自主权。

因还不出钱，每次碰上那女邻居就只好搭讪赔笑。做邻居虽有三年了，却不曾知道隔壁这家姓甚名谁。黄之楚以往也不屑于同这些暴发户打交道，尤其这女人，描眉抹红的，还常牵着一条黄狗，简直像一个没落贵族，或是一个女嬉皮士。她吹泡泡糖时，总让他联想到避孕套，很恶心。她那男人黑咕隆咚，腰围起码三尺五，时常凶神恶煞的样子，一看便是社会不安定因素。那女人有时似有同黄之楚夫妇打招呼的意思，只是他们有些清高，别人也不好太热乎。如今这黄之楚主动开腔搭话，那女人自然满面春风。黑男子却一直阴着脸，黄之楚见了便不免有些心虚。

既然打招呼就得有个称谓，不然见面就喂，也不像话。黄之楚便向老婆肖琳打听隔壁那女人的名字。肖琳立即火了：我早就发现你这几天不正常，坐在家里像只瘟鸡，一见那骚货就眉来眼去，嬉皮笑脸。问她名字干什么？想写情书？

这正是做晚饭的时候，左邻右舍正在为塞饱肚子团团转。他们住的是旧式木板房，一家连着一家，中间只隔着一层壁板，连炒菜的锅铲声都听得清清楚楚，想必这边的说话声音也能一字不漏地传过去。黄之楚只得压着嗓子叫老婆，轻点、轻点。

晚饭吃得没声没响，没滋没味。儿子柳儿稍晓人事，眼珠子在父母脸上飞来飞去，比平时安静多了。不到十点，一家人便上床睡了。儿子本是独自盖一床被子，今天肖琳有气，就钻进儿子的被窝。

记得新婚之夜干完那事之后，黄之楚咬着肖琳的耳朵说：今后我若睡别的女人，雷打火烧。肖琳立即封住了他的嘴，娇嗔道：什么话不可以讲，偏讲这鬼话！谅你也没这胆量！确实也没这胆量。他一个大学生，堂堂市府办干部，前程似锦。总不能为了那几分钟的神魂颠倒毁了自己。再说妻也不错，说不上楚楚动人，却也有几分娇媚。按他的理论，老婆不能太漂亮，这样安全系数大些，老婆若是太漂亮，即使本身正派，别的男人也要进行侵袭。他相信自己作为一个男士比女人更了解男人，于是他便把老婆长相平平的优越性无限夸张。想调动自己的激情时，他便饱含爱意地琢磨老婆那两条修长的腿。那腿确实漂亮，使老婆显得高挑，尤其从后面看。老婆在本市最气派的宏利商业大厦当会计，也算是管理人员了，收入比黄之楚还高些。

黄之楚觉得老这么僵着也不好，便考虑向老婆解释一下。他知道她的脾气，弄不好一句话又会上火，就反复设计措辞，先讲哪一句，后讲哪一句。隔壁那两口子正上劲，女人哎哟哎哟地呻吟，男人呼哧呼哧喘粗气，肖琳猛然转过脸来，骂道：怎么还不睡着？专门等着听这骚货的味！告诉你吧，那骚货叫曾薇，别人都叫她真味！黄之楚回了一句：什么味不味的，你不也听着！便用被子蒙住了头。

往常听到这响动，黄之楚总向肖琳做个鬼脸，道：又是唐山大地震了。有时他们本来累了，但在这响动的挑拨下又激动起来。只是不敢太放肆，生怕隔壁听见。黄之楚就想：这也许正是斯文人和粗鲁人的区别，于是更加瞧不起隔壁那对男女，尤其那女人。但黄之楚夫妇每次都不满足，那可是千真万确。有次肖琳说：真像炒了好菜，饭却做少了。黄之楚说：比这还恼火！肖琳狠狠拧了男人一把，说，怪谁呢？黄之楚听了就长吁短叹。当然怪自己，没长进，若能提拔个副主任、主任之类的干干，也可在机关大院住上一套好房子，怎么会流落到这居民区来，同鸡鸣狗盗三教九流打交道。今天两口子闹得不愉快，他更加气愤。最后找到的原因是自己不会拍马，倒不是没能力，于是恨死了那些拍马的。便觉得自己很清高，并决定一辈子守住这清高。还想到了孔子的名言：芝兰生于空谷，不以无人而不芳；君子修身立德，不以穷困而改节。这样一想，感到自己高尚了许多，甚至激动起来，近乎一种慷慨赴死的悲壮。床底下老鼠打架的吱吱声却将他神游八极的思维拉回这破败的居室。于是开始想那老鼠们，它们终夜窜来窜去，一刻也不停歇，时时还自相残杀，通常也只是为一只死鸡或一条臭鱼，有时甚至无任何理由也大动干戈，不就是为了活得好些！人又同老鼠何异？妈的，恨别人拍马有什么用？只恨自己中孔老二的毒太深了！这样痛心疾首地自责着，便觉倦了，睡去。做了个梦，梦见这房子的底层被老鼠钻空了，房子轰然倒塌，自己被瓦砾埋了，怎么叫也没人救。一急，也就醒了，发现自己原来还蒙在被子里。一看表，快到八点了。不见妻儿。他胡乱洗了把脸，口也不想漱，就拿着公文包想出门。这时看见桌上放着个纸条，是老婆留的，用的是商标纸：让你装死睡去，没有饭到隔壁真味家去吃，她正想着你！黄之楚恶恶地把那纸抓作一团，扔了出去。

二

机关工会分了三十元钱，不知是什么费。黄之楚想：管他是什么费，可以还那邻居的八元钱了。以后照旧不同她搭理，免得和肖琳扯麻纱。

中午回家的路上，便一心想着还钱的事。他想，应落落大方地同她招呼一声，不能叫曾薇，免得人家听后误解，只叫小曾。然后说，你看你看，那八元钱，有时我记起了，见了你又忘记了，我这个人真糊涂。再把钱给她，说声谢谢，马上走开。动作要快，不让老婆看见。这时他突然想到了一个不好处理的细节。他手中的是三张工农兵，若等着她找钱，那得站一会儿，很尴尬，老婆看见了又怎么办？若说不要她找钱，她肯定不依，还会将两元钱送到家里来，更麻烦。再说两元钱差不多是半天的工资，一家三口可以吃一餐菜。想来想去还是认为先应将钱换零了。

他走到一家商店，彬彬有礼地问营业员：同志，请帮忙换换钱行吗？

营业员看都不看他一眼，冷冷道：本店不承揽人民币换零业务。那娘们儿还自以为聪明，得意地阴笑。

他蒙受了极大的侮辱，尽量潇洒地甩手走出商店。愤愤地想：什么了不起的，你知道老子是谁！等老子管你的那天再说！忽又想起不应同这种人计较，自己还是革命干部，知识分子，哪能计较得那么多？这些人就那么个层次，愚顽不可救药。这也计较那也计较不把人计较死了？所以又很舒坦了。

但钱还是要换零的。看来只有买点什么东西了。买什么呢？他为家里也采办过几次东西，但每次老婆都说他上当了。所以他觉得每一个商店，每一个摊铺都是一个骗局，也就发誓不再做费力不讨好的事，反正老婆乐意自己买东西。今天却是不得已而为之。他想，还是买包烟算了，就说是下基层时别人送的，自己虽不抽烟，来客时倒也用得上，老婆也就不会说什么。于是他又钻进一家商店，想道，不必那么客气，同这些人讲礼貌简直是自作多情，浪费感情。便大声叫道：来包烟！

谁知道你要什么烟？营业员的表情极不耐烦。

这却难住了黄之楚。他因不抽烟，对烟的牌号、价格一概不知。那烟又放在两米外的货架上，怎么也看不清。见那营业员的表情越来越孤傲，他有些受不了，便硬着头皮摆出阔佬的架势：来包好的。

好烟有许多种，谁是你肚里的蛔虫！又被营业员回敬了一句。

黄之楚觉得自己在这花枝招展的婆娘们面前显得越来越笨拙，额上竟冒出汗来。他几乎有点语塞了。

就选包最好的吧。

营业员砰的一声摔过一包烟来：万宝路，六块！

妈呀，这么贵！他掏出十元钱来，好似出手大方的富翁，肚里却直骂娘。他抓起烟和找回的四元钱仓皇逃出商店。听见那娘们骂道：神经病！

黄之楚心想自己刚才的表现一定很可笑，觉得背上汗津津的。

只剩四元零钱怎么去还？还是决定再找个商店买包万宝路，反正到这一步了。他放慢脚步，整理一下自己的情绪，又钻进一家商店，只见几个营业员凑成一团谈笑风生。一个嚷道：昨天上晚班的真走运，才上一个多小时就停电了。轮到我上晚班总是灯火辉煌。黄之楚心想：妈的，哪有这么干社会主义的。有了刚才买烟的经验，他心里踏实多了，大大方方地喊：

来包万宝路！

那位说自己不走运的营业员慢吞吞走过来，递过烟：五块八！

怎么五块八？黄之楚想起刚才是六块钱一包。

嫌贵到别的地方去。营业员说着就想收回烟去。

黄之楚连忙说：不是这个意思，不是这个意思。

黄之楚将两包万宝路放进公文包，将八元钱整齐叠好，对折起来放进口袋，并试了试能否以最快的速度取出来。

刚才换钱买烟的不快还缠绕在他心头。特别是这鬼物价，乱七八糟。又想那靠漫天要价发达起来的暴发户，颇愤愤然。早春多阴雨，刚才还是灰蒙蒙的天，这时突然出了太阳，自己身上的旧西装被照得不堪入目。他忽然感到自己很寒酸，难怪营业员都看不起。这种感觉似乎还是头一次。往常也时时发现自己的装束早已不合潮流了，但总以为自己还是一个革命干部，怎么能那么讲究？国家还不富裕，初级阶段嘛，还是朴素些好。我也那么赶时髦去，岂不成了二流子了？况且自己长得还对得起观众，所以一直自我感觉良好。今天不知为啥，竟有些自惭形秽起来了。

回到家，老婆还没回来，锅台冰凉。早饭不曾吃过，中饭又没着落，刚才又受了气，他气愤地往沙发上一顿。自己一个七尺汉子，怎么落到这步田地！想自己这也克制，那也谨慎，连烟酒都不想去沾，只想做个里里外外都讨人喜欢的人，到头来却是这样！他狠狠地拉开公文包，掏出烟来。抽！抽！抽！管他三七二十一！却怎么也找不到火柴。他在屋里急急地转了几圈，钻进厨房在蜂窝煤炉上点了烟。烟很冲，煤也呛人，弄得他眼泪直流。但还是拼命地抽，拼命地咳嗽。屋里立即烟雾弥漫。

这时老婆回来了。黄之楚顿时有点心虚，但还是壮着胆子躺在沙发上抽烟。老婆铁青着脸，瞪了他半天，骂道：哎呀呀，你还真的像个男子汉了，一本正经地抽烟了。你一个月有多少钱？能养活自己吗？平时不抽烟，今天怎么抽烟了？有心事啦？想那骚货啦？有胆量去呀。

是可忍，孰不可忍。黄之楚腾身飞过一巴掌去，老婆立即倒地，哭得脸盘子五彩斑斓。有人便在门口探头探脑地看热闹。黄之楚把门砰的一声带上，朝市府机关走去。

黄之楚整个下午都在想自己和老婆的事。想起老婆的许多好处和可爱之处，觉得她只是心眼小些，其他哪样都好，很体贴人，家务事从不要他沾边，只想让他好好工作。巴望他有个出人头地的一天。哪知自己这么叫人失望。那两包万宝路真的不该买，十一块八角钱，可以买只鸡了。老婆常说头晕，不就是营养不良吗？可她总是舍不得吃，只知道死节约。其实给儿子买点什么吃的，也可以找散十块钱，照样可以说是别人给的，老婆怎么知道？当时却是聪明一世，糊涂一时，偏想着买烟。越想越觉得自己理亏，对不起老婆。于是找事请了个假，提前回到家。老婆不在家，哭过之后又上班去了。她单位旷工半天扣五天奖金，她怎么会不上班呢？

老婆领着孩子回来时，黄之楚已把饭菜做好了，端上了桌子。他先是没事似的逗逗儿子，调节一下气氛，再同老婆搭腔。老婆表情冷淡，并不作声，黄之楚只管笑，说算了算了，都是人民内部矛盾，你想出气就打我一巴掌。谁想打你！别脏了我的手！老婆回一句，忍不住笑了。晚餐气氛还马马虎虎。

吃过晚饭，收拾停当后，儿子睡了。黄之楚便看电视，肖琳坐在他身边打毛线衣。肖琳突然问：

不是我多心，你同小曾这几天怎么有点那个？

什么那个？不就是打个招呼嘛！黄之楚一副无所谓的表情。

正在这时，有人敲门，敲得很响。黄之楚忙起身开门。进来的是隔壁那黑汉子，气呼呼地抖着一张纸：这是你们家谁写的吧？

黄之楚接过一看，天哪，汗毛都直了。正是肖琳早上写的关于真味的条子。肖琳见状心也麻了，只知看着自己的男人。黄之楚镇静一下自己，笑着说：

你老兄看看，我两口子谁写得出这种条子？

这时曾薇进来了，连拉带骂把自己男人弄回家，边走边嚷：

你这死东西，人家黄主任两口了怎么会呢？只知道乱猜乱叫。

曾薇送走男人，又赶回来道歉：

你们别见怪，他就是直性子，人可是一个好人。不知谁这么缺德，写了那样的话。我儿子喜欢捡商标纸玩，捡回来让他看见了。一问，儿子说是在你们门口捡的。他就跑来问，我拦都拦不住。他就是头脑简单，不像黄主任，是有学问的人。

肖琳因曾薇无意间解了自己的围，有些感激，便劝慰了几句。曾薇也借机会表示了不平，说人心比什么都黑，人口比什么都毒，我们不就是多赚了几个钱，穿着时兴些，就有人嚼泡子呕血地乱讲！

曾薇走后，黄之楚轻轻警告老婆：

以后别捕风捉影，小心那黑汉子揍扁你！

肖琳像侥幸躲过了大难，软软地瘫在沙发上。黄之楚见她这样很可怜，不忍心再说她，便开玩笑：

人家肖会计知书达理，怎么会写那下作的条子？

肖琳不好意思地笑了。上床睡觉时，肖琳问：

你什么时候当主任啦？未必是秘密提拔？你可别在外面吹牛！

黄之楚道：谁吹牛？这些人以为在市府机关坐办公室的都是当官的，不是主任就是什么长。

不管怎样，有人叫主任，黄之楚心里还是感到畅快。至少是个好兆头，也还说明这些人没有看轻他。肖琳虽然心头疑云不散，但看那曾薇也是个精细人，自己猜的事毕竟无根据，也稍稍宽下心来。黄之楚也很快就睡着了，一宿无话。

三

第二天晚饭后，黄之楚要去办公室加班。见曾薇正牵着狗出去玩，便打了声招呼，夸这狗漂亮，然后按事先设计好的程序把八元钱还了。又正好与曾薇同路，便不得不与她一同走。他原来想从此以后再不答理她的，但又觉得有点忘恩负义，况且这女人也算明白事理，并不是那种市侩小人。至于穿着打扮，那是个人的生活方式问题。穿衣戴帽，各有所好，他似乎觉得自己有些观念也应更新了。于是一路上相互间也谈些无关紧要的话题，半是寒暄，半是奉承。

却不知肖琳打烂醋缸子。她在厨房洗碗时，隐约听见隔壁曾薇对她男人讲，同小黄去玩一下。她连忙跑到客厅，正看见黄之楚在门外，给曾薇递了个东西，然后有说有笑地一同走了。肖琳禁不住眼泪汪汪，在心里骂道：这人面兽心的东西，难怪天天晚上加班！那骚货外出同野男人玩怎么还告诉自己男人？恐怕有什么阴谋？

黄之楚晚上十一点才回家。这时曾薇也刚回来，相互招呼了一声，那黑男人还在放录像，音量开得很大。黄之楚取出钥匙开门，怎么也开不了。拿钥匙就着路灯一照，并没有拿错。又继续开，还是开不了。便以为可能是锁有毛病了。于是敲门，喊琳琳。没有动静。再用力敲门，大声喊琳琳，还是不见响动。是不是串门去了，就在门口站着。这时，门突然开了，黑洞洞的屋里传来老婆的吼叫：怎么一个人回来，可以带到家里来呀！

黄之楚丈二和尚摸不着头脑。他开了灯，见肖琳眼皮红肿，像刚哭过，便诧异地问：

今天又怎么啦？是不是神经有毛病？

我当然有毛病，没有毛病你怎么会到外面去玩女人！肖琳叫着。

黄之楚急得说不出话，半天才迸出一句：谁玩女人？你别血口喷人！

黄之楚知道隔壁录像声音大，听不见这吼声，也喊得雷霆万钧。

肖琳冷冷一笑，说：别以为世界上的人就你最聪明，做了事别人会不知道。你反正会写，写情书是小菜一碟，一天十封都写得出。谁知道你在单位是个什么形象，只怕是个色鬼！难怪提拔来提拔去都轮不上你。也有那种混账夫妇，还以为你了不起，两口子串通好了来勾引你。肖琳骂起来像放鞭炮，黄之楚一句也听不明白。他最先只想从她的骂话里听出误会在什么地方，哪知她越骂越离谱，竟骂到提拔不提拔的事上来，太伤他的自尊心了。他心想自己当个二十四级干部，还经常加班加点，连老婆都瞧不起，顿时火上心头，重重扇去一个耳光。肖琳颠了几步，倒了，恰又碰倒了开水瓶，砸得粉碎。开水烫得肖琳尖叫起来。黄之楚见出了事，连忙上去扶。

曾薇夫妇闻声过来了，问：怎么了，怎么了？

肖琳见来了人，也不便再骂，只管哭。

黄之楚掩饰道：我刚加班回来，她忙着给我做夜宵，不料碰倒开水瓶烫了手。

那黑汉子忙问，烫得重不重，重的话快去医院，不然就用鸡蛋清涂一下。黄之楚把肖琳扶到床上躺下，忙去找鸡蛋，找了半天没找着。那黑男人说声莫忙莫忙，跑到自己家取了两个鸡蛋来。

涂上蛋清后，曾薇说：黄主任，好好侍奉小肖，女人嘛，就是娇些。又对自己男人说：取包方便面来给黄主任消夜。自己就别弄了。

黄之楚连忙摇手，说：不麻烦，不麻烦，现在也没胃口了。

那黑男人却已三步并作两步取来了，说：别分心，都是邻居。

曾薇夫妇走后，黄之楚凑到老婆面前问：痛不痛？

肖琳扭一下身子，轻轻嚷道：我才不会娇！

黄之楚知道这话是对着曾薇来说的，就说：你别疑神疑鬼。

肖琳说：谁疑神疑鬼？不看见她多体贴你，生怕你累了，还送来夜宵。世上也有那种甘戴绿帽子的男人！

黄之楚压着喉咙叫道：你有没有个了断？按你的逻辑，那黑鬼给你取鸡蛋那么真心，你同他也那个？

肖琳立刻提高了嗓门：你有什么把柄？我可是看见你们了。你加个什么鬼班，明明看见你递封信给她还不承认？

这时，隔壁电视录像放完了，四周鸦雀无声。黄之楚夫妇不便再吵，背靠背睡下了。黄之楚满心不快，只想做个梦，梦见曾薇，却没有。

四

次日醒来，见老婆早已起床，正在准备午饭，猛然想起昨晚临睡时的念头，觉得对不起老婆，也对不起曾薇。于是庆幸：幸好没有梦见和曾薇做那种事。

今天是星期天，黄之楚休息，肖琳也轮休了。

黄之楚不想继续昨天的争吵，打算用这难得碰到一起的休息日缓和一下夫妻关系。

吃过早饭，黄之楚提出到公园玩玩，儿子也有几个星期天不曾到外面去玩了。肖琳却坐着不动，问：怎么？你想蒙混过关？昨天的事你不打算解释了？

黄之楚低声道：何必又来纠缠，让别人听见怎么好？说着，便用手指指隔壁。肖琳说：放心，人家早摆摊子发财去了。听见了又怎么样？

无可奈何，黄之楚只好如实讲出借钱、工会发钱、买烟、还钱等事来。这本来可以了结的，谁料想却更加麻烦了。你黄之楚心里没有鬼，何必同曾薇那么鬼鬼祟祟？她还亲口跟自己男人说，同小黄去玩玩，我可是看见了的。那市长夫人谁不知道，四十多岁的人了，穿得那么花哨，她还没有生过小孩哩！你同她用

303

钱那么随便，还与不还都不在乎，谁知道你俩是什么关系？你黄之楚一个堂堂男子汉为什么同娘儿们一样存私房钱？你一不抽烟，二不喝酒，吃穿家里都是现成的，这私房钱用来做什么？既然是光明正大，又何必瞒着我？

十万个为什么问得黄之楚睁不开眼，红着脸，坐在沙发上喘粗气。

骂到最后，肖琳冷笑了，说：算你有本事，走投无路了，倒想牵着女人的裤带往上爬！

看来一切解释都无济于事了。若是别的误会还可以找人对证，偏偏又是这种事！

以后的许多日子里，两口子都不搭理，吃饭归吃饭，睡觉归睡觉。隔壁有响动时，肖琳就骂骚货，黄之楚就蒙着头。

日子就这么过也相安无事，只是晚上艰苦些。但黄之楚仍然不安。他担心肖琳那张嘴会在外面乱扇，那些没来由的事儿张扬出去，自己彻底完了。中国这鬼地方，你当干部的若是犯了别的错误还可以惩前毖后，治病救人，若说是男女关系，那便是道德品质败坏了。他想到这点便心惊肉跳，毛骨悚然，似乎自己真有那事了。便常留心同事们的脸色，特别注意市长的表情。

一天上班时，有人叫黄之楚到市长办公室去一下，又没说有什么事。市长单独召见黄之楚可是头一次，他的心一下子提到喉咙上了。莫非市长听到什么了？

黄之楚强作镇定，朝市长办公室走去。市长正在批阅文件，见他来了，满面春风地叫他坐下。市长从未这样热情地接待过他，这使他更加捉摸不透，更加紧张。

市长说道：我有件私事，请你帮个忙。明天是清明，小马想去给她父亲上坟，我要开常委会，去不了，再说我去也不便。烦你陪一下。本来司机可以陪，但他要守车子。这社会治安真乱。

原来是这样！小马便是市长夫人。市长一直叫自己的夫人为小马，可见这市长对夫人何等宠爱！黄之楚想：万幸万幸，老婆的胡言乱语未曾传出去。

庆幸之后，似乎又觉得自己胆子太小了，不像个男子汉。于是恶恶地想：有那么回事又怎么样？谁让你自己不中用，一个儿子都弄不出！这时，市长望着小车从他身边经过，朝他招手致意。他又觉得不该生出这样的坏心思。市长也是个厚道人，为全市人民日夜操劳。

黄之楚想：市长怎么想到要我陪他夫人呢？一定是夫人点将了。他听说这市长因自己没有生育能力，在娇妻面前百依百顺。如今有他夫人看得起，恐怕也能沾些光。所以喜不自禁。

第二天一上班，黄之楚就叫了车子径直开到市长家门口。市长已去办公室，只有夫人在家。他落落大方地喊：马姐，我陪你一起去。

以后，马姐就成了黄之楚对市长夫人的称呼。

上车后，马姐问黄之楚：你贵姓？

黄之楚连忙回道：姓黄，叫我小黄吧。

怎么连我的姓都不知道？黄之楚想。

马姐很优雅地笑了笑，说：你可别在意。市府办的人多，我记性又不好，见了只觉面熟，知道不是市府办的也是市机关的。同志们看见我都打招呼，我也笑笑。有次我在街上买衣服差八元钱，见一个人面熟，就向他借了，至今记不起是谁。唉，我这鬼记性。我同老李讲了，老李狠狠批评了我，说弄不好别人还会说我贪小便宜。

黄之楚赔笑着，说：那谁会怪你呢？八元钱又不是个大事，反正人民币贬值得不像钱了。

他妈的，那八元钱几乎弄得我妻离子散了。黄之楚想。

之后，马姐的兴致全在早春的田园风光上，不多说话。

黄之楚想到昨天领命时的沾沾自喜，便感到像是受了羞辱，只怨自己太简单，太天真。转眼一想：市长为何单单叫他呢？只有两种可能，要么是乱点鸳鸯谱，要么看到办公室只有他黄之楚无事可干，可有可无，正好来当这侍候夫人的差事。越想越觉得自己是天下最不幸的人。于是发誓要用一种公事公办的态度来对待这次任务，甚至在心里给市长上纲上线，说这纯粹是贵族老爷们的特权主义表现，还白白浪费了青年干部的一天生命。

小车到了不能再开的地方停下来，接着要走一段小路。司机征求黄之楚的意见，谁留下守小车。黄之楚似乎忘了刚才的愤愤然，立即声明：对汽车这玩意儿还是老兄你有感情，我想看看山野风光，领略一下清明民俗，还是我陪马姐上山去。

这么决定后，黄之楚暗暗地骂自己没有骨头。

五

黄之楚同马姐混得很熟了。李市长成天忙忙碌碌，马姐又娇娇艳艳的，家里的许多事做不了，常常请市府办的同志帮忙。谁都乐意帮忙。以后便常叫黄之楚了。黄之楚给市长买煤、买米或做其他什么事时，都觉得自己活像旧官府的家奴，很可怜，可又总表演得自自然然，像朋友之间的相互关照，不像有些人显得那样猥猥琐琐，故作殷勤。这样，马姐也感到自在些，于是有事便叫：小黄，给我帮个忙。

有意无意之间，黄之楚每次帮马姐做了事，都要在办公室感叹一番，宣扬一番。说李市长这个官当得真辛苦，家里的事一点也管不了，可把马姐累坏了。我们办公室的同志也真该多替市长家帮帮忙，让他安心工作。他妈的就地方官难当，若是在部队，当个小连长，衣服都有人洗了。

黄之楚这看似泛泛的议论，其实也并不是无故而发。他既向同志们炫耀了自己同市长夫妇的关系，又为自己卖苦力找到了堂而皇之的理论依据，还平衡了同事们的心态。因为既然办公室的同志们都要多给市长帮忙，不是我黄之楚去也是你去呀！这样说来，他三天两头往市长家跑，倒是替全体同志分担责任了。

同志们也见怪不怪，只是羡慕他同市长夫妇相处得那么融洽。不过那位以前常在市长家做事的赵秘书多少有些嫉妒，但这又是说不出口的。黄之楚看出了这一点，只装作若无其事。

偏偏那市府办的向主任是个久历世事的人，他那近视眼镜厚厚的镜片后面的小眼珠不易让人看清，却时刻清楚地看着别人。他觉得市长似乎很赏识黄之楚，对黄之楚也关心起来，在办公室的几次会议上都表扬他，说一个青年人，一个知识分子，就应像黄之楚那样。有次还当着市长的面夸奖了他，李市长也说小黄不错。黄之楚十分激动，甚至有点想哭。他想感激涕零这个成语确实发明得好。于是有人私下议论：黄之楚要走运了。因为同志们通过认真总结经验，发现一条规律：向主任在向领导和组织部门提名之前，都要先在办公室造造舆论，宣传宣传，免得提拔起来大家感到突然。当然啦，重视舆论宣传本来就是党的工作法宝嘛。但同事们谁都不挑明了说，因为这毕竟是组织原则问题。在原则问题上，向主任从来是严肃的。不过黄之楚还是感觉出来了，所以精神更加抖擞，工作更加出色。这又换来了向主任更多的表扬，有次李市长还亲自表扬了他。同事们对他更加刮目相看。那些平时很随便的哥们儿开玩笑也有些忌讳了。黄之楚自我感觉处于历史最佳状态，似乎已经是个准副主任了。

家庭生活却是另外一番景象。肖琳同他进行了一次近似心平气和的谈话：

你现在真像个国民党军官的副官了，专门陪太太玩。我是想通了，丈夫丈夫，只管得一丈，管你是管不住的。离婚吗？又可怜柳儿。我自己命苦，认了。以后我俩就这么过，互不相干。

所以，家庭生活悄无声息地过着，像块电子表，一切都是先编了程序的，有条不紊，却死气沉沉。黄之楚在单位生龙活虎，春风得意，回到家就垂头丧气，如丧考妣。他觉得外面和家里是两个世界，自己也是两个人。

两口子睡在一起，感情上充其量也只是阶级兄弟了。夜里更加饥渴难熬。隔壁曾薇夫妇既不节制也无规律，黄之楚只好每天晚饭后就跑办公室去，以躲避那黄色录音，所以每晚都是深夜十二点以后回家，好在曾薇夫妇都在十二点以前入睡。领导都说黄之楚工作实在肯干，天天加班。他几乎成了机关干部的表率了。黄之楚虽然心里苦，意外地却获得这种好评价，也有了些安慰。肖琳却更加心冷了，心想，黄之楚天天约会，肯定不会只同一个女人鬼混，市长夫人和曾薇大约都是。这畜生！

六

这日子怎么过？黄之楚有时真想提出离婚。但那本来就不存在的离婚理由无论如何是不能抖出来的。就算离了，不翻出那事，别人也会说自己要发迹了，眼光高了，可见是个只可共患难，不能同安乐的人。这样的人哪能重用？提拔也就是泡影了。再想那肖琳也是无辜的，全部的错误只在于误会。

这误会何日才能真相大白？看这阵势，只怕这一辈子都将冤沉海底了。

黄之楚希望家里发生一件什么事，哪怕是自己被汽车撞了，老婆病了，或者是来了远方的朋友，都可以缓冲一下生活的节律。

终究没有发生什么事。一切如旧。

有次，黄之楚偶然听见曾薇对男人讲：我带小黄去玩一下。

黄之楚恍然大悟。原来曾薇一家称那只小黄狗为小黄，难怪老婆说听见曾薇说同小黄去玩。他觉得真有几分幽默，就以此为借口，向老婆解释。老婆只作不听见，依然不搭腔。

黄之楚心灰意冷，正儿八经地抽烟了。肖琳也不干涉。

今晚曾薇夫妇突然来访了。黑男人提着一个纸盒子。他们主动来访还是第一次。进门便是客嘛，肖琳也是最要面子的人，便做着场面上的应酬。

曾薇坐下就问：柳儿睡了？我们到深圳进货，带了两个玩具车回来，带遥控的，我儿子和柳儿各一部。又指着她男人，说：他呀，别看凶得像个雷公，就喜欢孩子。

那么讲礼，真是的。肖琳说。

是哩，太讲礼了。黄之楚附和着。

黑男人豪爽地笑笑，说：都是邻居，柳儿和我儿子又喜欢一起玩。

于是曾薇便讲了许多恭维奉承话，有讲肖琳的，多是讲黄之楚的。肖琳脸色便不自在起来，只有黄之楚察觉到。

黄之楚给黑男人递烟，黑男人道：黄主任原是不抽烟的，怎么也上了瘾？抽的话我还有几条云烟，拿条来抽。

黄之楚说别客气，留着自己抽吧。

曾薇把话题扯到这居房上来，说这房子太差了，又湿又脏，老鼠又多，住久了真会短命。说她两口子拼死拼活赚了些钱，想自己修栋房子，但手续太难办了，最后一关卡在建委了。

黄之楚这才知道曾薇夫妇的来意，便说，我明天去建委看看。

曾薇夫妇立即表示了感谢，再应酬了几句，起身回家。黄之楚夫妇硬要把玩具车退了，曾薇夫妇怎么也不依，只好收下。

客人走后，肖琳嘀咕道：不见世面的东西，一部玩具车可以买得你变猴子钻，成得了什么气候。

黄之楚本想发作，但一想，这毕竟是老婆好久以来同他说的第一句话，只好缓和了语气，说：不能那么讲，不送这车也应帮忙嘛。

那当然啦，又不是别人。肖琳的语气有些怪。

黄之楚知道此话特有所指，只好装聋作哑。

第二天，黄之楚处理完几个文稿就往建委去。若是在以前，这个忙他是不敢慷慨承诺下来的，因考虑到自己缺乏分量，怕别人不买账，落得没趣。现在不同了，尽管尚未提拔，但早已风声在外，知道他即将提拔，又是市长的红人，怎会不给面子？于是他找了建委主任，主任吩咐了承办人，事情顺利办好。离开建委时，他觉得那主任同他握手时特别有力，似乎在传递一种无言的信息，使他有些飘飘然。

中午回家，就把办好的手续给了曾薇，曾薇千谢万谢，笑得很媚。黄之楚不由得想到她晚上的劲头，也笑了。

晚上曾薇夫妇又来道谢，带来两套衣服：一套全毛西装，给黄之楚的；一套全毛西服套裙，给肖琳的。还有一条云烟。黄之楚夫妇说不好不好，邻居间帮个忙还这样，太见外了。

曾薇说得极随便：没什么，就六百多块钱的事，我们坐火车逃几回票就包在里面了。

实在执拗不过，别人也是真心相送，便收下了。

黄之楚是真心不想收这东西的，他想还是干干净净地做人好。但还是收了。他另有一番用意。便对老婆说：那件事我解释也是白解释，但你也是有头脑的人。俗话说，商人重利，婊子爱钱，我和她真有那事，别人还会送这么贵重的东西给我们？只要给我个媚眼，只怕要跑得翻筋斗！

肖琳一想，似也有些道理，就问：那么你那位马姐呢？

黄之楚说：告诉你吧，市长已找我谈了，要提我当市府办副主任。我若睡了他老婆，还会提拔我？不整死我才怪哩！那种事又是瞒不住的。

肖琳听了这解释似乎都合乎逻辑，心也宽了许多。收下那将近半年工资的非分之财，尽管有些难为情，但毕竟心里畅快。又想自己的男人也许真的要熬出头了，也是大大的好事。于是她郁结多日的心开朗起来。黄之楚因老婆消除了疑虑，自然也高兴。二人和好如初。今晚不曾听见隔壁的动静，二人都有那意思，也就亲亲热热地做了。

之后肖琳睡着了，黄之楚依然亢奋。便想到今天第一次用权，还只是稍稍施加影响，事情就办得那么顺当，且得到重谢。权力这东西真好，他想。此念一出，又觉得自己心思不对劲，几乎有点堕落，就搜肠刮肚，想找一些先贤的警语来自勉。但已倦了，大脑木木的，一时竟找不出，就睡着了。

七

黄之楚早就嫌自己的衣服太寒碜了，就想试试曾薇送的那套西装。又总不好意思穿，似乎是偷来的。忽又想到曾薇说的逃票的事，便觉得这些生意人的钱反正是骗来的，他们骗的钱可以修房子，自己连件像样的衣服都买不起。他妈的，管他哩，就算收了他们的东西也是均贫富。肖琳也劝他穿上算了，不然到夏天了。恰好这天曾薇碰上黄之楚也问西服合不合身，他觉得也是个借口，马上应道，很合身，明天我穿上你看看。肖琳那套却舍不得穿，说过生日时再穿。

那西装面料精良，款式大方，做工考究，黄之楚感觉自己是个英国绅士，正走在伦敦大街上。他在家里的穿衣镜前仔细端详过，确实漂亮。只是背影未能好好欣赏，但他自信一定很伟岸。工作起来精力也格外充沛，为市长起草的几个讲话稿都得到了市长的嘉许。

肖琳恢复正常之后好像漂亮了许多，经常神采飞扬。她同曾薇相处得也如姊妹一样。黑男人常逗柳儿，柳儿叫他猪八戒也并不生气，只说柳儿乖。黄之楚觉得人们其实是善良的，生活多美好！

市府机关却悄悄地传播着一条小道消息：李市长夫人怀孕了！

市府办也有人议论此事，表情都很神秘，很隐讳，几乎像地下党人讲暗语。只有赵秘书放肆些，讲得很露骨：他做了十几年的荒工，颗粒无收，谁知道这回是哪一位下的种？

赵秘书说这话的时候，眼光朝黄之楚闪了一下。黄之楚早知此人嫉妒自己，今天是借题发挥。黄之楚这时立即意识到自己已是快当副主任的人了，觉得有责任制止这种议论，便正色道：同志们注意点，不能随便议论领导，影响不好。若是五七年，不得了的。

马姐有了身孕，黄之楚也觉奇怪。他当然知道不干自己的事，但中国人就是喜欢搞冤假错案，自己同市长夫人过从甚密，前段同老婆肖琳的误会也有少数人知道，自己不成了重要嫌疑者？他十分害怕，而马姐有事照样叫他，别人就用异样的眼光看，他很难堪。这样倒像自己真的有问题似的，非常心虚。

有天肖琳问：听说市长夫人的肚子被谁弄大了？

你怎么知道的？黄之楚问。

肖琳道：全市人民都知道了，这是头号马路新闻！

黄之楚十分惊愕，说：外面都是怎么传的？有些人真是吃多了尽放屁！

肖琳头一歪，问：你生什么气？干你什么事？莫非是你？

不像话！黄之楚提高了嗓门。

肖琳见黄之楚不理，也不争了，一个人生闷气。

黄之楚今晚怎么也睡不着。他越想越胆怯。那赵秘书心术最不正，肯定会到外面乱讲，肯定还会点到我黄之楚。这话传到市长耳里怎么得了？自己的副主任不就泡汤了？女人真是怪物，马姐平时看上去也只是打扮入时些，并不见得风流轻浮，怎么干出这种事呢？最怪的还是市长，这一段还是一如常态，叫老婆还是小马小马，亲热不过了，难道不知道自己戴了绿帽子？老婆的肚子大了竟视而不见？你当市长的大事不糊涂，这也不是小事呀！看来市长大人是难得糊涂了。于是，黄之楚又调动自己的全部智力开展了逻辑推理。第一，市长对娇妻爱不胜爱，不敢得罪；第二，相信老婆怀孕是石破天惊，功在自己；第三，即使不是自己的，也不追究，既保住了自己的体面和威信，又不让自己知道那不想知道的第三者，含混含混算了，免得徒增烦恼。

黄之楚仔细一想，觉得真的还合乎逻辑。并且来了个设身处地，想象自己处于这个位置，恐怕也会这么处理。这样，心里踏实了许多。倦了，长长地舒了一口气，想：这可以安安心心地睡了。

又想：他妈的，本来就可以安心睡的，又不是你下的种！

第二天前往上班的路上，又进行了一次心理调适，为自己壮胆：君子坦荡荡，怕什么！

上班不久，有人叫：黄之楚，市长找你。

这一叫，黄之楚已筑好的心理堡垒又有些土崩瓦解了，只觉得双脚发软。为了掩饰，他不马上起身，慢条斯理地整理着抽屉的资料，说：就来，就来。

未进市长办公室的门，就听见市长哈哈大笑，像在跟别人谈笑。一进门，才知是市中医院的周院长。此公年老资深，名气很大，与市长交游甚好。市长介绍说：这是周院长；这是市府办的黄之楚同志，笔杆子。

坐下之后，市长说，市中医院研究的治疗男性不育的药，效果本来不错的，治愈率在百分之八十五，但那百分之十五的王八蛋却到处告状，告到《人民日报》，告到卫生部。弄得周院长他们头痛，医院的效益也差了。小黄你牵头组织力量调查一下，写篇有分量的文章，争取上省报，上《人民日报》，为中医院正正名，也可提高本市的知名度。市长拍拍自己的胸脯说，我就是一个例子嘛，同小马结婚十六年了从未有过。从去年起我吃了这种药，小马不是怀上了？

原来如此。

黄之楚领回任务，觉得很幽默，忍不住笑了。之后，又怨自己真他妈的胆小鬼。为什么越来越胆小呢？自己也说不清。

做了为期一周的调查，黄之楚开始动笔。他知道这文章的意义，除了市长讲的，还事关市长和马姐的名誉，甚至包括自己的名誉。所以调动了自己的全部才情，写得很认真。又好像在为自己写法律诉状。

半个月后，黄之楚的文章发表了。

市长说：好文笔。

肖琳鼻子里哼了一声，冷笑着说：此地无银三百两。

眼睛一眨，又过了几个月，黄之楚当市府办副主任的事还迟迟不见宣布，能否搬进机关大院、住两室一厅呢？前景不很明朗。

他们夫妇关系如何？外人也不甚了了。

平常日子

姚天明和妻子向吉月结婚十三年了，儿子姚涛也已十二岁。日子一直很平常地过着。天明是汽车发动机厂的工人，吉月在南天商厦当营业员。也没有老人在身边，就只是一家三口。天明厂里效益一年不如一年，今年发工资也困难了。但两口子还算是想得开的人，大不了日子紧过一点吧。那么多人领不到工资，人家要过，我们不照样要过？再说吉月那里工资虽然不多，到底还是月月有拿的。有时手头实在太紧了，两口子也叹几口气，或是发几句牢骚。这也并不影响一家人生活的平静。每天一早，吉月起床做饭，天明带儿子晨跑。吃了早饭，上班的上班去，上学的上学去。中午各自买盒饭吃。要到晚上，全家人在饭桌上才又重新会面。吃饭的时候，开了电视，让儿子看他喜欢的卡通片。饭吃完了，卡通片也完了，接着就是《新闻联播》。吉月就去关了电视。老百姓看什么《新闻联播》？儿子洗了脸，就去自己的小房做功课。吉月就满屋子收拾。她像是总有做不完的事。天明有些无聊，可能又会打开电视，可找不到好看的节目，就将遥控器按来按去。吉月见了，就说，别浪费电了，关了吧。

一会儿也就九点多了，吉月对男人说，你看涛涛作业完了不？睡觉了。天明一去，有时撞见涛涛在看闲书，就轻轻骂道，你又不专心了。下次再发现，我就告诉你妈妈。

多年的平静生活，最近却因儿子有了些变化。涛涛参加国际奥林匹克数学竞赛荣获了金牌，成了全市的新闻人物。李市长和主管教育的王副市长等领导同志亲切接见了姚天明一家。李市长还亲自为涛涛题了词：世上无神童，勤奋出天才。一再勉励涛涛要更加发愤，好好学习，长大成为祖国有用的人。还询问天明夫妇，有什么困难吗？有困难就尽管去找他。天明夫妇感激不尽，一时也没想到需要李市长解决什么困难。

那天晚饭后，一家三口都坐在电视机前等着看新闻。中央电视台的新闻之后才是本市的新闻节目。先报道了一个重要会议，接着就播李市长接见天明一家的新闻。天明夫妇屏息静气地看着，说不出是激动还是紧张，感觉心跳有些快。看完之后，两人都禁不住吐了一口气。两人又都不满意自己在电视里的形象，怎么像个乡巴佬似的？那么缩头缩脑的！我们涛涛还自然些，你看涛涛向李市长行队礼行得好标准好姿势！涛涛就一脸孩子气地笑。

新闻完了，一家人还沉浸在一种说不清的情绪里。天明说，当市长也真忙的。你看整个新闻节目，李市长都是主角，真是俗话说的，九处打锣，十处在场。

吉月笑话道，你连一句日理万机都不会说？幸好不要你跟领导当秘书。你看李市长好有风度！那头发，油光水亮的。

天明说，人就是怪。我们这平头百姓，要是成天头发亮光光的，别人不在背后说你不正经才怪。换了我们车间主任这样油头粉面的，别人也会说他当了个小小萝卜头，就人模人样了。到了马厂长这分上，勉强可以把头发收拾得讲究些了，但最好不要打

316

摩丝，不然你厂子搞得不好，人家一定说就是你花花样子花掉了。可是李市长他们就不同了，他们如果不修边幅，别人又会说他们一点儿领导干部的风度都没有。想象不出他们蓬头垢面地出现在电视上是个什么效果？

吉月听了笑了起来，说你倒总结一套理论了。说话间发现儿子涛涛还坐在这里，张着耳朵听大人谈白话，就说，涛涛怎么也在这里傻听？快做作业去。天明接腔道，你要记住市长李爷爷的话，好好学习，刻苦学习，不要偷懒！涛涛只得去了自己的房间。

天明找了一家裱字店，将李市长的题词裱好。两口子反复琢磨，不知将这题词挂在哪里好。吉月说还是挂在涛涛房里吧，这是李市长专门为他写的，也好让他天天看着，更加努力。天明却坚持要挂在客厅。这可是李市长的题词啊，当然应挂在客厅，还要挂在正面墙上。不光涛涛要时刻记住李市长的教诲，我们做大人的也要记住。当然这是专门针对涛涛题的，但其中勤奋这个精髓对我俩同样重要。依我领会，李市长这八个字，其精神实质就在勤奋二字。吉月听着笑了起来，说，你这话我怎么越听越觉得像领导做报告？吉月这么一说，天明也笑了起来，说，是啊，像领导做报告吗？我这不是有意拿腔拿调啊。我想人要是说到严肃的事，可能都是这个味道。难怪大家都说领导讲话是打官腔，可能就因为领导们讲的大多是严肃事情。

说了这么一阵子，还没有定下来是不是挂在客厅的正面墙上。因为那里已设了神龛。如今神龛也现代化了，通上电，成天都香火缭绕的。

见吉月不作声了，天明就问她，是不是将神龛撤了，挂李市长的题词？别相信你那一套，还是相信领导相信政府吧。

挂市长的题词的确也是个大事，吉月就说，你要撤就撤吧，嘴还是要干净些，不要乱讲。信则有，不信则无哩。

天明没想到吉月这么容易就同意撤了神龛。吉月这几年是越来越迷信，把烧香拜佛看得比孝顺老娘还重，那一套套的路数还学得很里手。他不信这个，但也不说吉月。这事反正劳不着他，都只是吉月独自磕头作揖。他只是有时感到奇怪：这吉月也是读过书的人，早些年见了睁眼的罗汉闭眼的菩萨还直恶心，现在却是顶礼膜拜了。世界就这么怪，很多小时候相信的事，长大了就不相信了；而很多小时候不相信的事，长大后反而不得不相信了。不过吉月今天的开通，说明她在大事上还是明白的，在领导和神明之间，毅然选择了领导。天明架起凳子取下了神龛，放到阳台的一角。再找来卷尺，在墙上左量右量，样子很认真。弄了半天，在墙的正中间钉了一颗钉子，再把那题词挂上去。挂好之后，又要吉月在下面仔细看看，是不是挂正了。

天明站在客厅中央，望着题词，久久回不过眼来。吉月说，挂好了就好了，老站在那里干什么？天明啧啧道，李市长硬是个才子，这笔字，多漂亮！

吉月听男人这么一说，也过来认真看了一会儿。男人这点眼力，她还是相信的。当初她同天明谈恋爱，就看着他有些才气，歌也唱得，琴也弹得，还写得一手好字。那时就没想过他只是一个普通工人。结婚以后，一切都真实了。天明的那些小聪明当不得油，也当不得盐，只不过为他们花前月下的日子增添过一些浪漫色彩而已。吉月在结婚不久的一段日子，心里似有淡淡的失意。日子一久，也就不在意了。到底还认为天明这人不蠢。

吉月问，裱这字花多少钱？

天明说，花了八十元。人家说，按他们的标准要收一百二十元，见是李市长的字，优惠一点。

八十？还是优惠？吉月心里有些不舍，却又不好怎么说。天明看出吉月的心思，也只作不知道。

吉月忙别的事去了，天明就走到门外，装作从外面回来的样子。一到门口，就看见李市长的题词，赫然悬挂在那里。心里就很得意。

这天吃了晚饭，全家又在看新闻。现在他们三口人每天都看新闻。到底想看到什么，谁也不说。但只要李市长一露面，一家人都会感到格外亲切。李市长的名字也时常挂在一家人的嘴上。吉月很细心，看了一段时间新闻，连李市长有几套西装也数得清清楚楚的了。吉月的家务活也等看完了新闻再去做。涛涛也习惯看了新闻再去做功课。爸爸妈妈也不催他。爸爸还会时不时就新闻中讲的一些事情问问涛涛。涛涛人是聪明，但毕竟太小，有些国家大事他不清楚，父亲就教给孩子。涛涛听得似懂非懂，懵里懵懂啊啊点头。

涛涛进去之后，天明很郑重地告诉吉月，马厂长同他说了，想调他到工会去当干事，征求他的意见。

吉月问，你怎么同厂长说的？

天明说，我说很感谢马厂长。但没有思想准备，也不知干得好干不好，还是让我考虑一下。

吉月想了想，说，去工会，虽说只是个干事，到底也是以工代干，人也体面些。我说你还是去。说不定到时候有机会转个干呢？

天明说，我也想去，工会轻松些。转不转干，就那么回事。其实天明怎么不想转干？只是不想表现得这么急切。

吉月又说，平时听你说，你们马厂长对你不怎么样，怎么一下子关心起你来了？

天明轻声道，还不是托儿子的福？说着便回头望望儿子的房门，像是生怕儿子听见。天明的确不想让儿子这么小就看出父母沾了他的光，这样既显得大人没面子，又不利于儿子成长。天明回过头来，又说，说真的，我原来一直以为马厂长不认识我的。我平时同他打招呼，他都不怎么搭理。他在厂里不论走到哪里，都是昂着头，眼睛不太望人的。我想这厂里千多人，我们自己也认不全，怎么能要求人家马厂长人人都认得呢？所以有时自己热脸碰冷脸，也还算想得通。没想到他原来是认得我的。今天早上去上班，他一见我就很热情地招呼我去他的办公室。

吉月说，也是的，我们那个刘经理，平时也不太理人的，现在好像对我也不同了。

天明笑笑，说，是吗？真有意思。不过你们那刘经理，可是现在红得发紫的女强人，人家有资本摆摆格。

吉月说，你还别说什么女强人哩。去年她评上劳模，报纸上大肆宣传她，口口声声称她是女强人，把她气死了。她最不喜欢人家说她是女强人。她喜欢人家讲她温柔。别看她快四十岁的人了，人家在场面上还扭屁股翘嘴巴哩。

天明一听，就说了吉月，不要像别人那样乱说人家，人家到底是你的领导哩！不过天明说是这么说，自己也相信那女人就是那样的人，他听过她的不少坏话，说她同谁又怎么样，同谁又怎么样，都说得有鼻子有眼的。有人就说她跟李市长有两手。原先天明两口子在外听了类似的传言，回家偶尔也说说。但现在他俩谁也不提这话题了。

可吉月像是同刘经理有意见似的，又说，就论资本，她的资本总比不过李市长吧。人家李市长一个堂堂市长，在我们面前也不显得有架子，那么平易近人。说话间，吉月的脸上就洋溢着幸福的神色。天明也感慨起来，抬头望着墙上李市长的题词，说，说来说去，现在有人看得起我们，到底还是搭帮李市长。吉月也说是的是的。两人便又说起了李市长。说是这位领导不论走到哪里，都显得那么有风度，有魄力，有水平，又是那么和气。真是一位难得的好领导啊！

天明还没有去工会，消息在车间早传开了。天明去上班，大家围着他，硬说他当官了，要他请客。真叫他不知怎么办才好。不请吗？人家说你得了好处，忘了兄弟。请吗？这又不是个什么大事，就只是去工会当个干事，说不定哪天厂长叫你回车间你就回车间了。为这事兴冲冲地请客，不是落得人家背后说你吗？还是车间主任老王替他解了围，说，别为难天明了。他一个月有几个钱？你们这伙山吃海嚼的家伙，谁又请得起？我做主了，我们车间明天中午会个餐，算是欢送天明。有人玩笑道，老王就开始巴结天明了。老王说，我是代表大家巴结他哩。我们车间的福利，还要靠天明日后多关照哩，我们大家的主人翁地位，还靠天明给我们维护哩。玩笑间，事情就这么定了。

天明回到家里，正好吉月买菜回来，嚷着物价涨得不像话了，只怕过一段我们吃白菜都吃不起了。天明就说，政府正准备采取措施哩。昨天晚上，李市长不是专门讲了物价问题了吗？吉月还是有气，就说，政府还是急的，只是那些小贩，谁听政府的？要是人人都按李市长说的去做，天下就太平了。天明本想讲讲车间说请客的事，见吉月心情不太好，就暂时忍住不说了。

吃了晚饭，看完新闻，吉月就叫儿子，涛涛怎么还不去做作业？

涛涛说，明天是星期六。原来星期五晚上涛涛不做功课，爸爸妈妈准他看看电视。

吉月叹了一声，说，日子过得真快，一眨眼又是一个星期了。

天明却是另外一番感慨，说，人的日子过得快，要么就是太忙，要么就是好过。

吉月就望着天明，问，你是忙呢？还是好过呢？

天明笑笑说，我忙什么？在家有你这好老婆，在厂里就那么回事。

吉月就说，那么你就是日子好过了？

天明把头极舒服地靠在沙发上，目光就自然而然地投在李市长的题词上了，说，最近我还真的感到日子好过些了。家里尽是喜事，儿子为我们家争了光，李市长又接见了我们，我们俩在单位也人模人样了。我成天走起路来脚步都轻松些。

一说起这事，吉月心情一下子就好了起来，却不说什么，只摸摸儿子的头顶，说，涛涛要更加听话，记住李爷爷的话，好好学习。涛涛很懂事地点了头。

今晚的电视节目也不错，一家三口看得乐陶陶的。

临睡前，涛涛说，几个同学明天邀了去郊游。吉月一听，不让儿子去。休息日也不能全顾玩呀？你忘了李爷爷的话了？

涛涛分辩道，也要适当活动一下嘛，不能一天到晚蹲在家里死读书。

吉月生气了，说，你就是这个毛病，总以为自己脑瓜子好用，学习不认真，只顾贪玩。这几天大家心情好，我不说你，你就不认得自己了。你看看李爷爷写的，世上无神童，勤奋出天才。你以为你就是神童了？你要是还这么自满，不勤奋学习，迟早要成蠢材的！

涛涛很委屈，噘着嘴巴去房间睡去了。

天明刚才一直不说话，吉月就怪他，说，你好歹不讲涛涛，就是我一个的儿子？你看他这脾气！其实天明以为儿子休息日出去玩玩也没什么不好，原先他两口儿还专门带儿子出去玩哩。他不想在儿子面前说吉月的不是，就只好不说话算了。这会儿想说，吉月又在生气，他也不好说了。

睡在床上，天明想起同事讲的请客的事，一时不知怎么提起。扯了别的一些话题，才说及这事。吉月说，既然老王说他们请，就他们请吧。

天明说，请是他们请，但我没有任何表示也过意不去。

吉月说，我不是说你不可以请，问题是你请得起吗？你们车间可是八十多号人啦！

天明想了想，说，我当然请不起。但兄弟们在一起快二十年了，多少有些感情。大家这么热热闹闹地欢送我，我总觉得不好太不够朋友了。我想是不是买几条烟，等车间欢送我的时候，我给大家每人发一包，算是答谢。你说呢？

吉月算了算账，说，就是买一般档次的烟，也要花四五百元。这是我们一个月的工资啊。

天明不作声。四五百元还是吉月的工资，他自己一个月还拿不到这么多钱。不是说经济地位决定政治地位吗？自己钱少，就不便多说。吉月见天明这样子好为难，就说，好吧。俗话说的，借钱买米，留客吃饭，要紧就紧我们自己吧。

工会办公室只是一间大房子，摆了七八张办公桌。天明去工会报到，马厂长和工会吴主席一起，很客气地找他谈了话。马厂长说，我同吴主席商量，考虑你能弹能唱，政治上又可靠，就调你来工会，主要负责职工文化生活。天明一再表示感谢厂领导的关心，但心里清楚，他定是沾了李市长的光。

上班几天，没有什么具体任务。吴主席说，先看看一些文件资料，熟悉熟悉政策和有关情况。工会工作，政策性强，事关职工切身利益，很重要啊。天明便天天看文件，看报纸。可坐一会儿就想瞌睡。他就在心里笑自己命中注定是个贱人，天生是在车间里使牛劲流大汗的。看同事们都在悠闲地喝茶看报，就想自己怎么不也拿个茶杯来呢？原来在车间，他上班从来没有喝茶。总是下班回家才咕噜咕噜喝一大缸，像是驴饮。今天早晨来的时候，也想起要带一个茶杯来，又总觉得不该这么太像回事，就没有带了。这会儿想，如果有一杯滚烫的浓茶在手，就不会打瞌睡了。没有办法，就老是去厕所。为的是走动走动，消除疲劳。

坐机关的成天看报谁也没有这个本事，总得扯扯谈谈。天明新来，大家不免要夸他的儿子涛涛，自然也就说到李市长。话题一到李市长身上，说话的多是天明，那样子很神往。同事们听着也满心羡慕。

马厂长的办公室同工会办公室隔壁，他有时也过来坐坐。这天，同事们不知怎么又说到李市长了。天明到工会上班有一段日子了，早习惯端着一个紫砂芯的磁化杯慢慢悠悠地喝茶了。天明喝了一口滚开的浓茶，深深地吐着气，像是陶醉茶的清香，又像是在感慨什么，说，李市长，你们同他多打几次交道就知道了，对人很随便的。天明没有用平易近人这个词，一来觉得这么说太官方味了，二为这么说也没有说随便来得亲近。

大家正谈论着李市长，马厂长过来了。大家忙起身给马厂长让座。马厂长坐下，笑道，大家又在谈论国家大事？说着就把脸转向天明，问，李市长很好打交道是吗？天明笑道，是的是的，很随便的。马厂长像是见过很多领导的人，感慨道，是啊！越是大领导，越是没有架子。

马厂长坐了一会儿，起身去了自己办公室。上班时间，他一般不同大家闲坐太久。马厂长一走，大家立即意识到要正经办一会儿公了。于是大家又开始认认真真地看报。天明斯斯文文地喝着茶翻到报纸的末版。他一个做工的，越是重要新闻越是看了打瞌睡。所以他看报总是从末版开始，头版都只是瞄几眼就过了。他正准备另外拿一张报纸看，听见吴主席说，李市长还是很廉洁的哩。天明知道这是在同自己说话，就抬头望着吴主席，答道，是的是的，很廉洁的。吴主席显得很有兴趣，又问了天明许多李市长的事，看样子把天明当作同李市长过从甚密的人了。他问的有些事情叫人不好回答，但天明像是要护住自己的面子，尽量敷衍得圆滑些。吴主席五十多岁的人了，一辈子在工厂当领导，也算是在工厂搞政治的，只要说到政治人物，他的脸色就亮得特别不同。但毕竟又未曾干过真正的政治，便总是带着几分神往侧着耳朵听别人谈论当地政坛。

这天晚上，吉月避着涛涛对天明说，我在单位听到小张讲李市长的不是，说他又贪又色。小张同我关系不太好，见我在那里，专门大声讲这事，像是有意讲给我听的。

天明问，她讲到具体细节吗？

吉月说，那倒没有。贪不贪谁讲得清楚？除非抓了。倒是她讲他好色，大家听她那口气，都知道是怎么回事了。这小张是个怪人，同谁都搞不好关系，跟刘经理也像是仇人似的。大家知道她是对刘经理含沙射影，就不好附和，任她一个人讲。

天明交代吉月，不要同人家一起说三道四。别人讲是别人的事，我们可不能讲李市长。不是我说得怎么，人家李市长到了这份儿上，就是有个情人，又怎么样？只要他真心真意为老百姓办事，我没意见！人是有个层次，不同层次的人得有不同的标准去看。比方说，张学良同赵四小姐的事，要是发生在我们老百姓身上，说轻一点也是陈世美，说重一点就是道德品质败坏了。可人家是张学良，他俩的事就成了流传千古的爱情佳话了，还同爱国主义联在一起哩。

吉月却笑着问天明，这是你的理论？你有朝一日发达了，不是也要养个人？

天明也笑了，说，又叫你抓了把柄了。你相信我会吗？

吉月说，反正你们男人，就是富贵不得。

天明回道，不是我自暴自弃，我这一辈子也富贵不到哪里去。

说话间，电视上推出了特别新闻，播放李市长在全市廉政建设工作会议上的讲话。李市长表情严肃，一会儿语重心长，苦口婆心，一会儿情绪激昂，慷慨陈词。讲到某些领导干部的腐败问题时，李市长气愤地拍了桌子，惊得桌上的茶杯盖子都跳了起来。天明夫妇受到了感染，觉得特别痛快。天明说，你看，李市长对腐败问题是深恶痛绝。我就是不相信人家说的鬼话，这也是老话说的，谤随名高。

吉月说，也是，人一出众，只好随人说了。

次日天明上班，在办公室看报纸，见市里日报的头版赫然登着李市长怒斥腐败的新闻。天明便浏览了一下，心想现在新闻手段倒真快。

吴主席像是也看到了这条新闻，说，你昨天看了李市长那个讲话了吗？

天明忙抬头望着吴主席，回道，看了看了。李市长讲得很激动，可见市政府抓廉政建设的决心是大的。

两人便感叹一会儿，说是上面对廉政建设还是非常重视的，就是下面的人搞乱了，中央是三令五申啊！

一会儿发工资了。工资是以科室为单位统一去财会室领的。工会的工资都是老熊领来，各自再到老熊那里去签字。天明这是头一次在工会领工资，一边看了工资表一边签了字，发现工资倒比在车间少了差不多五十元。工资本来就不多，这会儿又少了这么些，心中难免不是滋味。可又不好说什么。老熊却随口问道，听说李市长是天明的亲戚？

天明不想老熊竟问起这话，几乎有些口吃，忙说，不不不，哪里哪里……

老熊微微笑道，你别谦虚嘛！

大家便都望着天明，各是各的心思。天明觉得鼻子上直冒汗。

心想老熊这人真是的，还叫我别谦虚，好像如果是李市长的亲戚，就是什么了不起的事了。天明这会儿不知说什么好，就信口说道，到工会来，工资倒少了几十块了。

正说着，马厂长进来了，说，同一线工人比，我们是要少拿些。说着就叫天明到他办公室去一下。

天明不知何事，木头木脑跟了去。马厂长很客气地叫天明坐，天明便坐下了。马厂长也不说有什么事，只是漫无边际地扯着厂里的困难，说最大的困难是资金困难。银行又是嫌贫爱富的，我们是个亏损大户，就贷不到款，除非有领导指示。市里领导又忙，我们总是碰不上。天明你同李市长关系不错，能不能找一找李市长？

天明万万没有想到马厂长为这事找他，心里很为难。他想也许马厂长也以为他同李市长是亲戚了。但不想失自己的面子，就说，私人关系是私人关系，这公对公的事，我只怕不太好去找他吧。我不是厂里的领导，名不正言不顺的。天明说到这里，又怕马厂长误会他是伸手要官，就说，我可以先试探一下。

马厂长就说，好好，你先试试。要是贷到款，你就是大功臣了，全厂员工都会感谢你哩。马厂长说完就递给天明一个请求贷款的报告，让他带在身上，随机应变。

天明回家，同吉月说起这事。吉月说，也怪，他自己是厂长，就不可以去找找李市长？难道他也相信李市长是我们的亲戚？

天明说，他没明问，但我想他也许也相信这事，要不就不会叫我去了。我想了，一定是他在李市长那里没面子。亏损企业的领导，市长们肯定不感兴趣的。

吉月说，你说先试试，怎么试？

天明说，我这只是一时的推托话，真的就要去找李市长？

吉月却说，话不是这么说的，人家马厂长是三岁小孩？你在厂里也不是一天两天的事，怎么可能搪塞过去？

天明感到为难了，说，你的意思，我还是要去找找李市长？这个事情……

吉月说，李市长不是说过，我们有事就去找他吗？

天明抬头望着李市长的题词，心里拿不定主意。自从受到李市长的接见以来，总是感到李市长是多么平易近人。可如今真的有事要去找人家，感觉又有些不同了。墙上那平日里让他倍觉亲切和温暖的几个大字，现在似乎也透着威严。天明半天才说，就这么去找他，合适吗？两人便反复商量该不该去找，怎么去找。吉月说，我说还是去找找。有没有结果，都不去管它。退一万步讲，你一个人民政府的市长，人民当然要找你是不是？

天明还是觉得没把握，琢磨道，要是人家见都不见怎么办？

这有什么？吉月显得无所谓，说，要是不见，大不了不去见他就是了。再说这是为工厂，也不是失你自己的面子。

事情本来这么商量好了，等到天明把今天发的工资一交，吉月改变了主意。她说，我说天明，这么一点点工资，我们怎么过？这些年家里还算平安，假如家里有什么大事，手头没有钱，不是走投无路？

天明显得有些无奈，问，你说怎么办？

吉月说，李市长不是说，让我们有困难就找他吗？我说，反正你要去找他，干脆找他关心一下我们的生活，给你调一个好一点的单位。

天明听了马上摇头，说，这怎么开口？不行不行！

吉月说，现在有门路的谁不在走门路？只要卖一回脸皮，说不定就换来一生的自在，有什么不行的？吉月便反复劝天明脑瓜子开窍些。

天明拗不过吉月，就勉强答应了。当晚就起草了一个请求调动工作的报告。心里就把贷款的事放在一边了。

次日，天明先到办公室，同马厂长和吴主席打了一个招呼，就去了市政府。他晚上就想好了，先找李市长的秘书小伍。小伍给他的印象很客气。

他从来没有来过市政府，不免有些紧张，就在心里镇定自己。这是人民政府，是人民群众该来的地方，紧张什么？在一楼大厅，他看见了墙上悬挂着办公楼示意图。仔细一看，见市政府办设在二楼。他平静了一下自己的呼吸，向二楼爬去。本想问问小伍在哪间办公室的，可见各间办公室门都开着，就自己一间一间找过去。正找着，一个年轻干部迎面走来，正是小伍。天明便笑着点头。但小伍像是不认识他，同他擦肩而过，去了厕所。天明不好意思回头，就径直往前走，从另一头楼梯下了楼。

天明没有勇气再上楼了，就往回走。走出办公大楼，感觉大脑木木的，像是吃错了什么药。直到上了公共汽车，被那些极不友好的劳苦大众一挤，才稍稍清醒些。想自己真的没用，人民群众上人民政府有什么怕的？这么灰溜溜地就出来了。

回到单位，他先去了马厂长那里，说，李市长下基层了。

马厂长说，是啊，市长不好当啊，太忙了。不急，你注意盯着吧。

晚上回家里，天明同吉月不好说真话，只说李市长不在办公室，下基层去了。涛涛对看新闻渐渐失去了兴趣，看完了卡通片就去了自己的小房。吉月这才说，李市长同我们刘经理的关系只怕是不一般。

天明觉得吉月这话古怪，就问，你又有什么新的发现？

吉月说，听你这话，像是我很多事样的。我能有什么发现？我是听我们单位同事说的。老宋你记得吗？就是那个胖胖的男子，外地口音。他说昨天他在名人俱乐部玩，看见李市长带着刘经理，那样子就是不一般。

天明就问，你们那位老宋口袋里有几个钱？去得起名人俱乐部？那里是会员制，听说消费贵得吓人。

吉月说，老宋是去不起。他有一个堂兄，在老家是做大生意的，这回来了，请他到里面开了下洋荤。不巧就看见李市长和刘经理了。老宋眼尖，远远见了刘经理，马上避开了。

天明说，也不见得就有什么事。他们都是在场面上走的人，在一起就有事了？天明嘴上这么说，心里却想，就算刘经理是李市长的情妇也没什么大不了的。中国历史上留下名的女人，不就是几个名妓？什么苏小小呀、李香君呀、小凤仙呀。他不说出来，是不想让吉月也懂得这个道理。倒不是担心吉月怎么样，他了解自己的女人。

两人说着，中央台的新闻完了，接着就是本市新闻，头一条重要新闻就是李市长看望困难职工。李市长今天没有穿西装，而是穿了一件夹克衫，显得很朴素。李市长深入到几户困难职工家里，嘘寒问暖。一户职工老少六口挤在一间不足十五平方米的小房里，全家月生活费只有三百多元。李市长心情十分沉重，恳切地表示自己这个市长没有当好，当场拿出自己刚发的八百多元工资放在他们手里。这一家人感动得声泪俱下，要下跪叩谢。李市长连忙扶起他们。看到这里，吉月忍不住流下了眼泪。

次日两口子要出门的时候，吉月说，还是不要去为自己的事找李市长了，比起那些特别困难的人，我们还是好的。你要找就为厂里的事找找李市长吧。

好些日子，天明都对人说去找李市长，其实都没有去。吉月妈妈生病住了医院，他每天都去医院看一下才回到办公室，再编些话来敷衍一下。

这天下班回家，吉月神秘兮兮地告诉天明，好几天都没有见刘经理来上班，听说是被隔离审查了。天明觉得不可信。说不定人家出差去了呢？不要信谣传谣。天明心想，都说刘经理同李市长有些那个，今天看看新闻，看李市长是不是还露面。

吃了晚饭，坐下来看新闻。李市长照样在新闻节目中出现了，神采奕奕的，天明和吉月像是各自有各自的心思，谁也没提起李市长怎么的。只是像是终于放了心，起身交代涛涛好好在家做作业，两人去了医院看吉月妈妈。

这天，天明照样去上班，他又准备同人说去找找李市长试试，却感觉同事们的表情有些异样。他也是有心眼的人，就坐下来老老实实办公了。今天气氛好像不对，大家不怎么说话。他去了厕所回来，就见大家正说着什么。他一进办公室，大家就不说了。他只当这些天自己总是往医院跑，有谁知道了。他当然不好问什么，就没事似的看报纸。无意间发现今天报纸上没有李市长的任何消息。再翻翻前几天的报纸，才发现好几天报纸上都没有李市长的名字。这几天岳母的病有些加重了，他和吉月一下班就往医院去，没有看新闻。

下了班，天明径直去了医院。他先去医生值班室，想问问岳母的病情。几个医生却在兴致勃勃地议论什么。一听，天明脸上轰地发起烧来。原来是说李市长被抓起来了。

天明退了回来，不想问岳母的病情了。他静静地坐在岳母病床边。岳母这会儿正睡着了。他想自己真是奇怪，又不是说你怎么了，脸烧什么？可又觉得李市长真同自己有什么关系似的。过一会儿，吉月来了，天明见吉月的脸色不太好，就问她怎么了。吉月说没什么。

服侍老人家吃了晚饭，洗漱完了，吉月的弟弟和弟媳来接班，天明夫妇就回去了。

公共汽车上，吉月说，你听说了吗？

天明一听就明白了，说，听说了，会不会是谣言？

是谣言就好了。吉月像是很难过。

两人不再说话，一声不响地回家了。

一连几天，天明夫妇都不太愉快。涛涛机灵，见大人不怎么说话，都以为大人闹了口角，他也就规矩了许多。

两人好久没说到李市长怎么的了，这天天明忍不住又说了起来。他说，吉月，现在听到的都还只是"路边社"消息，又没有权威的官方消息，说不定是谣言哩。

是谣言，怎么不见李市长露面？是谣言，这么满城风雨的怎么没有人出面辟谣？

天明说，你讲得也有道理。但是，人家要是上中央党校学习去了呢？议论这事的都是下面的老百姓，他们怎么知道上面领导的安排？说不定，他们议论来议论去，人家哪天从中央党校一回来，又官升一级了哩。

吉月说，这当然巴不得。

这回，天明像是一下子觉悟了，说，其实，他李市长怎么样，跟我们又有什么关系呢？我们用不着为人家去喜怒哀乐。

吉月却不这么看，说，你这么说就不仁义了，人家李市长对我们还不好？

以后的日子，天明夫妇尽量回避说起李市长，却都在心里指望这位领导平安无事。而外面的传闻却是沸沸扬扬，越来越像真的。有一天涛涛却突然问起，怎么好久不见李爷爷在电视里出现了？原来他偶尔也看看新闻。天明就说，怎么不看见？我昨天还看见他在电视里说话哩。你还是好好学习，大人的事，你不用管。其实天明夫妇早不看新闻了。

终于有一天，电视里播出了爆炸新闻：李市长、刘经理等一批经济犯罪分子受到了审判。往日的李市长头发乱蓬蓬的，头却直挺挺地昂着，尽量保持一种风度。刚听了几句，吉月朝天明使了个眼色，天明就关了电视。他们生怕里面做作业的儿子听到这条新闻。

关了电视，两人半天不说话。天明猛然记起自己原先说过，不知李市长蓬头垢面地出现在电视上，会是什么效果？不想今天真的就见到这场景了。

两人没看完电视，就不知李市长到底犯了多大的罪，但这事情是千真万确的。第二天清早，两人都觉得不太好出门，像是自己家什么人做出了丑事。

当天晚上，天明说，这幅字，还是挂到涛涛的房里去吧。吉月不说什么，天明就把它取了下来，将这字放在涛涛房里挂好，天明又交代儿子，要记住这勤奋二字，好好学习。涛涛点头称是。

吉月轻声对天明说，这事还不能让涛涛知道，他太小了，大人的事，对他说不清楚。

是啊，这是涛涛碰上的最大的事。要是让他知道了，还真想不通，会以为大家愚弄了他哩。以后要是涛涛问起，就说他李爷爷调到外地去了。天明说。

吉月不作声，天明又说，我想还是回车间算了。做工的生就是做工的，懒得天天在办公室打瞌睡。过了好一会儿，吉月才说，我们是老百姓，还是老老实实过自己的平常日子吧。

客厅正面那堵墙便显得空落落的了，总像缺了些什么。这天休息，吉月又将阳台角落里的神龛掸去灰尘，很虔诚地安放在原来的位置上。然后点上三支高香，双手合十，缓缓跪下。

很想潇洒

一

汪凡上大学时，诗最好，头发最长。他决定买那本普希金的诗集，全因为扉页上的诗人肖像，长而拳曲的头发。他几乎认为自己以后就是这个模样，只是头发不会拳曲。

阴差阳错，他毕业后竟分配到市政府办公室。报到那天，他在市府大院门口朝里面望了一眼，看见许多衣冠楚楚的人，提着或夹着公文包，梗着脖子来来往往，便以为是在演木偶戏。不由得摸了摸自己扫肩的长发，几乎成了天外来客。只有忍痛割爱，剃掉这诗人气质了。他刚准备转身往理发店走时，瞥见传达室老头正望着他，目光炯炯，十分警惕。他不由得笑了笑。这一笑，传达室老头便以为是向他挑衅，眼睛立即做三角状，以示正气凛然。

汪凡理了个小平头。对着镜子仔细端详了一阵，发现自己已面目全非，无法走出理发店了。原来他天庭很高，长年被头发遮蔽着，白得像女人的脖子，与脸庞对照，竟是黑白分明。这脸谱简直就是一幅漫画。最令他冒冷汗的是自己看不见的后脑勺。他知道自己的颅底骨生下来就很不规则地崎岖着，现在头发短了，肯定原形毕露。记得有回在哪本书上读到，大凡叛贼都有天生反骨，便不自觉地摸了摸自己的后脑勺，以为那峥嵘处便是反骨。以后就留了长发，把反骨掩盖了，并不是怕被别人认作乱臣贼子，只是为了潇洒。如今将反骨明目张胆地暴露出来，混迹到了市政府机关，是想与政府对抗么？他这么幽默地想着，收到了奇效，全身轻松起来，便仗着这轻松劲儿往外走。刚到门口，理发师傅喊了：理平头的，还没付钱！他手伸向口袋，问：多少？理发师傅大概不屑作答，只把大拇指和小指跷起。汪凡摸出六毛钱，递过去。心想，这世道真的颠倒黑白了，理平头这么大的工作量，只收六毛，以往稍微修理一下鬓角，竟收一块五。

猛然想到刚才那理发师傅称他理平头的，这口气分明有几分不敬。他想，理平头的也许是低消费层次的人，收费当然少些。对这类人还讲客气？自古礼不下庶人嘛。他很想笑。

又到了市府大院门口了。传达室老头很礼貌地问：同志您找谁？那目光很柔和。汪凡说：我是新来的大学生，今天报到。那老头的脸上立即堆上笑容，说：那好，那好，进去吧。

汪凡想，我这在理发店受到冷落的小平头，到市政府却受到这么热情的欢迎。市府机关同外面真的是两个世界。他不由得重新打量这老头。老头的目光依然柔和，甚至还有几分慈祥，全然不是原来的那种洞察敌情的目光。

汪凡款步走向办公大楼。觉得自己在脱胎换骨了。

二

上班几天，汪凡立即有了小小发现：市府机关的问候不同于老百姓。中国老百姓常用的问候话是：吃饭了吗？那不光是因为牢记了毛主席他老人家吃饭是第一件大事的教导，还因为千百年来老百姓似乎从来没有吃饱过。市府机关干部见面或打电话却常常问：最近很忙吧？回答总是：不忙不忙。汪凡仔细一研究，是因为人们都不太忙，但确实应该忙才像话。所以讲你很忙就是尊重你，你讲不忙，当然是自谦。

因为确实不忙，就得找些事来打发时光。同事们有时也开开玩笑，但一见马主任那阴沉的脸，笑话马上消遁。这马主任五十开外年纪，头发大约谢去三分之一，在汪凡眼里很有几分领导的威严。不久方知马主任原来娇妻新丧，郁郁不快，这也是人之常情，知晓了这个缘故，汪凡心里很为马主任感慨了一番，五十多岁的人了，竟这么钟情，难得哪！

渐渐地见马主任开朗起来，开始轻轻地哼《国际歌》了。张大姐便说要给马主任找个伴儿。马主任却总是摆摆手：不谈这个，不谈这个。张大姐就不厌其烦地讲道理，从少年夫妻老来伴，讲到独身如何地有害身体健康。马主任终于动了心，嘴上却说，找个合适的难哪！脸色当然欢愉多了。汪凡自上班以来，还没有正式同马主任讲上几句话，多是慑于他那领导式的威严。如今也正好借开导马主任的由头，攀谈几句。但开导的话几乎都叫张大姐讲尽了，他想不出新的道道，就调侃道：别那么死心眼儿。节烈么，自古是对女人的道德规范。男人身边怎能没有女人？话没讲完，马主任立即不快了，停止了哼《国际歌》，拉长了脸，眼镜顺着鼻梁往下滑，眼珠子便跳到眼镜架子上面，白着汪凡。汪凡很不自在，像有许多蚂蚁在背上爬。整个办公室都沉闷了。

到底是张大姐有办法，笑着看了汪凡一眼说：从脸相上看，小汪很聪明的，天庭高而且饱满。汪凡却自知这高高的天庭让他看上去简直是一个半秃子，丧尽了青年人的风流倜傥。但知道张大姐是在有意开玩笑调节气氛，便故作随便，自嘲自解道：我的风度属于二十二世纪，那时年纪大了，当了大官，头发往后倒，梳得油光发亮，肯定别有风采。同事们哄然大笑。只有马主任仍旧没有笑。汪凡愈加不安：莫非刚才的话又讲错了？

这天马主任不在办公室，有同事问张大姐，为马主任找对象的事办得怎么样了？张大姐谨慎地看了看门，说：唉，讲是讲了几个，一见面，都嫌马主任太显老了，还不是因为早早地开始歇顶？同事们不无惋惜地叹道：喔，原来这样。只有汪凡心里开始打鼓。难怪上次自己讲到老年风度时，马主任那么不高兴，原来无意之中踩着了他的鸡眼！马主任肯定以为我是有意讥讽他的，这个人算是得罪定了！

汪凡很快就证实了自己的猜测：真的把马主任得罪了。办公室全体干部会上，马主任专门讲到了加强青年干部的教育问题。从这几年高校政治思想工作弱化淡化，一直讲到机关新来的大学生种种不良表现。尽管没有点过一次汪凡的名字，也尽管新来的大学生不止汪凡一人，但他感觉出字字句句都是批评自己。他不安了整整一个下午，然后狠狠地警告自己：不再多说一句话。

三

转眼到了教师节前夕。市委、市政府决定按惯例给全体教师发个慰问信，马主任把这慰问信的起草任务交给了汪凡。汪凡领了这个差事，真有些兴高采烈。据他近三个月的观察，发现马主任若是对你有看法，绝对不给你什么事做，总让你靠一边歇凉。越是器重你，越是把那些难办的重要工作交给你。如今起草这慰问信，虽不是十分重要的工作，但毕竟是市委、市政府的文件，新来的另两位大学生都轮不上起草，我汪凡有幸轮上了。唉，其实马主任的襟怀这么宽大，并不是我想象的那样。怎么能把党的领导干部看得那么糟呢？汪凡想着这些，甚至有些追悔莫及了。又很庆幸自己没有对任何人讲过马主任的不是。

汪凡有些激动，谦虚而恭敬地请求马主任：我从未写过这些东西，还要劳驾您指点一下。

马主任一派大家风范，说：这个东西容易写，我找几份前几年发的慰问信，你参考参考。说罢，取了几份来，汪凡双手捧接了。

汪凡把那几份慰问信放到桌上，喜滋滋地搓搓双手。但还未来得及看下去，汪凡就发现了那几份慰问信的开头都是"全体教师同志们，您们好！"汪凡马上评说起来：怎么能用"您们好"呢？马主任甚至有些惊讶了，问：不用"您们好"难道用"你好"？这是向多数人问好呀！

汪凡抽出笔，很学究地在纸上写着，说：只能在"你"后面加上表示复数的"们"，不能在"您"后面加"们"。

没等汪凡讲完，马主任极不耐烦了，红着脸，说：你还是大学生。"您"表示尊重，"们"表示多数人，这个道理谁不清楚？

汪凡还想辩解，马主任讪笑道，我用了几十年的"您们"，没有人讲用错了，你小汪的才学深得与别人不一样。

望着马主任讪笑的脸，汪凡感到自己再没有勇气争辩下去了。

马主任很爱护地说了声要谦虚哪，大摇其头走了。

这时张大姐过来说：小汪也真是的，前几年的慰问信都是马主任自己动手的，今年让你写，也是对你的信任，你却挑刺来了。

听说前几年的慰问信都是马主任的手笔，汪凡立即觉得两耳嗡了一声，脸也热了起来。真他妈的该死，明明千百次地嘱咐自己不再多讲一句话，偏偏又多嘴，无意间又得罪了马主任。

汪凡内心很沮丧。但他觉得应表现得轻松些，不然别人会以为他对领导的批评有情绪了。他貌似专注地翻阅着马主任的大作，很想领略出一些什么。早就听说，马主任是本市的第一支笔杆子，权威得很。但思维无法聚集拢来。他疑心自己大脑里已不是脑髓，而是一团黏糊糊的霉豆腐了。一个上午就这样神魂颠倒地过去了。快到午休时间，张大姐很关心地走到汪凡办公桌前，说：这就对了，是得专心致志地学习一下马主任的东西了，人家可是大手笔啦！

汪凡连忙起身，双手很恭敬地叉在下腹处，说：确实确实，我钻研了半天，真的明白了不少道理。老同志手里出的东西，同我们学生腔硬是不同。

汪凡这才明白，马主任讲的参考参考，原意就是学习学习。他想也许这就是机关干部讲话的特殊风格，真应该细细研究一下机关文化了。

中午休息，汪凡来到河边，在一棵樟树下坐下来。凉风吹过，身上清爽了许多，大脑也似乎慢慢地有了灵气。他决意拿出全身的文墨功夫写好这封慰问信。让马主任改变对自己的看法。似乎有了灵感，脑瓜子像河水一样清澈了，词句儿哗哗涌来。什么人类灵魂的工程师、蜡烛精神、无私奉献，等等等等。马主任看了一定很满意，老师们读了一定很激动。他亢奋了起来，几乎坐不住了。这时，他很诗人气质地想，这个中午也许就是他一生的转折点，这个地方也一定很有纪念意义。不由得庄严地望望这棵樟树。我汪凡日后若成就什么大的事业，这棵樟树也就神圣了，说不定也可以在这里修个什么亭台楼榭，警策后人。

他急不可耐了，似乎马上要去完成一项伟大的事业，匆匆往办公室走。穿行在大街上的人流中，竟也鱼行水中一般感觉不出平日的拥挤与嘈杂。离上班还有四十分钟，他开始奋笔疾书。很快，一封三千多字的慰问信写成了。那种感觉，同往日写成一首自己满意的诗相比不知要好上多少倍。他似乎发现自己天生就是写机关公文的料子。

上班铃响了，张大姐第一个进了办公室，说了声：中午也不休息呀。汪凡想，这大约相当于老外讲的日安了。这时，马主任进来了，张大姐有意让马主任听见，高声道：小汪真不错，中午也加班。年轻人精力旺盛。

汪凡微笑着说：哪里哪里，任务到头上总得争取时间完成。耳朵却竖着，想听听马主任的反应。

马主任反应冷淡，只说：我在这个年纪，经常加通宵班，那时办公室哪有这么多人！

汪凡马上应和：是的，我们这一辈人确实应该学一学老同志的作风。

刚准备交稿，汪凡想到马主任平日对同志们的谆谆教导，工作态度应严谨啦，应认真负责啦。于是又埋头细细推敲。反复琢磨之后，觉得已十分完美了，简直千金不易一字。然后工工整整地誊正，俯身交给马主任，说：我肚子里的墨水已全挤干了，自我感觉很不满意，劳您细细斧正。

马主任正在批阅文件，头也不抬，只说了声：放在这里吧。

见马主任这么不以为意，汪凡的自信心又开始动摇了，甚至有些紧张。抬腕看看表，还差两个小时才下班，就翻出一些资料，装模作样地看，眼睛的余光却瞟着马主任，始终不见马主任动那东西。临下班，见马主任把汪凡起草的大作装进了公文包，看来要晚上再看了。汪凡这时突然觉得很累。原来他中午要休息的，不然下午一定打瞌睡。今天全因那紧张劲儿才不觉困乏，不然肯定会没精打采，马主任又会怪他上班不认真了。唉，辩证法真伟大，下午虽然紧张得难受，却消除了倦意，不然在马主任的印象中岂不是雪上加霜了？

第二天一上班，马主任就叫了汪凡：昨晚我看了，修改了一下，你誊正吧。

汪凡接过一看，见自己的得意之作被马主任斧正得只剩下"全体教师同志们您们好"了，额上顿时冒了汗。他坐下来小心地誊着，手微微地发抖。见马主任谁也不看，也不哼《国际歌》，只埋头不声不响批阅着文件，心情一定又不佳了，绝对是因为我汪凡起草的东西不如意，让他熬夜了。汪凡心里很不是滋味。一边誊着，一边极刁钻地挑剔着语法和逻辑错误，发现了两个错字四个别字，也故意将错就错地抄写不误。誊正之后，照样很恭敬地交与马主任，十分谦虚地说：看了您修改的，悟到了好多东西，那底稿我留着，与自己写的再作比较研究，进步会快些。

马主任满意地笑笑，说：互相学习嘛。你们年轻人脑子活些，想进步是容易的。

汪凡暗自却处心积虑地想：留着那废纸，搞文学创作素材，起码是个上等的笑料。

四

过了些日子，汪凡很得意了。马主任经常交些材料给他写。张大姐总在一边鼓励说，要争气哪，不要辜负马主任的一片苦心。还列举了不少市领导都是笔杆子出身的，好好干，有出息哩。汪凡十分感激，十分激动，觉得自己眼前一片云蒸霞蔚，灿烂辉煌。可没有一篇材料不让马主任修改得面目全非的。久而久之，汪凡似乎确实明白自己的文墨功夫不及马主任，对自己创作的诗和散文也极不满意了。借了贾宝玉的话自责道：什么劳什子！发誓不再订阅文学刊物，报纸上的文艺副刊也再无兴趣浏览。偶有文朋诗友问及创作之事，便华威先生一般地笑道，太忙了，太忙了，哪有时间写？心里却表示极大的轻蔑：还搞那玩意儿，小儿科！前些年自己也那么幼稚，搞什么创作！在马主任面前越发谦虚起来，对这位上司修改过的材料斟词酌句地研究。后来竟萌发了一个简直具有革命意义的大胆构想：发奋十几年，争取写一本关于机关公文的专论。原来他发现如今机关通行的调查报告、经验材料之类的文章，无论是体裁，还是语体风格，竟是从小学到大学都未曾学过的，新华书店能见到的也就是《中国应用文体大全》之类，大全个屁，机关通行的许多文体都没有论及，根本无视理论联系实际的原则。这可是马克思主义的原则啦！只怕发达国家也没有专论。社会主义江山万年长，这党政机关流行的文体竟没有人研究那还行？这个课题的研究任务如今算是历史地落到我汪凡肩上了。我一定填补这一社会科学研究领域的空白。汪凡想到这些，有一种殉道般的崇高感，自己一个小人物也要成就大事业了。

他很犹豫：是否应把这个大胆的构想向马主任汇报一下呢？马主任若知道他这宏伟志向，一定会刮目相看，一定会更加器重的。转而又想，会不会被人看作狂妄自大呢？一个小学数学都未过关的人也要攻哥德巴赫猜想？

终于按捺不住了，在一次全室民主生活会上，他谈了这一远大理想，阐述了足足十五分钟，这是他参加工作以来第一次有板有眼的长时间发言。果然四座皆惊。

马主任做总结时，重点表扬了汪凡：汪凡同志的想法很有意义。年轻人应向他学习，关键是学他的改革精神、开拓精神、进取精神、创新精神。汪凡同志……

汪凡激动得几乎不能自已了，表情却是平静的。这不仅因为马主任如此高度赞扬他的种种精神，更因为第一次在如此严肃的场合称自己为汪凡而不是小汪。他感到身价高了许多。记得大学第一学期开学典礼时，校长开口一句也是称同志们而不是同学们，他马上激动起来。参加工作后就成了小汪，他感到很亲切。但这小字辈的称谓在一般情况下又是别人居高临下叫你的，如今升格为汪凡同志，岂有不激动的道理？

马主任的表扬似乎确实改变了他在办公室的地位。同事们在非正式的场合当然不是很官方味儿地称同志，但再叫小汪似乎大不敬，多是叫汪老弟，那口气甚至有几分奉迎。马主任仍叫他小汪，他听了十分的亲切。尽管从未恋爱过，但他觉得听情人昵称自己时，一定就是这种感觉。

汪凡有十二万分的信心在机关干下去了。他觉得还应全方位塑造自己成熟的形象，让别人一看就是地道一个汪凡同志而不是小汪。细细反思之后，他精心设计了自己。言行举止应更加老成、干练，外表形象还需革命一次，小平头当然要保留的，黄帆布挎包必须革去，代之以黑色公文包。原以为背着那洗得发白的黄挎包很潇洒自如的，连李向南都背，现在一想，简直是酸溜溜的诗人气质的尾巴，必须像阿Q讲的那样：咔嚓！

于是汪凡破费十五元六毛钱买了一个黑色公文包，夹在左腋下，右手很干部味儿地甩着。别人似乎都没有在意他的挎包革命，更无从体会这场革命的深远意义。汪凡反倒感到高兴，因为这说明他从诗人气质到干部风度的演变是平滑过渡。改革开放追求的最佳效应可就是平滑过渡哪！不然物价波动人心浮动社会震动怎么办？

偶然间，挎包革命让他明白了一些道理。那天，一位同事说他那个公文包很别致，问是哪里漂来的。说到这漂字，汪凡平日也常听机关干部们讲，隐约理解其意义，却并不深究。今天见同事们把自己也同漂字连在一起了，不免略略研究了一番，原来意义丰富得很，但却是从《尔雅》到《说文解字》到《康熙字典》到《辞海》哪怕是词洋词宇宙都没有解释过的。汪凡也无法给这漂字下个准确的定义，大概意思是下基层吃饭抽烟拿东西之类都没有花钱。反正没花钱这是绝对正确的。有一点似乎可以肯定，那就是这漂同坐在家里接受别人进贡是两码事。坐在家里架着二郎腿儿，老爷气十足，接受别人进贡，那个做法，讲得难听些，简直是收受贿赂！而在工作中漂将起来，那可是顺乎自然的。仔仔细细地再琢磨一番，汪凡还发现，干部们用这漂字，不仅使小节问题同腐败问题泾渭分明，而且让语言风格变得隐晦而潇洒。汪凡甚至想到文学艺术的表现能力真是太有限了，像这样一类艺术性极强的语言，小说如何表现？影视如何表现？这漂字简直底蕴深厚奥妙无穷！

话又回到前面。那位同事问汪凡的公文包是哪里漂来？他说，哪里哪里，自己掏钱买的。讲的确实是实话，表情却是不置可否。他并不想否认这公文包是漂来的。因为他还发现，同事们好像都这样，从不坦白承认自己漂，也不据理否认自己不漂。原来人们都有一种心照不宣的意识：在外漂不开的人绝对是个废物，会被人瞧不起。可这漂，尽管不碍廉洁，却也总有点那个。

汪凡自从深悟漂的意蕴以后，有时也故意借机树立漂的形象，但做得很节制。因为毕竟是学过马克思主义哲学的人，非常明白量变与质变的关系，漂得过度岂不成了贪？说实在的，汪凡资历太浅，又无职无权，漂的机会几乎没有。那天买了一双新皮鞋，有同事见是本市路遥皮鞋厂出品的就问是不是漂来的，语气有几分敬佩，有几分羡慕。汪凡连忙摇头，不是不是，自己买的，花了四十八元钱。表情却更加十倍地不置可否。那同事越发不相信他是买的，发誓赌咒了一番，最后让了步，说他起码是买的出厂价。汪凡只好点头，说，不瞒老兄了，确实只是出厂价，三十六元。不料那同事心也动了，硬要借汪凡的面子，替他也买一双。汪凡无奈，慷慨允诺，好说好说，明天中午我抽空去一下。第二天中午，自己只得垫上十二元钱给同事买了一双来。他妈的，十天的伙食费算是黄了。

五

汪凡突然发现自己原来早已很倒霉了。那天中午他去理发，就在第一次理小平头的那个理发店。他正理着发，另一个座位上的顾客无话找话同师傅攀谈，问师傅评职称没有。那个师傅十分不屑地从职称讲到文凭，说职称有什么用？文凭算什么？最后举了个例，令汪凡如五雷轰顶。有回市府办的马主任到这里理发，马主任你知道吗？是市长身边的红人，大秀才，人家只是个高中生。马主任讲他办公室今年新分了个大学生，还是个什么本科生，连"您们"两个字都不会写。你不信？骗你是狗日的。马主任那个人我可不是打一天的交道，从不乱讲的，是真的。那马主任真会整人，老叫那个大学生写材料，可写出来的都是狗屁不通的，马主任都重写，就是要整整他。那小子还牛皮十足，说要写书。你听马主任讲起来更好笑些。

汪凡觉得头上灼痛难忍，简直不是在理发，而是在开颅。好不容易熬到理完发，他匆匆付钱，逃也似的跑了回来。

他闯进自己那简陋的房间，重重地躺在床上，胸脯急剧地起伏。他愤愤地摸着自己的后脑，恶毒地想，我汪凡不凡，天生反骨，是要造反的！暗自用尽了最狠毒的语言诅咒马主任，而且进入他思维语言的已不是马主任这个称谓，而是牛马畜生的马这匹不中用的驽马，丧妻不够，还要绝后的。这匹马再也找不到母马的，晚上不知在床上怎么折腾，百分之百两眼瞪着女电影明星的照片做手淫，百分之百很想得到贾瑞那个风月宝鉴！

上班铃响了，汪凡不想起床，他发誓要消极怠工，看你这匹老驽马把我怎样。但只迟疑了片刻，他还是起身上班去。小不忍则乱大谋。君子报仇，十年不晚。

走进办公室，马主任早已端坐在办公桌前了，很悠闲地哼着《国际歌》，情绪极佳。汪凡忍不住怒火中烧。又马上止住自己，切切不可鲁莽。马主任看一眼汪凡，说，小汪来了？理了发，精神多了。他妈的，偏偏提到理发，汪凡立即又想到那理发师傅的话，气冲天灵盖，但一见马主任的目光那么慈祥，只得恭敬地赔笑。

汪凡在自己的办公桌前坐下，拿出一个夹板假正经。一肚子的报复在发酵。这个老东西，平日对人有看法时，惯用的办法是让你闲着，让你自觉无聊。为什么偏偏对我这样？大概是一般规律中的特殊规律？幸好学过马克思列宁主义哲学，不然百思不解了。看样子他是想用这个办法来整整我，看看是"你们好"还是"您们好"。

这时，马主任发话了：小汪，我有个东西你抄一下。汪凡小心地取了过来，一丝不苟地抄写。

一边抄，一边在内心极鄙夷地批判着马主任的字。那字极不成章法，横七竖八，比别人的字多出许多须来，比白石老人画的虾须还多，便暗暗称这老驽马的字为虾体。这个发明一诞生，禁不住失声笑了。马主任忙问怎么啦，意思大概是问是否看出什么笑话来了。汪凡马上解释道，越看马主任写的东西，越觉得自己的娃娃腔幼稚可笑。马主任不放弃任何一个教育机会，望着汪凡很认真地说，不要自暴自弃，你的进步也是快的嘛。

马主任接过汪凡抄正的材料，第一次表现了自知之明，夸汪凡的字很漂亮，简直称得上书法了，感叹自己的字不可救药。汪凡却说，马主任的字风格独特，自成一体，再说搞文字工作第一要紧的是文章好，孔夫子不嫌字丑嘛。马主任很宽厚地笑了。

六

汪凡天天诅咒着马主任，天天想着要报复，但究竟没有制造出什么轰动市府机关的爆炸新闻。那天听张大姐说已给马主任找好了一个对象，年纪比马主任小十一岁零五个月，眉目清秀。汪凡很感兴趣，问了姓名和工作单位，萌生一个十分阴险的念头给那个女人写封匿名信，指控老家伙年老气衰，阳痿不举。用左手写。但也只是这样很兴奋地想了一下，并没有写。马主任结婚茶话会那天，汪凡望着那幸福的一对儿，很庆幸没有写那种缺德的信，很后悔当时怎么萌发那样的念头，自己可是谦谦君子！又一想，人嘛，谁没有阴暗心理呢？这可是弗洛伊德说的，于是又坦然些，咀嚼着马主任的喜糖，暗自骂道：你这道貌岸然的老混蛋，老子可是对得起你的！我若写了那封信，你想有今天？这样一想，似乎自己对这门亲事的贡献比张大姐还大。新娘新郎为宾客点烟时，汪凡一副劳苦功高、心安理得的样子。

可是凑巧的一件事，汪凡无意间捉弄了马主任。说真的，他绝无报复的意思，初衷只是开玩笑，谁叫他天性幽默呢？那是年终评比时，马主任评上了记大功，需要向市委、市政府报一份先进事迹材料。马主任虽是大手笔，却不能自己写，那样还成体统？汪凡虽有长进，但来到办公室才半年，不知晓详情，因而叫张大姐写。张大姐写了三天三夜，终于脱稿了，总结了马主任的许多优秀事迹，简直可以登在《人民日报》上号召全国人民学习。但张大姐仍不满意，便找汪凡共同研究。张大姐认为马主任应该有什么病才更具有先进性。汪凡则反驳，凡事都是辩证的，今天为了把马主任写得高大些，说他患有重病，明天若再要提拔他，组织上考虑他身体不行，工作难以胜任，岂不完了？张大姐原则上同意汪凡的意见，却仍坚持马主任应有病，最后两人来了个折中，写个小毛病，既可衬托先进性，又不至于影响以后担当重任。但反复寻思，发现马主任除了视力差些，别无他恙。到底还是视力问题触动了张大姐的灵感。她隐约记得去年夏天的一个黄昏，马主任不慎踏进了宿舍后面的阴沟，扭伤了脚。据说是患鸡巴眼，阵发性失明。这鸡巴眼是本市方言，医学上称做夜盲症。但这个地方，只有五官科医生称夜盲症，其余的人几乎都称鸡巴眼。张大姐也只知道鸡巴眼，于是十分感人地写道马主任患严重的鸡巴眼云云。汪凡明知鸡巴眼这玩意儿，口上讲讲倒还可以，写作白纸黑字，就是天大的笑话。但不知为啥，他并不点化。在他拼命忍住不笑的那会儿，竟又想到《红楼梦》里薛呆子的那句酒令，女儿乐，一根××往里戳。他把××二字写在纸上，对张大姐说，鸡巴这两个字，《红楼梦》里是这样写的。张大姐一听是《红楼梦》里有的，认为很权威，谦虚地如此改了。

事迹材料就这样写成了。送与马主任审阅。马主任说，写我自己的材料，不便审，只要实事求是就行了，不要夸张拔高。

于是就印了，无奈××这东西长得隐蔽，字也隐蔽，四通打字机也打不出，只好用圆珠笔写上，因而印出之后非常醒目，真的是跃然纸上。

办公室将这套材料整整齐齐地留了三份底，规规矩矩地上报了三份。

汪凡对人秘而不宣，独自幽默了几日后，突然担心起来，后来竟是害怕了。天哪，这样的玩笑开得太过火了，要闹出乱子的，而不是一般的笑话！非常非常不安。是否应同张大姐商量一下，撤回重搞呢？不行，那样反而承认自己是有意捣乱了，更糟！怎么办呢？百般寻思，左右都不是办法。日子很难过，白天六神无主，晚上辗转反侧。焦急了几日，没听见任何动静。怎么回事？汪凡便侥幸地想，一定是没有人看得出笑话，那两个字只怕那些审材料的人都不认得。于是放下心来，窃窃嘲笑那班饭桶无知。马上又狡黠地责骂自己，你有知又怎样？真是知识越多越反动！

汪凡刚刚放下心来，事情闹出来了。主管党群的市委副书记老柳气呼呼地跑到市府办大发雷霆。什么××不××的？干什么吃的？××是什么东西？堂而皇之地写在上报组织的材料上？开玩笑？有意的？什么用意？叫骂得脸红脖子粗。这柳副书记是北方人，只知道那玩意儿就是那玩意儿，怎么也不会有别的什么意义。况且是用那纯正的京腔嚷着那两个字，听起来非常刺耳。

柳副书记嚷了半天，马主任还不知他嚷些什么，只顾两眼环视着在场的属员，想发现到底是谁做错了事。直到柳副书记把那材料重重地摔在桌上，很威风地走了，马主任才知道原委。他很有些态度地望着张大姐，嘴皮子颤抖着，说不出一句话。张大姐脸色早已铁青，畏畏地望着马主任，又十分恼怒地望了望汪凡。汪凡的额头上也已是汗珠如露。

七

马主任没有记上大功。当然不完全因为那两个字有什么原则问题，还因为重新整理材料已来不及，再说马主任自己也执意不让再报上去。

张大姐实在厚道，心里确实责怪汪凡，但并不把这事扯到他身上来，一个人把责任承担了。马主任事后也不怎么批评，只说了声文字上的事，应严谨些。同事们背后也有拿此作笑柄的，但也是适可而止。汪凡十分内疚。人家张大姐可是好人哪，对自己很关心，很照应。她肚里墨水不多，但在机关里，也是个女中豪杰，如今闹了这个荒唐事，面子往哪里放？

汪凡那天下班后专程到张大姐家登门拜访，道歉，说不是故意的，确实以为是那么写的，确实是因为缺乏医学知识。

张大姐一边拖地板一边说，不要紧的，马主任那个人也不会计较这些的，再说我们女同志又不想往上爬，印象好不好有什么关系呢？张大姐不停地拖地板，汪凡的立足之地不停地转移，这样子很不是味道，就告辞了。

回来的路上，一直想着张大姐的崇高。这不就是一个普通共产党员的闪光点吗？忍辱负重。相形之下，自己竟显得卑劣。为什么不向马主任坦白自己，澄清事实？明明是故意制造的恶作剧，弄得张大姐难堪，却在她面前混说不是故意的。最后决定明天上班一定向马主任深刻检讨。

次日上班，办公室气氛依旧很平和。同事们各司其职，汪凡想，还是算了，事情已过，何必再节外生枝？从此对张大姐更加有礼有节，在马主任面前更加谨小慎微。

很平静地过了几个月，办公室岗位作了小调整。张大姐不再从事文字工作，改作档案员。马主任很体贴地说，这是照顾她爱人经常在外，一个人带着小孩很辛苦，管档案清闲些。汪凡知道，在机关干部的观念中，文字工作虽然很累，却很体面，这是有一点层次的人才干得了的。张大姐很愉快地接受了任务。但她那种失落感，汪凡隐约察觉出来了，很有愧。他真想宽慰她几句，但又怕伤别人的自尊心。

马主任依然把平和与严肃处理得很有度。一般情况下都是温和的，属员有缺点，同样不留情面地批评，却不让人感到是在责难自己，而是在爱护自己。

张大姐从此一丝不苟地整理着文书档案。没事就坐在档案室里看杂志，或望着窗外的夹竹桃。原来快嘴快舌的，现在话语也不多了。汪凡见了，很伤感，担心她长此以往，整个大活人也会变成档案的。难道是马主任有意整她吗？但又不像，一来并没有就那件事批评过她，二来调换岗位的理由也是很堂皇的，三是事后几个月才变动工作。也许这就是马主任老谋深算之处？若这样，也太忘恩负义了，没有张大姐，你还能有这么个小妻子？汪凡左思右想，认为马主任确实是照顾张大姐。这样一想，汪凡自己也轻松了些。人家张大姐可是豁达的人哪，现在不多讲话了，只是因为档案室只有她一人，同谁讲去？于是，有回见到张大姐又呆坐窗前，汪凡就调侃道：张大姐好雅兴，宁静致远呀？张大姐莞尔一笑：我哪有那么深刻的思想？看到张大姐的情绪真的很安静，汪凡放心了。

八

汪凡越来越成熟了，他写的材料马主任再也不用动大手术了，只是作个别字句的修改。后来竟经常发现马主任有些地方改动得不太妥。这说明自己已站在一个新的台阶上，可以居高临下地审视马主任的功夫了。汪凡感到很快意，但也不申辩。应维护领导的权威，这是职业道德的要求。曾经有一阵子，若发现马主任改得不太得当，口上不说，却变着法儿纠正过来。办法通常是谎称某某市长或副市长改的。只要说是某某市领导旨意，马主任绝对服从，这是他的优良品德；有几位副市长年纪都在马主任之下，但马主任对他们同样敬之又敬，似乎自己成了小字辈。汪凡对此感慨极深：这是难得的政治品质呀！当时汪凡之所以把马主任不太贴切的修改看得那么认真，不是因为固执己见，也不是为了显示自己，更不是对工作高度负责，百分之百的原因是怕人见笑。后来发现从来没有人对本室的文墨功夫挑剔过。汪凡知道不是自己和同事们真理一般地正确。原来这文件、简报之类的太多了，人们早已视如儿戏，根本没有人认认真真地看。再说，谁有闲心像语文教师那样去推三敲四呢？于是，汪凡写起材料来少了许多的拘谨，更加挥洒自如，文字更是老成稳健。自从市长有回在闲谈中对汪凡的文章做了充分肯定之后，马主任修改他的材料便更加客气了。后来马主任竟干脆说，不要我看算了。汪凡心想，这样也好，减少了办事程序，可以提高工作效率。于是以自己名义写的材料自己定稿，为市长起草的讲话直接呈送市长审阅。市长也十分习惯汪凡的文风，每次起草大会讲话稿之前，都直接找汪凡商量提纲，而以往都是马主任听取市长指示之后再传达给汪凡的。汪凡有了市长的亲口旨意，更能做到心领神会，讲话稿的质量市长越来越满意。汪凡觉得自己已到了最佳竞技状态。学习中央和省里领导的讲话时，他的主要精力不是领会其精神实质，而是非常得意地把那些文献同自己写的东西进行比较研究。研究的结果通常是：中央和省里办公厅的那些人，智商并不比自己高，我汪凡若是坐在他们的办公桌上，照样写出大块头文章来。

有天马主任很超然地对汪凡说：全靠你顶了上来，我轻松多了。年轻人成长起来，我就放心了。

汪凡条件反射，答道：还不是主任的栽培？替您分担些担子，也是应该的。

他俩进行这番对话时，张大姐在场，她正给马主任送资料来。

过了几天，汪凡从档案室门口经过，张大姐叫住他。大姐有什么吩咐？汪凡笑道。张大姐表情平静，却压低了声音，说：你写的材料还得给马主任看看，信大姐的话有益无害。

汪凡嬉笑道：不信呢？那就是有害无益了？

张大姐哂笑之，不作答。

汪凡以为张大姐还不知道自己的文字功夫，仍要他虚心向马主任学习。大姐也是一片好心哪，但她的鉴赏水平只有那么高，也怪不得她。内心当然很感激张大姐的关心，却认为不一定采纳她的建议。

不久就发生了一件意外事情，汪凡后悔不迭：若听张大姐的话就好了。

原来市二百货公司多年来坚持两个文明一起抓，两个文明双丰收，市委、市政府决定把这个公司树为全市商业系统的明星企业，汪凡受命写了个典型经验材料，下发各商业企业。但因数据审核不慎，将实现利润多写了二百万元。同行生嫉妒，有些知晓底细的公司负责人就拿这个把柄告二百货公司谎报战绩，邀功请赏，弄得市委、市政府很被动。

市长严肃批评了汪凡，并责令马主任开个全室干部会，让大家吸取教训，发扬认真负责的工作作风。

马主任在会议上似乎很客观地说明了这件事的来龙去脉，看上去似乎为汪凡开脱。最后很温和地对汪凡讲：以后像类似的重要材料，我们可以商量商量。

会后，张大姐对汪凡说：你吴大哥今天回来了，我做了些菜，到我家吃饭去，陪大哥喝杯酒，你们单身汉，也清苦的。

原来张大姐见汪凡今天挨了批评，肯定有情绪，想尽个做大姐的责任，让他调适一下心理，也想交代一些办公室里不便讲的话。

张大姐的爱人吴大哥也很够朋友，视汪凡如兄弟，热情地劝酒劝菜。

见汪凡心情好些了，张大姐便拉上了想说的话题：

小汪呀，我看你本质不坏，才跟你讲。有些话是不能讲明的，可你懵懵懂懂。你写东西不给马主任看，他心里舒服吗？他原来是权威，你现在材料不给他看了，他到哪里体现权威高？噢，他叫你不要给他看你就不给他看了？你以为人人都像你这样肠子是直的？马主任叫你今后写的材料要同他商量商量你明白吗？这商量是什么意思？上级同下级有没有商量的道理？只能是指挥和服从！就说今天发生的事，若让他看了，他也不一定看得出数字多了还是少了。但至少封了他的嘴巴，他想讲也讲不了。我也奇怪今天开会他怎么那么平心静气，没有骂你一句。确实，既然市长已骂了，他何必再得罪人呢？你学问深些，大姐我文化不高，讲的话听不听由你。

张大姐讲了许多，都入情入理。汪凡多喝了几杯酒，激动起来，涕泪横流，哽咽道：

小弟我到这个地方工作，举目无亲，全得大哥大姐照应。大哥大姐，是世上最好的人，我汪凡一辈子忘不了的。我汪凡不是人，做了那件蠢事，让老驽马他妈的来整你。

张大姐不愿提及这件事，忙止住汪凡，不要那么讲，马主任也是个好同志，我干档案工作，还轻松些。

汪凡回到宿舍，精疲力竭了，衣服也不想脱，就上床睡了。反复问自己，张大姐讲你的本质不坏，到底坏不坏？

九

事情糟透了。不久前发生的"二百"风波使汪凡的形象大为失色。似乎所有的领导都冷淡他了。那天在厕所碰到市长，市长正在系裤带，双手不空，口里咬着一本《求是》。汪凡很尊重地喊了市长，市长微微点了点头。汪凡明知厕所不是热情寒暄的地方，也分明看见市长嘴巴被《求是》占着，但总以为市长对他不如以前那么满意了。那次大便足足用了三十分钟，若有所失地走出厕所后，仍有便意，很不舒服。

真是祸不单行，工作上偏又出了个差错。向省政府打了个请求解决资金的报告，汪凡校对的，报省政府误作了打省政府。市长拍着桌子，叫道：今天打省政府，明天还要打国务院！真荒唐！

完了完了，彻底完了。汪凡真想大哭一场。

偏偏这时，一位大学同学寄了一本散文集来，曰《夏之梦》。这更勾起了他的无限烦恼。这些同学，在学校都是一块儿玩创作的，人家现在出的出散文集了，出的出诗集了，有几个同学的小说也出了多人合集。自己呢？正儿八经地当了几年御用文人，成就在哪里？居然也那么鄙视过这些搞创作的朋友。

简直无法给寄来散文集的同学回信！他提起笔来，脑子里像钻进了许多蚊子，嗡嗡乱叫。好不容易静下心来，写上几句，又捏作纸团丢了。他吃惊地发现，自己写了几年衙门文章，现在连写封稍稍儒雅些的书信都不能了。语言已丧尽了灵气，十分刻板。

一连几天，他有空就翻同学的散文集。这位老兄的散文清丽、空灵、舒展，汪凡看了几天，便满脑子的白云、山泉、翠柳，如丝如缕的温馨。

这本散文集似乎是一剂灵丹妙药，让他心静如水。兴致好了，便翻出自己前些年创作的诗和散文，有发表过的，有一直沉睡在抽屉里的。缪斯的光环似乎又辉映在他的头顶了。摊在案头的件件作品在他的眼里成了游动的精灵。原来我汪凡天生就应躲进小楼成一统搞创作的，干什么要到这个地方来呢？此念一出，便感到自己虚度了这几年，很懊丧。

以后的日子里，他工作上勉强应付，倾注全部精力写诗。那些古板的机关材料在他的眼里一下子成了狗屁不如的东西。他感到自己很可笑，好像死心塌地迷恋过的美人儿，最后发现竟是一个丑八怪。这几年自己居然也写这样的文章，居然也为了成为大手笔孜孜不倦，简直辱没了仓颉。那些东西，千篇一律地在什么什么领导下，什么什么支持下，什么什么配合下。一个材料，开篇至少三下，三下五除二，算啥玩意儿？

汪凡潜心创作了一首诗，曰《痛苦的方式》。写得很绝，把自己感动得在郊外转悠了一个星期天。他想，这样的诗作如果不发表，中国没有诗了。

果然发表了，在本市的文学圈子里引起了轰动。汪凡为了扬眉吐气，很方法地把自己发表诗作的事在同事们中间张扬了。同事们敬而仰之，他很快意。

一天，马主任很严肃地找汪凡谈了话。听说你写了个诗，叫什么痛苦。业余搞创作，我看是可以的，只要不影响工作。但格调应高一些。领导很器重你，同事们也很关心你，有什么痛苦的？领导批评你，也是为你好，要正确对待。有人说你星期天经常在外独自散步，有什么想法，可以向组织反映嘛。唉，现在文学界也不讲方向性了，什么东西都可以发表，自由化怎么能不泛滥成灾？

汪凡解释说，我那诗作，并没有政治问题。痛苦嘛，在有些时候，是一种很高尚、很纯洁、很美丽的情绪。

没等汪凡讲完，马主任莫名惊诧了，什么什么？痛苦也美丽？

汪凡突然发现自己笨拙，怎么同这些人谈文学的审美情趣！为了尽快收场，汪凡立即表态，一定接受领导的意见，有时间的话，创作一些健康的有益的作品，热情讴歌社会主义两个文明建设。

那就对了。马主任满意了。

汪凡果然才气不凡，一发不可收拾，经常有诗作和散文发表。

张大姐有天提醒他，最好用笔名发作品，不然影响不好，会有人嫉妒你，讲你不务正业。汪凡不听，心想，就是要扬扬名，让那些王八蛋不再小觑自己。果然有同事递了消息，说某某领导对你搞创作有看法了。汪凡也并不在意，俨然傲骨铮铮。你当你的官，我写我的诗，互不干涉。当官有什么了不起的？李鸿章讲天下最容易的事莫过于当官，你那个官我当不像？我来当的话，肯定比你出色，可我的诗你写写看！我搞创作，充其量也就是晚上不打麻将。你们天天晚上玩麻将，那才是玩物丧志！

汪凡感到自己很潇洒。人哪，就该这么潇洒。不以物喜，不以己悲，何必庸人自扰？

十

文学创作有了名气，市文联关注他了。文联刘主席有回开玩笑说：愿意丢下乌纱帽到文联来吗？我看你若有兴趣，专门从事文学创作，注定要成大家的。当然，我也是随便讲的，首脑机关前途无量，谁愿到我那小小土地庙来呢？

刘主席确实只是随便讲讲，但汪凡真的动了心。我汪凡有什么乌纱帽？一个二十四级干部！就是当了市长，也是个七品芝麻官，全市人口一百多万，市长只有一个。当诗人可是没有名额限制的。他很当作一回事，对刘主席讲，可以可以，正合我的心意。

汪凡决定调文联后，成天憧憬着新的理想。不，这早就是我的理想了。他想，调到文联之后，再也不受市府机关繁文缛节的拘束，也不需那么正统了，可以关起门来神游八极，须发变成马克思那样也无人干涉。说不定发了有影响的作品之后，会有满脑子幻想的女孩子登门拜访的，见了自己蓬头垢面的样子一定很吃惊。他仿佛已看到一个美丽的少女的惊骇而疑惑的目光，那场面会很浪漫的。

当他正做着诗人梦的时候，被提拔了，任副科级秘书。事先没有任何消息，汪凡自己也很感突然。他疑惑地问张大姐：我汪凡何德何能，也当个副科级秘书？

张大姐笑着说：你成熟了嘛，组织上自然要用你。

汪凡说：大姐你就别打官腔了。

张大姐这才说了几句推心置腹的话：你自己应明白，你现在的文字功夫已是公认的，办公室缺你不行。不提拔你，你会安心吗？前不久不是有人反映你有情绪，想调到文联去吗？但又考虑到你太年轻，提个副主任，怕难胜任，就提个副科级秘书。不过这也确实是重用你，你看同你一道分来的那几个大学生，不都还是一般干部吗？

汪凡这才知道组织上对他采取的是安抚政策。

机关里的人们对干部的任免问题一向是最感兴趣的。大家一见汪凡，就拍着肩膀说，小伙子不错呀，年轻有为，以后当了市长，可别忘了兄弟们啦。

汪凡只是极谦虚地玩笑道：别那么讲，李先念十八岁就当军长了，我今年二十六了，才是个副科级，也不是什么官，最本质的意义是每月加六块钱，只够买半只鸡。

既然被提拔了，就不便再提调动的事。天天有人热情地道喜，心也安了许多。不久，因为马主任讲到一件事，他彻底打消了调动的念头。那是办公室政治学习时，马主任讲，他有位中学同学，后来当了作家，前几年到了德国，现在生活得并不自在，自己写的书自己摆摊子销。有人羡慕西方生活，中国如果和平演变了，生活的秩序就全乱了，我们当干部的干什么去？当作家的不也自己卖书去？同志们，要坚定信念哪！

马主任的这番话为什么如此深刻地触动了汪凡，他自己也说不清。

日子很平淡地过着，有时通宵达旦写材料，有时一连几天无事可干。人们见了汪凡总很客气地问：汪秘书，忙吗？汪凡照样回道，不忙不忙。然后匆匆走开，一副马不停蹄的样子。有回基层来的同志找他办事，问汪凡是哪一位，因为直呼其名，他内心竟微微不悦，但没有表露出来。事后想到这件事，在心里狠狠教育了自己：汪凡，你简直是堕落哪！若有人看出这一心迹，不要戳断你的脊梁骨吗？尽管明知当时不愠不怒，但仍唯恐有人洞悉他的内心。

那天晚饭后，汪凡很优哉游哉地到河边散步，在几年前坐过的那棵樟树下坐下来。红日衔山，河面流金溢彩。汪凡心情极佳，不禁回想起几年来做过的事情，想起周围的许多人，马主任、张大姐、传达室老头、市长们，发现都是平常的自自然然的人。人似乎就是人，任何奇怪的东西都没有。自己也不必把什么事看得那么认真，特别是不能计较小节。水至清则无鱼，人至察则无徒。该糊涂的就糊涂，该含混的就含混，该朦胧的就朦胧，这才是潇洒。张大姐就最潇洒，无怨无尤，不争不斗。回来时，走进市府机关对门的冷饮店，要了一杯冰牛奶，坐下慢慢地喝。市府门口，辉煌的路灯下人们进进出出，都很平常。几年前刚来时，不知为什么总觉得这里面的人很生硬，木偶一般。

汪凡还准备要一盘冰淇淋，忽然想到今晚马主任约他打麻将，就起身回去了。

天气不好

　　小刘是县长的右手，但不是左臂右膀的右手。只有几位副县长才有资格被叫作县长的左臂右膀，小刘只是一般干部。这地方老百姓在一旁叫领导为舞左手的，那么当兵的自然就是动右手的了。小刘是政府办写材料的，县长大会小会上的同志们加冒号多出自他的手，小刘就是名副其实的右手了。尽管小刘起草的稿子还需政府办向主任把关才算数，但谁都知道这几年李县长真正的右手是小刘。替县长捉刀本是件值得荣耀的事，可右手毕竟只是当兵儿的，所以听别人说他是李县长的右手，他心里的味道也说不清楚。

　　李县长对小刘好像也还满意，但李县长马上要调到别的县任县委书记去了。今天，政府办向主任同几位副主任设宴为李县长送行。小刘给李县长写了几年报告，劳苦功高，也被破格邀请了，这是一种殊荣。气氛自然热烈，大家轮番给李县长敬酒。李县长海量，有敬必喝。况且今天又是什么日子？大家共事几年，不容易啊。李县长不论接受谁的敬酒，都要说几句热乎话，算是对下级的临别寄语。敬酒也有个次序，向主任打头，接着是几位副主任，小刘当然到最后才有资格敬酒。李县长客气了几句，说，小刘工作态度认真，文字仍须提高。这话听起来像中山先生遗嘱：革命尚未成功，同志仍须努力。领导同志肯定一个下级，不能讲过头话，那样不利于同志进步，对下级文字功夫的评价更要留有余地。文章这玩意儿本来就难有一个标准，天下没有一个天才的语文教师敢斗胆给学生的作文打满分。领导同志更应注意，若是讲下级的文章很不错，那他自己就不行了。领导哪有不行的呢？不行还要管你？小刘想想这些道理，便觉得李县长对自己的评价是不错的，心里也就高兴。一高兴，就多喝了几杯酒。晚上回家，妻子小文见他红光满面，问他有什么好事这么高兴，小刘很满足地靠在沙发上，双手摊开，自得地敲着沙发靠背，半晌才慢悠悠地说，李县长说话很贴心，对我的评价不错哩。便把李县长在酒席上说的原话告诉了小文。小文听了却风凉起来，说，你就受宠若惊了？他讲你不错，这几年给你提过一级半级没有？你没日没夜地为他爬格子，最后就得这么一句话，就这句话都还是一分为二，功过各半。他一拍屁股走了，你再激动也是枉自多情！

小文这些话听起来也很有道理，就是太伤小刘面子了。夫妻间有时是无道理可言的，小刘明知不该发火也不管三七二十一乱嚷了一通。小刘一嚷，小文就笑，说，好了好了，大人息怒。你为人民忙碌了一天，很辛苦的，我侍候你洗澡休息吧。你为人民服务，我也是人民的一员啊，现在我就来为你服务吧。小刘轻轻拧了小文的脸蛋儿，说，就奈何不了你这张嘴！说着，便满怀了爱意，伸手揽过小文就要亲热。小文嘴巴努向里屋，就挣脱了。保姆红妹子正在里屋哄儿子刚儿睡觉。

小文清了衣服出来，附在男人耳边说，我也洗个澡算了，我俩一起洗。小刘听了就咬着嘴唇儿笑。

卫生间连着厨房。厨房门一关，小文就扑向男人，轻轻一跳，双腿夹在男人腰间。小刘就这么搂着女人，进了卫生间，将衣服放好，再关了门，打火开水。试试水温可以了，再把女人送到莲蓬头下。小文闭着眼睛舒舒服服地淋了一会儿，双脚才滑到地上来。

小文身子依着男人，替男人搓背。搓着搓着，小刘就来事了，非就地解决不可。小文咯咯地笑，任男人搂了起来。

水龙头仍开着。两人疯过之后，发现壁上挂的衣服全弄湿了。小文怪小刘，你呀，一来了就什么都不管了。小刘说，管什么？别人是阅尽人间春色，我跟自己女人怎么了？想怎么样就怎么样！

上床之后，小文柔柔地偎着男人，说，我也并不想你当什么官。我们文家祖祖辈辈是皮鞋匠，不照样过日子？轮到我当了教师，家里人认为我为他们争了大光。小刘说，我也不是有官瘾的人。我家世代务农，爷爷活到九十五岁，爸爸今年七十岁了，力气比我还足。小文说，是嘛，人要随遇而安才好。只是那些当官的，把你们当马骑，他们哪管你？你也真是一个好人，别人一句漂亮话就把你感动了。好了好了，不说这个了。在外混得再好，到底还要我俩自己过得好才是。说着就抱着男人温存起来。小刘想天下所有女人都指望夫贵妻荣，只有自己女人看淡世间浮华。修得这样的女人为妻，想必自己早做过三辈子的善人了。小刘便回报女人深长的亲吻，恨刚才疯劲儿不用在浴室就好了。这会儿不疯一回真对不起小文，就又去撩女人。小文却双腿夹住了男人，说，不准来，不准来，你不要命了？今后不准你随行就市了，仍旧搞计划经济。小刘像小孩子吵奶吃似的，磨了一会儿，也不再油了。

过了几天，新任县长到了，姓张，外县调来的。张县长在向主任的陪同下与政府办的同志一一见面。向主任介绍一位，张县长就同一位握手，说声哦哦，好！同小刘握手时，哦哦好之后多说了句笔杆子，好，并拍了小刘的肩膀。似乎张县长这一拍有舒经活络之效，小刘顿时浑身爽快异常。直到整个会见结束，小刘才有暇细细琢磨刚才同张县长握手时的情景。张县长特别地叫他笔杆子，还很亲切地拍了他的肩膀，看来自己给张县长的第一印象不错。这第一印象可是太重要了。

下班回家，两口子一起忙做晚饭，红妹子带着刚儿玩。小文问，听说新来的张县长上班了？小刘说，是的，今天到办公室同大家见了面，人还不错。小文笑了笑，说，你真有味道，说什么人还不错。这算什么评价？评价领导吗，调子太低了。把他当普通人评价吧，结论又下早了。小刘叹服小文的精明，说，唉，在外面别人都说我聪明，写文章来得快。怎么一到你面前我就觉得自己比你少长了三张嘴。小刘本意是不想在小文面前流露白天同张县长握手之后的感受，只想表现得平淡一些。可这个女人呀！小刘觉得自己真的愚笨可笑。小刘并不在乎自己在小文面前的鲁钝，反觉得这样很有意思的。

小刘越来越感激小文的开朗和淡泊，这让他回到家里心情更加轻松。如今哪，不怕老婆看不起，也许是男子汉最幸福的事了。小刘在家解了领带，趿着拖鞋，松松垮垮，在小文面前甚至有点儿想撒娇的味道。这也满足了小文的爱心，她是一位母欲极强的女人，在她的怀里，丈夫和刚儿都是孩子。

可是奇怪，小刘一旦跨出家门，立即绷直了腰板，左腋下的公文包夹得紧紧的，右手摆得很风度，见人打那种很官味儿的招呼。自然天天要见到张县长，笑着喊声张县长好。张县长也亲和，回声好，或应声哦。

今天召开县长办公会，重点研究财政问题。这样的会议，小刘都被叫去听听，掌握掌握情况。这是张县长到任后第一次主持县长办公会，参加会议的同志都很严肃认真。财政、税务等部门负责人发了言，几位副县长也发表了意见。张县长最后讲，原则上同意大家的意见，将同志们的意见归纳成几条，算是拍板。张县长着重讲到个体税收和其他零散税收的征收问题，说这是过去一段多有忽视的一大财源，一定要抓紧。聚少成多，滴水成河嘛！

谁知小刘一听到滴水成河，猛然想起了一个笑话，忍不住想笑。这场面是万万不可笑的啊，一失笑便成千古恨！小刘紧抿着嘴，用力咬住自己的舌头。记得心理学老师说过，这样可以止住笑。可是不奏效，他感觉出自己的脸在慢慢做莲花状，急中生智，忙低头端起茶杯喝茶，一来借来掩饰，二来想用茶将这即将脱口而出的笑冲落肚子去。这该死的笑呀，宁可让它通过肛门化作臭屁放出来，也切切不可从嘴巴里吐出来！

真是背时，茶刚进口，却被一阵爆发性的笑喷了出来。这下不好了，小刘不敢抬头，只觉得会议室顿时鸦雀无声。好像挨过了一个世纪，才听到张县长继续讲下去。这时，小刘才发现自己的衣服叫茶水弄湿了，样子极狼狈，身子却在冒汗。

散会后，小刘隐约听见张县长轻声问向主任，穿蓝西服那个小伙子是谁？向主任告诉他，是小刘，办公室搞综合的，这几年县长报告都是他执笔。

小刘身子更加冒汗了。自从上次握手起，他一直以为张县长对自己第一印象不错，每天碰见都热情地打招呼。哪知道县长大人根本就不认识他，自己一直在自作多情。今天可好，却叫张县长这样认识了，而且印象一定很深刻！

小刘准备下班回家，向主任叫住了他。他知道为什么了，就坐在了向主任办公桌对面。向主任脸色不好，问，你在会上笑什么？小刘说，不笑什么。向主任更加不高兴了，不笑什么你笑什么？嗯？嗯？向主任嗯了好几声，好像硬是要嗯出个水落石出。小刘只好说，我只是突然想起了一件好笑的事，忍不住就笑了。向主任批评道，开会不用心，思想开小差。什么事这么好笑？你讲讲，你讲讲！小刘哪敢讲什么笑话？却讲了更不该讲的话。他说成年人的注意力集中最多三十分钟要跳跃一次，小孩子注意力集中时间更短一些，这是心理学原理。向主任发火了，嚷道，我说你是读书读多了！

小刘回到家里强打精神，却瞒不过小文。小文问怎么不舒服了？小刘硬说没什么，只是累了。小文看他一会儿，说，不像是累了，你一定有什么事。

小刘死活不肯讲，小文也不多问了。小刘吃了一碗饭就放了碗。小文就认真起来了，说，这你就没用了。哪怕天大的事，饭要吃饱。什么大不了的事？你去坐牢，我天天送饭，你杀了头，我为你守寡。小文说罢，去厨房弄了一碟酸蒜薹来。这菜很开胃，小刘最喜欢吃的。小文硬盛了一碗饭端给小刘，说，你当药吃也要吃。小刘鼻子发酸，这女人太贤德了。他只得勉强吃了这碗饭。

小文哄孩子似的搂着小刘睡。小刘情绪好些了，小文问，到底有什么事？让我也为你分担一下。小文真的这么当作一回事问起来，小刘又觉得那不是什么大不了的事，说出来，反让小文好笑。是的，什么事？不就是笑了一声吗？犯了哪一条？这么一想，也真的没有事似的，说，是没什么事，是没什么事。小文不相信，知夫莫如妻。没事你回家时脸都是白的？小刘不肯承认脸白，硬说外面风大，冷。小文温柔地开导了好一阵，小刘才说，今天下午开县长办公会时，张县长正在讲话，我却突然大声笑了，茶水喷了一地，自己的衣服也湿了。我头都不敢抬，知道大家都望着我。张县长起码十秒钟没有讲话，那十秒钟比十年还长。下班后向主任又找我谈了话，问我笑什么。向主任很生气。

小文也觉得他笑得荒唐。人家张县长会怎么想？这有犯领导尊严，是你们官场的大忌哩。是啊，你笑什么？小文又问。小刘说，不笑什么。不笑什么你发神经了？小文也有些不快了。小刘只得说，我当时想起了一个笑话，就忍不住了。小文责怪他，你也是三十多岁的人了，小孩子样的，什么笑话那么好笑？就让你忘乎所以了？说出来我听听。小刘不肯说。小文问为什么不肯说？小刘说，有个笑话，说是新婚夫妻白天听见腌菜坛子冒气泡的响声，就想起夜里的事，忍不住好笑，新娘子还会脸红。小文拧了小刘一把，说，你当时吓得要死，这会儿正经问你你又在开玩笑。小刘说，不是开玩笑，我当时想起的那个笑话也是这一类的。比这个还粗俗，真讲不出口。小文偏要他讲出来，说，夫妻之间粗的细的都做了，还有什么更粗的讲不出口？小刘无奈，只得讲了。原来上大学时，同寝室的同学无聊，炮制了许多稀奇古怪的笑话，被大家戏称为寝室文化。最经典的笑话，是全寝室集体创作的。假设全世界男人同时射精，汇聚起来到底有多少？中文系的数学都不怎么好，七八个脑袋凑在一起，在一张大纸上加减乘除，最后算出一个惊人的数字，竟同长江的流量差不多，那才真叫作白浪滔天哩！今天张县长讲到滴水成河，我鬼使神差就想到了这个笑话了，怎么也忍不住笑了。小文哭笑不得，说真无聊，你们男人真无聊。小刘说，是无聊，这么个笑话，我怎么敢同向主任讲？

小文骂了一阵无聊，说，你笑过了就笑过了，再去哭一回也白搭。不要再作任何解释，让时间来冲淡它。小刘也觉得只有这样。不过这一笑，虽然摆到桌面上不算个事，放在人家心里只怕又是个大事了。现在还有谁愿意把事情放到桌面上来？所以小刘心里终究不踏实。

这以后，小刘很注意张县长的脸色。远远地见了张县长，他就脸作灿烂，双目注视，期待着同张县长的目光相遇，再道声"张县长好"。可张县长的目光不再同他相遇了，他那句"张县长好"就始终出不了口。这样过了好一阵，"张县长好"在小刘肚子里快沤臭了。他想自己在张县长心目中的印象怎么也好不起来了。

马上要开全县经济工作会议，小刘下决心抓住这次机遇，把张县长的报告写出水平来，改变一下印象。他一边很认真地搜集资料，一边等待张县长召他去面授机宜。这样忙了好些天，总不见张县长找他。最后向主任找了他，转达了张县长的指示。向主任要他按张县长指示精神，先弄个详细提纲出来。小刘忙了一天一夜，弄了个自己很满意的提纲。向主任接过提纲，说，放在这里吧。又过了几天，向主任把提纲给了小刘，说，先按张县长的意见动笔吧。小刘一看，见张县长只对提纲做了小改动，批道：原则同意此提纲，请向克友同志组织起草。提纲顺利通过，小刘心里欢喜。可张县长批示不提小刘半字，他又不太自在。

不自在归不自在，革命工作还得干。小刘开始了没日没夜的艰苦劳动。

奋战了四昼夜，终于脱出了初稿。交稿那天，他头发也不梳就出门上班。小文说你头发都不梳一下？他一边用手胡乱地理了一下头发，一边匆匆走了，说来不及了，来不及了。小刘其实是最讲究发型的。

径直到向主任办公室，交了稿子。今天向主任心情可以，接过稿子，说辛苦了。见小刘满头乱发，又关切地问，昨夜又加班了吧，辛苦了辛苦了。小刘笑笑，说，没什么。这几个晚上都不怎么睡，还挺得住。今天小刘是有意不梳头的。

稿子交上去了，就天天等着张县长的意见，这比当年等大学录取通知书还要紧张。偏偏张县长这几天很忙，上面来了领导，要汇报工作，要陪同视察。不知张县长有时间看吗？眼看着会期近了，到时候稿子一旦不行，再推倒重来，时间又紧，那不要整死人？这样的事不是没碰到过。

向主任终于将稿子给了小刘，说，按张县长意见，再认真修改一次。只见张县长批示说，总体上可以，有几处要做修改，最后一部分要大动。请克友同志组织认真修改一次。

这算是万幸了，小刘终于松了口气。

这么上上下下好几个回合，最后定了稿。张县长批示：同意付印。

报告是否让张县长十分满意，小刘心里没有底。但这次起草报告，对改变他的印象好像没有什么帮助。张县长的批示批来批去，似乎都不在乎他小刘的存在。他小刘的一切辛劳对张县长似乎也没有什么意义。可是见了张县长，他照样还得笑哈哈，尽管张县长并不曾注意他笑得怎么好看。

这些天，小刘晚上开始失眠。他内心很是凄苦，县长对自己印象不好，简直太可怕了。小文总是劝慰他，叫他想开些。大不了就是不提拔，又能怎么样？小刘也愿意这么去想。只要老婆理解，还有什么说的？可是树活一张皮，人活一张脸。自己三十多岁的人了，讲起来本事天大，实际上鸟都不算，心里能畅快吗？今晚还是睡不着。他怕小文担心，先是佯装入睡了，等小文睡着了，他便睁开了眼睛。他不敢闭眼，一闭眼就感觉头在涨大，大得像热气球，很难受。睁开眼睛也不好受，大脑更加活跃，许多恼人的心事一齐涌来。

小刘揉醒小文，说，让我玩一下吧。小文说，你昨天才来的，这样不好，叫你骨髓都要空的。小刘叹道，实在睡不着，让我玩疲倦了，好入睡。小文爱怜地摸一摸小刘的脸，顺从地脱了内裤，说衣就不脱了，冷。小刘心想将就点算了，就说好吧。小文伸手到下面一摸，说，你这么软软的怎么来？小刘无奈地说，就看你有没有本事让它坚挺了。小文便闷在被窝里，一边遍体亲吻小刘，一边抚弄着那东西。看着看着小刘就来事了，小文就趴在小刘身上，说，让我先在上面玩一会儿吧。小刘闭着眼睛，一腔悲壮的心思，说道，你玩吧。

小文半眯着眼睛，在上面如风摆柳，舌头儿情不自禁地吐了出来，来回舔着自己的嘴角。

这时，小刘突然浑身一颤，一把搂紧了小文，粗声粗气地说，我要你脱脱脱了衣，脱了衣，我要你一丝不挂，一丝不挂，我要个精光的宝贝儿，不要一丝异物，不要一丝异物，就这么语无伦次地嚷着，三下五除二脱光了小文的睡衣。

完了之后，小文搂着小刘，呵护小孩一般，说，好了，现在闭着眼睛，好好睡吧。

小刘将脸紧紧偎着小文的乳房，一会儿，竟暗自流起泪来。说不清是感激小文的温柔体贴，还是为自己伤心。他多想就这么偎依着，衔着甜甜的乳头睡去啊。可仍然睡不着，也许是神经衰弱了。但怕吵了小文，就强耐着一动不动，直到天明。

小文醒来，见小刘夜里一直贴着自己的胸口酣睡，内心一阵甜蜜。她动情地抚摸一会儿男人，再轻轻起床。

小刘弯在被子里又一次鼻子发酸。女人蹑手蹑脚出了房间，去准备早餐去了。多好的女人呀！小刘真想叫回女人，仍旧搂着睡，不吃不喝，永远不起来，管他什么县长省长！皇帝老子都不管！

可是今天还得去上班。

政府办值班室二十四小时得有人值班。白天是返聘的两位退休老同志轮流，晚上由办公室全体同志轮流。今晚轮到了小刘。值班室晚上很热闹，在那里玩扑克、下棋的都有。张县长有时也来下几盘棋。张县长棋艺不错，小刘好几次听向主任这么说过。向主任曾拿过县直机关象棋大赛冠军，他的评价应是权威。张县长一般也只同向主任对弈，多半是向主任输。其实小刘棋很精，只是在机关里从未露过锋芒。

今晚值班室依然集者如云，打牌的开两桌，看牌的围了两圈。小刘当班，原则上不可以打牌，只在一旁看。这时，张县长来了，喊声有人下棋吗？目光却在屋内环视。小刘明白他在找向主任，向主任晚上一般都会来看一下。在场的好像没有谁敢应战张县长，都赔笑着等待有人出面应付。小刘是当班的，似乎觉得自己有责任主动招呼一声，便说，我来领教一下张县长棋艺如何？张县长这才望了一眼小刘，说，你的棋怎么样？小刘一边摆棋，一边谦虚道，学习学习。刚摆好，向主任剔着牙进来了。小刘便谦让，向主任来？向主任摆摆手，说，你来吧，你来吧。于是小刘便同张县长对弈起来。张县长说，跟我下棋要认真啊，不准马虎了事。小刘点头，牢记牢记。向主任自然站到了张县长一边，成了张县长的啦啦队。张县长每走一着，向主任都要叫一声好棋，并做出简短评点。好棋！张县长，你这马同那车形成掎角之势，让他的炮和象动弹不得。对，好棋！你这炮是一夫当关，万夫莫开。好棋好棋！你这车进可攻，退可守。慢慢地围过好些人来观阵，没有一个人叫小刘好棋。小刘发现张县长的棋真还可以，但没有向主任吹得那么神。既然张县长指示他要认真，他就使出浑身解数。战了若干回合，向主任最后喊了一声好棋，哎呀呀！张县长败北。张县长宽厚地笑笑，年轻人不错，后生可畏呀！小刘不好意思说，张县长棋锋犀利，咄咄逼人，我是侥幸获胜，侥幸侥幸。张县长说声哪里哪里，就走了。向主任送到门口，不再玩一会儿？张县长说，不了不了，还有事。

向主任回来，说，小刘不错嘛，让我来领教领教。小刘一听这话中有话，心里就发怵。向主任一言不发，只把棋子摔得砰砰响。走了几着，小刘就发现向主任棋术果然老到，并在张县长之上。下棋的气氛好像不对劲，观阵的人便阴一个阳一个地散了。只剩老肖一人坐在一旁看报，并不关心这边的棋局。二人一共下了三局，小刘只险胜一局。最后向主任将棋盘一推，说，年轻人，谦虚点。说罢就走了，好像谁得罪了他似的。

时候不早了，打牌的人也都散去，只有老肖还在。老肖诡谲一笑，说，小刘你看，原先你同张县长下棋时，向主任一口一个好棋。我容他不得，我在一旁打正字作记录，看他到底能喊多少声好棋。你数数，他一共喊了一百零九声好棋，最后张县长还是输了。小刘见老肖原来还这么幽默，忍不住笑了。到了老肖这个年纪，对什么都不在乎了，也不怕得罪了谁。换了别人是不敢同小刘说这些的。

不过你的确不该赢张县长的棋。老肖说。

老肖走后，小刘一个人在那里发呆。悔不该同张县长下棋，更不该赢。向主任都不敢赢张县长的棋，你小刘算老几？吃了豹子胆了？

一个人睡在值班室单人床上，翻来覆去。唉，若是小文在这里，他真会伏在她怀里哭一场。

春节将至，机关开始办年货。今天拉来了一车鱼。自然先挑一些大个的给县领导，这个大家都觉得顺理成章。有条大鲤鱼，一称竟有三十五斤，像头小猪。大家从来还没有见过这么大的鱼，啧啧称奇。这条鱼当然非张县长莫属，可是管后勤的李副主任考虑再三，还是觉得不合适。因为这鱼肚子鼓鼓的，估计光鱼子就有好几斤，张县长买了划不来。最后李副主任说还是给张县长选几条没有鱼子的。这样一来，那条大鱼竟被大家冷落了。你也来提一下，他也来提一下，都觉得买了吃亏。小刘心想，鱼子虽然味道不好，营养却很丰富。最近母亲说头晕，小两口正准备接老人家到城里来调理。不如买了这条鱼，给母亲熬些鱼子汤吃。小刘说，大家都不要，我买了算了。

小刘驮回这么大条鱼来，全家人高兴得不得了。放在浴盆里开膛破肚，浴盆都放不下。鱼子果然很多，取出两大海碗，足有六七斤。这鱼现在还舍不得吃，只用盐腌着，过几天再取出来，熏成腊鱼，过年时分送两边老人家。老人家只怕这辈子都还从来没有见过这么大的鱼。两口子一商量，明天就去乡下接两位老人来。

小文学校已放了假，第二天就搭班车去乡下。小刘走不开，还得上班。一到办公室，老肖就将小刘叫到一边说，你昨天不该拿那条鱼。小刘莫名其妙。怎么了？大家不是都不要吗？老肖说，这些人患得患失，那条鱼你一拿走，有人就后悔了。你也不兴想事，就是张县长不拿，也轮不到你呀！老肖见小刘不知所措的样子，又安慰道，拿了就拿了，这些人的名堂，你不要放在心上。小刘鱼还未吃，却如鲠在喉。

老人家见儿媳接他们了，喜滋滋的，将自家养的大白鹅宰了一只，随儿媳进城来了。

小文找了一位熟识的中医，看了母亲的病，开了些中药。中医说，鱼子同这中药一起熬，治老人家头晕最好不过的。小文将鱼子分成好几份，放在冰箱里，一回熬一点，叫老人家每餐吃一小碗。父亲不肯吃，说自己硬朗得很，留着母亲吃。小刘不想败了大家的兴，便不把老肖讲的话告诉小文。

母亲吃了一个星期鱼子药汤，精神好多了，脸上有了血色。

鱼子果有这等奇效，小刘、小文很高兴。小文说，当然啦，鱼子酱西方人可是常吃哩，看外国电影不常听说？小刘问，这鱼子到底是鱼精还是鱼孵？小文说，是鱼孵，鱼精俗称鱼白。说到这里，小文猛然想起一件事，便问，你在外面也讲了那个笑话？小刘一时反应不过来，反问，哪个笑话？还有哪个笑话？不就是全世界男人同时什么那个笑话。小刘好生奇怪，我没有讲呀，又怎么了？原来小文在外面听人说，政府大院里的干部闲得无聊，用计算机计算全世界男人同时射精，到底有多少。小刘摸不着头脑，怎么也想不起自己同别人说过这笑话。那是怎么回事呢？这世界就有些可怕了。

母亲熏腊味很里手，将鱼和鹅放在阳台上，文烟熏烤，小心照管。腊鱼腊鹅熏好了，鱼子汤也吃完了。两位老人硬要回乡下去，留也留不住。临走时，母亲抱着孙子刚儿问，宝宝说腊鱼给谁吃？刚儿说，给爸爸妈妈吃。还给谁吃？给爷爷奶奶吃。还给谁吃？给外公外婆吃。老人家乐陶陶的，亲着小孙子。小文告诉刚儿，宝宝说刚儿过年给爷爷奶奶送大腊鱼回来。刚儿便把妈妈的话学一遍。

如今像小文这样孝顺的儿媳的确不多，小刘为自己家庭的天伦之乐而倍感欣慰。家和万事兴，真正幸福的家庭往往是清贫之家，管他什么功名利禄！近来小刘两口子常常议论这样一些话题，心情就特别好。

可人的好运一来，你躲都躲不脱。小刘把什么都想淡了，向主任却找他谈了话，组织上考虑，小刘工作不错，能力不断提高，准备给他加点担子，拟任政府办副主任。向主任说，办公室党组研究时，专门征求了张县长意见，张县长也认为小刘不错。不过现在不是正式谈话，先打个招呼，今后工作要更主动些。不久县委常委会就要研究。

这大大出乎小刘的意料。他同小文讲，小文却不怎么奇怪，凭你们办公室年轻人现在的力量格局，也只有你上合适些。不过从这件事上你也要明白一些道理，不要把什么事都放在心上，该是你的就是你的。人活在世上本来就不容易，何不放松些？小刘说夫人言之有理。

小刘再见到张县长时，心情完全变了，但张县长对他似乎也没有什么特别的表示。小刘注意到，张县长不像刚来时见人就打招呼了，总是很严肃的样子。设身处地一想，小刘也理解了张县长。张县长刚来时，认得的人不多，见面就打个招呼。现在，他认得的人多了，大家也都认得他。碰到所有认识的人都要点头致意，那么张县长一天到晚不像鸡啄米一样？再说，一县之长，太随和了，总不见得好。

小刘对向主任更是感恩戴德。向主任只是要求严格些，有时批评人有些过头，人却是个好人。小文却不以为然，她说人嘛，没有绝对的好坏之分。不过做人要恩怨分明，人家对你有恩，一定要心中有数，不要好歹不分。小刘说那当然。既然说到这个意思，两口子都觉得应该去感谢一下向主任才是。想来想去，只有把那条鱼送去合适些。可人家明知这鱼是在单位买的，自己舍不得吃，却拿去送礼，又显得太巴结了。不如再搭上腊鹅，说是家里老娘自己做的。决定之后，心里又有些不舍，腊鹅倒不稀罕，那么大的鱼，只怕今后再也难得碰上。但欠着人家情，也只有这样了。

当天晚上，小刘夫妇带着腊鱼腊鹅拜访了向主任。向主任好像有意见似的，说，同事之间，不要这么客气嘛。小刘说，不客气，不客气，家里老娘自己做的，不是什么值钱的，也让向主任尝尝，自己还留得有。客套了几句，向主任就说些贴心话，要小刘好好干，年轻人辛苦点没关系的。今后位置不同了，各方面都要注意，特别要注意尊重领导。小刘点头称是，很谦恭的样子。

回家路上，小文问，你不像不尊重领导的人呀？小刘说，我听出来了，向主任讲的领导，名义上是县长们，事实上暗示我今后要听他的。这个好说。

睡在床上，小刘突然难过起来，唉声叹气。小文问他高高兴兴的，又怎么了？小刘叹道，自己没有本事，父母天生穷命。老母亲天天守在阳台上，把那条大鱼熏得漂亮不过了，却没有口福消受。刚儿还说过年给爷爷奶奶送腊鱼回去。这么一说，小文也有些伤感，一时无语。过会儿却来劝小刘，说，莫想那么多了。老人家见你有出息了，有个一官半职，比吃什么山珍海味都要高兴的。好在我平时还修了个孝顺名儿，不然，老人家还会以为我把腊鹅腊鱼送给娘家了。小刘这时像突然醒悟似的，说，其实刚才只送腊鹅给他也行了，为什么偏要腊鱼腊鹅全送了呢？是啊是啊，小文也觉得刚才两个人都懵懂了。

次日清早，刚儿起床，见阳台上的腊鹅腊鱼不见了，大喊妈妈，要哭的样子。小刘跑过来，佯做惊慌，说一定是该死的猫叼走了，这猫真坏。刚儿不相信，妈妈不是讲猫是好动物吗？猫抓老鼠的。小文说，猫也有坏的，不抓老鼠，专偷吃人家东西。好不容易才哄过了儿子。

过了一天，小刘有事从常委楼下走过，无意间一抬头，见二楼张县长阳台上挂着一条大腊鱼。小刘认得，正是他家那条。这条鱼从鲜鱼变成腊鱼，他每天都看好几回，太眼熟了。回来同小文一说，小文就笑了。你看你看，这回你想通了吧，那条鱼向主任也无福消受。

小刘送了个材料到县委办。县委办的同志拍他的肩膀，说要他请客。小刘知道是怎么回事了，只是说，别开玩笑了，我请什么客？大家都不挑明，就这么玩笑一会儿。事办完了，也应酬过了，小刘告辞。一出门，又想小便了，就上了厕所。小便完了出来，就见东头常委会议室的门开了，张县长低着头朝厕所走来。小刘知道，今天常委会在研究干部，他的事也在这一批研究。小刘刚准备同张县长打招呼，却突然想打喷嚏了，就皱起眉头。可又半天打不出来，不打又难受。他就抬头望天，想让光线刺激一下。可今天偏是阴天，抬头望天也打不出来，望了一会儿天，打喷嚏的感觉渐渐消失了，这才想起刚才没有同张县长打招呼。张县长进去一会儿，还没有出来，可能是在大便。总不能为了同张县长打个招呼专门站在厕所门口等吧，只好走了，心里却是说不清楚的味道。

第二天，就有消息传出来，说小刘任政府办副主任的事常委会没有通过。现在开常委会也保不了密了，很快具体细节都泄露出来了。原来，会上议到小刘提拔时，张县长正好想上厕所，就说，同志们先议议吧。大家就议了一议，认为小刘任政府办副主任还比较合适。但任用政府这边的干部，主要应听听县长的意见。张县长上厕所回来，说，小刘工作可以，能力也不错，就是太骄傲了，暂时放一放吧。张县长一锤定音，小刘的提拔就泡汤了。

这让向主任在小刘面前很难堪。他找小刘推心置腹地谈了一次，叫小刘不要有情绪，要正确对待。骄傲问题，有则改之，无则加勉。当然人骄傲不骄傲，自己往往不觉得，别人看得清楚，所以还是加倍谦虚为好。特别要注意尊重领导，我同你反复讲过的。小刘听得出，这回向主任讲的尊重领导，可能是暗示他在什么地方让张县长不满意了。

小刘怎么也想不出自己在哪件事上得罪了张县长，要说只有那天打喷嚏的事了。小文一听，笑出了泪水。小文说，肯定就为这事。你打喷嚏的样子我还不晓得？皱起眉头，像跟别人血海深仇似的。这就怪不得张县长了。是人莫当官，当官都一般。换了你，你也不会提拔一个见了你就皱起眉头，昂首望天的狂妄之徒。小刘摇头晃脑，徒叹奈何。他妈的这才叫作黑色幽默！我不在那个时候送材料过去也没有事，送了材料不上厕所也没有事。到底还是怪那天天气不好，若是出太阳，我一抬头，喷嚏立即喷涌而出，张县长就知道我不是故意不理他，也不至于误会了。唉，只怪天气不好，只怪天气不好。

望发老汉的家事

一

那天一切都很平常，有太阳，有风，街道两旁的梧桐叶子开始沙沙飘落。向望发觉得眼睛有些发黑，不想起床。老婆哭了一夜，这会儿不哭了，那说不清是灰是黄的头发乱作一团，脸盘蜡黄，泪痕狼藉。他看了一眼就心烦。

"那狗日的杂种，弄了那么多乱七八糟的女人到家里鬼混！"他突然又恶狠狠地想起大儿子家骏，便气愤地翻身下床，蓬头垢面地朝公判大会场走去。

到得会场，会刚结束。家骏同他的哥们儿被押上了游街的汽车。家骏双眼木木的，冷冷的，见了父亲，眼珠立即放了光。向望发很气愤，想冲上去，把儿子的脑袋拧下来。但他无法动脚，只觉浑身僵硬。他猛然吼道："你种谁？"家骏的眼珠顿时像要喷血，吼叫道："种你！"

游街的汽车开动了。向望发被人流推拥着，行尸走肉一般。

不知怎样回到了家。小女儿匍匐在门槛上，满头黄发凌乱地披着、竖着。本来白里透红的洋人皮肤竟成了分不清颜色的调色板，灰色的眼珠儿怯生生地望着父亲。她从小就怕父亲，从来不敢叫一声爸爸，而偶尔听见父亲叫她一声，她总是感到背脊麻麻地发凉，不知马上遭遇的是斥骂还是耳光。今天父亲一脸凶相。她怕得不敢呼吸。

向望发一见女儿的洋人相，又禁不住怒火中烧。即刻又想到家骏那狗东西。这些狗日的，哪有一点儿种我的？他发疯一般踢翻女儿，用他那硕大的脚踩着女儿的肚子。女儿闭着眼睛，浑身发抖。他真想用力一脚，踩死这野种算了。

"你疯了，砍脑壳的!"老婆脸色苍白，奔了上来。

向望发立即将疯狂发泄到老婆身上，抓着老婆的头发往墙上撞，语无伦次地嚷着婊子杂种偷人报应杀了你之类的话，直到他自己体力不支了才放手。

老婆瘫软了，顺着墙壁倒下。她急辩着，声音微弱却气愤："我什么时候偷过人？不是被你强占了，闭着眼睛也不找你这魔王!"

"强占?"向望发又跳了起来，可怖地冷笑道，"你那么容易被强占，谁知你被多少人强占过？臭婊子，屙的东西是杂种!"

又是拳打脚踢。向望发痛痛快快发泄一阵，闩上门躺下，沉沉地睡着了。

当他被狂暴的敲门声惊醒时，邻居们告诉他，老婆吊死了。

小女儿抓着妈妈的手，哭得脸发青。在中学寄宿的二儿子家旺回来了，远远地站着流泪。父亲见了立即金刚怒目："不准哭，是你的什么娘!"

这一吼，家旺反而哇地哭出了声，凄惨地叫了一声："妈妈——"

二

家骏终于熬过了五年漫长的囚徒生活。释放那天，他知道不会有人来接的，就把几件简单的行李分给了笼子（他们这样称监狱，似乎很洒脱）里的朋友，空手空脚上路。大概不论哪一种人都能被离别勾起某种情感，朋友们表现出少有的豪气，把手中的零钱全都塞在家骏手里。

回到家门口，他不敢走进屋，幽灵般围着那栋居民楼逡巡三匝之后，无可奈何地到街上闲逛去了。熟人见了他，都远远地躲开。背后却有人驻步指指戳戳。他感到自己已很难进入这个世界了。

直到天黑了，家骏才不得不回到了家。才五年工夫，父亲已是一个老头了。这会儿父亲不知是哪一种情绪在起作用，嘴唇颤抖着，下巴上那前几年未曾有的纷乱的山羊胡子也随之一动一动的。

"怎么还是回来了？不是到家一天了吗？"父亲终于叫道。

父亲声音仍那么粗，性子仍那么横蛮。家骏立即感到房子十分黯淡，便望了望灯，说："光线太差了，怎么不照个大灯泡呢？"

"由你来付电费？你想你是在外面做官回来了？"父亲又叫道。

家骏怒了，道："要你放什么屁，又不是同你讲话！"说着，就走向一直站在厨房门口的妹妹。妹妹也是十六七岁的大姑娘了，怎么就这么单薄？

"还上学吗？"家骏问。

妹妹先望望父亲，再摇头道："你走后，就不读书了。"

"你二哥呢?"家骏又问。

妹妹回道:"他上大学了,今年毕业,还差三个月。"

家骏不再讲什么,打开橱柜找吃的。

望发十分不满儿子的忤逆。狗日的,你在笼子里吃钵子饭,百事不用理,我一个人撑这个家,还供你弟弟上大学,你妹妹又没有工作。我过的是什么日子!他想抢掉儿子的饭碗,但一见儿子那阴沉的脸色和冷森森的目光,便全身发凉。只好坐着不动了。他想,这家伙算是没有救了,还会回到笼子里去的。望发老汉想着这些的时候,并不像五年前那么痛心和愤怒了,似乎站在他面前的不是他的儿子。确实,自从家旺考上大学以后,他经常想,可能只有家旺是自己的儿子,老大和女儿只怕真的是那骚货偷人来的。不然怎么一点儿不种我呢?于是,常在心里恶毒地咒那死去的老婆,恶毒地咒那肉食公司的经理张光头。他想来想去,只有那张光头同老婆那个些。当年张光头和自己都追这个女人,她就因嫌张光头的头发少些才答应同他望发好的。后来张光头当了官,钱多了,那婊子岂有不后悔的?钱可比头发诱人多了!望发每当愤愤地想着这些的时候,总非常嫉妒张光头那家伙娶的小媳妇。那么年轻,那么漂亮,狗日的!

家骏回家后的十多天里一事不干,吃了早饭就出门了,晚上很晚才回家,时常是酒醉醺醺的。

有天他早早地回来了,扛着屠户行李。望发见了,知道儿子干了杀猪的行当,十分不屑地哼了哼鼻子。

望发老汉冷冷地说:"不吃白饭就是好事了。你现在开始挣钱了,要想想家里是怎么开锅的!"

家骏也不理父亲,拿出几张钞票交给妹妹,说:"刚开始,钱不多。这钱你拿去买条裙子。大姑娘了,谁没有几件好衣服呢?"

妹妹不敢接钱，望着父亲。

家骏说："伙食费我会交的，绝不会吃白饭，这钱你先买裙子。"

妹妹这才接了钱。那天家骏觉得妹妹做的菜特别好吃。

第二天晚饭后，妹妹梳洗干净，穿上了新裙子。这是她平生第一次穿裙子，在哥哥面前也显得腼腆。家骏说放松些，腰挺直些，都大姑娘了还忸怩什么呢？妹妹禁不住笑了，把个脸羞得绯红。家骏觉得妹妹笑起来原来很好看，牙齿又白又细。

望发老汉先是漠不关心，现在竟忍无可忍了，说："有什么打扮了？越打扮越像美国佬！"

妹妹笑容立即没了，腰背勾作一团。家骏怜爱地扶着妹妹瘦削的肩，朝父亲吼道："美国佬又怎么样？美国佬也是你的女儿。你嫌她就不该生她！"

妹妹嘤嘤地哭了。家骏劝妹妹不要哭，有哥哥哩。这么一劝，妹妹反而更加放声哭了，伏在哥哥肩头哽噎不止。家骏慌了，还从来没有人在他面前这么哭过的，他不知如何是好，只管说，我们家就你一个妹妹，不让你受苦的，哥哥还要给你买好多漂亮衣服。

妹妹哭过之后，回房休息了。家骏站在妹妹房门口再交代一句，晚上一个人不要再哭了。妹妹说不哭了。其实妹妹今天哭过之后觉得很舒服，似乎鼻子耳朵什么东西都畅通了。她从来没有在亲人的爱抚下哭过的。她曾怨恨大哥，认为自己上不了学被外人欺负遭父亲打骂都是因为大哥。现在对大哥的怨恨一笔勾销了。在以后的日子里，大哥成了她最爱的人，父爱母爱都重叠在大哥身上了。

三

家骏杀猪生意开张几天后，便发现这中间赚头不小，只是人辛苦些。他雄心勃勃，网罗了几个弟兄，准备当正经事儿大干。因家骏的义气在江湖上很有口碑，弟兄们都服他。于是不几天，以他为头儿的十几张屠桌便出现在肉市场了。家骏似乎成了大老板，一边指挥弟兄到乡下收购生猪，一边穿梭于各大宾馆酒家联系送货业务，一边照看零售摊位。不出一个月，家骏几乎垄断了肉食市场，票子水一般往腰包流。国营肉食公司的生意顿时冷落下来。经理张光头很气恼，跑到市政府告状，质问管财贸的副市长到底是保国营还是保个体。那位副市长因为自己年轻，在老资格的经理面前很谦虚，答应妥善处理。此事家骏闻知后，冷笑一声。手下一位小弟兄立即给张光头挂了一个电话，问他知道家骏是谁吗？我们几个弟兄听说你的老婆很漂亮。张光头气得大骂混蛋，但他再也不反映个体屠户的事了。民不告，官不理，最终也不见市政府来妥善处理。

转眼间，家旺大学毕业了。他的分配去向只有两条，要么去企业，要么进党政机关。如今企业风险大，待遇差，谁都不愿去。但他没有靠山，党政机关进不了，百分之百要进企业的，弄不好还会流落到哪家倒霉的煤矿去。家旺到市分配办公室报到之后，壮着胆子到几家党政部门作了自荐。可那些当官的要么不冷不热，要么哼哼哈哈，反正都看不出诚意。他心灰意冷了，关在家里再也不出门，成天看武打小说消磨时光，看得个天翻地覆乾坤颠倒。

这天，家骏下工回来后问弟弟："单位有着落了吗？"

家骏一问，家旺的自尊心被触动了。我的工作单位还要你来过问？但毕竟是大哥，家旺只得掩饰着，故作轻松道："随便，这世道只要有碗饭吃就行了。"

家骏看出弟弟这假潇洒后面有说不出口的无奈。他性子直，就说："听说去年有不少大学生分配到企业，有的还当工人用，太不值得了。"

家旺脸上火辣辣的。心想自己到企业去再差也比你杀猪体面些。

家骏见弟弟单位真的还没有底，也急了，说我找人想办法，看能不能分到市机关去。

家旺暗自讥笑。这种人，有几个钱就自我膨胀了，以为自己身价百倍了。也不想想自己是谁，居然夸海口为我找单位。再一寻思，管他哩，反正不要自己去丢面子，他愿活动就让他活动去。再说这世界也有些黑白颠倒了，有道是教书的抵不上杀猪的，兴许运气好还会有线希望。于是对大哥说："那只怕要你破费了。"

家骏说："只要你能有个好单位，我花几个钱算什么？"

家旺客气几句后，便望着大哥，想研究一下大哥刚才讲的那句话是豪爽还是猖狂。却只见大哥紧锁双眉，那表情应该叫作深沉。但家旺不情愿将深沉这有些层次的词儿用在大哥身上，觉得他不配。

事后家骏花钱托人帮忙，居然运气不错，家旺分配到了市委的组织部。家旺知道，这中间会有许多琐碎细节，但他不愿向大哥打听是怎么办成的。他似乎很忌讳这一点，他宁愿相信是别人以他的德才相荐，被组织部长看中了。有同学问他是怎么钻的，分了这么个好单位。他敷衍道："我并不会投机钻营，又没有靠山，也知道自己无德无能，只是碰了好运气。再说组织部也未必是好单位。我们学专业的，真的想干事，还是要到企业去。"同学们说他别假正经。他说："我是最不一本正经的谁不知道？我讲的并不是什么假马列，只是因为对专业的热爱。"

望发老汉见家旺到了市委工作，喜滋滋的。他并不知道这是家骏办成的事，所以把家旺看成宝贝似的。有时同家旺讲话都有些拘束，生怕自己讲得不好丢了老脸。他想家旺有学问，又是市委干部，自己该服老了。对家骏便更加不放在眼里，怎么看怎么不喜欢。女儿从来就是无关紧要的人，只要一天三餐有现成的饭吃，也不用多看她一眼。新衣服由她买去，反正不要我出钱。本来，望发老汉自从那年大儿子进了班房，最忌别人同他谈儿女的事。现在不了，见了熟人，总喜欢同人攀上儿女的话题，引得别人问他儿子在哪里工作。他便很谦虚地告诉别人，有个儿子在市委工作。而对家骏和女儿却忽略不计。

望发老汉渐渐有了一种功成业就的感觉，认为自己应该坐在家里捋胡须了，便在这年底提前一年退了休。

四

家骏的生意越做越大，由肉食扩展到建筑行业，据说还搞黄金走私。他赚了多少钱，谁也说不清。望发老汉只顾下他的棋，悠闲地打发着日子。偶有老友问及家骏，他总是与己无关的样子，说哪去管他的事。当家骏骑摩托车带着女人威风地回家时，他也会审视一眼。便发现家骏的女人经常换，高矮胖瘦规格常新，但都很水灵。他很生气，但从不发作，只是在心里咒骂。你狗东西嫌牢还没有坐饱，往里钻就是，我反正老了，过几年眼一闭，眼不见为净！

一天，两位公安干警上门找望发老汉。自从那年家骏出事以后，他见到大盖帽就怕。这种畏惧心理直到家旺到市委工作才渐渐消失。近段时间家骏那杂种换女人比换衣服还勤，而且邀人到家里赌博，还常同那些狐朋狗友私下叽叽喳喳，不知搞的什么鬼。望发老汉正提心吊胆，大盖帽上门了，心里禁不住发怵。他只希望家旺这时回来，让他有个主心骨。可这正是上班时间，家旺不可能回来的。

"老人家，家骏做的事，你都清楚吗？"

完了，那家伙果然出事了，可今天这干警怎么这样客气？莫不是碍着家旺的面子，不敢对我粗暴？依他的脾气，真想把知道的事全部告诉干警同志。但是，那狗杂种就是枪毙了也只有那么大的事，若连累了家旺可不得了。于是他镇住自己，要一字不漏。有家旺，谅他们也不敢对自己怎么样。

干警又很和气地催问："没关系的，知道多少就讲多少吧。"

望发老汉见人家的语气更加缓和了，就更加明白了家旺的分量，胆子越发壮了，很强硬地回道："我退休了，只知一天三餐饭，儿女们都大了，做什么事我也管不了。"

一位干警身子朝望发老汉倾过来，很亲切的样子，说："家骏出来以后，自谋职业，自食其力，还帮助了那么多的失足青年，这同您老的教育是分不开的。请您老提供一些情况，协助组织上总结好他的先进事迹。"

望发老汉真怀疑自己的耳朵是否有问题了。他眼睛定定地望着两位干警，见人家确实很友善，除电影上他还从来没有见过这样的好警察，原来那小子还成先进人物了，但他确实不知那家伙还能做出什么好事来。于是，他随便讲了一句："我也没有什么讲的，只要他不吃白饭就行了。"

一位干警马上拍手叫好："这就对了。我们当家长的，就是要教育子女靠自己的双手养活自己，不能好逸恶劳，好吃懒做。老人家，你这里有东西挖，大有文章可做哪！"

两位干警接着提了许多问题，反正不是家骏玩女人赌博的事，望发老汉便一一同他们敷衍了。这还得益于他当过几年工会小组长，知道该怎么汇报，反正拣好的讲。

　　送走干警后，望发老汉在家里发呆。如今世界是怎么回事了？家骏那小子也成了先进，世上不是没有坏人了吗？莫不是女人可以随便玩了？赌博也不犯法？

　　晚上家骏回家对父亲讲："今后不要在外面胡谈我的事！"

　　望发老汉对儿子的语气很恼火。他妈的，哪有这样同老子讲话的？

　　家旺见这场面很尴尬，便调和道："爸爸又没讲你什么。"

　　望发老汉有了家旺的声援，神态中立即有了几分父亲的威严，道："我讲你干什么？留着口水养牙齿！"

　　叫望发老汉不可思议的是，家骏的先进事迹不久竟登了省报，他望发自己在中间也充当了一个举足轻重的角色。

　　随即，市里又召开了治安管理工作经验交流会。望发老汉父子双双在会上做了典型发言。家骏讲得很动人，几乎催人泪下。望发老汉逐字逐句念了发言稿，除了将悬崖勒马的"勒"念作"勤"以外，居然也没出什么大差错。父子俩受到了主管政法的市委副书记的接见，各获奖励证书一个，奖金各五十元，说是钱虽不多，意义重大。家骏回家后把自己那五十元也给了父亲。第二天公安局的同志递给家骏两张发票，说到省里送那个先进材料，耗了三百多公斤汽油，又给报社同志带了些地方产品，一共花了九百多元。局里办公经费紧张，是否帮忙冲销一下？家骏二话没说，取了一千块钱给了那位干警，说发票也不用给我了。

　　望发父子成名了。邻居们都很惊奇，那混蛋儿子怎么那么有出息了？真是看不出。望发老运真好，只可惜那婆娘死得太早了，真可怜。

家旺心里最明白不过了。在他看来，大哥纯粹像港台电视中那种恶贯满盈的龙头大爷。但毕竟是兄弟情分，不好捅破。捅破了对自己又有什么好处呢？只是觉得如今的事情太幽默了。不过这件事对他写材料却极有帮助。刘副部长常批评他写材料长进不快。他也虚心地请教过这位副部长，可他领教到的总是些高度角度力度之类玄乎其玄的话，始终悟不出个门道。如今一看那篇关于大哥的先进事迹材料，他似乎茅塞顿开了。后来写了个材料，果然受到了刘副部长的表扬。

家旺到底担心大哥的事露马脚，那样对自己也不利。便对大哥说："你如今是先进人物了，大家都注意你，处处应表现出先进性才是。"

"我哪地方不先进？"家骏一脸的玩世不恭。

家旺说："我知道，如今各有各的混法，但凡事应谨慎些。"

家骏哈哈大笑，说："我的老弟呀，不是大哥吹牛，说学问，我不如你；说在世上混，你还没有入门。你还这么老夫子气，包你在部里混不好！"

家旺涨红了脸，说："不要把所有的人都看坏了。世上还是好人多！"

"那么我就是坏人了？"家骏愤怒了，眼珠子睁得要暴出来，"你总以为自己清高，你清高你的。我知道你怕我连累你。放心好了，如今又不兴株连，我出事我坐牢杀头，扯不到你身上。"

望发老汉本来不想管他们兄弟俩的争论，现在见闹得不行了，就劝解道："弟兄间争这些干什么？"他只喊了这么一句，兄弟俩都不作声了。望发老汉一见这情势，似乎觉得自己父亲的权威又恢复了，很得意。其实家骏并不想同弟弟争这些是是非非。他爱护弟弟，很不希望弟弟同自己一样，只想弟弟有个出息，家门也光彩些。可弟弟，太迂腐太死板了。几次都想开导一下弟弟，又不便开口。一则有些事须他自己心领神会，别人不便点明，不然似有诲淫诲盗之嫌；二则自己又是怎样一个大哥，有什么资格教说弟弟？所以一直忍着。不承想这夫子今天竟一本正经教训人来了。家旺见大哥不嚷了，也独自回到房间。他觉得同这种人相争最不明智了，因为修养身份都不同。不禁又想起"修身齐家治国平天下"的古训。大哥也是家中一员呀，可他不可救药。唉，大概家似乎不应包括这种不孝之人。于是他便想着自己以后的小家庭。日后成了家，分立门户，保证妻贤子贵。也许是因为很不满意父亲刚才的中立态度，家旺暂时没有考虑到未来的小家庭是否还应包括他老人家。

五

这天，市老干局的李科长来到望发老汉家，通知他参加市里的老年人门球训练，准备参加重阳节举行的全市老年人体育运动会。望发老汉不想参加，说在家同老哥们下下棋吹吹牛，自在些。可李科长说，参加训练的老同志名单都是反复筛选之后由局党委决定的，最好还是参加。望发老汉只得讲同儿子商量一下。他想听听家旺的意见。李科长说，不用了，与家骏同志已通过气了。家骏同志？望发老汉第一次听人这么客气地称呼自己的大儿子。但他坚持征求家旺的意见。家旺？哪个家旺？李科长显然不认识这么个人。望发老汉便告诉说，家旺是自己的二儿子，在市委组织部工作。李科长表示抱歉，说机关人太多了，起码有三分之二以上叫不出名字。李科长临走时交给望发老汉一张表，说商量好以后填写这张表，报到老干局来，请一定支持我们工作。

家旺听父亲一讲，马上叫好。那当然要参加呀！你知道吗？这门球训练都是一些有身份有影响的离退休老干部才有殊荣参加的哪！有些老同志想争面子挤都挤不进哪！来来来，我把你的表填上！家旺龙飞凤舞地帮父亲填了表，心情很激动。市委领导对自己真关心，让我一个退休工人父亲也参加门球训练。当领导的对能干的年轻人还是心中有数的。

妹妹对家骏说："大哥，爸爸参加门球训练只怕要几套像样的衣服才是，我看那些老人家都穿得体面。"

家骏先不说话，到里屋取了一个存折交给妹妹，说："家里的一切开支你负责，不要问我。"

家旺埋头翻着一本杂志，假装没听见大哥的话。内心却在感叹大哥的阔绰和自己的寒酸。

女儿给望发老汉买了两套西装、两套运动服。那西装望发老汉不满意。年纪这么大了，还这么水汽干什么？家旺说中央领导年纪都比你大，他们可以穿你不可以穿？若在中央工作，还算是年轻人哩。这么一讲，望发老汉也穿了。

碰巧那张光头也参加了门球训练，见了望发老汉，马上跑来握手，一派大家风范。望发老汉再也不像以前那么自卑了，笑声朗朗，用力地握手。张光头喊声哎哟，你老弟力气不小呀。望发老汉风趣道，咱们工人有力量呀。大家都笑了。

望发老汉注意着张光头。这光头更加名副其实了，仅后脑勺还残留几根枯草似的白发。他只比自己大三岁，但已老态龙钟，像快七十岁的人了。他妈的，年轻时同自己一块儿当工人的，就是运气好些，转了干，后来居然副处级了。玩了那么多的女人，现在变成这个样儿也是报应。望发老汉很有些幸灾乐祸，可一想到他也许同自己老婆也有过那事，就很不舒服。

望发老汉训练很用功，每进一个球总忍不住得意地望一望张光头。张光头打球却像他说话一样底气不足，往往球到门边不是偏了就是停了。他总是自我解嘲，老了老了，不失领导派头。有天中午，张光头的婆娘来了，望发老汉正在打球，歪头瞟了那女人一眼。妈的，身段还那么好，皮肉还那么嫩！他很嫉妒。用力一棒，稳稳当当打进了一个球。那婆娘喊道，老向真行哩！望发老汉莫名其妙地心跳起来。今天怎么了，怕起女人来了？过一会儿就是张光头打，越打越糟。他婆娘嗔怪说，你个死鬼，老不中用的。望发老汉哈哈大笑，说，怎么？见了老婆，球也打不好了？

从那以后，望发老汉晚上总无故地想到张光头那婆娘。那么嫩，他妈的！

快到重阳节了，门球队员进行了挑选，望发老汉选作正式队员。张光头落选了。张光头毕竟是当过领导的人，时时不失风度，自告奋勇当代表队副队长，为老哥们服务。

正式比赛时，望发老汉成绩出色，为本代表队夺取冠军立下了汗马功劳。

不久，鉴于望发老汉在帮助失足儿子和参加体育比赛等方面的成绩，被市老干局和市老龄委员会联合授予"老有所为精英奖"。

望发老汉一辈子还没有这样红过。

这天，张光头婆娘不期来访了。女儿不在家，望发老汉顿时慌了。没有请客人坐下就忙着去倒茶，找着了杯子又找不着茶叶，找着了茶叶却发现女儿忘了烧开水了。嚷道，这鬼女子！张光头婆娘说不要忙不要忙，就坐下了。

"妹子可是稀客呀。"望发老汉望了这女人一眼，便觉得自己眼睛有些发涩。妈的，这女人眉毛真好看。

女人说："早就该来坐坐。老张常讲，你和他年轻时一起工作，是好朋友。以往各自都忙，没有时间走动。现在都退休了，也该一起聚一聚。可那老东西，迷上了钓鱼，天天蹲在河边。今天我到这边有事，顺便来看看你。"

望发老汉早就听说，这女人年轻时很是风流，只是从来没有机会多看她一眼。如今也是五十多岁的人了，一举一动还是那样够味。望发老汉感到额上微微冒汗。

女人说完，望发老汉接了腔："我和老张的关系，真的同兄弟一样。现在都是快当爷爷的人了，那年轻时的笑话说出来只怕要笑脱你的牙齿。"他本想讲笑破你的肚皮的，但一想到这女人的肚皮就心惊肉跳，便改说牙齿了。

女人问："有什么好笑话？讲来我听听？"

望发老汉先是笑笑，再说："你老张长我几岁，说若先找了婆娘，同我一起享福，哈哈……"

女人顿时红了脸，说："那鬼脑壳，把自己的婆娘不当数！"

望发老汉见这女人并不怎么介意，只望着自己笑，便又说道："其实老张不够朋友。"

女人问："怎么不够朋友？"

"你问问老张，一起享福的话还兑现不？"望发老汉大笑。

女人笑着骂道："老不正经的。"

女人望望里屋，问："住得还宽敞吗？"

望发老汉便把女人带进自己的房间，他房间有女儿打扫整理，倒还见得客。女人摸一摸望发老汉的床铺，说："你一个人过得还很自在嘛！"说罢，就坐在床沿，环视房内的陈设。

望发老汉的心便跳到喉咙口了。这婆娘，装得自自然然，真里手。他也就很随便地坐到床沿上。

这时女人起身了，说："快到中午了，还得回去做中饭哩。"她起身时，手碰着了望发老汉的腰。

望发老汉认定她是有意碰他的。他真想捉住那只手。但当他萌发这个念头时，那女人已走到门口了，客气道："以后再来。"

送走这女人后，忽又想到张光头。他妈的，该把他的婆娘重重压几下才解恨！

六

不知哪来的时髦，年轻姑娘突然流行染黄头发了，街上平白无故地钻出许多肩披金发的摩登女郎。望发老汉的女儿却还在成天为自己的身体发肤苦恼不堪。有一天，几个染黄了头发的邻居女孩围着望发老汉的金发小姐，好生羡慕：啧啧，天然的西洋发肤，就连眼睛都是灰的，鼻子都是翘的，要是讲一口英语，标准的美国小姐！有个女孩补充道：单看鼻子，有巴黎女郎的风韵！

望发老汉的女儿被人审视得不好意思了。她跑回家，在穿衣镜前足足站了一个小时，前后左右全方位欣赏了自己，发现确实像外国人。令她不解的是，像外国人怎么就高级了呢？

她的仪态突然间变了，走在街上袅娜娉婷，那胸脯仿佛是一夜之间丰满起来的。人们再也不用那种在动物园里看金丝猴的目光注视她了。她在众目睽睽之下也极自信了，步子极有弹性。

不久便有男孩子写情书献殷勤，因为她从来都是被人冷落的，因而对这些男孩子都怀有感激之情，来者不拒。好在谁都知道她有个哥哥叫家骏，对她也不敢非礼。

家骏发现不对劲，就很认真地对妹妹讲："现在世界太复杂了，你人太善，心太好，要处处小心，千万别上当。你招工又考不上，没有个踏实饭碗，找朋友一定要找个实在的。"

妹妹很听话，立即改变了交朋友的方式。她不满意的人就借故不同他们接触。通常用以推辞别人的理由是，大哥要她做什么。她一提大哥，别人也不敢再勉强。

她终于爱上了一个开个体服装店的小伙子，大名胡志刚。是她在那里买衣服时认识的。她觉得那人不错。

一天黄昏，胡志刚西装革履地登门拜访望发老汉。

"请问伯伯，这是娜娜家吗？"

望发老汉木了半晌，疑惑道："娜娜？"他这一辈子都没有叫过女儿的名字，只是喂，或者咳，竟然一时反应不过来。

女儿在厨房听见了，迎了出来："进屋坐吧。"然后对父亲说："这是小胡。"

此后娜娜家围绕胡志刚行不行的问题进行了半年的争论。娜娜和胡志刚死去活来地恋了半年爱。最后家骏说，只要娜娜自己认为行就行吧。他内心的想法是，如今年轻人恋爱难免冲动，谁知他们已到了哪种程度了？当哥哥的又不便问，只有由她自己了。望发老汉说，只要人好，我看可以。他想，家骏都同意了，我拦着干什么呢？女儿的婚事还得他大哥出钱操办。家旺说，我最先就表示赞成的，婚姻大事最重要的是情投意合。他私下却想，一个是个体户，一个无职无业，以后日子怎么过？别看那姓胡的小子现在赚了几个钱，生意场上的事，赚钱容易，蚀本也容易！

娜娜和胡志刚都感到一刻不在一起就不行了，于是便选在这年元旦节结婚了。胡志刚是本市最早做服装生意的个体户，家底厚实。家骏很疼爱妹妹，也舍得花钱。所以，婚礼排场很大，邻居们议论了好长一段时间。

娜娜婚后成天花枝招展地站在自己的柜台后面，既当老板娘，又成了绝好的时装模特。生意越做越好。家旺曾别出心裁，为妹妹的婚礼写了一副旧诗联，上联是"之子于归，宜其室家"。胡志刚不喜欢二哥卖弄文墨的酸劲儿，也不明白那对联的意思，还是那"归"字使他联想到视死如归驾鹤仙归之类的话，很不舒服，说不要挂这副对联。家旺连忙引经据典，说这一句出自《诗经》，很有来历，意思是说我妹妹嫁到你家后，对你家大吉大利。胡志刚这才勉强让人挂上这对联，但终究不喜欢那"归"字，一见就刺眼。现在见娜娜嫁过来后，生意果然比原来更加红火了，突然想起那对联来，就请家旺重新写了一副，挂在店堂门口。家旺说是结婚喜联，不宜挂在店里。胡志刚笑哈哈地说，管他哩，只要能招财进宝。

七

娜娜出嫁以后，望发老汉觉得日子难过多了。他知道自己从未疼过这孩子，但她听话，孝顺。现在家里没有了她，一天三餐成了大麻烦。家骏、家旺最多只在家里吃晚饭，家旺动手做，早饭中饭望发老汉得自己做，总不是味儿。常想起张光头婆娘，却终不见她来。

有天望发老汉独自喝闷酒，醉了，胡乱嚷道："我作了什么孽？辛辛苦苦一辈子，弄得绝子绝孙！"

家骏兄弟都不理，由他嚷去。

过了几天，家骏对家旺讲："我这一辈子是不会成家的。你各方面都不错，找个合适的，让爸爸有个孙子，了了他的心愿。这个家也要个女人。"

家旺神情沮丧，唉声叹气。

"是不是有什么不顺心？"家骏问。

家旺沉默半天，道出了隐衷："市委冯副书记见我有培养前途，很器重我。他爱人张姨托人把他们女儿说给我。可人家女儿不愿意，说我有学问有什么用？腰包没钱，学问可以泡茶喝？我知道，这门亲事成了，我会飞黄腾达的。但我不稀罕这么发迹。可如果这亲事不成，我的日子会更糟。"

家骏听罢，便取出一个五万元的存折，说："我明天就把这存折改作你的户头，归你所有。只是你自己要争气。"

　　家旺不作声，听大哥说要他争气他不高兴。有钱就可以教训人？我又不是三岁小孩，不知道怎样叫争气？若不是世风如此，我凭自己的才干早功业显赫了。

　　家骏以为弟弟还是那个清高劲儿，就说："你怕我的钱不干净是不是？我是合理合法赚的辛苦钱。讲差点，我是个体户。讲正经的，我是企业家了。你们大喊什么脑体倒挂啦，我可是从事管理工作的，也并不是泥水匠。你们知识分子、国家干部工资多少不关我的事，那是你们自己的政策。我只知道我是企业家，该有这么多钱。我承认我也不大干净，但他们休想整倒我。我是他们自己树起来的样板，那么容易倒？"家旺见大哥很激动，他知道大哥讲的是他和大哥都理不清也用不着理清的道理，就劝大哥不要讲了，如今社会上的事谁都明白，就那么回事。只是拿了大哥这么多钱，一世都不安的。

　　家骏流泪了，说："家旺呀，不要说了不要说了。娘是因为我死的，我才一世不安。我多挣些钱，只为你和妹妹。我和爸爸合不到一起的，只是靠你和妹妹待他孝顺些。"

　　兄弟俩长到这么大还从来没有这样动情地谈过话。

　　家旺拥有了五万元存折后，对象问题很快有了进展，那女孩开始同他一块上舞厅、看电影了。家旺本来就羞愧自己的行为有点投机商的味道，接触那女孩之后就更加后悔了。那女孩名叫小娇，除了名副其实的娇以外，还骄横无比，常让他忍无可忍。

　　有回一位非常要好的朋友取笑他攀龙附凤卖身求荣。他很认真地解释道，不要以为小娇是那种小姐脾气的人，她其实是最有灵气最温柔最有修养的。其实我当初也有顾虑，小娇追我的时候我确实犹豫过。后来见她的的确确优秀才同意的。

家旺这些言论不知怎么传到了小娇耳朵里。家旺对她的赞美她并不在乎，而家旺说她追他，却让她十分恼火。她完全可以说是气急败坏地跑到家旺家里，劈头盖脸地骂了一通。你小子也不照照镜子，我怎么会去追你？自己死皮赖脸变着法儿缠着我还敢吹牛！

小娇又不理家旺了，任家旺怎么解释怎么赔不是都不依，还天天邀别的男人进舞厅。家旺气得发抖。

小娇妈妈张姨察觉到了，问小娇是怎么回事。小娇告了家旺的状。张姨劝女儿，就为这点小事也要翻脸？小娇竟无限上纲，说事是小事，有关品行。张姨说，你们年轻人的道理我不太懂，我只劝你为爸爸想一想。现在正有人千方百计要整你爸爸，不要为这事加重爸爸负担。这样才说服小娇与家旺重修旧好。小娇除了严厉警告家旺这是最后一次以外，还外加一个条件：结婚后马上住到外面来，我才不喜欢你那老光棍爸爸！本来以前他们为着在哪里安家的问题，常有小摩擦。今天小娇趁机发起攻势，家旺只好让步，答应不住在家里。

家骏知道弟弟找了这样一个女人，无可奈何地摇头。看样子靠那女人照顾爸爸是不可能的了，便花钱请了一个保姆。

八

望发老汉见家旺找了这么一门好亲，很得意。家旺回家时，他总喜欢蹲在一边望着这宝贝儿子，觉得他越来越像自己。常骄傲地回忆，自己年轻时就是这个样子。熟人见了他，毕恭毕敬地叫他向老。这比叫老向中听多了。

不料娜娜有天突然哭着跑回家了。望发老汉问出什么事了？娜娜只顾哭，半天讲不出一个字。望发老汉只得打发保姆叫了家骏回来。家骏一问，原来那姓胡的小子又好上了别的女人。娜娜说事情已发觉几个月了，最先她不吵不闹，只想对他好些，让他回心转意。哪知他越来越放肆，把那女人带到家里来了，说你这西洋味儿我已玩腻了，老子想换换口味，玩玩印度味儿的。那婊子哪样好？肥肥胖胖的，眼睛有牛眼大，眼白多得吓人！

家骏气得发抖，问妹妹："你到底有什么打算？"

娜娜说："我已忍了这么久了，都想好了，再也不同那畜生过了。"

家骏说："那就离婚吧。"

当天夜里，家骏叫几个兄弟将胡志刚从那女人胖胖的胸脯上拉了起来，带到郊外河滩上，一阵拳打脚踢，胡志刚喊爹喊娘。教训完了之后，家骏站了出来，沉沉地说："姓胡的，没想到你妈那个巴子狗胆包天，敢欺负我的妹妹？你爷爷我红黑两交，要你扁你不敢圆。仗你那几个钱也来猖狂？我给你三天时间，凑齐十万元现款交给我，再同娜娜办了离婚手续，马上滚蛋，到别的地方混饭去！要是不依，我会杀了你全家子！你也可以去告我，只要你有这个本事！"

胡志刚连连求饶，说自己不是人，对不起娜娜，该打该罚。一切照大哥说的办就是。

事情就这么私下解决了。胡志刚带着那胖女人神秘失踪。他父母告诉别人，儿子到海南闯世界去了。

娜娜把那十万元钱分三处存在银行里。所有的嫁妆都搬回了家。家务事有保姆操持，就百事不理，天天在家闲坐。过了一段突然发现自己脸上长了许多雀斑，很难看，便浓施粉脂，遮丑藏拙。偶尔外出，邻居们见了，就私下议论：男人不要她了，越发搽脂抹粉，不是憋得难受？那些染过黄发的女孩子现在又返璞归真了。她们现在发现娜娜原来很丑。哎呀呀，自己当时把头发染黄了不也是这个样儿吗？这年头，大家疯了似的。

九

　　家旺不久也结婚了。婚宴是在全市最气派的富豪酒家办的。因为小娇家的脸面，宾客如云，盛况空前，很多有头面的人物都前来贺喜。冯副书记夫妇注意影响，没有到场，全由家旺、小娇的朋友们筹办。家旺领会小娇的心思，事先同父亲讲，那边大人也不参加，你老也就在家休息算了，如今年轻人结婚都兴自己办。望发老汉心想亲家夫妇那么大的官都不参加，自己还凑什么热闹呢？所以他就坐在家里，想象着儿子的婚礼一定很热闹。

　　家旺婚后在市委机关住了一套间。日子像家旺料想的一样很不好过。新婚之夜就吵了架，根本没为什么事。例行公事之后，家旺睡床外，朝里搂着小娇。小娇却要家旺同她换个位置。家旺很春情地说，让你睡里面是让你有一种安全感，是心疼你。小娇马上火了。你这样做自己就很英雄了是吗？是自私！别用这种酸掉牙齿的小浪漫儿来完善你男子汉的形象！家旺脑袋里像钻进了许多的蚊子。我的天，哪有这种女人？居然泼出了理论，真是不可理喻。此后，家里战火连绵。家旺自知斯生斯世苦海无边了。

　　家骏带了个女人，在外买了一套房子。也很少回家了，望发老汉便同女儿、保姆三个人过日子。

　　这样平静地过了不久，家里又出了事。家骏喝多了酒，骑摩托车撞死了。

　　望发老汉一辈子都没有见过这种大事的，傻呆呆地蹲在角落一言不发。家旺是个迂夫子，只有干着急。娜娜最爱大哥，痛不欲生，也管不了事。

　　好在家骏有一帮哥们儿。他们感念家骏的侠肝义胆，一定要将这位大哥的丧事办得风风光光。为首的那位叫墨哥，拍着胸脯说："办丧事的费用，我们兄弟们摊，不要用大哥自己一分钱！"

哥们儿起草了一份讣告，送到市报社要求刊登。报社同志说，登讣告是有规定的，不到一定级别是不许登的。哥们儿说，现在反正已讲经济效益，我们出广告费的三倍的钱。但还是通融不了。哥们气得直骂娘。他们不服气跑到私人印刷厂铅印了一千份讣告，满街满巷地贴去。

他们特制了一个大花圈，直径三米。这可惊动了市委。有关领导说，这样影响不好，市里的高级干部逝世都没有做过这么大的花圈，这怎么行？于是市委办委托家旺做家里人的工作。那些哥们儿一听就火冒三丈。这是什么道理？上面有政策还是有法律？

家旺只好找父亲，晓以利害，若不拆下那个大花圈对自己如何不利。

望发老汉见事态还会这么严重，就去说服那些小伙子。他们最初不依，但望发老汉执意要拆，也只得照办了。却骂了一通娘。

丧事仍然办得很有规格。望发老汉见市委办都送了花圈而且写着"英才早逝""永垂不朽"之类挽联，也很满足了，并不为拆掉那个直径三米的大花圈感到遗憾。

家旺不明白的是为什么有那么多的女人呼天抢地地哭。心想自己如果现在死了，只怕小娇都不会哭。最让他注意的是那个师大的女学生，哭得几乎晕厥。他真怀疑这女人是不是在虚情假意，也许是看多了言情小说，正在模仿某个凄婉动人的偶像。

忙过丧事之后又是淡淡的日子。家旺依然不常回家。娜娜比以前更加瘦了。望发老汉仍然同老哥们下棋。偶尔也想起张光头婆娘，这时他摔棋子的声音就特别响亮。

有回听人议论那个特大花圈，那人说直径有两米多。他很气恼，马上纠正道："三米！"

花花

大明一家三口正吃着晚饭，听得外面忽然热闹起来。大明老婆江芳端起饭碗到外面看了一会儿，回来说："谁给张局长家送了一条小狼狗，很漂亮。如今拍马屁的什么东西都送，只怕还有送老婆的！"

大明白了江芳一眼。她立刻意识到自己讲得太那个了，连忙掀开一角窗帘看看外面。

大明放下饭碗往外走。江芳问，不吃饭了？大明说先看看那狗去。

邻居们正围着那狼狗看。张局长和颜悦色，请大家给小狼狗起个名字。他的小女儿娟娟用一根明晃晃的铁链儿牵着小狼狗，满脸小孩子的傲气。

大家七嘴八舌，有的说叫汪汪，有的说叫飞虎。张局长只是笑，不置可否。

这时江芳来了，说："叫钻山豹吧。"

"那是坏蛋土匪的名字！"小娟娟生气了。

大明轻轻拧了一下江芳的手。江芳的脸顿时火辣辣的。

这时，小娟娟指着狼狗头上褐色斑点说："花，花！"

大明立即附和道："就依娟娟的，叫花花最好。这孩子真聪明。"

小娟娟便缠着爸爸："就叫花花吧，就叫花花吧。"

"好，就叫花花吧。这凶猛的狗，还真应有一个温良些的名字。"张局长开心地笑了。

大明见自己的建议被采纳，竟有些激动，越发奉承道："张局长真的把辩证法用活了。按中国哲学，这又叫阴阳互补。"

张局长说："哪里哪里。"

大家逗着小狼狗。花花，这边来！花花，跳呀！气氛很热烈。江芳被小娟娟剋了一句后，一直不作声。这会儿见小娟娟乐了，就问："这狼狗多少钱一条呀？"

"这个嘛随行就市，有高有低。"张局长含混道。

天色渐晚，人们慢慢散了。

大明回到家，把门一关，马上数落起江芳来："你不会讲话，就不要自作聪明！"

江芳懵然，问："我又犯了哪一条？"

大明狠狠哼了一声，说："你给人家狼狗起个钻山豹，好像别人不知道你们家出土匪似的。不是人家张局长帮忙，你弟弟脑袋瓜子不早开花了？明知这条狗是别人送的，偏要问价钱。小狼狗五六百元一条，人家怎么讲得出口？"

江芳这才明白自己的话确实犯了大忌。她很不安，生怕这样得罪了张局长。张局长虽只是个公安局局长，可神通广大，很会办事，又肯帮忙。弟弟由死刑改判无期徒刑，全搭帮人家张局长呀。今后弟弟想早点出来，还得求助人家。一想到弟弟正在受着牢狱之苦，她就心如刀绞，泪下如注。她很懊丧，恨自己怎么这样笨。若真的得罪了张局长，弟弟不就苦海无边了吗？她一边想着这些，一边琢磨当时张局长的表情，自言自语道："不知道张局长是不是多心了？"

"谁知道呢？"大明神色不悦。

这天，也是晚饭时分，小娟娟牵着花花玩，从大明家门口经过。江芳见了，唤道，花花，花花。小狼狗欢快地摇起尾巴来，小娟娟甜甜地叫阿姨好。江芳立即有点感激，觉得小娟娟也真懂事，并不计较自己，便把刚准备往自己口里送的一块上好瘦肉丢向花花。不料娟娟猛然喝令一声，花花！飞快地将小狼狗牵了回去，嗷着小嘴巴，傲慢地走了。江芳愣了，那只拿着筷子的手在胸前定格了足有十秒钟。大明见状，愤愤嚷道，蠢货！江芳不知自己为什么又冒犯了小娟娟，见大明在生气，也不敢问他，只得轻手轻脚地收拾碗筷，洗洗涮涮。上床睡觉时，见大明情绪稍稍好些了，江芳嚷了起来："那小猴崽子，小小年纪就耍小姐脾气了；看你长大了有什么出息！"说着，便骄傲地看着自己熟睡了的儿子，心想，等下一代再分经！

大明却说："也怪不得娟娟。人家正在训练花花不吃别人的东西，你偏给它喂肉吃，娟娟能不生气吗？"

江芳这才恍然大悟，叹了口气。

大明见老婆闷闷不乐，又可怜起来，就安慰说，也没有必要有意去巴结人家。要是人家瞧不起你，再耍手段巴结也是枉然的，反倒把自己弄得没有骨气了。

江芳说倒也是的。我是从来不巴结人的。谁比谁强？他姓张的不就是占着一个好位置吗？若不是自己弟弟不争气，我们何必事事都就着他？他有什么了不起的？那一口牙齿，焦黄焦黄的，还有他那老婆女儿，一个模子做的，眼睛那么小，屁股那么大！

大明见老婆越说越歪了，便很不耐烦。你讲别人长相做什么呢？

一个美丽的黄昏，大明一家在河边悠闲地散步。江芳碰了碰大明，嘴巴往前努了一下，轻轻说，张局长一家在前面。

大明显出十二分的不在乎，说，早看见了，他们走他们的。

张局长和他老婆在河边的一张石椅上坐了下来，便面对着大明一家了。小娟娟还是牵着花花，在河滩上跑。

大明决定今天坚决不先同他们打招呼。但那张局长夫妇似乎正望着他们一家，很友好。大明觉得脸上很不自在，肌肉有些绷紧了。

江芳也不自然，不停地掠着头发。

大明终于想了一个主意，同儿子一起背古诗。儿子也很合作，一家三口就全部奶声奶气地"白日依山尽"了。

这样且笑且行，走近张局长夫妇了。张局长招呼道，一家人来玩？

大明猛然抬头，装作才看见的样子，应道，你们也来玩？随即又弯下腰，同儿子一起"春眠不觉晓"了。

在这一问一答的短短几秒钟内，江芳温顺地站在大明身后，只是优雅地点了点头，并不曾吐出一个字。她觉得自己在那一瞬间已十分得体地扮演了贤妻良母的角色，把自己的丈夫衬托得像个真正的男子汉。她不明白有的女人为什么总喜欢当着外人表现自己比男人高明，那肯定是暗示自己对丈夫不满意，勾引别人来钻空子。我江芳就不是那种人，我就是要让别人明白我是爱自己丈夫的，自己丈夫就是个了不起的男子汉！她这么骄傲地想着，心里涌起一种使命感，面对满江落霞，耳边似乎回荡起电影里经常出现的那种英雄人物慷慨就义时的乐曲。

大明感觉到张局长可能正望着自己的背影，便把胸脯更加挺了起来。他说不准此刻的心情应该叫作雄浑还是激昂。

那天散步回来后，大明夫妇像干了一件扬眉吐气的大事，很亢奋，居然夫唱妇随地哼起了"树上的鸟儿成双对"。

这样过了好些日子，小花花长大了许多。江芳有天偶然发现邻居老李给张局长家送了一提桶猪奶子喂花花，就对大明说，老李也真会想事，他们肉食公司猪奶子多的是，白白地拿来巴结局长。

大明一脸"三年早知道"的表情，说这不是新闻。王胖子、向老三他们都变着法儿给花花送过肉，花花的生活水平早超过小康了！

江芳一听，鄙夷地哼了一声。

这天，江芳收到弟弟的一封信，说在狱中很苦，吃得太差了，有个叫八哥的牢头还常欺负他。这封半页纸的信江芳看了足有三十分钟，泪水汪汪的像摔西瓜子儿，弄得那信笺上墨迹斑斑。

大明劝慰道，莫急莫急，慢慢想办法吧。

江芳禁不住抱怨起来，你只知道讲想办法，想了什么好办法没有呢？

大明听了，羞愧难当，抱头唏嘘。

次日中午，大明买了猪肉回来，气呼呼地嚷道，那狗日的屠夫太霸道了，我只要一斤，他硬要卖给我一斤八两。唉，这世道，《水浒传》里的镇关西又横行了。

江芳接过菜篮，见买的肉也并不正路，全是筋筋绊绊的，越发气愤，骂道，杀猪的也太欺负人了，也没有人管管这些家伙，那么多的大盖帽，全部拿去盖马桶算了。

这时，戴着大盖帽的张局长正从大明家门口走过。

江芳见张局长身影在门口一闪，全身热了一阵。马上又镇静下来，很勇敢地想，管他哩，听见了又怎么样？

大明说，剔下一餐菜来，把那些筋筋绊绊送给他们家喂花花吧，丢掉也可惜了。

江芳说，也是的。

江芳很快从张局长家回来了，一进门，大明就问："张局长在家吗？说什么了吗？"

江芳回道："没说什么，只说谢谢了。"

"那么你怎么说的呢？"大明又问。

江芳答道："我不情愿讲屠夫耍了我们，那太丢自己面子了。讲专门为他花花买的吗？别人还以为我们巴结他。我就说，我们大明不会买菜，肉买多了，一餐吃不完，又没有冰箱怕放坏了，你们拿去喂花花吧。"

大明脸色阴了下来。

江芳见了，说："讲你不会买菜就丢了你的面子是吗？不会做这些才是男子汉哩！"

大明吼道："你怎么这样不开窍呢？为什么要讲没有冰箱呢？人家明明知道我们为了凑钱托他关照弟弟，把冰箱彩电收录机都变卖了，你这么一讲，是提醒别人退你钱买冰箱是不是？我们花了一万多块钱，买来的可是你弟弟的一条命呀！"

江芳这才知道自己又讲错了话，颓然坐在沙发上发呆。菜锅烧得哧哧作响也不理会。

大明这时觉得应表现出男子汉拿得起放得下的气概，宽解老婆道，说出去的话是泼出去的水，收是收不回来。再说也可能是我们自己太过敏了，别人也不一定想到这一层上来。

江芳听丈夫这么一讲，心也安了，忙站起身来快手快脚做了饭菜。

不久，花花生了疮。起初只是额上脱毛，红红的一大块。江芳视力差，以为是娟娟闹着玩有意涂红的，便玩笑道，你们家也真讲究，人化妆，狗也化妆。她以为娟娟会乐的，却见小东西冰冰地望了她一眼。

"真是见鬼了，来受这小丫头子的气！"江芳在家里骂道。

大明问是怎么回事，江芳说了。

"你呀！"大明无可奈何地摇了摇头，说，"我劝你以后干脆就不要同他们家讲话，一讲就出事。人家宝贝狗生了疮，你说别人的狗化了妆，不是有意讽刺吗？又说人化妆狗也化妆，别人会怎么想？"

江芳拍着自己的脑门，说："我这个人也真是的，本不想同他们家的人搭腔了，有时又觉得过意不去。"

大明说："你还是配副眼镜算了。"

江芳当天下午就戴上了眼镜。本来大明不赞成江芳戴眼镜的，因她的鼻子太小，戴上眼镜，整个面孔就一片模糊，再说她只是个工人阶级，怕别人背后笑她冒充知识分子。但这理由大明从来没有讲出口，怕伤了老婆的自尊，只是堂而皇之地讲，眼镜破坏了自然美，太煞风景了。这次大明不得不劝江芳戴眼镜了。

江芳戴上眼镜之后，第一个发现就是花花额上的疮令人恶心，红红的疮痂渗着生血。她吃饭时一想到那疮就倒胃口，没有一餐饭吃饱过。于是同大明商量，是不是请大明那位当兽医的同学来看看花花，帮它治治，也算是消除祸害。

大明不情愿，怕张局长讲自己在拍马屁。我和他站着一样高，称起一样重，干吗要拍他的马屁？

江芳来气了，说不为别人只为我胃口好些你也该请一请你那位同学嘛。你这个人怎么阴晴不定，有时在人家面前那么低三下四，有时又很伟大似的。

大明听了十分恼火，我什么时候拍过马屁？我什么时候求过别人？

江芳见大明这样了，就缓和了语气，说，我就讲了那么一句，也值得你发火？两口子讲话也要绕弯子？

大明本想再争几句，仔细一想，再争出个伟大真理又怎么样？何必弄得神经紧张？就不作声了。

大明当晚就去找那位老同学。他一路上想着，不知怎样向那位老同学开口。起初因为这位同学考了这么个专业，同学们都瞧不起他，大明也讲过风凉话，以为自己的财会专业是最好不过的。现在那位当兽医的同学凭自己的技术发家致富了，自己还只是小小公司的会计，月月领着一百七十多块钱的死工资。

不觉已到了同学的家门口了。同学见是大明，热情地迎了进去，调侃道："大老板今天为何屈尊驾临寒舍？"

大明道："我们兄弟间，别那么酸不溜秋了。"

这位同学毕竟暴发了，居室陈设豪华而典雅。大明拍了拍同学的肩膀，说了句好阔气呀，就坐下了，绅士般跷起了二郎腿。他觉得对这位仁兄，不恭维一句人家会说你嫉妒，恭维多了又显得自己小家子气了。

不等同学再开口，大明就讲明了来意："我的邻居老张，就是公安局张局长，他家的狼狗生了疮，请了几个兽医看了，都治不好。今天他请我帮忙找熟人治，我自然就想到了老同学你了。我这个人就是怪，不爱跟这些当官的打交道。可张局长不同，没有架子，同我兄弟一般，又求到我门上，怎好扫面子？要不是和他合得来，哪怕是县长省长又怎么样？"

大明这么一讲，老同学也爽快地答应了，说明天下午去看看。

从同学家出来后，大明惊叹自己不假思索便能编出这么多的假话，而且有细节，有感情，令人深信不疑。他似乎第一次发现自己还具有这种天才。

回到家，便告诉老婆，同学明天下午来，准备些菜，明天请他吃晚饭算了。

江芳苦笑道，不用我们操心了。

大明问，又有什么事了？

江芳说人民医院的高院长来看过了，开了方子。人家是皮肤科权威，不轻易给人看病的，除非你是科局级以上干部。我们也真有意思，忙着去请兽医！

大明心里埋怨这是江芳找出来的事，但体谅她的隐衷，也不再讲什么，只说，幸好同学讲明天下午来，若刚才同我一道来，那就丢尽面子了。只好明天一早设法回了同学。

两口子睡在床上谁都不畅快。大明嘲讽道，他妈的狼狗也享受科局级待遇了。江芳缄口不言，心里却恶狠狠地想，但愿他们用错了药，让那宝贝狼狗一命呜呼！

也许人和狗毕竟是两回事，花花用了高院长开的药，也并不见好，脓疮反而蔓延了。到了这年夏天，花花全身毛发脱落，遍体疮痂腥臭难闻。而且一改过去的机警和驯良，成天四处乱窜，邻居们见了，都谨慎地躲避，却又忌讳谈论花花的疮。

最难过的还是江芳。她自从第一次看清花花的脓疮之后就一直胃口不好，形容日见憔悴了。有天花花居然钻到家里来了，蜷伏在饭桌下面，任凭你怎么叫唤，也纹丝不动。大明拿了个竹竿来驱赶，花花凶相毕露，龇牙狂叫。大明又怕又慌。怕的是万一咬伤了自己，那才倒霉哩，慌的是担心张局长若听见了叫声，会以为他虐待花花，面子上不好过。整个屋子臭气熏人。

这时大明见娟娟在外面玩，马上急中生智，问，娟娟找花花是吗？花花在我家里。

娟娟立即叫道，爸爸，花花到别人家去了。

张局长扛了根木棍跑了出来，向大明道了歉，大声呵斥花花，赶它出去。

见张局长驱赶花花时很气恼，像对待不争气的孩子，大明竟感到难为情。花花夹着尾巴，低声哀鸣着，悻悻然走了。

张局长说，这家伙，越来越讨厌了。

大明觉得应宽慰几句，就说，花花肚里说不定有狗宝，不信你打了看看，兴许还可能发个小财哩。

张局长自嘲道，我有这么好的运气？

张局长一走，江芳就准备拖地板。大明说，先开电扇换换空气，地板等老张他们上班去了再拖，不然人家见了，还以为我们这么怕别人的狗脏。

第二天，张局长果真把花花打死了，用手枪打的，打了八枪才打死。这可让大明很不安。我昨天讲打了可能有狗宝，他今天就打了，不是以为我讨厌他的狗吗？

大明觉得不管怎么样同张局长搞得不愉快都不好，应采取什么措施弥补一下自己的过失。他忽然灵机一动：就讲那花花真的剽悍，八枪才打死，简直像英雄人物了。对对，就这样讲，既自然，又幽默。

但刚准备开口，猛然想道：我的天，这样讲岂不是讽刺人家枪法太差了吗？堂堂一个公安局长，打死一条狗居然开了八枪？幸好，没有讲，幸好没有讲。

大明又想到了狗宝。该死的狗宝！他正在这么厌恶地想着狗宝，却见张局长招呼人将那狗拖出去埋了，大明便又鬼使神差地说："只怕真的有狗宝哩！"

张局长说："有金子我都不要了！"

这话叫大明捉摸不透，不知是他对狗宝满不在乎，还是对自己有看法。晚上，大明把这话告诉江芳，江芳也觉得那句话可能有文章。两口子心烦意乱，埋怨今晚蚊子怎么这么多，这么狠！

头发的故事

　　陈科长很爱惜他的头发，一年四季都打着摩丝，口袋里时刻装着小梳子。在外出差，住在宾馆里，陈科长别的什么都不稀罕，可卫生间里的小梳子他总是尽数掳走。但是他的头发偏偏不太熨帖，弄不好就乱了，要么就是湿巴巴地粘在头上。一天到晚，只要有闲，陈科长就拿出小梳梳头发，梳得嘴巴一歪一歪的。只要走过有镜子的地方，陈科长总要飞快地瞟几眼镜子，看看自己的头发是不是好看。下乡的路上，尿急了找不着厕所，就停下车，在路边的田坎边拉开裤子。可是尿再怎么急，陈科长还得低头望望水里，看看自己的发型，然后才哗哗地尿，看着自己被尿冲得面目全非。然后，慢条斯理地拉上裤子，等待渐渐平静的水面恢复了自己的形象，再恋恋不舍地望上几眼。

　　陈科长爱头发在局里出了名，有人私下总说陈科长最得意自己的发型，梳头发大概是他平生最快乐的事了。这事不好当面说的，毕竟一个男人一门心思放在头发上，不是件好听的事，太女人味了。也有当面夸陈科长发型的，陈科长虽然红着脸，心里却是高兴。但夸他头发的人，要么是没话找话，要么骨子里在笑话他。

部下小李坐在陈科长的对面，一年四季望着陈科长梳头发，觉得好玩。他的见解与众不同，他总觉得头发是陈科长最烦恼的事。陈科长讲风度，可他的头发偏不听话，只得用摩丝定型。可他的发质不好，总是油腻腻的，打上摩丝，更加铁板一块，很不生动。陈科长便一天到晚总要考虑头发是高了，低了，紧了，还是乱了？这么过日子，不是受罪？

　　这天，陈科长又在梳头发。梳了好一阵子，再对着桌子上的台板玻璃照照，不太满意，竟然叹了一声，说："唉，烦躁！"

　　陈科长说话了，小李不能没有回音，在科长面前应该有礼貌。但他的确没兴趣同陈科长讨论头发问题，就抬头含含糊糊地笑笑，仍低头做事。

　　陈科长却说："小李，你的头发好，很熨帖，自然成型。"

　　小李笑道："哪里，我从没在意过头发。"

　　陈科长说："你头发是天生的好，不要在意。我这头发，唉！"

　　小李本不想评价上司的头发，可陈科长自己说得这么透，他便幽默道："陈科长可真的是满头烦恼丝啊！"

　　"烦……恼？"陈科长表情异样起来，望着小李。

　　小李明白了，陈科长显然没有听出这话的幽默，只是听懂了其中的烦恼二字，而且把这话的意思往复杂处想了。

　　小李想说说这话的意思，消除陈科长的误解。但又怕显得自作聪明，就想糊涂过去算了，嘿嘿笑着。

　　可陈科长从他这嘿嘿的笑声中又觉出了什么深意，就问："小李，你最近听说了什么？"

　　"什么？"这下倒让小李莫名其妙了。

　　陈科长把梳子插进口袋里，轻轻地却不失威严地说："我这人坐得稳，行得正，没什么可烦恼的。"

小李脸刷地红了，背上立即就冒冷汗。心想自己刚才多嘴，一句玩笑话不知怎么就触着陈科长的哪根神经了。他知道这问题的严重性。人生在世，可以得罪父母，可以得罪兄弟，可以得罪朋友，就是不能得罪领导。得罪别的什么人，充其量别人只会说你不孝不悌、不仁不义。这些都没关系，因为如今世上在乎这些的人已经不多了。很多不孝不悌、不仁不义的人活得很好，甚至比别人还要活得自在。而得罪了领导，你就休想活得好。而同领导关系搞好了呢？你就前程无量，说不定也会当领导。你当了领导，自然就是孝子，自然就是兄弟中的好兄弟，自然会有很多朋友。

小李觉得不能怪陈科长听不懂他那句话，这已没有意义。只能怪自己多嘴。可以什么也不说，也可以说别的什么话，干吗偏要说满头烦恼丝呢？祸从口出啊！人家陈科长是共产党员，又不是佛教徒，听不懂这话也不算错！

当天下班，饭也顾不上回家吃，小李先去了市里最高级的天和商场，在化妆品柜前盘桓良久，选购了几瓶最高级的洗发膏，都是适合油性头发用的。马上又回到办公室，将洗发膏锁进抽屉。第二天下午，小李早早地来到办公室，将洗发膏拿出来，摆在办公桌上。听到陈科长的脚步声了，小李就拿出洗发膏的说明书，装模作样地看。

"小李买了这么多洗发膏？"陈科长放下公文包，掏出小梳子，随便问问。

小李抬头笑笑，说："我爱人也是油性头发，正好用这种牌子的洗发膏，效果还行。这是她单位发的，顺路放在这里，让我带回去。陈科长，你换换洗发膏试试？"

陈科长拿起一瓶洗发膏，看看牌子，说："这种倒没用过。"

小李说："那你就拿两瓶试试吧。"

陈科长摇头客气道："谢谢了，效果好的话，我自己去买就是。"

小李说："还买什么？这么多，她两年都用不完。你拿两瓶吧。"说着便硬塞给陈科长两瓶。

陈科长只好拿了，说道谢谢。陈科长高兴，自然话题又扯到了头发上了。小李便暗暗交代自己，决不多嘴，听陈科长一个人说去。陈科长说："选用洗发膏，不是没有作用，但到底还是治标措施。头发是油性还是干性，是浓还是密，是黑还是黄，从根本上说都同人的身体素质有关……"

听起来陈科长说得头头是道，他对头发还真有些研究。小李的发表欲也被调动起来了，他隐隐记得在哪本杂志上看到的一种说法，就说："对对，头发同人的身体很有关系，甚至同人的性生活都有关系。人的性生活是不是正常，看他的头发就知道。头发有光泽的，很有生气的，性生活肯定过得好。如果性生活受到压抑，或者性生活过度，都会影响到头发……"

小李本来还想做进一步的阐述，却突然止住了。因为陈科长的脸色严肃起来了。小李的脸不由得又红了起来，不知说什么好。好在陈科长埋头忙革命工作去了，不然小李窘得更加难堪。

小李也低头做事，心里又在痛骂自己自作聪明。以为自己送了陈科长两瓶洗发膏，陈科长高兴了，就可以乱说了，真不明事理！真不知趣！真不成熟！

小李正暗自痛心疾首，忽听陈科长问道："小李，你最近是不是听说了什么？"

小李身子微微跳了一下，惊恐地抬起头来，已见陈科长早已黑着脸望着他了。"没有啊，我没听说什么。陈科长，你指的是什么？"小李小心地问。

陈科长并没有回答他，只是语重心长地说："小李，你这个年轻人脑子活，工作积极，我对你的印象一直很好。"

"我知道，陈科长。"小李点头说。

陈科长说："你进机关时间不长，很多情况不清楚。"

小李说："是是，我要学的东西多着呢!"

陈科长说："机关里复杂，话多。你听了什么话，听了就听了，不要乱传。相信我的话，同我说说可以。"

小李说："谢谢陈科长提醒。我真没听说什么。"

小李越来越糊涂，也越来越害怕了。他隐约觉得机关里最近可能发生了什么事，或者将要发生什么事。这事也许同陈科长有什么关系。

这以后的日子，小李的脑海里总是印着陈科长那发型考究的形象，黑着脸。

有一天，外科室有个女的神秘兮兮地问小李："听说你们陈科长在外面有女人?"

小李吓了一跳，忙说："不不不不! 我不知道。"

那女人斜着眼睛一笑："你还瞒我干吗? 局里的人都说，说是你发现的。"

小李脸色苍白："我的好大姐! 这话乱说不得的啊! 我从来没说过这话! 我也从来不知道他的这些事。"

"你同他一间办公室，只有你最清楚。别人都这么说的。别人还说，陈科长有意整你，就是因为你知道他这事。我说，他真这样对你，你就干脆把他的事捅到局领导那里去。"那女人很仗义的样子。

小李说："没有的事。陈科长一直对我很不错的。"

那女人摇头一笑，走了，似乎小李不可救药。

小李感觉自己大难临头了，成天注意着陈科长的脸色。但陈科长的脸色并没有太大的变化，该和气的时候和气，该发火的时候发火。不能指望领导总是春风满面，这是有违常识的事。似乎也没有什么大事发生，小李的心情渐渐平静起来。

一个温暖的下午，陈科长头发油光水亮地坐在办公桌前，微笑着望着小李。小李看得出，今天陈科长的心情很好。陈科长的头发越来越好看了，这也有小李推荐洗发膏的功劳。小李便像立了功似的，心里也高兴。小李见陈科长总是微笑着望着他，就连喝茶的时候眼睛也没有离开他，估计陈科长有话同他说了。但一定是令人高兴的事情。

果然陈科长说话了："小李，响应市里号召，局里需要派几位同志下农村去扶贫。去的同志，要求政治素质高，工作能力强。我们科室分配了一个名额。我考虑，派你去。"

小李嘴巴张得老大，半天才说："陈科长，我知道这工作很重要。但我老婆下个月就要生孩子。"

陈科长依然和颜悦色："你的困难我考虑了，但只有你下去合适些。我已经报告了局领导，领导很满意。家里困难克服一下，下去好好干吧，就两年，时间也不长。"

明天见报

记者让通讯员扶着,摇摇晃晃地往房间去。记者是省里日报的记者,通讯员是县委宣传部的新闻专干。记者本是海量,可今天县里领导太客气了,他酒喝得有些过量。

太客气了,你们太客气了。记者靠在沙发里,觉得眼皮很重。通讯员说,哪里啊,您对我们县里很支持,特别是对我大力提携,太够朋友了。

记者打了个响亮的酒嗝,说,书记我们搞了,县长我们搞了,群众生产自救的我们也搞了。这回搞什么新闻?你谈谈点子。

通讯员是县里有名的笔杆子,大凡县里重要新闻,都出自他的生花妙笔,只是他的名字常排在记者后面。嫉妒他的人,总说他是只蚂蟥,只知道巴在别人的腿上。懂行的人才清楚,那些新闻其实都是他执的笔。可这次通讯员真有些为难了,不知搞个什么新闻好。今年县里遭遇了严重水灾,县委指示过,新闻宣传要重点围绕抗灾救灾这个主题。可是正像记者刚才说的,这方面的新闻发掘得差不多了,难得弄出什么新意来。

通讯员也喝了不少酒，没有记者那么困，但脑子也不是很灵泛了。他想了好久，只是想到一件趣事。前几天，省里送了批救济衣物下来，有个乡在整理这些衣物时，一位干部发现有条男式裤子口袋里揣着个信封，信封里面装着一千八百块钱。那位干部想偷偷落了这钱，无奈众目睽睽，只好把钱交了出来。幸好装钱的是个公用信封，上面印着省里某厅，便顺藤摸瓜，把钱还了回去，不料还钱倒还出了麻烦。原来这条裤子是省里某厅一位干部的老婆捐出来的，哪知道那是丈夫藏私房钱的小金库！这下可好，这女人死活说男人在外面养了情妇，弄得两人差不多要离婚了。

记者眼睛微微一睁，含含糊糊说，好！这个线索好！

通讯员一时弄不懂记者的意图，可是他见记者的眼睛又闭着了，不好再去打扰。通讯员对记者一向恭而敬之，不敢怠慢，马上铺纸拿笔。一会儿工夫，一篇绘声绘色的文章就脱稿了。

写好了？快笔快笔！记者揉揉眼睛，接过稿子。通讯员忙打开壁灯，垂手站在旁边。记者溜了几眼稿子，皱了眉头，说，不行不行，这只是一条社会新闻，发在小报上供人取乐还行。兄弟，你怎么越写越回去了？要适合党报特点啊！不能把基层干部的觉悟弄得太低，都见钱眼开似的。他发现裤子口袋里有钱，应该立即想到丢钱的人肯定会很着急，千方百计以最快的速度找到省里那位捐裤子的干部，把钱退回去。你再改改吧。

通讯员像是一下子醒了酒，不好意思地笑笑，说，明白了，明白了。记者仍旧歪着头打他的瞌睡去，通讯员便去修改稿子。他想既然如此，省里那位干部夫妻间的误会就是蛇足了，去掉罢。毕竟是多年的老新闻工作者了，一点即通。

记者再次接过稿子，点头赞许道，好多了，好多了。但仍不是太满意，说，最好这样，发现裤袋里有钱的不是乡政府干部，而是灾民。这样一写，效果又不一样了。你说呢？通讯员连忙点头，表示佩服。

你慢点动笔。要写些曲折，文章才耐读。党报也不能总是板着脸孔说话嘛。比如说，灾民家男人发现了这笔钱，立即表示要退还人家。但他老婆不干，两口子争了起来。孩子们要读书，的确需要钱。这钱不是偷的不是抢的，怎么用不得？俗话说，捡得钱，买得盐；捡得钢，打得枪。最后，男人做通了女人的工作，把钱退还了。这样写，真实些。记者说。

通讯员早沉浸在创作的冲动里了，手几乎抖了起来。是啊是啊，谁不爱钱？人之常情嘛！既要写出金钱对人的诱惑，又要反映灾民的高尚情操最终战胜了私欲。这样写，就深刻多了。他于是写道，这位灾民的三个孩子都在读小学，学费没有着落，他们多么需要这笔钱啊。但是，人家省里的干部一片兄弟情，阶级爱，向我们伸出了援助之手，捐衣捐物，我们怎么能够这么没觉悟呢？最后夫妻俩连夜把钱送到了乡政府，托乡政府干部感谢省里干部的亲切关怀。灾民是否要给省里干部写封感谢信托乡政府领导带上去呢？通讯员征求记者的高见。记者大摇其头，不好不好，这样落俗套，倒显得不真实了。真实是新闻的生命啊！

记者打了个极舒服的哈欠，似乎醉意顿消，便站在通讯员身后，望着这位仁兄笔走龙蛇。突然他又发现了问题，说，这家灾民怎么可以生三个小孩？可不能违背计划生育政策啊！我们这是党报，要时刻注意维护党的政策。记者抽出笔，亲自把三个孩子改成了两个孩子。记者用的是那种火箭头样的软笔，改过的字特别大，很是醒目。

通讯员从记者粗黑的笔画里感觉出权威来，回头望着记者笑笑，再拍拍脑袋，说，对对对对！你看，我也糊涂了，光想着把这家灾民的情况写得困难些，就写了三个孩子。顾着一头，忘记了另一头。你们省里的记者政策水平就是要高些。

记者谦虚地笑笑，抖着稿子闭目沉吟着，说，省里干部夫妻间的矛盾也可以利用上，别浪费了新闻素材。当然不能写人家养小蜜。我们是党报，要时刻注意树立人民公仆的光辉形象。可以这么写：这位干部的妻子发现了男人的私房钱，免不了起了疑心。记住，只点到疑心就行了，不要写明她怀疑男人在外面有了人。不能引导群众往那些不健康的地方去联想。我们始终要坚持正面宣传啊。你写到这里，笔锋一转。原来，这位干部多年来一直私下积攒些钱，默默地资助着一位山区的贫困学生。妻子理解了丈夫，把她自己的私房钱也拿了出来，决定再资助一位贫困学生。这样，就丰满了，就有血有肉了。

好啊好啊，真是化腐朽为神奇啊！通讯员眼里的记者简直如神人一般了。

记者仍在琢磨，问，省里那位干部是个什么级别？

通讯员说，听说是位科长。

科长？级别低了些。要是位处长，或者厅级干部就更好了。群众多么希望看到这样一位爱民如子的好领导干部啊！记者一副忧国忧民的样子。

通讯员问，那么我们干脆把这位省里干部写成个处长？

记者忙摇头，脸都黑了。那怎么行？干部级别是个很严肃的问题，我们不能随便任命人家当处级干部。只好这样了。你等着吧，我发传真回去，明天见报。

通讯员很满意地笑了，一脸的成就感。

记者却仍有些遗憾。他还在想，群众多么需要在我们的党报上看到领导干部的高大形象啊！

棕红色皮鞋

　　小张穿了双新皮鞋，棕红色，款式不错。今年穿这种颜色和款式的皮鞋正是时髦。只是这鞋无名无牌，就是县里皮鞋厂生产的，价格不贵，一百九十八。小张的生活观念很实际的，按自己的工资收入，不是穿名牌的命，就省着点吧！他常拿自己的一套很幽默的理论安慰自己：名牌之所以昂贵，是因为那上面凝聚着知识产权。把那么多知识放在脚下踩着多不恭敬？还是尊重知识，穿自己县里产的廉价皮鞋吧！

　　小张穿着新皮鞋，走起路来也觉得很是轻巧，脚下生风，早早就去了单位。一进办公楼，就碰见李局长。李局长对下属一般是随和的，喜欢开几句玩笑。他低头打量着小张的新皮鞋，说："不错嘛，哪里飘来的？"

　　读者且慢，细听我说说这"飘"字，很有味道。飘，是本县近几年流行的新词儿。时逢盛世，新词新调层出不穷。北京人占尽风头，什么大款、大腕之类全由他们给创造出来了。本县不甘落后，也是新词迭出。最为流行最有韵味的新词当是这"飘"。其实也不知是不是这个字，反正就这个音。意思么？也很宽泛，

421

比如有人请你吃饭，就叫吃飘；别人送了你什么东西，就是飘来的；成天不在办公室待着，专往企业里钻，正事不干，单是吃喝，外带拿些能拿的东西回来（当然有钱拿更好），这就叫成天在外面飘。简而言之，飘者，白吃白拿也。不过，这飘字专用于干部，不是干部，你哪里飘去？老百姓却不可用飘字。其中道理不明，反正本县没有人把飘字用在老百姓身上。这就好比，老百姓的吃饭，到了达官贵人那里就是进餐，皇帝老子就是用膳了。碰上有人说："哟！你又在外面飘呀？"这话并不是说你不清不廉，是在恭维你。被恭维的人往往会说："哪里哪里，我哪里飘得到？你才成天飘哩！"这话也不是在洗刷自己，而是谦虚。细一领悟，这飘字人人明白，却又含蓄隐晦，尽得官话风流。再往深处说，这"飘"虽不花钱，却同钱息息相关。"飘"字是票子的"票"，从"风"。风无形无影无踪，票子如风，哪有给你的？本县百姓话中，风就是没有的意思，说"给你个风！"就是什么也不给你。既然不知是不是这个"飘"字，同音的字也说得过去。"漂"字从"水"，"水"在本县话中就有旁门左道的意思，譬如"走水路"，说的就是办事不走正当门径。所以用"漂"字也很贴切。"剽"字从"刀"，这就更有意思了。所谓"宰羊"，这话在全国早已普及，不必多说。"票"如从"女"，说起来就不雅了。如此说文解字，训诂家该生气了。饶我一回吧。

小张听李局长问皮鞋是哪里飘来的，便有一种受宠若惊的感觉，忙谦虚道："哪里啊，我哪里飘得到什么？这就是我们县里皮鞋厂出的，便宜。"李局长笑道："县皮鞋厂生产的，肯定就是飘的了。"小张就不好意思再同李局长谦虚了，说："出厂价，八十块。外面卖一百九十八。质量还不错。"李局长抬起自己的脚，说："我这皮鞋该退休了。"小张一听，懂得李局长的意思，却不好装糊涂："李局长，我这皮鞋你看得上吗？我去给你买双？"李局长再看看小张的皮鞋，略一沉吟，说："行啊，麻烦你替我买双吧，四十一码的。"小张说："好好，我待会儿就去一趟。"

说话间，同事们陆续到了，不便再说这个话题。小张便去洒扫，打开水。心想今天要破财了。既然李局长开口了，有什么办法呢？小张对李局长感觉一向很复杂。这位领导对小张说不上器重还是不器重。工作他总是放手让小张做，好像很看重他，但从不给他什么实际好处，也不提他一级半级。小张在这局里干了十多年了，还是普通一兵。说他不关心小张吗？每年评先进个人，总会有小张的份。小张头几次被评为先进个人，还有些高兴。后来就看淡了，觉得没什么意思。再多评几次先进个人又怎么样呢？又不能折合工资几级或者行政职务几级。可确实又没理由对李局长有意见。李局长平易近人，还常常同他开几句不荤不素的玩笑。每当这时，小张往往很受感动，觉得李局长这人真不错。小张是位很易动感情的人。

洒扫完了，小张去李局长办公室，说："李局长，我去去？"

李局长和颜悦色："好，去吧。"

小张出了机关大院，打了辆黄的，奔县皮鞋厂而去。黄的，也是本县近几年诞生的新词，指的是人力黄包车。小县城的士不流行，黄的却满街都是。很快就到了县皮鞋厂。厂子小，前店后厂，门前就是一个门市部。小张仔细挑了双四十一码的棕红色皮鞋，付了款，一百九十八。

照例打了黄的往回赶。坐在黄的里，小张突然想起，这会儿提着双皮鞋去李局长办公室，要是让同事看见了，那就不好了。他从未拍过领导马屁，怕别人说三道四。

还好，同事们都待在自己办公室里，小张在走廊里没有碰见一个人。他步履从容，内心却做贼似的，推开了李局长的门。可是万万没有想到，门一开，就见瞿大姐正好站在李局长办公桌前。她是局里管文件档案的，这会儿正送了文件过来给李局长看。小张几乎想立即逃了，可是怎么也逃不脱瞿大姐的眼睛了。瞿大姐听得推门声，已回过头来了，望着小张提着皮鞋盒。小张想让自己自然些，脸却很不争气地红了。瞿大姐也不说什么，望着小张笑笑，再拿起李局长画过押的文件夹走了。

李局长打开皮鞋盒，拿出皮鞋试试，很合脚，连声说好。便问多少钱。小张说才八十块钱，小意思，算了吧。李局长说那怎么行呢？要给钱要给钱。他摸摸口袋，说没带钱，下午给你吧。

小张回到自己办公室，心里竟惶恐起来。局里谁都知道，瞿大姐这人除舌头长别无他长，什么事让她知道了，不用过夜，尽人皆知。小张刚坐下没多久，坐在他对门的老王来了。老王进门就问："忙什么大事去了？"小张一时语塞，支吾道："办点事去了。"老王便望望他，目光神秘。小张内心一紧，心想老王也许已听见瞿大姐说什么了。这女人！

下午，李局长穿着新皮鞋来了，却又忘了带钱来。今天下午局里安排评选先进个人。年底了，照例要开展表彰活动。李局长坐在会议室北面中间那张通常是局长坐的沙发上，跷着二郎腿，棕红色皮鞋很亮眼。小张感觉全局的人都在望着李局长棕红色的鞋和自己桃红色的脸，便不自觉地把他的皮鞋往沙发下面藏。

先进个人投票产生。小张尽管把这事看淡了，但觉得这到底还算是对个人的评价，认为自己工作也不错，当仁不让，也为自己投了一票。

唱票时，小张半天听不到自己名字，心里怦怦直跳。好不容易听到一次，再也没有第二次了。结果，小张仅得一票，票数最少。也就只有他自己投了自己一票。

散会了，李局长叫小张到他办公室去一下。小张想也许他是给我钱吧。却只见李局长点燃了一支烟，语重心长地说："小张，你的工作不错，局党组一直是这么认为的，所以你年年都是先进个人。今天没有评上，你要正确对待。不过你也要反省一下自己。票数虽不完全说明问题，但也是个信号。全局十九名同志，就只有我一个人投了你的票啊！"

小张感觉脑子嗡地一响，几乎要炸了。可他还是忍住了，说声感谢李局长，就出来了。

回家的路上，脚步再也轻松不起来。心想今天是个什么倒霉日子？白白花了一百九十八块冤枉钱。本可以评上先进个人的，那样也有五十块的奖金。这么一算，今天净亏了二百四十八块，差不多二百五了。

猛然又想起李局长投了他一票，小张便怒火中烧，狠狠地跺了脚。这一跺，立即就感觉脚下有种异样的感觉。低头一看，才穿一天的新皮鞋，右脚这只脱绽了。他妈的，今天真是倒霉透了。不知李局长那双皮鞋明天会脱绽吗？要是那样，明天他得破财！